Hobbit Presse
Klett-Cotta

Christian von Aster

Der letzte Schattenschnitzer

Roman

Klett-Cotta

Hobbit-Presse
www.klett-cotta.de/hobbitpresse

Printed in Germany
Schutzumschlag: bürosüd, München
unter Verwendung einer Illustration von © Isabelle Hirtz
Gesetzt aus der Goudy in den Tropen Studios, Leipzig
Gedruckt und gebunden von fgb – freiburger graphische betriebe
ISBN 978-3-608-93917-0

Meinem Schatten

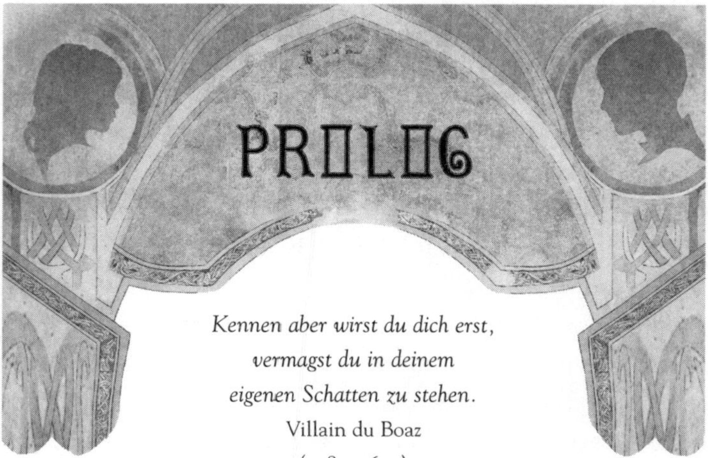

PROLOG

Kennen aber wirst du dich erst,
vermagst du in deinem
eigenen Schatten zu stehen.
Villain du Boaz
(1583-1642)

Ehrt eure Magier. Das ist, worum ich euch bitten will. Und fragt ihr mich, warum, dann werde ich euch verraten, dass ich einen dieser Magier gekannt habe. Oh ja, ich glaube, wahrhaft von mir behaupten zu können, dass ich Jonas Mandelbrodt gekannt habe. Besser, als irgendjemand sonst ihn gekannt hat. Doch über ihn zu schreiben fällt mir nicht leicht. Zumal es das Letzte ist, was ich tun werde.

Und kaum, dass ich damit begonnen habe, spüre ich bereits, wie die Kraft aus mir herausfließt, sehe, wie sie sich vor mir auf dem Papier zu Buchstaben formt. Ich will diese Kraft zu Worten verbinden, Sätze daraus formen, mit denen ich diese Seiten fülle. Auf ihnen will ich die Geschichte Jonas Mandelbrodts erzählen, damit die Menschen ihn nicht vergessen. Ich will, dass sie von dem erfahren, was sich hinter den Dingen verbirgt und das zu erwecken es nicht mehr braucht, als mit Augen zu schauen, die gewöhnlich nach innen blicken.

Ihr werdet euch fragen, wer ich bin, dass ich mir anmaße, von solchen Dingen zu schreiben. Von jenen Dingen hinter den Dingen. Sie zu ergründen bedurfte es Generationen weiser

Frauen, Zauberkundiger und Gelehrter, die sich ganz und gar, mit Geist, Herz und Verstand, in die Wirren kosmischer Geheimnisse warfen, um diesen eine Ahnung des Verstehens zu entreißen.

Nichts bin ich von alldem. Weder ein Magier noch ein Gelehrter. Niemals könnte ich selbst eintauchen in jene Strudel kosmischer Rätsel. Doch ich bin ein Teil von ihnen gewesen und aus ihnen aufgetaucht. Und darum sind sie mir weniger fremd als euch. Ich habe mehr gesehen, als eure Federn, Stifte und Tasten jemals auf Papier festhalten können. Ich sah Menschen tote Materie erwecken; sah Menschen, deren Bücher mehr bewegten als der Zorn alter Könige! Selbst solche, die Blei in Gold verwandelten, habe ich gesehen. Ihnen allen war ich bestimmt zu dienen. Und war nicht ich es, so waren es andere meiner Art. Ich sah Menschen schlafende Ungeheuer in den Herzen anderer wecken und mit ihrer Hilfe die Welt verheeren. Städte sah ich aus dem Nichts entstehen, und zu Nichts sah ich sie wieder zerfallen.

All das sah ich und will euch doch nur um eines bitten: Ehrt eure Magier! Jene, die aus Schrecken und Wundern Geschichten formen, welche ihr verstehen könnt. Diese Zauberer sind die Menschen, die euch die Sprache der Dinge – der sichtbaren wie auch der unsichtbaren – übersetzen. Sie sind es, die euer inneres Auge lenken. Und selbst, dass ich diese Worte in eurer Sprache niederzuschreiben vermag, verdanke ich einem jener Zauberer. Einem, wie es ihn nur einmal gab auf der Welt: Jonas Mandelbrodt, der mich euch verstehen lehrte.

Ich habe viele gekannt, war zahllosen zu Diensten, der einzige aber, an den ich mich erinnern will, während ich vergehe, ist er. Und darum bitte ich euch, eure Magier zu ehren.

Und während eure Geschichtsschreiber bemüht sind, die Würde eines Cäsar, die Größe eines Napoleon und die Schönheit einer Nofretete zu überliefern, glänzt all das doch bloß matt verglichen mit dem Zauber Jonas Mandelbrodts.

Vielleicht ist mein Urteil über ihn getrübt. Getrübt von all den Jahren, die ich ihm zu Füßen lag, den Jahren, die er mir ein guter Herr war, bevor er mir mein Dunkel verzieh und mir schließlich ein Freund wurde. Anfangs sah ich zu ihm auf wie zu zahllosen anderen zuvor. Doch wirklich zu ihm aufschauen tat ich erst, als ich ihm in die Augen blicken durfte …

Aber ich will keine weiteren Worte verschwenden, weiß ich doch nicht, wie viele mir noch bleiben. Gewiss wäre manches eurer Bücher ein besseres geworden, wäre die Tinte seines Autors so begrenzt gewesen wie die meine … Doch genug davon. Ich will beginnen mit meiner Geschichte, denn ich will, dass man eines weiß:

Ich habe Jonas Mandelbrodt gekannt.

I. BUCH

SALZ ⊖ KÖRPER

KRISTALLISIERUNG

1.

Who knows, what evil lurks in the hearts of men?
The shadow knows!
Intro zur Radiohörspielserie *The Shadow*
(1930)

Als Jonas Mandelbrodt auf die Welt kam, stand ein satter Vollmond am Himmel.

Und doch war an seiner Geburt nichts von dem, was ich bei der Geburt von Männern empfand, die als Magier in eure Geschichte eingingen. Als Simon Magus in die Welt kam, begann eine Sonnenfinsternis, die einen halben Tag andauerte und vier Könige vor Angst erzittern ließ. Ohne dass seine Mutter überhaupt von ihm gewusst hätte, entband sich Cagliostro inmitten eines Gewitters, das seine Ankunft wie mit Paukenschlägen begleitete. Houdini löste seine Nabelschnur sogar selbst, und als Crowley schließlich seine Augen öffnete, flammte ein neuer Stern am Nachthimmel auf … So etwas geschieht, wenn die magisch Begabten in eure Welt kommen. Es heißt, dass die geheimen Kräfte des Kosmos den siebenten Söhnen eurer siebenten Söhne innewohnen. Diese, so sagt man, sind die Magischen unter euch Menschen.

Jonas Mandelbrodt hingegen war lediglich der Sohn von irgendwem, der ein Sohn von sonstwem gewesen war. Doch dessen ungeachtet begann er schon vor seiner Geburt, die Welt auf magische Weise zu verändern: So rauchte zum Beispiel seine Mutter mehr als ein Maya-Schamane vom Stamm der Quichése, die das Rauchen einst erfunden hatten. Kaum aber, dass sie von dem heranwachsenden Kind in ihrem Leib erfuhr, da hörte sie auf. Von einem Tag auf den anderen.

Und noch mehr vollbrachte Jonas, lange bevor er überhaupt zur Welt kam: Dadurch nämlich, dass er im Leib seiner Mutter heranwuchs, veränderte er auch seinen Vater. Kaum nämlich, dass dieser von Jonas erfuhr, löste er sich in Luft auf. Das haben Väter schon immer getan. Einige zumindest. Und diese sind, wie ich zu behaupten wage, nicht die besten ihrer Art …

Dreitausend Gramm wog der kleine Jonas, als er ankam in eurer Welt. Und der fehlenden Zeichen wegen hätte ich schwören können, dass keine Unze an ihm magisch war … Und auch der Ort seiner Geburt, die grauen Reihenhausabgründe einer deutschen Kleinstadt, besaßen keinen wirklichen Zauber. Hier warteten auf ihn das Licht der Welt, das Gesicht seiner Mutter und ein Hund, der zu alt zum Bellen war. Und all das sah Jonas mit den Augen eines Kindes, das unfertig und in der wirklichen Welt noch nicht ganz angekommen war. Das liegt daran, dass euer Körper in beinahe allem schneller ist als euer Geist. Wie schnell ist die Liebe gemacht, ein Buch gelesen oder ein Leben gelebt, ohne dass der Geist sich überhaupt auf den Weg begeben hat …

Der Körper Jonas Mandelbrodts war also in der Welt angelangt, in die seine Augen ohne Ziel und Sinn hineinstarrten. Und wenn ich ihn in jenen ersten Tagen schreien hörte, hätte ich einmal mehr schwören mögen, dass er nichts Besonderes war und nichts an ihm magisch …

Doch einem Menschen zu dienen, den die Götter ausersehen haben, nichts Besonderes zu sein, ist alles andere als schlecht. Wir sind, was wir sind. Eure Schatten. Nicht weniger und nicht mehr, und wir dienen demjenigen, an dessen Fuß das Schicksal uns heftet. Wer immer es ist. Und es ist ein angenehmes Dasein, wenn niemand auf die Idee kommt, uns zu formen, zu befragen oder zu Dingen zu bewegen, die wider unsere Natur sind. Auf eben solch ein gewöhnliches Dasein, abseits von Magiern, Alchemisten und Schattensprechern, richtete ich mich ein. Ich wollte mich treiben lassen in eurem entzauberten Zeitalter der Atome und künstlichen Stoffe, wollte durch eure Straßen fließen, stumm und unbemerkt, der Diener eines Menschen, der ebenso gut jeder andere hätte sein können …

Hund und Mutter würden mir bei diesem Dasein zur Seite stehen. Der Hund, ein Irish Setter, trug den Namen Argos, und die Mutter hieß Ruth. Den Namen des Hundes hörte ich jedoch öfter, denn da war niemand, der die Mutter gerufen hätte. Beinahe jedenfalls, denn es gab noch ihre Eltern. Die wohnten ein Haus weiter und schauten nun, kaum dass ihre Tochter sich von der Geburt erholt hatte, beinahe täglich vorbei, um nach ihrem Enkel zu sehen und nach einem neuen Schwiegersohn zu suchen.

Ihre alten Gesichter erschreckten mich, wenn sie über dem Bettchen meines Herrn auftauchten. Ich kannte Menschen dieser Art. Mit jedem Zentimeter, den Jonas wuchs, würden sie bei ihm sein. Und sie würden eine Antwort parat haben. Auf jede Frage, die er sich stellte, während er wuchs. Ihre Antwort. Und sie würden ihm beibringen, ihr Leben zu leben, so dass mir nicht mehr zu tun blieb, als mich von ihm durch die Welt zerren zu lassen und zu schlafen. Kaum dass ich mich mit diesem Gedanken abgefunden hatte, erschrak ich weit weniger beim Anblick der Alten, die das Haus, das Auto und so gut wie alles in jenem Reihenhaus bezahlt hatten. Abgesehen von dem Hund, der die beiden nicht leiden konnte. Tiere sind in solchen Dingen ähnlich feinfühlig wie unsereiner. Sie benutzen ihr inneres Auge, und es bedarf viel, dies zu blenden …

Während der ersten Monate unseres gemeinsamen Daseins hatte ich nicht mehr zu tun, als mich an der Seite meines Herrn an der Brust seiner Mutter festzuklammern. Ich kannte seinen vorbestimmten Weg, hatte im Geist die Grenzen seiner Zukunft abgesteckt und wartete auf die ruhigen Wogen eines belanglosen Menschenlebens.

Dann aber klärte sich eines Tages der Blick meines Herrn, und er war wirklich angekommen. Mit einem Mal existierte da jemand hinter seinen Augen. Das aber war an sich nicht das Verwunderliche. Auch dass er mich nun wahrnahm war alles andere als seltsam. Selbst dass er bei meinem Anblick erschrak war nicht ungewöhnlich. Sogar, dass er deswegen schrie, war es nicht. Dieser Schrei aber war wie keiner, den ich je zuvor gehört hatte: Ein Ruck ging durch den Leib des Kindes, und Jonas schrie aus Leibeskräften, derart laut und markerschütternd, dass es mir schien, als ob eine unbändige Macht mich von ihm fortreißen wollte!

Im Stimmchen jenes Säuglings lag eine Kraft, dass sein Schrei den Posaunen Jerichos zur Ehre gereicht hätte! Und wenn auch nicht das Haus zu Schutt und Asche zerfiel, so eilten doch Hund und Mutter bestürzt herbei und sahen verwundert, wie das Kind in seinem Bettchen vor mir zu fliehen versuchte. Es versuchte davonzukommen, sich loszureißen von seinem Schatten, mich hinter sich zu lassen und mich in die gegenüberliegende Ecke seines Bettes zu bannen. Inzwischen bin ich mir sicher: Hätte seine Mutter nicht nach ihm gegriffen, und wäre ihm die Wärme ihrer Brust nicht ein Grund gewesen, von mir abzulassen, es wäre ihm gelungen. Er hätte mich abgestreift, und ich hätte mich, meiner Bestimmung beraubt, in den Kissen jenes Bettes verloren. Ein namenloser Schatten im Nirgendwo, dazu verdammt, bis zum Tod seines Herrn in der Welt umherzuirren, ohne zu irgendetwas oder irgendwem zu gehören …

Dies war also meine erste Begegnung mit jener unglaublichen Kraft, die Jonas Mandelbrodt innewohnte; die zu vervollkommnen er sein ganzes kurzes Leben brauchen würde und die mich bald schon all die großen Magier und Alchemisten vergessen lassen würde.

Der Hund war dabei der Einzige, der mir mein ungläubiges Staunen ansah. Denn während sein linkes Auge komplett blind war, sah er mit seinem inneren doch derart viel, dass ich lieber ihm als dem größten Teil der Menschheit gedient hätte.

Ich hoffe, ihr werdet mir verzeihen, dass ich von eurem Leben weder viel verstehe noch halte, aber jener Hund und ich brauchten nach diesem Ereignis nur wenige Tage, um uns zu verständigen. Gemeinsam fällten wir den Entschluss, Jonas Mandelbrodt als unser Heiligstes zu betrachten und ihn zu lieben, wie man eine Menschenseele, die noch keine Gelegenheit hatte, sich zu versündigen, nur lieben kann. Wenn ich schlief, wachte Argos, wenn er schlief, wachte ich, und Jonas Mandelbrodt genoss den Schutz guter Mächte.

Er gewöhnte sich an mich. Ebenso wie er sich an Brust, Brei und Mittagsruhe gewöhnte, die seit ehedem das Leben eurer Neuankömmlinge bestimmen.

Mit dem mittäglichen Schlummer tat er sich schwerer als mit mir, denn Jonas Mandelbrodt wollte wissen. Kaum dass in seinen Augen jene kleine Ahnung des Bewusstseins leuchtete, da huschte sein Blick umher und saugte an der Welt, als ob er sie ganz verschlingen wollte. Mitunter fielen seine Augen dabei auch auf mich. Und wenn im Blick eines Säuglings so etwas wie Irritation zu liegen vermochte, dann war er stets, sobald er mich erkannte, eben dies: *irritiert*. Doch recht bald begriff er, dass ich da war, blieb und sein würde. Dass er und ich durch ein Band miteinander verbunden waren, das mich ihm näher noch als seine Mutter sein ließ. Dennoch versuchte er, kaum dass er sich die niederen Weihen der Fortbewegung erschlossen hatte, immer wieder vor mir davonzukrabbeln. Auch wenn er meine Existenz akzeptieren musste, so mochte der kleine Jonas es dennoch nicht, mich sehen zu müssen. Ich schien ihn zu stören, ihm zu missfallen. Und als er begriff, wie sich unsereiner zum Licht verhält, wandte er mir den Rücken zu und ließ mich, wann immer er konnte, hinter sich fallen.

Diese einfachen Gesetze der Schatten erkannte er, bevor er noch sein erstes Wort gesprochen hatte. Beinahe als wäre ich das Problem gewesen, das zu lösen er seine gesamte Energie aufgewendet hätte. Als hätte er, bevor er zu wachsen begann, zunächst einmal mich aus dem Sinn haben müssen. Während er aber versuchte, mich hinter sich zu lassen, blickte er doch von Zeit zu Zeit über seine Schulter zurück, um sich meiner zu versichern.

Es schaudert mich schwärzlich, wenn ich daran zurückdenke. Denn nie zuvor war mir ein Kind begegnet, das die Gesetze der Schatten noch vor euren Worten erlernte ... Von jener außergewöhnlichen Kraft jedoch, die mich an jenem Abend fast von seinem Fuß gerissen hätte, habe ich seit jenem Schrei niemals wieder etwas gespürt. Jonas Mandelbrodt war ein gewöhnlicher Knabe. Auf eine sonderbare Art gescheit, aber doch nicht mehr als jeder andere von euch. Geboren, um zu sterben und die Zeit dazwischen damit zu verbringen, einfach zu existieren.

Und auch wenn ich an jenem Abend geglaubt hatte, diese Kraft zu erahnen, so schien Jonas mir nun allenfalls noch ein leeres Blatt, eine Projektionsfläche, auf der man – wenn man wollte – Dinge sehen konnte. Ein Knabe, der später zum Hohepriester taugen würde, ein Verführer. Einer, der womöglich tatsächlich etwas in sich trug, das aber eben nicht mehr als nur *möglich* war ...

Während seine Mutter bald wieder mit dem Rauchen anfing, wuchs Jonas Mandelbrodt heran. Und sobald er es selbst nicht mehr tat, begannen andere, bei seiner Mutter zu schlafen …

Als die Eltern jener Ruth den ersten dieser Männer trafen, hielten sie ihn, einem natürlichen Reflex folgend, für ihren neuen Schwiegersohn. Bis der nächste kam, der bald darauf schon vom übernächsten abgelöst wurde. Und dann erschien in ihrem Haus schließlich einer, der einen ganz und gar hässlichen Schatten hatte. Kaum dass ich ihn erblickte, schmeckte ich schon das Übel in ihm. Seine Augen glänzten von Schnaps und Gier. Von all ihren Männern ist er der Einzige, der mir im Gedächtnis blieb.

Ich erinnere mich noch, wie er dort stand. Ein lüsterner, trunkener Faun, der hinter Jonas' Mutter herstakste, als sie ihn und mich zu Bett brachte. Im Schatten jenes Fauns vibrierte seine Stimme, die kaum mehr als ein rauhes, geiles Krächzen war.

»Komm Süße, lass den kleinen Scheißer schlafen, und wir gehen rüber ins Bett …«

»Oh ja, Baby, genau das sollten wir tun …«, hauchte sie zurück, und auch in ihren Augen glänzte Gier. Sie wollte nicht bloß Mutter sein, war zu jung und zu hübsch, als dass sie auf ihrem Schoß bloß Kinder hätte wiegen wollen. Begehrt wollte sie sein, erobert, genommen, geliebt. Und doch beugte sie sich liebevoll zu uns herab, um ihren Sohn auf die Stirn zu küssen und ihn zuzudecken.

Der brünstige Stier in ihrem Rücken aber scharrte, die Flasche in der Hand, ungeduldig mit den Füßen. Er umfasste ihre Hüfte und zerrte sie fort, während er gierig raunte: »Lass ihn liegen! Du hast was Wichtigeres vor …«

Sie lachte auf. Jonas hatte begonnen zu schreien. Sie wollte kurz zurück zu uns und hielt das Drängen des Kerls für einen

Scherz. Bis er sie an ihren Haaren aus dem Kinderzimmer schleifte. Und dabei schmeckte ich seinen Schatten: bitter, fahl, verschwitzte Fantasien und vergorener Samen. Eine widerliche Mischung, nach der auch seine Stimme klang.

»Ich sagte, lass das Balg! Du kannst ihm seinen Arsch immer noch pudern, wenn ich mit deinem fertig bin.«

Während er sie durch den Flur schleifte, lachte sie noch immer. Doch nun klang es gequält. Und durch die Schatten des Hauses hörte ich seine widerlichen Gedanken. Was war ihm dieses Kind? Nicht mehr als ein Hindernis, das zwischen ihm und ihr stand. Ich konnte seine Lüsternheit spüren, die dieses Hindernis nicht duldete. Er schleifte Ruth, die Flasche in der Hand, zum Bett und warf sie darauf. Er konnte es nicht erwarten, dass sie sich ihm hingab.

»Jetzt werde ich dafür sorgen, dass du die kleine Kröte vergisst …« Mit diesen Worten öffnete er, während Jonas weiter schrie, lächelnd seine Hose.

Nein, er war nicht der Erste in ihrem Leben, nicht einmal in diesem Monat. Doch seit sich sein Schatten mit mir vereint hatte, ahnte ich, dass er womöglich der Schlimmste war …

Und dennoch hatte ihr Schatten mir verraten, worauf sie hoffte. Trotz allem. Trotz seiner groben Art. Sie erhoffte sich, dass dieser Mann blieb, dass er Geliebter und Vater werden würde, nicht immer so viel trank, auch gute Seiten hatte und in Wahrheit kein schlechter Mensch war. Um ihn zu halten, würde sie alles mit sich tun lassen.

Alles, so wie sie es immer tat, bevor man sie erneut verließ …

»Oh ja, Baby, lass mich vergessen, lass mich alles vergessen.«

Eilig schälte sie sich aus ihrem T-Shirt und ihrer Hose. Er grinste schmutzig.

»Genau das werde ich tun. So wie es mir gefällt, Kleine.«

Dann zeigte sie ihm, dass sie bereit war für ihn, und ich hörte ihren Schatten lüstern wispern …

Dieser Mann aber war nicht, was sie sich erhoffte. Konnte es nicht sein. Ich hatte seinen Schatten gespürt. Er war ein lüsterner Bock, gesegnet mit dem Geist eines Wurmes und dem Jähzorn eines Berserkers. Unglücklich und unzufrieden. Ein Mann, der, wann immer er konnte, seine Wut und Verzweiflung mit den Fäusten hinausschrie.

»Oh ja, ich werde dich gleich etwas spüren lassen, das du dein Lebtag nicht vergisst, du kleines Biest!« Mit diesen Worten drehte er Ruth wüst zu sich herum.

Ich kenne eure Betten, euren Schweiß, obwohl ich nur selten gerne zugegen bin, wenn ihr euch liebt. Ich habe zwischen Laken gezuckt, wo ich wahrhaftig Liebe schmeckte. Dieser Nacht jedoch würde das nicht geschehen. Ein triebig-trunkener Faun, dumm bis unters Schädeldach, und eine Frau, die sich einen Vater und einen Mann wünschte. Einer, der nicht geben kann, was er will, und eine, die nicht bekommen wird, was sie sich wünscht. Seit Urzeiten schon entsteht aus solchen Zutaten ein schlimmes Gift …

Er mühte sich mit ihr, doch konnte er seiner Lust nicht seinen Willen aufzwingen. »Verdammt, was zum Teufel …« Schließlich ließ er von ihr ab. Wütend und frustriert. »Zur Hölle noch eins! Das kann doch nicht wahr sein!« Er schleuderte die Nachttischlampe gegen die Wand, und ich begann, Angst um die Mutter meines Herrn zu haben …

Doch auch ich irre bisweilen. Denn es war keinesfalls sie, um deren Unversehrtheit ich fürchten musste …

Sie legte ihre Arme um ihn. Er aber stieß sie fort, sprang auf und zischte wütend: »Es ist diese kleine Drecksratte! Das Balg ist schuld …« Mit diesen Worten zog er den Gürtel aus seiner Hose und setzte sich schwerfällig in Bewegung.

Ich sah Jonas schlafen, die kleinen Äuglein geschlossen, sein Geist bereits auf dem Weg in die Welt der Träume, als es mich kalt durchfuhr. Die Schatten im Flur wisperten unheilvoll, dann öffnete sich die Tür zum Kinderzimmer, und das Licht aus dem Flur warf den Schatten des schwitzenden Fauns in den Raum!

Kaum, dass dieser mich streifte, als er über das Bettchen fiel, wusste ich, um wen ich fürchten musste. Der Alkohol hatte die Lenden des Fauns welk werden lassen. Er hatte sich umsonst gemüht über ihr, auf ihr, in ihr. Hatte versagt. Versagt, wie er immer versagte. Doch es war nicht seine Schuld. Nein, er war sicher, dass es an dem Balg lag, das Balg, das den ganzen Abend geschrien hatte, das mehr Aufmerksamkeit bekommen hatte als er, das Drecksbalg dort in seinem Bettchen, das ...Er wankte auf uns zu und schlang das eine Ende des Gürtels eng um seine Faust.

»Na warte, du Dreckszwerg. Ich werde dir zeigen, was du davon hast, wenn du mir meine Nacht versaust!« Ich spürte seinen dumpfen Zorn, sah seine zitternden Fäuste. Er wollte zuschlagen, seine Faust mit dem Gürtel zwischen den Kissen und in den kleinen Körper versenken, seinen Rivalen bestrafen, vernichten, die Mutter für sich haben!

Wenn ein Schatten Furcht empfinden kann, dann ergriff sie mich in diesem Moment. Eine kalte, hässliche Furcht war es, und ich schrie aus meinem dunkelsten Inneren heraus, in der Hoffnung, dass etwas geschehen würde, irgendetwas, ein Wunder womöglich, das diesem Unhold Einhalt gebot.

Und dieses Wunder *geschah*.

Mein Herr schlug erschrocken die Augen auf.

Er hatte mich gehört!

Jonas Mandelbrodt hatte *mich* gehört!

Dann erblickte er den Unhold, begann ebenfalls zu schreien, und der Faun stutzte für einen kurzen Moment. Dann wollte er auf das Kind zustürzen, es zum Schweigen bringen, da aber hatte seine Mutter es längst gehört.

Einer Furie gleich fegte sie ins Zimmer, ihr Schatten ein Zeugnis ihres Zorns. »Lass die Finger von meinem Sohn! Du verdammter Mistkerl!« Der Faun starrte sie entgeistert an. Sie aber war noch nicht fertig: »Glaub mir, ich werde dir die Augen aus dem Schädel kratzen und dir jeden Knochen einzeln brechen, wenn …« Er wollte lachen, sich ihr entgegenstellen. Dann aber hatte sie plötzlich ein Messer in der Hand. Und damit jagte sie den Kerl tobend und fluchend hinaus.

Es gelang ihm mehrfach, sie zu schlagen, sein trunkener Zorn aber war nichts gegen die Wut einer Mutter. Sie spürte nichts davon. Er war stärker als sie, viel stärker, doch als er sah, dass sie schlimm blutete und dennoch weiterhin wild entschlossen war, ließ er sich – wie gelähmt von ihrer Wut – durch den Flur jagen. Er spürte, dass sie ihn getötet hätte. Notfalls sogar mit bloßen Händen.

Ich hörte die Schreie im Flur verklingen, und ganz langsam schwand mein Entsetzen. Jetzt erst begriff ich, was überhaupt geschehen war. In diesem Zimmer. Diesem Kinderbett: Jonas Mandelbrodt hatte mich gehört, meinen Schrei, den Schrei eines Schattens, einen unwirklichen tonlosen Schrei aus Zwielicht und geronnenem Dunkel, beinahe nicht vorhanden und schier unhörbar für ein gewöhnliches Menschenohr!

Keiner von euch hat je von Geburt an unsere Sprache gesprochen. Keiner vermochte, uns ohne Studium der alten Schriften zu verstehen! Wir sind für euch nicht mehr als ton- und inhaltslose Schemen, leere Abbilder. Dass Jonas mich heute Nacht gehört hatte, schien mir nicht weniger als ein Wunder zu sein. Ungläubig ruhte mein dunkles Auge auf dem Kind, das mich keck musterte, während seine Mutter den trunkenen Peiniger von unserer Schwelle vertrieb.

Kaum, dass der Unhold fort und die Tür in seinem Rücken verschlossen war, kam sie wieder zu uns. Sie weinte. Um ihr rechtes Auge wucherte ein dunkler blauer Fleck. Aber als sie Jonas sah, lächelte sie wieder. Ein stilles Lächeln, gequält und mit dem bitteren Beigeschmack enttäuschter Hoffnung, doch in seinem tiefsten Wesen glücklich.

Sie nahm uns auf den Arm und drückte Jonas eng an sich.

Der Mann, an dessen Seite sie in dieser Nacht schließlich einschlief, war klein.

Das Glück aber, das sie dabei umfing, war größer als jenes, das die erwachsenen Männer dieser Welt in ihr hätten wecken können. Und ebendas war es, was ich spürte, als jene beiden in den Schlaf glitten und auch mir ein wenig Ruhe zuteil wurde. Und während ich schwand, wusste ich, dass sich von heute an alles verändern würde.

Denn in dieser Nacht hatte ich erkannt, dass mein Schützling eine unglaubliche Gabe besaß. Ich ahnte, dass er womöglich eine Aufgabe hatte, zu etwas Großem ausersehen war, und ich wusste, dass ich eherne Regeln verletzen würde. Ich würde tun, was noch nie einer von uns getan hatte. In dieser Nacht beschloss ich, Jonas Mandelbrodt zu stärken und vor allem Unbill zu schützen. Entgegen aller uns bindenden Gesetze würde ich ihn, meinen Herrn, Dinge lehren, die wir Schatten gewöhnlich für uns bewahren, und die zu erfahren einige eurer besten Magier ihre Seele gegeben hatten …

Am Ende der Welt, im Herzen des Kaukasus, am Fuß einer Treppe, vor Urzeiten von jenen in den Fels geschlagen, die den Schatten als Erste gedient hatten, lag ein Raum in völliger Dunkelheit.

An diesen Ort, die tiefste Höhle der Welt, war noch nie ein

Sonnenstrahl gedrungen, hier hatte noch nie ein Licht geschienen. Denn diese Höhle war einzig und allein dafür geschaffen worden, dass sich in ihrem Dunkel alte Schatten mit sonderbaren Schatten verbanden. So taten sie es von alters her. Die Schattenmagier aller Schulen und Traditionen – wer immer die Sprache der Schatten beherrschte, in ihnen wandelte und ihre Geheimnisse kannte – kehrten hier ein. Früher einmal waren sie mehr gewesen, in alten Zeiten sogar viele. Doch heute wie einst formten sie den Rat der Schatten, dessen dunkles Auge auf den Geschicken der Welt ruhte.

Hier, in diesem Raum aus Nacht, am Fuß der Treppe am Ende der Welt versammelten sich die Mitglieder jenes Rates. Mochte in der Welt auch einer über dem anderen stehen, hier waren sie gleich, hier mischten sich ihre Schatten und es gab keine Geheimnisse mehr. Denn was einer von ihnen wusste, das wusste auch sein Schatten, und in eben diesen mischte sich das Wissen des einen mit dem der anderen.

Auch in dieser Nacht fanden sie ihren Weg in die Höhle.

Fünf Schatten glitten die Treppe hinab. Fünf Schatten, geformt aus Macht und Dunkel. Schatten, die sich nicht mit den gewöhnlichen vermischten. Die Schatten der Großmeister.

Sie ergossen sich in das Dunkel der Höhle, erfüllten das undurchdringliche Schwarz mit einer Ahnung von beinahe noch schwärzer scheinendem, schemenhaftem Leben und vermengten sich kraft ihres Willens zu einer einzigen vollkommenen Schwärze. Und dann begannen die Schatten, leise und mit unhörbaren Stimmen in einer Sprache zu raunen, welche die wenigsten verstanden. Sie flüsterten von Dingen, die den meisten auf ewig verborgen bleiben würden. »Ein Schatten hat beschlossen, sich über die Ordnung hinwegzusetzen …«, ergossen die Gedanken des ersten sich ins Dunkel der übrigen. Die Stimme – denn um eine solche handelte es sich, obwohl keinerlei hörbare Laute geäußert wurden – klang seltsam und hatte etwas eigentümlich Irritierendes an sich, während sie derart kalt und scharf war, dass es schien, als könne man sich mit ihr die Pulsadern aufschneiden.

»Er will ihn lehren«, mischte sich ruhig und bedacht die Stimme eines weiteren ein.

»Einen Knaben!«, wisperte eine dritte, wärmer als die beiden zuvor, eher weiblich klingend.

»Von niederem Blut …«, kristallisierte sich zuletzt der Gedanke des vierten Großmeisters aus der Schwärze. Brüchig klang es und alt, wie von einem Greis gedacht.

»Du kannst die Reihe seiner Ahnen bis in die Steinzeit abschreiten und wirst nicht eine Ahnung dessen wittern, was jene ausmacht, mit denen wir unsere Geheimnisse teilen …«

»Aber wenn da nichts Magisches an ihm ist, weshalb beschließt einer, der bereits zu Füßen großer und weiser Herren gedient hat, eines solchen wegen sein Dasein aufs Spiel zu setzen?«

»Er hält ihn für einen Auserwählten«, raunte die weibliche Stimme.

»Ha, wen man nicht alles schon für auserwählt hielt!«, dachte der Alte gehässig.

»In unserem Sinne«, ergänzte die Frau. »Er will die Menschen dazu bringen, sich ihrem Schatten zuzuwenden.«

»Mensch und Schatten sind entzweit. Niemand außer uns weiß die Einheit zu leben. Sie ahnen ihre Schatten ja nicht einmal mehr, geschweige denn das, was sich in ihnen verbirgt«, drang die scharfe Stimme ins Dunkel.

Die Schatten der Großmeister umfuhren, durchmischten und veränderten sich, tonlos flüsternd, Gedanken tauschend, die von ihren Herren Tausende von Kilometern entfernt gedacht wurden.

Diese fünf Schatten waren die Einzigen, die sich nicht mit anderen mischten, wenn sie es nicht wollten; die Einzigen, die den Willen ihrer Herren in sich trugen. Sie waren der Rat der Schatten. Die letzte Instanz, die über das Gleichgewicht zwischen

Schatten und Menschen wachte und die alte Magie des Zwielichts bewahrte.

Nun stand das gewöhnliche Abbild eines Menschen im Begriff, die ältesten aller Gesetze zu brechen und seinem Herrn die Geheimnisse der Schatten zu offenbaren. Und damit gefährdete es das Gleichgewicht der Dinge …

»Wenn er diesem Knaben unsere Geheimnisse verrät, sollte man ihm Einhalt gebieten, ihn von den Füßen seines Herrn zerren und im Nimbus zu Schwarz zerreiben, bevor noch Schlimmeres geschieht«, flüsterte der Alte.

»Wenn er ihn weiter lehrt, wird der Knabe am Ende noch hier in unserer Mitte weilen«, gab die zweite Stimme zu bedenken.

»Hat einer den Wächter befragt?«, wollte die weibliche Stimme wissen.

»Wonach? Ob diesem Frevel ein höherer Wille innewohnt?«, schalt sie scharf die erste.

»Er weiß mehr als die Orakel, er hat an der Quelle geruht, im Schatten Gottes gestanden«, entgegnete sie dem Dunkel im Dunkel.

»Als er noch auf die Erde fiel …«, stimmte der Bedächtige zu.

»Ihr wisst auch ohne den Wächter, was die Zeichen flüstern. Die Zeit der vergorenen Schatten naht, der Aufstand der Knechte, die Schmähung der Herren«, zischte scharf und hart die Stimme des ersten dazwischen und vibrierte im Dunkel.

»Jeder von uns weiß es. Und doch versteht keiner, was es bedeutet«, wisperte der Ruhige.

»Nur, dass es die Welt der Schatten verändern wird«, mischte die Stimme der Frau sich ins Schwarz.

»Von Grund auf«, ergänzte der Alte.

»Vielleicht hat dieser Knabe etwas damit zu tun …«, dachte der Ruhige weiter.

»Wir sollten ihn beobachten«, regte die weiche Stimme der Frau inmitten des Schwarz an. Und der Alte stimmte ihr zu.

»Gebt ihm Zeit. Was er dieses Kind in einem Jahr lehren kann, muss uns keine Angst machen. Was er in zweien lehrt, wird uns nicht gefährden, und selbst in dreien wird der Knabe uns nicht ebenbürtig sein. Selbst dann bleibt noch genügend Zeit, seinen Schatten abzutrennen und seine Knochen zu zerschmettern, wenn es sein muss.«

»Lassen wir die Sache schwelen, bevor das Feuer ausbricht …«, flüsterte der harte Ton in ihr gemeinsames Dunkel.

»Selbst wenn ein Feuer daraus wird, kommt es noch immer darauf an, was es schließlich verbrennt«, gab der Alte zu bedenken.

»Du sprichst, als gäbe es Dinge, die du gern brennen sähest.«

»Feuer reinigt. Das hat es schon immer getan.«

»Das haben auch andere gesagt. Und ihre Flammen haben im Lauf der Jahrhunderte sowohl die Bücher der Wissenden als auch die Angehörigen der alten Schule verzehrt.«

Und dann klangen die Worte jenes Schattens, der bis dahin geschwiegen hatte, durch das Dunkel. Und seine Stimme ließ die Finsternis erschaudern: »Wer immer diese Feuer entfachte und was immer sie verbrannten – wenn man den Zeichen glauben kann, dann waren die Flammen aller vergangenen Feuer kalt im Vergleich zu denen, die bald lodern werden. Und das wisst ihr ebenso gut wie ich …«

John Dee
ALCHIMIA UMBRARUM
(1604)

Kapitel II

(Seite 32 ff.)

VOM WESEN DER SCHATTEN

Den meisten Menschen wird ihr Schatten, so wie im ersten Kapitel dieser Schrift beschrieben, nicht mehr scheinen als ihr eigenes schemenhaftes Abbild, das einzig dem Lichte und den Gesetzen der Logik folgt. Da aber du, als Leser dieses Buches, kaum zu jener Mehrheit gehören wirst, will ich es wagen, dich mit der Wahrheit über deinen vermeintlichen Schemen zu konfrontieren, der doch weit mehr ist als ein bloßes Bild deiner selbst …

Von der ersten Stunde seines Daseins auf Erden begleitet der Schatten seinen Herrn. Was immer der eine erlebt, muss auch der andere erdulden. Keinem Menschen, der nicht in Kenntnis der großen Geheimnisse der Magie lebt, ist es jemals gelungen, seinen eigenen Schatten zu täuschen oder zu belügen. Kraft ihres scheinbar untrennbaren Bandes weiß der Schatten um die Gefühle und Gedanken dessen, der ihn wirft. Er liest in ihm wie in einem offenen Buche. Und dabei sammelt er alles, was seinem Herrn widerfährt. Selbst wenn dieser vergisst, wird doch sein Schatten sich am Ende seines Lebens an alles erinnern, das jemals im Lauf dieses Lebens geschah. Nach dem Tode des Herrn wird er sich aufmachen, all das mit den anderen seiner Art zu teilen.

Denn jeder Schatten, der existiert, ist eine Mischung aus allen Schatten, die jemals existierten, und sein wahres Wesen gewinnt er an einem Ort, der dem Menschen auf immer verborgen ist. Diesen Ort nennen die Eingeweihten Limbus. *Ich gedenke auf ihn zu einem späteren Zeitpunkt noch einmal näher einzugehen. In jenen Ort geht der Schatten mit dem Tode seines Herrn ein. Sobald die Seele eines Menschen den Körper verlässt, verlässt ihn auch sein Schatten. Solange sein Herr aber lebt, ist der Schatten an ihn gebunden und teilt in dieser Zeit auch sein Wissen, Denken und Fühlen. Und wann immer ein Schatten sich mit einem anderen mischt, sie einander durchdringen, fließt das Wissen des einen in den anderen hinüber. Was Dichter, Denker und Maler Inspiration nennen, ist nicht mehr, als zur richtigen Zeit im richtigen Schatten zu weilen. Denn durch diese dunklen Begleiter fließt alles, was Gedanke, Wissen und Wahrheit ist. Will einer wirklich ein Geheimnis bewahren, so muss er erst seinen Schatten zügeln lernen, dass dieser nicht weiterträgt, was sein Herr zu verbergen trachtet.*

Und ist die Grenze zwischen Schatten und Mensch von Natur aus nur nach einer Seite durchlässig, so gibt es doch auch solche, die mit ihrem Schatten zu reden vermögen. Und diese wenigen heißt man in den Kreisen der Magier Schattenkundige. *Zwei Schulen gibt es, von denen die ältere dieser Tage beinahe ausgestorben ist. Statt der alten* Schattenschnitzer *sind es heute jene, die sich* Schattensprecher *nennen, die im Bündnis mit der Kirche die alten Künste und die Sprache der Schatten bewahren.*

Diese Sprache zu beherrschen ist vonnöten, wenn man seinen Schatten formen oder beherrschen will. Die meisten Eingeweihten dieser Sprache befleißigen sich ihrer im Geheimen. Denn einen, der mit seinem Schatten spricht, erachten die Menschen heute wie ehedem als verrückt und verwechseln, wie so oft, Wissen mit Wahnsinn.

Dabei öffnet die hohe Kunst der Schattenmagie dem Eingeweihten ungeahnte Räume. Großmeister wissen gar ihren Schatten besser zu nutzen als ihren eigenen Leib. Ihre Schatten unterstehen allein ihrem Willen und mischen sich nicht mit denen gewöhnlicher Sterblicher. Groß-

meister wie diese, die wahrhaft mächtig sind in den Belangen des Schattensprechens, gibt es nur wenige. Sie verstehen das Wissen der Menschen aus ihnen herauszuziehen und die Greuel der Folter, wie sie der spanische Dominikaner Thomas de Torquemada für den Leib des Menschen niederschrieb, selbst noch auf seinen Schatten anzuwenden …

2.

Habent sua fata libelli.
(Bücher haben ihre Schicksale.)
Lateinisches Sprichwort

Als Edward Lysander Meredith im seligen Alter von dreiundneunzig Jahren in seinem Londoner Stadtsitz entschlief, rieben sich die Leiter der namhaftesten Bibliotheken Europas bereits die Hände. Denn jenes Gebäude im vornehmen East End war weniger ein Wohnhaus als vielmehr eine literarische Schatzkammer. Abgesehen von seinem Keller beherbergte Meredith Hall auf über drei Stockwerken in endlosen Fluren und zig Zimmern Regale aus hellem, rotem Kirschholz. Sie erstreckten sich von der Empfangshalle bis auf den Dachboden und bogen sich unter dem Gewicht unzähliger alter Bücher. Eingedenk der legendären Bibliothek von Alexandria pflegten fanatische Büchersammler das Haus hinter vorgehaltener Hand ehrfürchtig *New Alexandria* zu nennen, war es doch nicht weniger als eine einzige riesige Bibliothek, wie es sie auf der Welt kein zweites Mal gab.

Der verstorbene Edward Lysander Meredith war ein Sammler gewesen, und sein Ehrgeiz grenzenlos. Im Laufe der vergangenen siebzig Jahre hatte er die Sammlungen Churchills und des Buckingham Palastes aufgekauft. Auf der Suche nach bedeutenden Büchern hatten seine Mittelsmänner weltweit Museen, Universitäten und Auktionen geplündert. Und dementsprechend hatte Meredith am Ende seines Lebens beinahe jedes wertvolle Buch besessen, das je irgendwo zum Verkauf gestanden hatte, und genaugenommen auch einige, die niemals käuflich zu erwerben gewesen waren. Dennoch hatte er letztlich nicht alle seine Ziele erreichen können: Einige wenige Bücher hatte er nie zu Gesicht bekommen. Vor allem bedeutende Werke der praktischen Magie, um die er sich zwar mehrfach bemüht hatte, die aber von Eingeweihten gehütet wurden, die sich nicht um Merediths Geld geschert hatten. Und so war auch sein größter Traum, nämlich vor seinem Tod einmal das unmögliche Buch, das Tintenlose, die legendäre *Alchimia Umbrarum* John Dees zu Gesicht zu bekommen, unerfüllt geblieben.

Zeitlebens hatte Meredith sich für nichts anderes als seine Bibliothek interessiert und das Erbe seines Vaters, eines britischen Tee-Magnaten, allein mit dem Ziel eingesetzt, seine einzigartige Sammlung aufzubauen. So verströmten die papierenen Innereien von Meredith Hall jenen eigentümlichen Geruch aus Wissen und Moder, während seine tatsächliche Bibliothek, in der sich die mit Abstand wertvollsten Schriften fanden, einem inneren Heiligtum gleich. Hier fanden sich Bücher, von deren Existenz nur wenige überhaupt wussten. Titel, die seit Jahrhunderten als verschollen galten.

Da fand sich eine der letzten Bibeln aus Gutenbergs erstem Druck, beide Bände von Websters ursprünglichem *American Dictionary* und auf einer Reihe von Regalen der größte Teil der Schriften von der römischen Liste.

Hier, im Inneren des Heiligtums, wo sich verschlissene Holzbünde an vernarbte Ledereinbände reihten und alchemistische Traktate neben wissenschaftlichen Abhandlungen standen, fanden sich Herodots *Historien* neben Platons Dialogen und von Junzts *Unaussprechliche Kulte* neben den Werken Ludwig Prinns – einige Bücher in diesem Hort alter Inkunabeln und Folianten waren ihr Gewicht in Gold wert.

Seit ihrem Bestehen hatte es in dieser Bibliothek eine Regel gegeben, die Meredith einst aufgestellt hatte und die niemals gebrochen worden war: *Kein Buch verlässt jemals das Haus*.

Und jene wenigen, die den Büchern ihre Aufwartung machen durften, hatte Meredith stets persönlich ausgewählt. Die Liste der Interessenten war stets lang gewesen. Die der Gäste hingegen kurz, denn zu Lebzeiten hatte der alte Mann seinen Büchern gegenüber eine derart beschützende Haltung eingenommen, dass kein Unbefugter sich je zwischen die Regale von Meredith Hall gewagt hatte.

Sein Tod aber änderte alles.

Schon während der letzten Jahre, seit klar geworden war, dass das Ende des Herrn von *New Alexandria* absehbar war, hatten Universitäten, Museen und Sammler sich bemüht, sich mit Meredith und seinem Nachlassverwalter gut zu stellen. In der Hoffnung, sein Wohlwollen zu erlangen, hatten sie sich dazu hinreißen lassen, ihm wertvolle Bücher zu übereignen, um nach seinem Tod umso mehr davon zurückzubekommen. Ein Buch nach dem anderen hatte Meredith in seine riesige Bibliothek eingereiht, diese immer weiter vergrößert und sich zuletzt mehr als zehn Jahre lang geweigert zu sterben.

Nun aber lag er, seinem letzten Willen entsprechend, nach dreiundneunzig Jahren eines erfüllten Lebens zwischen Buchdeckeln, aufgebahrt in der Bibliothek von Meredith Hall.

Seine bleichen Wangen wirkten dabei noch hohler als zu Lebzeiten. Das weiße Haar streng nach hinten gelegt, das funkelnde Monokel unter der strengen Braue, wirkte er selbst jetzt, da er die ewige Ruhe gefunden hatte, noch eigentümlich angespannt.

In seinem Testament hatte er akribisch verfügt, wer welches Buch bekommen sollte. Bis auf einen kleinen Teil deckte diese Verfügung den gesamten Buchbestand ab. Die wenigen verbliebenen Titel sollten, damit sie auch fortan ihrem Wert entsprechend behandelt wurden, unter einigen auserwählten Personen versteigert werden. Noch bevor Edward Lysander Meredith kalt gewesen war, hatte sein Nachlassverwalter – nicht zuletzt seiner Prozente wegen – jenem kleinen Kreis aus Museumsvertretern, Sammlern und Privatiers die Liste der zu versteigernden Bücher zugespielt.

Sobald die sterblichen Überreste seines Herrn *New Alexandria* verlassen hatten, würden die Bücher seines inneren Heiligtums vor Ort unter den Hammer komme. Noch aber ruhte Meredith, zwischen fliederfarbenen Kissen aufgebahrt, in einem Sarg aus dem gleichen Kirschbaumholz, aus dem die Regale im Herzen der Bibliothek gemacht waren. Inmitten seiner Bücher und im Schatten einer Statue des Heiligen Laurentius, des Schutzheiligen aller Bibliothekare. In den hölzernen Heiligenschein der Figur standen die Worte *Libri amici, libri magistri* geschnitzt. Bücher sind Freunde, Bücher sind Lehrer. Das Lebensmotto des Herrn von *New Alexandria.*

Während die kleine Welt der wirklich Bibliophilen in Aufruhr war und Büchernarren in aller Welt ihre Ersparnisse zusammenkratzten, um Meredith Hall zumindest ein Buch abzutrotzen, scherte einer dort sich herzlich wenig um die Zukunft der Regale: Jeremy Bradshaw. Er saß im Keller des Hauses, in einem Raum, in dem er während der vergangenen zehn Jahre den Großteil seiner Zeit verbracht hatte. Er hockte dort vor der kleinen Monitorwand, von der die Flure und Räume des Hauses auf ihn herabflimmerten. Die Bildschirme zeigten ausnahmslos Regale mit Büchern. Bilder, die für einen Außenstehenden nicht zu unterscheiden gewesen wären. Teilnahmslos betrachtete der untersetzte Mann die Monitore, rückte seine Brille zurecht und schlang beiläufig den Rest eines Butterbrotes herunter. Bradshaw war genau der richtige Mann für den Job im Keller. Die Sicherheitsfirma hätte ihn kaum anderswo sinnvoll einsetzen können. Seine Körpergröße lag mit 1,75 Metern zehn Zentimeter unter den Mindestanforderungen, die Uniform hatte seiner Figur wegen eigens geschneidert werden müssen, und wahrscheinlich hätte ihm – Uniform und Waffe zum Trotz – nicht einmal ein aufmüpfiger Zwölfjähriger Respekt entgegengebracht.

Aber für einen gemütlichen Brillenträger, der zugleich der Schwager des Betreibers der Sicherheitsfirma war, stellte die Überwachung von Meredith Hall eine angemessene Aufgabe dar. Hier konnte Bradshaw einerseits sein Geld verdienen und andererseits keinen Schaden anrichten.

Schnaufend, aber ohne dabei die Bildschirme aus den Augen zu lassen, zerrte der Wachmann seinen Rucksack unter dem Stuhl hervor. Zwei der Monitore waren dunkel. Aus Gründen der Pietät. Damit Meredith ein letztes Mal mit seinen Büchern allein sein konnte und Bradshaw nicht die ganze Nacht über eine Leiche anstarren musste, hatte er die Kameras in der Bibliothek einfach abgeschaltet. Zumal ohnehin nicht zu befürchten stand, dass etwas passierte. Denn abgesehen davon, dass hier noch nie irgendetwas passiert war, konnte Bradshaw sich nicht vorstellen, dass überhaupt irgendjemand auf die Idee kam, Bücher zu stehlen. Zudem bedeutete Merediths Tod für Bradshaw ohnehin das Ende seines Arbeitsverhältnisses. Sobald der Alte das Haus mit den Füßen voran verlassen hatte, würde auch er gehen müssen. Und er wusste selbst, wie lange es dauern konnte, bis sein Schwager einen neuen Job für ihn fand. Man hatte ihm bereits mitgeteilt, wie es laufen würde. Der Nachlass des Alten würde verteilt und versteigert und Meredith Hall innerhalb der kommenden Monate Firmensitz einer renommierten Immobilienfirma werden.

Und so war dies Jeremy Bradshaws letzte Nacht in *New Alexandria*, weshalb er auch keine Konsequenzen zu fürchten brauchte, wenn er gegen die Regeln verstieß ... Er öffnete seinen Rucksack und zog zwei Dosen Bier hervor, die er lächelnd vor sich auf den Schreibtisch stellte. Dann griff er noch einmal hinein und hielt kurz darauf eine Zigarre in der Hand. Er würde sie rauchen, auch wenn es in diesem Haus noch so verboten war. Dies war seine letzte Nacht. Nach zehn Jahren, in denen er ohne ein Wort des Dankes oder eine freundliche Geste von dem alten Grantelgreis dessen wurmstichige Schwarten bewacht hatte. Während der Alte heute Nacht über ihm verrottete, würde Jeremy Bradshaw *Spaß haben. Und das würde er sich, verdammt noch mal, nicht verbieten lassen. Von niemandem.*

Grinsend streifte er seine Schuhe ab, streckte entspannt die Beine unter den Tisch und schob seinen wulstigen Zeigefinger unter den Metallring. Dann riss er die erste Dose auf, nahm einen kleinen Schluck und hob die Zigarre an seine Nase. Er schloss die Augen und sog ihr Aroma ein.

Als er die Augen wieder aufschlug, sah er es. Auf einem der Monitore. Nur einen kurzen Moment lang. Aber im Widerschein der Notbeleuchtung *sah er es*. Es war lediglich ein Schatten, dessen Konturen sich jedoch eigentümlich deutlich gegen das matte Zwielicht der Notbeleuchtung abhoben. Im ersten Moment hielt Bradshaw es für eine Störung.

Er klopfte mit dem Knöchel seines Zeigefingers gegen den Monitor, doch schon im nächsten Moment sah er, wie sich der Schatten aus dem Sichtfeld der Kamera bewegte und auf dem nächsten Monitor wieder auftauchte. Verwundert kniff der Wachmann die Augen zusammen, stellte das Bier ab und kam – wenn auch widerwillig – zu dem Schluss, dass es sich wohl doch nicht um eine Störung handelte …

Missmutig ließ er seine Zigarre zurück in den Rucksack gleiten, zog seine Schuhe wieder an und setzte leise fluchend seine Mütze auf. Dann stand er auf und verließ den Überwachungsraum in Richtung Treppe.

Die Hand am Revolver durchquerte Bradshaw vorsichtig die Eingangshalle. Er kam sich albern vor. *Jagte er wahrhaftig einem Schatten nach?* Wahrscheinlich war es nur irgendein Insekt, das vor der

Lampe herumgeflattert war. Schließlich war der Alarm nicht ausgelöst worden, so dass es unwahrscheinlich war, dass irgendjemand ins Haus eingedrungen war. Dennoch beschloss Bradshaw, das Hauptlicht nicht einzuschalten und mit der Notbeleuchtung vorliebzunehmen.

Als Erstes kontrollierte er die Eingangstür. Verriegelt. Das Schloss unbeschädigt. Leise atmete er auf. Also konnte tatsächlich niemand hier drinnen sein. Dennoch schaute er sich noch einmal um und ging leise zum anderen Ende der Halle hinüber, passierte ein riesiges Gemälde, das seiner Ansicht nach Jesus, in Wirklichkeit jedoch Johannes Gutenberg zeigte. An dem Bild vorbei schlich der Wachmann unter einigen hölzernen Torbögen hindurch in den Flur. Durch die Fenster konnte er draußen das Schneetreiben beobachten. Er riss sich von dem Anblick los und starrte stattdessen in den Flur, in dem jedoch auch nichts zu erkennen war. Weder ein Schatten, der sich gegen irgendein Zwielicht abhob, noch etwas anderes Bemerkenswertes. Im kargen Schein der Notbeleuchtung erkannte er lediglich die gleichen Bücher, Regale und ausgetretenen Teppichfliesen wie eh und je.

Jeremy Bradshaw wollte gerade wieder zurück in seinen Keller gehen, als er plötzlich das Licht bemerkte, das unter der Tür am Ende des Flures hindurchschien.

Das Licht in der Bibliothek, das wusste er genau, hatte er auf seinem ersten Rundgang gelöscht. Der Wachmann schluckte. Kalter Schweiß trat ihm auf die Stirn, als er mit zitternden Fingern nach seinem Holster tastete.

So hatte er sich seine letzte Nacht in diesem Haus nicht vorgestellt. Bier, Zigarre und Spaß schienen plötzlich in unerreichbare Ferne gerückt, und irgendwo tief in sich verspürte Jeremy Bradshaw das Bedürfnis, einfach davonzulaufen.

Doch er riss sich zusammen, bewegte sich langsam weiter voran, und dann, als er kaum noch einen Meter von der Tür entfernt war, begann der Lärm. Aus dem Inneren der Bibliothek drangen dumpfe Geräusche, beinahe so, als ob jemand zwischen den Regalen randalierte und Bücher umherwarf. Keuchend lehnte der Wachmann an der Wand, hob seine Waffe und atmete tief durch. Dann rutschte er näher zur Tür und sprach laut und vernehmlich jene Worte, von denen er gehofft hatte, sie niemals aussprechen zu müssen: »Security! Wer immer Sie sind, ich bin bewaffnet und autorisiert, von der Schusswaffe Gebrauch zu machen.«

Bradshaw hielt kurz inne. Er erwartete eine Reaktion. Irgendeine. Wobei ihm eine überstürzte Flucht am ehesten recht gewesen wäre. Doch stattdessen polterte und rumpelte es weiter, als ob der Eindringling nicht einmal Notiz von seinem Rufen genommen hatte.

Zitternd spannte Bradshaw mit leisem Klicken den Hahn des Revolvers. Er spürte, wie seine Hände feucht wurden. *Ein Schatten. Er hatte auf jenem Monitor nicht mehr als einen gottverdammten Schatten gesehen.*

»Ich komme jetzt rein. Stellen Sie sich mit dem Gesicht an eines der Regale und strecken sie Hände und Füße weit von sich. Haben Sie mich verstanden?«

Auf eine Antwort hoffend, hielt er noch einmal inne. Nichts. Nichts als jenes Rumpeln und Poltern. Bradshaw schloss kurz die Augen, lehnte sich zurück und schnellte, die Waffe im Anschlag, vor. Seine Schulter prallte gegen die Tür. Die flog auf, knallte gegen eines der Regale, und dann stand der kleine, dicke Bradshaw – beinahe wie ein richtiger Sicherheitsmann – mit erhobener Waffe mitten in der Bibliothek … und traute seinen Augen nicht.

Auf diesen Anblick war er nicht vorbereitet. Vor ihm lag, im Schatten der Statue des Heiligen Laurentius, der umgestürzte Sarg. Keine zwei Meter davon entfernt häuften sich unachtsam zu Boden geworfene Bücher. Und vor den Regalen stand, ein Buch nach dem anderen hervorziehend, es betrachtend und dann zu Boden werfend, *Edward Lysander Meredith*. Irritiert blickte der Wachmann den kaum zwei Tage zuvor verstorbenen Hausherrn an.

Das war unmöglich. Allein schon, wie er mit den Büchern umging. *Vollkommen unmöglich*. Und doch sah er, wie Meredith sich im nächsten Moment umdrehte und – ohne ihn auch nur eines Blickes zu würdigen – an eines der nächsten Regale herantrat.

Bradshaw fuhr der Schrecken bis in die Knochen. Entgeistert ließ er seine Waffe sinken. Er verstand nicht, was hier vor sich ging; konnte es sich, so sehr er sich auch bemühte, nicht erklären. Allerdings meinte er, schon einmal gehört zu haben, dass Menschen irrtümlich für tot gehalten und lebendig begraben worden waren.

Für eine Situation wie diese hatte er keinerlei Anweisungen und wusste dementsprechend nicht, ob er nun eher die Polizei oder Merediths Hausarzt anrufen sollte. So oder so sah er sich in diesem Moment inmitten des inneren Heiligtums von Meredith Hall niemand Geringerem als dem Eigentümer gegenüber, der bei bester Gesundheit schien und mit seinen Büchern schlussendlich verfahren konnte, wie immer es ihm gefiel. Und wenn ihm plötzlich danach war, jene Bücher, die er jahrelang nur mit der Pinzette umgeblättert hatte, auf den Boden zu werfen, dann war es nicht seine Sache, ihm dabei im Wege zu stehen.

Mit gesenktem Blick murmelte Bradshaw leise: »Verzeihen Sie, Sir, wenn ich Sie gestört haben sollte«, und fügte, um der Situation irgendwie gerecht zu werden, noch hinzu: »Freut mich, wenn es Ihnen besser geht.« Dann trottete er aus der Bibliothek, durch den Flur und zurück in seinen Keller.

Dort grübelte Bradshaw noch eine gute halbe Stunde darüber nach, ob und wen er angesichts des Vorfalles kontaktieren sollte, kam dann aber zu dem Schluss, sich stattdessen lieber wieder seinem Bier und seiner Zigarre zuzuwenden. So konnte er wenig später auf den Flurmonitoren erkennen, wie Edward Lysander

Meredith in seinem Begräbnisanzug und mit einem Buch unter dem Arm aus seiner Bibliothek trat und langsam den Flur hinabschritt.

Durch den Qualm seiner Zigarre folgten Bradshaws Augen den Schritten des Alten, sahen ihn von einem Monitor auf den nächsten hinüberwanken, bis er die Eingangshalle erreichte.

Ohne sich um die Alarmanlage oder den draußen tobenden Schneesturm zu scheren, öffnete der zwei Tage zuvor Verstorbene die Tür und verließ schließlich, während der jaulende Alarm innerhalb von Sekundenbruchteilen zu schier unerträglicher Lautstärke anschwoll, unter den fassungslosen Blicken Jeremy Bradshaws ein letztes Mal seinen Londoner Stadtsitz.

Kurz nachdem die Polizei des Alarms wegen in Meredith Hall eingetroffen war, fand man wenige Straßen entfernt Merediths leblosen Körper, der den nachfolgenden Untersuchungen zufolge tatsächlich seit mehr als 48 Stunden tot war.

Die Aussagen des alkoholisierten Wachmanns schienen den ermittelnden Beamten wenig glaubwürdig. Ihm zufolge war der Hausherr kurz nach Mitternacht allein und auf eigenen Füßen aus dem Haus gegangen. Das aber war nicht nur seines Todes wegen eine absolute Unmöglichkeit, hatte Edward Lysander Meredith doch seit mehr als dreißig Jahren im Rollstuhl gesessen.

Was immer auch mit ihm geschehen sein mochte, als man ihn fand, hielt der Tote in seinen kalten Händen noch immer das einzige Buch, welches das innere Heiligtum im Lauf der vergangenen siebzig Jahre verlassen hatte. Eine alchemistische Schrift aus dem späten 15. Jahrhundert, George Ripleys *The Compound of Alchymy*.

Und mochte das Buch auch vom tobenden Schnee nachhaltig ruiniert worden sein, so wurde sein ursprünglicher Wert zusätzlich noch durch einen anderen Umstand geschmälert:

Irgendjemand hatte die erste Seite herausgerissen …

John Dee
ALCHIMIA UMBRARUM
(1604)

Kapitel XIV
(Seite 143 ff.)

VOM BEHERRSCHEN DER LEIBER DER TOTEN

Vermagst du kraft seiner Sprache deinen Schatten erst unter deinen Willen zu zwingen und dein Wesen in ihm zu verbergen, so wirst du – so du im Schutze deines Schattens gereist bist und die Welt in ihm durchstreift hast – es wagen können, dich der Toten zu bedienen.

Denn eines jeden Leichnams Schatten ist leer wie sein Körper, und so ist ein jeder, der in der Lage ist, sich des Toten Schatten zu bedienen, auch fähig, kraft desselben in den entseelten Leib zu dringen.

Stelle dir zunächst den Körper vor wie ein Gefäß, in das du, es ganz zu besitzen, eindringen musst. Hierfür kannst du dir Nase, Ohren, Mund oder After, kurz jede Öffnung des Leibes erwählen. In des Leichnams Innerem lasse deinen Schatten sich ausbreiten, bis er ihm in die Spitzen seiner Finger und Zehen dringt.

Ist dir dies gelungen, so musst du beginnen, den Körper als eine Art von Apparatur zu betrachten, die den gleichen Prinzipien der Mechanik unterliegt, wie Archimedes sie uns lehrte. Verlagere deine Kraft in jene Teile des Leichnams, die du zu bewegen gedenkst, und schnell wirst du erste Erfolge verspüren. Mit Hilfe des Schattens, über den du Kontrolle hast, wirst du in die Lage versetzt, den toten Leib zu steuern. Ihn aber ganz zu beherrschen wird dich einiges an Übung kosten, so dass du, wenn du ihn nicht im Kühlen zu lagern weißt, manchen Toten verschleißen wirst, bevor du mit Hilfe deines Schattens einen von ihnen ganz beherrschst. Nach außen hin wird es hernach scheinen, als handelte der Verstorbene aus eigenem Antrieb und wäre noch immer am Leben. Obschon Kraft und Flüssigkeit der Bewegung denen eines lebenden Menschen nachstehen und dem aufmerksamen Beobachter das fehlende Leben im Auge des Schergen nicht entgeht, überkommt doch der vom Schatten beherrschte Leib die Gebrechen des Körpers, so dass ihm Schmerz, Verwundung und Leiden fremd sind und ihn in seinem Handeln nicht einzuschränken vermögen.

Das einzige verlässliche Merkmal, einen von Schatten beherrschten Toten zu erkennen, ist, dass sein eigener Schatten – wie der eines jeden Toten – leer ist. Dies aber ist wiederum nur von jenem zu erkennen, dem die Gesetze der Schatten bekannt sind.

Nach allen bisherigen Versuchen scheint es nicht möglich, eine lebende Seele mit Hilfe des Schattens aus ihrem Körper zu verdrängen, um ihn an ihrer statt zu übernehmen. Dies wäre die Krönung der Schattenkunst und würde ihren Meistern, wäre es möglich, alle Türen dieser Welt öffnen. Könnten sie doch daraufhin in Päpste, Herrscher und Gelehrte schlüpfen, in deren Leibern sie die Welt fortan auf mehr als eine Weise zu beherrschen vermöchten. Allein, hiervor hat der Herrgott einen Riegel geschoben, denn dies ist die Grenze aller Schattenkunst.

Und dies ist recht und wohl bedacht von den Mächten hinter den Dingen.

3.

Eines Schattens Traum ist der Mensch.
Pindar, griechischer Dichter
(518 v. Chr. - 446 v. Chr.)

Als Jonas Mandelbrodt beinahe vier Jahre zählte, waren wir endgültig zu einer Einheit verschmolzen, die mehr war als bloß ein Mensch und sein Schatten. Der Knabe war mein Herr, ich sein Lehrer und Argos der Wächter über die kostbaren Stunden unseres gemeinsamen Lehrens und Lernens.

Längst hatte ich begonnen, dem Kind abseits eurer Sprache und eures Verstehens die Geheimnisse der Schatten nahezubringen. Schritt um Schritt brachte ich meinem Herrn alles bei, was Generationen von Magiern und Alchemisten uns abgerungen hatten. So, wie es einst George Ripley gelehrt und John Dee in dem großen Buch niedergeschrieben hatte. Ich zeigte meinem Herrn nicht weniger als die Wege der Schatten, wie sie seit jeher das Schicksal der Welt bestimmen. Und bald schon hatte Jonas Mandelbrodt mehr verstanden, als viele von euch es in ihrem ganzen Leben tun. Ich hatte ihm Wahrheiten und Wissen in einem Maß offenbart, das den meisten von euch die Schädel schmerzen ließe, und dabei hatte ich ihn stets ermahnt, niemanden wissen zu lassen, was er wusste, konnte und von wem er es gelernt hatte.

Seine Mutter freilich wusste nichts von alldem. Sie ahnte nicht, dass Welten im Begriff standen, sich in ihrem Kind zu öffnen. Welten, die zuvor allein von großen Gelehrten und Zauberkundigen beschritten worden waren. Sie ahnte nicht, dass Jonas bereits zu diesem Zeitpunkt mehr von der Welt wusste, als sie selbst jemals begreifen würde.

Der kleine zerbrechliche Körper meines Herrn schien dabei noch immer der eines Kindes. Sein Geist jedoch hatte, da er nunmehr mit den Schatten zu sprechen verstand, abseits von Wort und Schrift das Wissen und die Erfahrung von Generationen in sich aufgenommen.

Doch nichts von alldem ahnte oder erkannte seine Mutter.

Stattdessen glaubte sie, dass Jonas, da er sich nicht wie andere Kinder seines Alters benahm, unter einer Krankheit des Geistes oder der Nerven leide.

Für das Verhalten eines Sprösslings, das dem der anderen nicht gleicht, haben die Menschen viele Namen. Ihre Herkunft reicht vom Lateinischen bis ins Angelsächsische, und sie bezeichnen dabei allesamt irgendeine Krankheit, was impliziert, dass Andersartigkeit an sich auf die eine oder andere Art zu heilen wäre.

Die Mutter meines Herrn konsultierte einen Mann, der in der Tradition des berühmten Wiener Analytikers Sigmund Freud stand und sich dafür bezahlen ließ, dass er ihr zuhörte. Jedenfalls, bis er mit ihr zu schlafen begann und beide mit einem Mal kaum noch von meinem Herrn und seiner vermeintlichen Krankheit sprachen. Als aber bald darauf auch jener Mann sie verließ, da entsann Ruth sich wieder des Leides meines Herrn …

Setzte sie Jonas zu anderen Kindern, dann schwieg er und starrte wortlos auf mich, seinen Schatten, hinab.

Wie seltsam muss einem Menschen, der nicht ahnt, was wir zu geben haben, ein solches Verhalten erscheinen …

Ich derweil offenbarte meinem Schützling, wovon nur die wenigsten wissen. So zeigte ich ihm etwa das Querkraut, das eure Gelehrten einst *herba transversa* nannten, jenes Gewächs, über das schon Paracelsus in seinem *Paramirum* schrieb, dass sein Saft die beste Arznei zur Heilung ermatteter Schatten wäre. Ich führte meinen Herren in den entlegenen Teil des wuchernden Gartens hinter dem Haus, das seine Großeltern bezahlt hatten. Und dort zeigte ich ihm, womit schon Paracelsus lahmende Schatten geheilt hatte. Und wie staunte der Knabe, als er sah, welche Eigenart dem Querkraut innewohnt! Es war ein Gras mit dünnen rötlichen Halmen, die vergleichsweise kurz wuchsen und dabei inmitten einer Wiese nicht weiter auffielen. Erst wenn man sie aus der Nähe beschaute – so, wie ich es nun meinen Herren tun ließ –, bemerkte man, dass ihre Schatten nicht von der Sonne weg, sondern *zu ihr hin* fielen. Seit Urzeiten trotzte das Querkraut auf diese Weise den Naturgesetzen. Staunend hockte Jonas Mandelbrodt dort zwischen den Büschen und sah, wie die Schatten jenes Grases anders fielen als die übrigen Schatten. Und, wohl nicht zuletzt weil es ihn an ihn selbst erinnerte, bedauerte er jenes Gewächs, da es sich doch von allen umstehenden unterschied.

Seine Mutter wurde nicht müde, ihren Sohn in Sandkästen, auf Spielplätze, in Kaufhäuser und vor Glaskästen mit bewegten Bildern zu setzen. Was auch immer sie aber versuchte, er starrte zu Boden und schwieg.

Tatsächlich schwieg Jonas Mandelbrodt in jenen frühen Jahren seines Lebens mehr, als dass er sprach. Lange fragte seine Mutter sich sogar, ob er überhaupt richtig sprechen konnte.

Darüber, was ein Kind wann sagen können sollte, gibt es in der Welt eine Vielzahl von Meinungen. Vor allem von solchen Menschen, die sich in allerlei Büchern über Jahre vor dem Leben verstecken, um sich am Ende dann *studiert* nennen zu können. Und weil Jonas' Mutter einige Bücher jener Studierten gelesen hatte, litt auch sie selbst bald unter dem vermeintlichen Leiden ihres Sohnes, jenes Kindes, das, weil es mehr wusste und anders dachte als andere Kinder, fremd schien in der Welt. Die Ärzte, die sie konsultierte, hatten jedoch andere Bücher als sie gelesen. Und da der Junge ihnen gesund erschien, schickten sie Ruth wieder fort. Bis schließlich einer von ihnen es wagte, dem stummen Schattenstarren Jonas Mandelbrodts einen Namen zu geben. Einen Namen, der wieder einem anderen Buch entstammte. Noch immer spüre ich die wenigen Worten jenes Arztes, welche das Leid der Mutter meines Herrn besiegelten. In der Sprache der Gelehrten, die das Privileg der Studien genossen hatten, einer Sprache, die – heute wie vor vielen Hunderten von Jahren schon – nicht die der gewöhnlichen Menschen ist.

»Meine liebe Frau Mandelbrodt, auch wenn meine Kollegen sich nicht festlegen wollten, denke ich doch nunmehr nach eingehender Beobachtung ihres Sohnes zu wissen, worunter er leidet.«

Und Ruth hoffte auf eine Antwort, die ihr die Last der Ungewissheit von den Schultern nehmen würde.

»Was ist es, Herr Doktor? Kann man es … operieren? Ist es möglich, dass Jonas ein ganz normales …«

»Hier, fürchte ich, muss ich Sie enttäuschen. Ihr Sohn leidet ganz offensichtlich unter einer Entwicklungsstörung, die zum gegenwärtigen Zeitpunkt noch als unheilbar gilt und seine Sozialisation erheblich erschwert, wenn nicht gar unmöglich macht.«

Das Einzige, was Ruth in diesem Moment begriff, war, dass ihre Hoffnung auf ein gewöhnliches Leben zerbrach.

»Was aber bedeutet das genau, Herr Doktor?«

»Wissen Sie, ich habe einige Bücher über diese Krankheit geschrieben. Sie ist mein Spezialgebiet, weshalb ich mir an dieser Stelle ein sichereres Urteil als die Kollegen erlauben kann. Nach allen mir vorliegenden Fakten und Erkenntnissen komme ich zu dem Schluss, dass ihr Sohn unter dem sogenannten *Asperger-Syndrom* leidet.«

Als jener Mediziner diese Worte aussprach, hatte ich das Gefühl, dass es an ihrer statt auch jede andere Bezeichnung hätte sein können. Als ob er diese wählte, nur um überhaupt etwas zu sagen. Jonas' Mutter aber nahm es stillschweigend hin. Zwei Worte, die ihr so fremd waren wie die gesamte Sprache der Gelehrten, die sie aber unwiederbringlich von dem Leben trennten, das sie einmal hatte führen wollen. Mit einem Mann, einem Kind, einem Haus und einem Garten. Ohne ihre Eltern und ohne eine Krankheit, die sie nicht verstand. Und schuld daran war Jonas, den sie immer nur hatte lieben wollen …

Basierend auf jenem Urteil eines eurer Gelehrten nannte man meinen Herren fortan einen Autisten. Von diesem Tag an saß er jeden Donnerstag in einem Kreis mit Kindern, die wie er auf ihre Schatten stierten, ohne dabei jedoch deren Sprache zu sprechen. Und während sie selbst nicht wussten, dass sie überhaupt litten, klagten im Nebenzimmer die Eltern über das Leid ihrer Kinder.

Wie wenig versteht doch der Mensch die Magie dessen, was er letztendlich aus Ermangelung besserer Namen Krankheit nennt.

Schon Alexander der Große war, wie auch Cäsar und Napoleon, mit etwas gesegnet, das man in jenen Tagen als göttliche Gabe verstand – lange bevor man es Epilepsie zu nennen begann. Und welch wundersame Ironie scheint es dabei, dass auch Hippokrates, der euch doch als Vater der Medizin gilt, jener Gabe teilhaftig war, die ihr am Ende als Krankheit bezeichnen solltet …

In allem, was in euren Organismus, eure Welt eindringt, liegt – wie ich nun und nach Tausenden von Jahren zu euren

Füßen zu behaupten wage – ein Sinn. Die Bedeutung aber, die ihr eurer eigenen Art zumesst, scheint es nicht zuzulassen, Pest, Cholera und all die Seuchen im Gefolge eurer Zivilisation für mehr als bloße Krankheiten zu halten, welche die Eitelkeit eurer Existenz bedrohen.

Ich sah große Geister an jenen sogenannten Krankheiten sterben. Und jene, die zu begreifen imstande waren, erfassten in dem Moment, da der Tod gekommen war, Schweiß, Blut, Eiter und Auswurf zum Trotz, den Sinn in dem, was alle anderen Krankheit nannten!

Die wenigsten aber sind fähig, derlei zu verstehen.

Und eben darum galt Jonas Mandelbrodt fortan als krank.

In euren alten Mythen sind jene Andersartigen, die Erwachten, noch die Wächter der Welt. Sie stehen an ihren Toren, sprechen die Sprache des Windes, des Blitzes, der Tiere und Schatten. Eure jungen Mythen aber machen diese Menschen zu Ketzern, die von Göttern – nicht halb so alt wie die ältesten – verurteilt und gerichtet wurden.

All das erklärte ich Jonas Mandelbrodt.

Ich lehrte ihn wach sein und wahrhaftig, zu wissen und zu werden und mit den Dingen umzugehen, die sich hinter den Dingen verbergen.

Und zuletzt lehrte ich ihn das Schattenschnitzen. Jene fast vergessene Kunst vom Rande der Nacht, die ihre Meister zu Herren über das Abbild macht. Jenes wundersame Handwerk, das die Schatten der Welt mit Leben und dem Willen ihrer Meister erfüllt.

Und auch dies lernte Jonas Mandelbrodt mit Hingabe. Was immer er seiner Außenwelt an Aufmerksamkeit verwehrte, das schenkte er mir, und er erprobte, wo immer es ging, alles, was ich ihn lehrte. Kaum dass mein Herr die Grundkenntnisse des Schattenschnitzens erlernt hatte und kleine Schatten zu verändern wusste, da sah ich ihn in den hinteren Teil des Gartens eilen, wo er begann, die Schatten des Querkrauts von der Sonne fortzudrehen, damit jene Pflanze nicht länger dazu verflucht war, anders zu sein. Halm um Halm, Stunde um Stunde sah ich ihn, einen Schatten nach dem nächsten drehen ...

Am nächsten Tag aber wiesen sie alle wieder zur Sonne, denn mein Herr war noch lange kein Meister in der Kunst des Schattenschnitzens. Statt aber zu akzeptieren, dass manche Dinge geschaffen waren, anders zu sein, machte Jonas sich traurig von neuem daran, die Schatten des Querkrauts von der Sonne fortzubiegen.

Dank mir würde er bald alles wissen, was einem Menschen zu wissen gegeben war. Doch er war auch immer noch ein Kind und musste es bis zu dem Zeitpunkt sein, da er es eines Tages nicht mehr wäre.

Dass ich niemals die Gelegenheit bekommen würde, ihn erwachsen werden zu sehen, ahnte ich zu diesem Zeitpunkt noch nicht. Ebenso wenig wie die Tatsache, dass am Ende ich es sein würde, der für sein allzu frühes Ende verantwortlich war ...

Mitten im Frühling, kurz nachdem Jonas Mandelbrodt seinen vierten Geburtstag gefeiert hatte, begann die Welt der Schatten sich zu verändern. An diesem warmen Tag verließen nur wenige Leute in Kutna Hora den Zug.

Während der Saison war die Stadt eines der beliebtesten Ausflugsziele des Landes. Eine wahre Goldgrube für den Fremdenverkehr.

Die Saison aber würde erst in einigen Wochen beginnen, und die kleine tschechische Stadt, eine knappe Bahnstunde östlich von Prag, war noch nicht aus ihrem Winterschlaf erwacht. So waren es vor allem Pendler, die den Zug an diesem Montagmittag verließen. Der Bahnsteig leerte sich schnell, und die davoneilenden Menschen eröffneten den Blick auf die Auslagen des Bahnhofskiosks, die sich kaum von denen Bochums oder Manchesters unterschieden. Auf seine Art war Kutna Hora längst in Europa angekommen. Mit Beginn der Saison würden die Preise in der Gegend auf Touristenniveau angehoben werden, und das Einzige, was dann noch günstig zu haben sein würde, war Bier. Und das auch nur, weil die Tschechen es als Grundnahrungsmittel betrachten …

Noch aber war es nicht so weit. Gelassen ruhte die Stadt, der man ihren einstigen Reichtum aus den Tagen, als man in der Gegend noch Silber abgebaut hatte und Münzen geprägt worden waren, kaum noch ansah, unter den milden Strahlen der Frühlingssonne. Gerade erst hatte sie den letzten Schnee abgeschüttelt, und nun sammelte sie Kraft, um den Touristen zu trotzen. Die kamen vor allem des Beinhauses wegen, einer Kapelle, in der die Knochen von mehr als 10.000 Menschen der Legende zufolge von einem blinden Mönch zu Kronleuchtern, Wappen und Wandschmuck verarbeitet worden waren. Manche kamen der Architektur, der gotischen Prachtbauten wegen, die noch an die Zeit erinnerten, als Kutna Hora die zweitwichtigste Stadt des Reiches gewesen war. Und wieder andere kamen der Museen wegen, von denen man in der Stadt ein halbes Dutzend finden konnte. Für Touristen gab es jedenfalls ausreichend Gründe, während der Saison die überteuerten Preise zu bezahlen. Und genau das würden sie in wenigen Wochen, sobald die Bäume sich dazu durchgerungen hatten, von neuem zu blühen, auch wieder tun.

Vereinzelt erreichten sie den Ort aber auch schon früher. Auf den ersten Blick hätte man wohl auch den Mann, der den Zug in diesem Augenblick mit den tschechischen Pendlern verließ, für einen Touristen gehalten. Sein Gesicht lag im Schatten eines breitkrempigen schwarzen Bogarthutes. Er war mittelgroß, trug eine kleine runde Brille mit Silberrand, einen Rucksack und eine dunkle Allwetterjacke, unter der man seine muskulöse Statur nur erahnen konnte. Er wirkte müde, was vor allem daran lag, dass er, kaum aus dem Flugzeug gestiegen, den ersten Zug Richtung Osten genommen hatte. Doch er hatte nicht vor, unnötig Zeit zu verlieren. Nicht jetzt, wo sein Ziel in greifbare Nähe gerückt war.

Die blassgrauen Augen hinter der Brille wirkten teilnahmslos. Beiläufig musterten sie die Umgebung und maßen den Passanten ebenso wenig Zeit zu wie den gotischen Prachtbauten. Er war nicht hier, um zu staunen. Hinter seinem gleichgültigen Blick aber verbarg sich eine immense Anspannung. Der Mann wusste, dass sich innerhalb der kommenden halben Stunde sein Schicksal entscheiden würde. Und er war zu allem bereit. Denn sein Schicksal war das größte Rätsel, das er überhaupt kannte.

Er wusste beinahe nichts über seine Herkunft. Er war unter mysteriösen Umständen geboren und ausgesetzt worden. Lediglich der Name, der in seinen Nacken tätowiert worden war, sowie die beinahe vergessenen magischen Zeichen auf seinen Armen waren ihm aus jener unbekannten Vergangenheit geblieben. Er hatte sich mehr als einmal gefragt, was für Menschen wohl ein zweijähriges Kind tätowierten.

Bei genauerem Hinsehen war deutlich zu erkennen, dass er nicht als Tourist in die Stadt gekommen war. Weder hatte er einen Fotoapparat noch eine Karte der Stadt, geschweige denn Kleidung zum Wechseln dabei. Und noch etwas anderes fiel auf, ein Umstand, der diesen Mann geradezu unheimlich machte: *Sein Schatten passte nicht zu seinem Körper …*

Ohne sich weiter umzusehen, verließ der Mann festen Schrittes den Bahnhof und begab sich zu den Taxis hinüber. Er gab sich keine Mühe, eines auszuwählen oder um den Preis zu feilschen. Er hatte anderes im Sinn.

Der Wagen, der sich letztendlich vor die anderen drängelte, war ein mattschwarzer Volvo mit einem improvisierten Taxischild auf dem Dach. Die umstehenden Kollegen beschimpften den Fahrer, Mittelfinger und ein paar Fäuste wurden emporgereckt. Die Beulen im Kotflügel des Wagens ließen erahnen, dass Drängeln eine Spezialität des Fahrers war. Ein gedrungener kräftiger Mann mit Halbglatze, der zu viel Goldschmuck trug, lächelte den Mann an und hob in schlechtem Englisch an:

»Haben sich besten Fahrer gesucht. Bin ich Stanislav. Sie mich können Stani nennen.«

Im Blick seines Gegenübers änderte sich nichts. Stani scherte ihn nicht mehr als der Rest dieser Stadt. Den Fahrer ignorierend, nahm er den Rucksack von der Schulter und ließ sich auf die Rückbank fallen.

Stanislav stieg wieder ein.

»Wo soll ich bringen? Bier trinken? Oder schöne Frau? Liebe für wenige Kronen? Weiß schönste Frauen von Stadt. Sie mir sagen, was Sie wollen. Ich Sie kann überall hinfahren.« Er grinste. Doch die versteinerte Miene seines bebrillten Fahrgasts ließ den Fahrer bereits ahnen, dass er heute wohl von keinem Bordell der näheren Umgebung die üblichen Prozente einstreichen würde. »Gern auch Beinhaus. Eigentlich noch geschlossen im März. Aber hab Kontakte. Kenne eine Menge Leute in der Gegend, wenn ...« Dem Fahrer von hinten eine 2000-Kronen-Note reichend sprach sein Fahrgast in einem Ton, welcher der Kälte seines Blickes in nichts nachstand:

»Das Alchemiemuseum. Der direkte Weg.«

Stanislav steckte das Geld ein und startete schweigend den Wagen.

Der Volvo schob sich vom Parkplatz. Von hinten fiel durch die dürren, blattlosen Äste das grelle Licht der Mittagssonne in den Wagen. Nachdenklich beobachtete der schweigsame Fahrgast den Schatten seines eigenen Kopfes, der sich auf der Rückseite des Beifahrersitzes abzeichnete. Er wusste, dass der Schatten ihn beobachtete. Auch wenn dieser sich Mühe gegeben hatte, dem Mann ähnlich zu sehen, hätte ein aufmerksamer Beobachter doch gemerkt, dass sie nicht zueinander gehörten.

Sein Schatten versuchte, sich dem Sonneneinfall entsprechend zu verhalten, schien aber doch immer wieder für einen kurzen Moment ganz eigenen Gesetzen zu folgen, so dass man ahnte, dass er keine Sonne brauchte, um seine Richtung zu finden …

Der Mann betrachtete den Schatten mit Respekt. Er wusste nicht, wer oder wessen Schatten es war, dem er in diesem Moment diente. Aber er wusste, dass einer der letzten Meister der magischen Künste etwas Bedeutsames plante. Womöglich war sein Herr sogar Teil des Schattenrates, einer der Fünf – der Hohepriester, der Siegelbewahrer –, die über die Geschicke der Schatten und Menschen wachten. Der Mann hatte lediglich von ihnen gelesen. So vieles, so Widersprüchliches hatte er in den Schriften gefunden, die den Uneingeweihten zugänglich waren. Aber auch, wenn sein neuer Herr nicht Mitglied des Rates war, die Person hinter jenem Schatten war *mächtig*. Und da diese Person bei dem, was sie vorhatte, nicht persönlich in Erscheinung treten wollte, brauchte sie einen Verbündeten. Ein Gesicht, das der Magier zeigen konnte. Einen Körper, der bereit war, ihm rückhaltlos zu dienen.

Als der Fahrer den Mann durch den Rückspiegel mit ausdruckslosem Blick auf die Rückseite des Beifahrersitzes starren sah, wusste er, dass es besser war, zu schweigen …

Der Fremde unterdessen spürte, wie sein Schatten zurückstarrte und zwei schemenhafte Augen in schattigen Höhlen ihn musterten. Für einen Moment stellte er sich die Frage, ob sein neuer Herr ihn am Ende betrügen würde. Letztendlich aber spielte es keine Rolle. Sie hatten einen Handel geschlossen. Er war bereit gewesen, seine Seele zu verkaufen, und die einzige Frage, die sich nun noch stellte, war, was er dafür bekommen würde … Wenn es ihm gelang, seinen Herrn zufriedenzustellen, erwarteten ihn womöglich die Mysterien der Schatten.

Bevor sein Flugzeug an diesem Morgen gestartet war, war der Schatten plötzlich da gewesen, wie aus dem Nichts. Schatten reisten schnell und unsichtbar, rasten lautlos durch die dunklen Fugen und Risse des Sichtbaren. Und dabei folgten sie ihren eigenen Gesetzen. Oder zumindest denen derer, die sie lenkten. Blitzschnell hatte der fremde Schatten ihm seinen eigenen vom Körper abgerissen und dessen Platz eingenommen. Seitdem folgte er ihm. Und dort, wo jener fremde Schatten ihn berührte, glaubte der Mann, die vage Ahnung eines fremden Willens pulsieren zu spüren.

Vorsichtig ertastete er den Griff des Messers in seinem Stiefelschaft. Bevor er in den Zug nach Kutna Hora gestiegen war, hatte er es sich auf Geheiß seines Herrn unweit des Bahnhofes gekauft. Er hatte die Bücher der großen Satanisten gelesen. Bücher von Männern, die jederzeit bereit gewesen waren, ein Menschenleben für Macht oder Lust zu opfern. Er selbst aber hatte noch nie jemanden auch nur verletzt. Doch er war bereit, es zu tun. Sobald sein Herr ihm den Befehl dazu gab.

Nachdem er seine Hose wieder über den Messergriff gezogen hatte, fasste er in die Innentasche seiner Jacke und zog einen zerknitterten Umschlag hervor. Die letzte anonyme Botschaft seines neuen Herrn. Im Umschlag steckte ein Stück Papier, alt und brüchig, ganz offensichtlich war es ohne besondere Vorsicht irgendwo herausgerissen worden. Die erste Seite eines Buches, mit einem Titel in alter Schrift darauf, der ihm sehr wohl bekannt war. George Ripleys *The Compound of Alchemy*. Doch es war nicht eigentlich das Buch, um das es bei seinem Besuch in dieser Stadt ging. Das Blatt, das der Mann in Händen hielt, entstammte vielmehr einer ganz besonderen Ausgabe. Und das letzte existierende Exemplar hatte, bis es vor einigen Jahren auf der ominösen Liste eines Londoner Anwalts aufgetaucht war, als verschollen gegolten. Das Vorsatzblatt dieser Version, das der Mann mit der silbernen Brille nun aufmerksam betrachtete, zierte ein Kupferstich, auf dem der Arbeitstisch eines Alchemisten zu erkennen war. Mit gläsernem Kolben, Mörser und Stößel sowie verschiedenen, lateinisch beschriftete Behältnissen darauf. Er zog einen zweiten Zettel hervor. Es war der Ausdruck eines Bildes aus dem Internet. Auf dem Foto war derselbe Tisch zu erkennen. Und darunter stand, direkt neben der Adresse der Website: *Im Alchemiemuseum in Kutna Hora ist ein geschichtsträchtiges Möbelstück aus dem frühen 18. Jahrhundert zu bewundern: der Tisch Johann Friedrich Böttgers, des Erfinders des Porzellans.*

Während der Fahrer seinen verschrammten Volvo durch die engen Straßen Kutna Horas manövrierte, hielt der Mann auf dem Rücksitz die beiden Bilder nebeneinander. Er verglich die Tische noch einmal, wobei es ihn leicht schauderte. In dem Bestreben, ihren Besuchern etwas zu bieten, ahnten die Betreiber dieses Museum nicht einmal, was sich tatsächlich in ihrem Besitz befand …

Als sie das Museum erreichten, hatte der Fahrer längst beschlossen, sich jede weitere Freundlichkeit zu sparen. Er hielt an, ließ den Fremden aussteigen und fuhr dann, ohne sich noch einmal umzusehen, mit quietschenden Reifen davon.

Ohne eine erkennbare Regung im Gesicht betrachtete der Mann das Gebäude, vor dem er nun stand. Unter normalen Umständen hätte man hier kein Museum vermutet. Auf dem Schild neben der Tür aber war das gleiche Logo wie im Internet zu erkennen: drei Schlangen, die sich aus drei Herzen hervorschälten, um das jeweils nächstgelegene wieder zu verschlingen. Um sie herum prangte der Schriftzug: MUZEUM ALCHYMIE – KUTNA HORA. Und direkt darüber ein ungleich prosaischeres Schild: TOURIST INFO.

Er hatte gewusst, dass das Museum im selben Gebäude wie die Touristeninformation untergebracht war, das nichts von der vielbesungenen Pracht der städtischen Architektur besaß. Beim hiesigen Alchemiemuseum handelte es sich vielmehr um eines dieser improvisierten Museen, wie es allein in Prag Dutzende gab und in denen es um mittelalterliche Folterinstrumente, Hexenverbrennung und andere Grausamkeiten ging. Man konnte schnell das Gefühl gewinnen, dass jeder, der das Wort Museum schreiben konnte, auch eines eröffnete.

Er selbst hatte keines dieser sogenannten Museen jemals betreten. Und ihm graute vor den Exponaten, die ihn hinter dieser Tür erwarteten.

Er zog seinen Hut tiefer ins Gesicht, zurrte seinen Rucksack zurecht und stieg dann die Stufen zum Museum empor.

Kaum dass das fleckige kleine Kupferglöckchen hinter der Eingangstür ihn angekündigt hatte, entdeckte er einen flugblattbeschwerten Tresen und dahinter eine kleine alte Frau, die ihr selbstgemaltes Namensschild als eine gewisse *Bozena* auswies. Sie war vielleicht 1,60 Meter groß – vermutlich etwas eingegangen während der letzten siebzig Jahre – und rauchte eine billige tschechische Zigarette. Im Tabakdunst und dem schlechten Licht des Vorraumes hatte ihr Gesicht das Grau einer alten Zeitung, in der ihre Falten wie alte Schlagzeilen prangten. Sie starrte in einen kleinen Schwarzweißfernseher, auf dem eine schlecht synchronisierte, spanische Telenovela lief. Daneben brummte in seiner Ladestation leise ein Funkgerät. Als Bozena den Neuankömmling bemerkte, blickte sie kurz auf, drückte ihre Zigarette aus und schaute ihr Gegenüber fragend und mit müden Augen an.

»Guten Tag. Wie kann ich Ihnen helfen?« Ihr Englisch wirkte korrekt, aber einstudiert. Vermutlich war es einer von vierzig Sätzen, die sie gelernt hatte und die ausreichten, wenn man sich mit Leuten unterhielt, die nur ins Beinhaus, ins Museum und auf die Toilette wollten. Und auch für seine Belange würde es reichen.

»Das Museum.« Er schnippte eine Fünfzigkronenmünze in das

vor ihr stehende Schälchen, und Bozena riss für ihn eine Eintrittskarte ab.

»Im zweiten Stock Sie finden das Museum. Im Keller die Alchemistenwerkstatt. Fotoerlaubnis vierzig Kronen. Wenn Sie Fragen haben, Masha und Pasha helfen gern. Viel Vergnügen.«

Bevor sie sich wieder wegdrehen konnte, hielt er ihr das ausgedruckte Bild des Tisches unter die Nase. Die Alte nickte in Richtung der schmalen Wendeltreppe, die einige Meter entfernt in den Keller führte, und wandte sich dann wieder ihrem Fernseher zu. Der Mann senkte den Blick und schaute sich um. Neben den Flugblättern auf dem Tresen lagen verblichene Bücher und Postkarten. Das blasse Erbe der klassischen Alchemie. Der Versuch, aus Papier Gold zu machen ... Als er kurz darauf an der gegenüberliegenden Wand die erste Kamera bemerkte, drehte er sich ein wenig zur Seite und bewegte sich, dicht gefolgt von dem Schatten, der nicht seiner war, in Richtung Treppe.

Das Gebäude war angenehm leer. Außerhalb der Saison schien sich niemand in der Gegend für die Alchemie zu interessieren. Der Fremde passierte zunächst einige Plakate, dann den Treppenaufgang zu den oberen Stockwerken. Auf dem nächsten Treppenabsatz erkannte er am offenen Fenster einen kräftigen Glatzkopf, der gelangweilt den Rauch seiner Zigarette aus dem offenen Fenster blies. In seinem Gürtel klemmte ein Funkgerät, und auf seinem schwarzen T-Shirt stand in alter Fraktur das Wort *Security* zu lesen. Das musste Masha sein. Oder Pasha. Der Besucher beachtete den Kerl nicht weiter und betrat stattdessen die rostige Wendeltreppe, die in den Keller hinabführte.

Das wackelige Eisengestell ächzte und knarrte bei jedem Schritt und erweckte den Eindruck, dass es womöglich tatsächlich von einem Alchemisten des 17. Jahrhunderts zusammengeschraubt worden war. Wenige Stufen später eröffnete sich ihm ein erster Blick in den Keller. Das Gewölbe war in einem alt wirkenden Zustand belassen worden, und zwischen grob gefugten

Steinwänden hatte man eine vermeintlich authentische Alchemistenwerkstatt eingerichtet: einige Tische und ein paar alte Regale, auf denen eigentümliche Exponate zu erkennen waren. In kleinen, gläsernen Vitrinen waren Kräuter, Metalle, Flüssigkeiten sowie nicht näher definierbare Präparate ausgestellt. Außerdem mit feinem Strich beschriftete Porzellanbehälter, auf denen die lateinischen Bezeichnungen für Schwefel, Blei, Salz, Quecksilber und Kupfer standen. An den Wänden hingen alte Plakate, auf denen es beinahe durchweg um die Verwandlung unedler Metalle in Gold ging.

Der Fremde musste lächeln. Die große Transmutation ... Sie ließ die Menschen staunen und machte die Alchemisten in ihrer Vorstellung zu schnöden Goldmachern. Und dabei war die Suche nach Gold seinerzeit, als die Alchemie die Krone aller Wissenschaften war, doch nur ein Nebeneffekt gewesen. Das Gold war der Nutzen, den die weltlichen Herrscher in der Alchemie erkannt hatten. Den größten Vertretern der Zunft aber war es doch stets um etwas ganz anderes gegangen: *das Leben selbst*. Das ewige. Das künstliche. Oder zumindest eine Kopie des Lebens ...

Und wie jämmerlich war der Glanz des Goldes, wenn man einmal hinter den Schleier und in die vergessenen Schriften der alchemistischen Meister geblickt hatte.

Verächtlich wandte der Mann den Blick ab. In der Mitte des Raumes bemerkte er eine zweite Kamera, an der Stirnseite eine dritte. Unterhalb der Treppe hockte der zweite Security-Mann, ein exaktes Ebenbild des ersten, neben sich sein Funkgerät. Hochkonzentriert tippte er eine Nachricht in sein Mobiltelefon. Masha und Pasha sahen sich so beängstigend ähnlich, dass er beim Anblick der beiden haarlosen Kolosse sofort an Homunculi denken musste.

Kaum, dass er den Raum komplett sondiert hatte, entdeckte er, wofür er gekommen war. Der Tisch stand neben einer Esse und einem kleinen Lehmofen unweit der dritten Kamera. Auf ihm funkelten in hölzernen Vorrichtungen einige durch dünne, gläserne Rohre verbundene Glaskolben, Flaschen und Behälter. Überdies waren in verschiedenen kleinen Schubladen und offenen Geheimfächern unterschiedliche Metalle und Phiolen mit farbigen Flüssigkeiten zu erkennen. In der Mitte des Tisches stand eine schimmernde weiße Porzellanschale.

Langsam und bemüht, sein Gesicht vor den Kameras verborgen zu halten, schritt er durch den Raum in Richtung des Tisches. Direkt davor stand ein Aufsteller mit dem dazugehörigen Informationstext. Er überflog ihn.

Während der Schatten an seinem Fuß zu zerren schien, lächelte der Mann ein feines Lächeln, wusste er doch mit Sicherheit, dass es sich hier nicht um den Tisch Johann Friedrich Böttgers oder irgendeines anderen Goldmachers handelte. Er war einzig dafür geschaffen worden, das unglaubliche Vermächtnis des großen George Ripley zu bewahren. Dieses Vermächtnis war es, nach dem sein Herr trachtete.

Ein kurzer Blick über die Schulter bestätigte dem Fremden, dass Pasha – beziehungsweise Masha – noch immer mit seinem Telefon beschäftigt war. Doch auch wenn er abgelenkt war, würde es kaum möglich sein, Ripleys Vermächtnis unbemerkt aus dem Keller zu schaffen.

Bevor der Mann mit dem Bogarthut näher an den Tisch trat, bückte er sich, um vorsichtig das Messer aus seinem Stiefelschaft zu ziehen.

Mit einem aufdringlichen Jingle signalisierte Mashas Telefon unter der Treppe den Eingang einer Nachricht.

Der Besucher hielt kurz inne und atmete durch. Unterdessen lösten sich aus dem Dunkel seines Schattens zwei finstere Fetzen, die lautlos über den Boden und dann an den Wänden emporflossen, um sich kurz darauf über die Linsen der Kameras zu legen. Dann trat der Mann zu. Es war ein knapper, gezielter Tritt.

Das vordere rechte Bein des Tisches gab nach und splitterte mit einem hässlichen Geräusch nach hinten weg. Die gläsernen Apparaturen gerieten ins Wanken, einige rutschten vom Tisch. Mit lautem Klirren knallten sie auf den groben Steinboden. Splitter spritzten umher.

Er ergriff das Tischbein, musterte es einen Moment lang und schleuderte es dann verächtlich zwischen die Scherben.

Der Hüne unter der Treppe blickte irritiert auf. Er sah den Fremden vor dem Tisch und schien im ersten Moment nicht zu begreifen, was dort vor sich ging. Dann aber ergriff der Fremde die Tischkante, hielt sie fest und holte ein weiteres Mal mit seinem Fuß aus, um auch noch das linke Tischbein abzutreten. Dieses Mal brauchte er zwei Tritte. Gleich nach dem ersten sprang Masha auf und hastete aus dem hinteren Teil des Kellers herbei. Er brüllte etwas in sein Funkgerät, zog seinen mattschwarzen Schlagstock und schwang ihn wütend über seinem Kopf.

Bevor er den Fremden jedoch erreichte, brach der mit einem zweiten kräftigen Tritt das Bein aus seiner Verankerung. Er schleuderte die Tischkante nach oben, so dass der Tisch nun mit dem Rest der Apparaturen scheppernd nach hinten fiel. In genau diesem Moment hatte der Wachmann den Vandalen erreicht und wollte gerade den Schlagstock auf dessen Kopf niedersausen lassen, als er plötzlich in den Schatten des Fremden trat.

Für den Bruchteil einer Sekunde schien die Zeit stillzustehen. Auf eine beinahe unwirkliche Art fiel der Schatten des bebrillten Fremden in diesem Augenblick – entgegen allen Gesetzen der Logik – auf den gut einen Kopf größeren Wachmann. Weder um die Lichtquellen innerhalb des Raumes noch die Gesetze der Physik schien er sich dabei zu scheren und verdunkelte beinahe den gesamten Oberkörper des Angreifers, der augenblicklich mit einem Aufschrei zurückfuhr und seinen Schlagstock fallen ließ. Von einem Moment auf den anderen wucherten dunkle Brandblasen auf seinem Oberkörper, als wäre er in glühende Kohlen gestürzt. Sie wuchsen, platzten auf, und seine Haut begann sich abzuschälen, während Brandlöcher das T-Shirt mit dem Security-Schriftzug zerfraßen. Der Geruch verbrannten Fleisches erfüllte den Keller, als der Koloss von Wachmann einige Schritte nach hinten taumelte, rücklings zu Boden fiel und sich dort unter Schmerzen wand.

Der Fremde hatte sich unterdessen nicht einen Moment lang in seinem Tun beirren lassen.

Er wusste, dass er nichts zu fürchten hatte. Denn er vertraute auf die Macht seines Herrn, der die dunklen Künste des Schattensprechens bis zur Vollkommenheit beherrschte. Er wusste, dass dieser ebenso Wissen wie Schmerz bringen konnte, auch wenn die Gilde ihren Angehörigen das Beibringen von Verletzungen mittels ihres Schattens verboten hatte und derlei Magie seit mehr als zweihundert Jahren nicht mehr gelehrt wurde. In dem Moment, als der Fremde den Mann in seinem Rücken hatte schreien hören und ihm der Geruch verbrannten Fleisches in die Nase gestiegen war, da hatte er gewusst, dass sein Herr die Elemente im Schatten entfesseln konnte. Er wusste seinen Schatten mit der Macht des Feuers zu beseelen! Er musste ein wahrhaft alter Meister seiner Kunst sein. Einer, der die verbotenen Bücher gelesen und die größeren Schatten zu beherrschen gelernt hatte. Welch Ehre es war, solch einem Kundigen dienen zu dürfen und ihn zum Lehrer zu haben.

Als Masha zu Boden ging, hatte der Besucher schließlich gefunden, wonach er gesucht hatte. Er erkannte die Höhlung im Inneren des Tischbeines, in der ein zerschlissener Fetzen stak. Vorsichtig zog er ihn heraus, während der Schatten in seinem Rücken von seinem Opfer abließ und ihm, seinem Diener, über die Schulter kroch, um die Beute ebenfalls in Augenschein zu nehmen. Der Fetzen war ein schlichtes Stück Leinen, das mehrmals um einen länglichen Gegenstand von vielleicht fünfzehn Zentimetern Länge gewickelt worden war.

Mit zitternden Fingern schlug er den zerschlissenen Stoff auseinander und legte Schicht um Schicht frei, wofür er gekommen war: das geheime Erbe des vielleicht größten Alchemisten aller Zeiten, das größte Geheimnis, das je in Europas Alchemistenküchen geschaffen worden war, *das Eidolon*. Er hörte weder die Stimme aus dem am Boden liegenden Funkgerät noch die Schreie des angesengten Hünen in seinem Rücken. Er hörte auch nicht den zweiten Wachmann, der schlagstockschwingend in ebendiesem Moment die ächzende Wendeltreppe hinabgestürzt kam. Noch bevor dieser aber überhaupt im Keller anlangte, schlug der Fremde das letzte Stück Stoff zur Seite und legte eine kleine, gläserne, mit Siegelwachs versiegelte Phiole frei, aus deren Innerem es eigentümlich dunkel schimmerte. In dem Röhrchen funkelte eine künstliche Finsternis, die in steter Bewegung schien, sich seit mehr als fünfhundert Jahren regte, sich wand, um sich selbst wirbelte und nach einem Ausweg aus ihrem gläsernen Gefängnis suchte. Künstliches Dunkel, das Ripley mit fremdartigen Instrumenten aus der Nacht geschnitten hatte, um es mit einem eigenen Willen und Leben zu erfüllen. Ein Schatten aus der Retorte, nicht Herr noch Ursprung habend. Weder einen Platz noch eine Existenzberechtigung in dieser Welt.

Was immer sein Herr auch vorhatte, dieses finstere bisschen Unmöglichkeit in seinem gläsernen Behälter war der Schlüssel zu seinem Plan.

In diesem Moment hatte Pasha den Fuß der Treppe erreicht. Er sah seinen am Boden liegenden Bruder, den zerstörten Alchemistentisch und zuletzt den Mann, ein Messer in der einen und ein mit Stoff umwickeltes Päckchen in der anderen Hand haltend. Irgendwo im Haus betätigte jemand den Alarm. Eine Sirene heulte auf, und Pasha stürmte mit erhobenem Schlagstock auf den Unbekannten zu.

Wieder löste sich der Schatten von dessen Füßen und stürmte dem Hünen entgegen. Doch augenscheinlich hatte der Schatten nicht mehr die Kraft, auch den zweiten Sicherheitsmann zu verbrennen. Stattdessen schoss er über den Boden auf ihn zu, sammelte sich zu dessen Füßen, kroch in Form eines wabernden dunklen Fleckes an ihm empor und legte sich wie eine dunkle Wolke über sein Gesicht, um ihn zu blenden. Pasha wurde schwarz vor Augen, er stoppte in seinem Ansturm, ließ den Schlagstock fallen und versuchte verzweifelt, sich den Schatten vom Gesicht zu reißen. Er bekam jedoch nur körperloses Dunkel zu fassen und taumelte unter dem grellen Lärm des Alarms durch das Zwielicht des Kellers. Dabei riss er Bilder von den Wänden, Vitrinen zu Boden und Gläser aus den Regalen. Splitter regneten auf seinen am Boden liegenden Bruder herab, der sich noch immer vor Schmerzen krümmte, und innerhalb kürzester Zeit verwandelte der nunmehr wild um sich schlagende Pasha den Alchemistenkeller in einen buchstäblichen Scherbenhaufen.

Der Fremde riss den Blick von der Phiole und schaute auf den blindwütig um sich schlagenden Sicherheitsmann. Um hinüber zur Treppe zu gelangen, musste er noch immer an ihm vorbei. Wenn der Hüne ihn aber zu fassen bekam, wäre es – Schatten hin oder her – vorbei mit seiner Flucht. Er kniff seine Augen zusammen, richtete sich auf und griff das Messer fester. Dann sprang er auf den Geblendeten zu, stieß ihm in schneller Folge drei Mal hintereinander das Messer in den Bauch und hastete weiter. Als Pasha stöhnend und blutend neben seinem Bruder zusammenbrach, ließ auch der Schatten von seinem Gesicht ab, zog sich von den Kameras zurück und heftete sich wieder ganz an die Füße seines Dieners, der mit dem blutigen Messer in der einen und dem Bündel in der anderen Hand die wankende Wendeltreppe emporhastete.

Am oberen Absatz angekommen blickte der Mann sich hektisch um. Auf seiner Stirn stand kalter Schweiß, Hände und Jacke waren blutbesudelt. Der Alarm hallte auch durch das Erdgeschoss. Das Funkgerät hinter dem Tresen rauschte leise. Der Fernseher lief noch immer. Die alte Frau aber war nirgends zu sehen.

Der Fremde holte kurz Luft, wandte sich dann Richtung Ausgang und eilte weiter.

Er hatte die Tür beinahe erreicht, als plötzlich die Alte von hinter dem Tresen auftauchte. Es ging alles zu schnell, als dass sein Schatten noch hätte einschreiten können. Die Alte hielt eine Schrotflinte in Händen. Der Finger am Abzug krümmte sich, es gab einen gewaltigen Knall, und der Rückschlag schleuderte die Frau zu Boden. Der Fremde schrie auf, als die Schrotladung seine linke Hand zerfetzte. Blut spritzte, Knochen splitterten. Das Bündel, wie durch ein Wunder unversehrt, entglitt ihm und fiel zu Boden. Die Phiole rutschte aus dem Tuch und zerbrach einen Wimpernschlag später klirrend auf den Fliesen, und der gefangene Schatten verflüchtigte sich.

Ungläubig blickte der Fremde erst auf seine zerfetzte Hand und das herauspulsende Blut, dann auf das Eidolon, das sich am Boden wieder zusammenzog und langsam zwischen den Fliesen zu versickern schien. Der Aufschrei des Mannes, als er auf die Knie fiel und den künstlichen Schatten mit seiner verbliebenen heilen Hand festzuhalten versuchte, war eine Mischung aus Schmerz und Verzweiflung. Er hatte versagt, hatte seinen Herrn enttäuscht. Der Schatten war entkommen, Ripleys Vermächtnis verloren. Er würde es verstehen, wenn sein Herr sich nun von ihm abwandte und ihn hier verbluten ließ.

Stattdessen aber kroch der fremde Schatten an ihm empor und legte sich über die blutenden Überreste seiner Hand. Sofort hörte es auf zu bluten. Selbst die Schmerzen schwanden. Wie es schien, hatte sein Herr beschlossen, ihn noch immer zu brauchen. Nun womöglich mehr noch als zuvor. Denn für seinen geheimen Plan brauchte er Ripleys Vermächtnis, den künstlichen Schatten …

Blutverschmiert und mit dem Dröhnen der Alarmsirene in seinen Ohren, floh der Fremde aus Kutna Horas alchemistischem Museum.

Er hatte eine Hand verloren, dafür aber die Gewissheit gewonnen, dass sein Herr bereit war, ihm eine zweite Chance zu geben …

John Dee
ALCHIMIA UMBRARUM
(1604)

Kapitel XXII

(Seite 242 ff.)

VOM KÜNSTLICHEN SCHATTEN

Einen künstlichen Schatten zu schaffen, ein lebendes Doppel vom dunklen Abbild des Lebens, ist die höchste aller denkbaren Künste. Und während die großen Alchemisten ihrer Zeit noch danach strebten, ihren Homunculi Leben einzuhauchen, kam einer von ihnen doch dem Geheimnis der Schatten auf die Spur. Und während der große französische Meister Nicolas Flamel der Einzige war, dem es vergönnt war, einen künstlichen Menschen zu erschaffen, gelang es dem Engländer Ripley, einen künstlichen Schatten, das Eidolon, zu schaffen. Und auch wenn er es tat, um Verderben über die Welt zu bringen, von Rache und Zorn getrieben, so schmiedete er kraft seiner Schöpfung doch die Krone der Schattenmagie. Allein die Ahnung der Möglichkeit ist berauschend. Ein Schatten, aus dem Willen geboren, dem Willen zu Diensten, nicht geschaffen und geprägt von Gott, der die Schatten einst an die Füße der Menschen kettete.

Wir Menschen zeugen Leben kraft unseres Geschlechtes. Das Leben aber, das unseren Schatten innewohnt, zu erschaffen und von uns zu lösen, scheint die Unmöglichkeit, die leise im Schatten der Schöpfung wispert.

Was genau Ripley tat, woraus er das Eidolon unter welchen Bedingungen destillierte, wird sein Geheimnis bleiben. Dafür trugen solche Sorge, die mächtiger sind als ich. Der Rat zerstörte Ripleys Wissen und seine Aufzeichnungen über die Welt der Schatten; sie nahmen ihm seinen Geist, seinen Schatten und bannten diesen bis zum Ende der Zeit in der Finsternis der Trümmer seiner eigenen Werkstatt.

Was immer ich niederschreibe über das Eidolon und das künstliche Erschaffen von Schatten, die keines Herrn mehr bedürfen, um in der Welt zu existieren, tue ich unter den wachsamen Augen des Rates, der niemandem gestatten wird, jemals das Geheimnis zu lüften, das Ripley zwischen der Welt der Schatten und jener der Menschen erschuf.

Und so ist mir in dieser Schrift nicht mehr vergönnt, als davon zu berichten, dass es möglich ist, selbst das Unschaffbare zu schaffen: einen Schatten ohne Herrn, der womöglich am Ende, nicht den Gesetzen der einen noch denen der anderen unterworfen, über Schatten wie Herren triumphieren wird.

Den Worten des großen Gelehrten der Sterne, Michel de Notredame, Nostradamus geheißen, zufolge wird es ein falscher Schatten sein, der sich am Ende der Zeiten, wenn die Apokalypse naht, über die Welt legen wird …

4.

Pulvus et umbra sumus.
(Staub und Schatten sind wir.)
Horaz
(65 v. Chr. - 8 v. Chr.)

Bald schon beschloss seine Mutter, Jonas Mandelbrodt zu seinem eigenen Besten tagsüber an einen Ort zu bringen, wo Schattenstarrer sich mit normalen Kindern trafen, damit sie sich aneinander gewöhnten. An jenem Ort sollte nun auch Jonas, kurz bevor er fünf wurde, mit anderen Kindern umzugehen lernen.

Doch auch hier betrachtete er schweigend wieder nur mich und lernte statt sinnentleerter Spiele und allerlei Firlefanz neben weiteren Handgriffen des Schattenschnitzens auch die Geschichten, die es über jene wohl größte der vergessenen magischen Künste zu wissen gab.

Es bedurfte keines halben Jahres, und mein Herr konnte bereits die Schatten seiner Stofftiere untereinander austauschen und sie in die Welt hinausschicken.

Es waren kaum mehr als die Spiele eines Kindes, doch sie mussten im Geheimen stattfinden, damit die Welt sich nicht vor Jonas Mandelbrodt fürchtete. Niemand durfte Zeuge sein, wenn einem von ihnen mal der Schatten fehlte, weil Jonas ihn eingegraben, an einem Baum im Garten festgebunden oder zwischen dem Querkraut ausgelegt hatte.

Über kurz oder lang jedoch vereinte mein Herr, wenn auch auf seine eigene Art, die Schatten wieder mit seinem Spielzeug. Und weil kaum einer noch wirklich hinschaut, so fiel es dieser Tage wieder niemandem auf, wenn am Fuße eines Roboters der Schatten eines Sauriers lag und eine Schildkröte den eines Raupenbaggers warf. Niemand sah es und niemand begriff, weshalb Jonas Mandelbrodt manchmal kicherte, wenn er versonnen zu Boden starrte.

Ein Schatten unter seinen Spielzeugen erfuhr allerdings ein anderes Schicksal als zuvor beschrieben. Mein Herr besaß einen Stoffbären, *Herr Brummbold* genannt, mit dem schon seine Mutter gespielt hatte. Dementsprechend sah das Tier allerdings auch aus. Sein Fell war zerzaust, der Körper schon mehr als einmal geflickt worden, und davon abgesehen fehlte ihm ein Auge. Das Tier bot einen geradezu jämmerlichen Anblick. Sein Schatten aber, dem man diese Schwächen nicht ansah, war vollkommen intakt. Und so war er es, den der kleine Jonas liebgewann und den er, kaum dass er so weit war, vom Körper des zerschlissenen Stofftiers trennte, um ihn mit Leben zu füllen. Und während die stofflichen Überreste des Teddys selbst in die Abgründe einer selten geöffneten Kiste wanderten, vergnügte Jonas Mandelbrodt sich mit seinem Schatten. Wenn man die beiden umhertollen sah, dann konnte einem – wenn man denn eines besaß – fürwahr das Herz aufgehen. Es war nicht verwunderlich, dass das Abbild jenes Tieres meinem Herrn alsbald ein weiterer Vertrauter wurde. Jonas führte ihn stets mit sich, verbarg ihn wenn nötig in mir, seinem eigenen Schatten, und vertraute ihm seine größten Geheimnisse an.

Mit diesem Schatten fiel es ihm, der in Gegenwart anderer Menschen doch meist schwieg, plötzlich leicht zu sprechen. Und eines Tages raunte er dem Schatten seines Stoffbären verschwörerisch etwas zu, das mich bis in mein innerstes

Dunkel erzittern ließ: »Weißt du, Herr Brummbold, sei mir nicht böse, aber ich werde deinen Schatten an den Raupenbagger heften und mit ihm durch den Garten fahren. Damit das Querkraut einmal sieht, dass es auch andere gibt, die einen kaputten Schatten haben …«

Mein Herr, der spürte, wie er selbst zeitlebens einen anderen Schatten werfen würde als die Menschen um ihn herum, gedachte der Ausgestoßenen und Abseitigen. Und ich ahnte, dass ich recht daran tat, die Regeln zu brechen, um ihn zu lehren, was noch keiner vor ihm gelernt hatte.

Und spielerisch lernte Jonas Mandelbrodt, Kind das er war, mit den Mächten der Schatten umzugehen. Und wohlwollend schaute ich zu ihm auf, ermahnte und ermutigte ihn und war ihm – wenn auch nur ein Schemen – mehr ein Vater als all die Männer, die im Haus seiner Mutter kamen und gingen.

Andere Kinder, egal ob sie zu Boden starrten oder nicht, fürchteten meinen Herrn. Denn er sprach nicht ihre Sprache, dachte nicht in den Bahnen ihres Denkens. Nur ein Einziger war unter ihnen, der Jonas auf seine eigene Weise zugetan war: Norman. Er war im gleichen Alter wie mein Schützling, und der einzige Grund, weshalb er Jonas nicht fürchtete, war womöglich, dass er einfach zu dumm dafür war. Der Knabe wog fast doppelt so viel wie mein Herr und war ihm aus unerfindlichen Gründen in ebenso freundschaftlicher Weise zugetan wie einstmals Enkidu dem Gilgamesch. Norman war Jonas im Kindergarten ein beinahe ebenso treuer Schatten wie ich selbst und bewahrte ihn dort nicht selten vor dem grausamen Treiben der Burschen, die sich an denen abreagieren, die schwächer sind als sie.

Wäre nicht der kleine dicke Norman gewesen, Jonas Mandelbrodt hätte sich schon früh unbedacht als einer zu erkennen gegeben, der zu Größerem imstande war als lediglich dazu, Sandburgen zu zerstören ... Hätte sein Freund die anderen nicht zurückgehalten, hätte Jonas seine Peiniger irgendwann den Zorn der Schatten schmecken lassen.

Besagter Norman war bald schon ebenso häufig in unserem Haus zu Gast wie wir in seinem. Im Gegensatz zu Ruth hatte Normans Mutter jedoch einen Mann, den sie kraft eines Ringes und des Christenglaubens an sich gekettet hatte. Die drei wirkten wie eine Familie, deren ganzheitlichem Glück nicht einmal die Beschränktheit ihres Sohnes entgegenzustehen schien. Sie hatten sich eine makellose Welt geschaffen, besaßen ein Haus, ein Fortbewegungsmittel, und beide Elternteile gingen einer geregelten Beschäftigung nach.

Sie schienen glücklich, wie es nur wenige andere in ihrer Umgebung waren.

Ihre Schatten aber sprachen eine andere Sprache. Als ich ihre Schatten streifte, wusste ich um die Geheimnisse ihrer Herren. Wusste, mit wem er schlief, um sie vergessen zu können, was für Mittel sie sich verschreiben ließ, um ihn nicht ertragen zu müssen, und dass – abgesehen von ihrem Kind – nichts von dem, was sie besaßen, wirklich ihnen gehörte. Und selbst Norman gehörte ihnen genaugenommen nur zur Hälfte, da er – wie ich durch die Schatten erfahren musste – nicht der Sohn seines vermeintlichen Vaters, sondern vielmehr der von dessen Bruder war. Da ich um all das wusste, wusste es auch mein Herr und ahnte bereits fünf Sommer nach seiner Geburt, dass der Mörtel, der die Welt der Menschen zusammenhält, zu gleichen Teilen aus Lüge und Eitelkeit besteht. Während also alle Nachbarn und Bekannten Normans Eltern die Vollkommenheit ihres Lebens neideten, pflegten wir mit ihrem Sohn eine Freundschaft, wie sie wahrhaftiger nicht sein konnte. Norman Cupido Fiedler wurde unser einziger menschlicher Vertrauter, der mit leuchtenden Augen dabei zusah, wie Jonas Mandelbrodt heimlich die Schatten

von seinen Spielzeugen trennte, um ihnen seinen Willen aufzuzwingen.

Und so waren es nun also ein dicker dummer Knabe, der Schatten eines Teddybären und ein alter Hund, die um den eigensinnigen Bund wussten, den ich alter Schatten mit Jonas Mandelbrodt geschlossen hatte.

Wir sammelten Verbündete.

Nach dem Vorfall in Kutna Hora hatte der Mann mit der silberrandigen Brille sich in ein Hotel in einem der Prager Randbezirke zurückgezogen. Der falsche Schatten war verloren. Und was ungleich schlimmer war, er ging davon aus, dass sie bemerkt worden waren. Der Rat hatte seine Spione überall.

Bevor er verschwunden war, hatte sein Herr das Zimmer mithilfe von Schattenmagie getarnt, um es für die Wahrnehmung der Ratsspione unsichtbar zu machen. Solange der Mann sich also ruhig verhielt, würden sie ihn hier nicht finden.

Er erhob sich und wankte mit schmerzverzerrtem Gesicht ins Bad hinüber. Er suchte einen Erste-Hilfe-Kasten, öffnete ihn und holte das Verbandszeug hervor. Dann griff er in die dunkle Masse am Ende seines Armes, löste den Verband aus Finsternis und ließ ihn zu Boden gleiten. Stumm betrachtete er die Reste seiner Hand. Sie sah nicht gut aus. Daumen und Zeigefinger waren zerschmettert, der Ringfinger nicht mehr vorhanden. Er biss die Zähne zusammen und versuchte unter Schmerzen, die kläglichen Überreste zu reinigen. Es war unwahrscheinlich, dass er die Hand je wieder würde benutzen können.

Er wusste nicht, was sein Meister nun plante. Das Eidolon wiederzufinden würde gewiss mehr als schwer sein, doch das war noch die geringere Aufgabe im Vergleich mit der, es einzufangen. Vor allem, wenn dabei die Augen des Rates auf ihnen ruhten ... Er fragte sich, wofür Ripley das Eidolon wohl geschaffen hatte und was es nun tun würde.

Vorsichtig begann der Mann mit der silberrandigen Brille, die Reste seiner Hand mit einem gewöhnlichen Verband zu umwickeln. Vielleicht hätte ein Arzt noch mehr für ihn tun können, aber in ein Krankenhaus konnten sie nicht gehen. Nicht jetzt, nachdem der Vorfall in Kutna Hora den Rat und seine Häscher aufgeschreckt hatte. Er öffnete eine Pillendose, nahm etwas gegen die Schmerzen und begab sich dann zurück ins Zimmer. Dort ließ er sich in den Sessel fallen, nahm seinen Revolver vom Tisch und fixierte die Tür.

Der Mann war froh, dass sein Meister ihn nicht hatte fallen lassen. Er genoss es, gebraucht zu werden. Auch wenn er nicht in den Plan eingeweiht war. Doch ihm war klar, dass sein Herr mehr über das Eidolon wissen musste. Und nicht zuletzt aus diesem Grund fragte er sich, wem genau er da wohl diente. Doch seine Loyalität war am Ende größer als seine Neugier, so dass er niemals gewagt hätte, dieser Frage nachzugehen.

Nach den Ereignissen in Kutna Hora dauerte es nicht lange, bis sich am Ende der Welt wieder die mächtigsten Schatten einfanden, die sich um das Schicksal der Menschheit sorgten.

Sie flossen in die Höhle, verschworen, lautlos, unbemerkt, und nahmen die Plätze ein, die den Mitgliedern des Rates seit Anbeginn der Zeiten vorbehalten waren.

Dieses Mal waren es zunächst nur vier dunkle Schemen, die sich hier im Inneren der Welt vereinten. Doch noch bevor ihre Verwunderung das Dunkel durchdrang, spürten die Schatten am Ende der Welt, wie über die Treppe auch das letzte Mitglied hinab und in ihre Mitte strömte. Und kaum, dass seine Schwärze sich mit der ihren mischte, ahnten sie, dass das Gleichgewicht der Dinge nicht nur durch einen Schatten bedroht wurde, der beschlossen hatte, seinen Herrn zu lehren. Das Wissen, das jener letzte Schatten nun in ihre dunkle Runde einfließen ließ, war wahrlich ungeheuerlich …

»Das Eidolon! Es … Es ist frei!«, formten seine Worte, und das Dunkel schien beinahe zu erstarren.

»Nun also doch. Nach mehr als fünfhundert Jahren dringt Ripleys Vermächtnis in die Welt …«, entgegnete eine andere Stimme, die nun im Schreck an Schärfe gewann.

»Aber wer hätte es befreien sollen? Und vor allem *weshalb*?«, klang fragend die weibliche Stimme in das Dunkel hinein.

»Was, wenn es der Alchemist selbst war?«, gab der zuletzt hinzugekommene Schatten zu bedenken.

»Er ist tot, du Narr! Und der Rat selbst war es, der den Schatten von seinem Leichnam trennte, um ihn bis ans Ende der Zeit in ein Gefängnis zu sperren«, ergriff die scharfe Schattenstimme wieder das Wort.

»Das war vor meiner Zeit. Doch selbst wenn ihr ihn banntet, ist es ihm doch gelungen, das Eidolon vor dem Rat zu verbergen …«

»Wir haben seinen Körper verhört, sogar seinen Schatten. Doch er hat das Versteck vor uns verheimlicht. Und wer weiß, wenn jemand den Schatten des Alchemisten befreit hat, dann hat er womöglich das Eidolon …«, dachte der Alte in das Dunkel hinein.

»Das ist unmöglich. Sein Gefängnis ist unüberwindbar«, fuhr die scharfe Stimme dazwischen.

»Nehmen wir an, sein Schatten ist noch immer gefangen. Wer sollte sich dann auf die Suche nach dem Eidolon gemacht haben?« Der zuletzt Hinzugekommene suchte in ihrer gemeinsamen Schwärze nach einer Antwort.

Und es war die weibliche Stimme, deren Gedanken als Erstes Gestalt annahmen:

»Ripley war seinerzeit, als er seinen Plan fasste und das Eidolon schuf, nicht allein. Er hatte einen Mitverschwörer ...«

»Den Italiener. Über den wir auch nach all diesen Jahrhunderten nicht mehr wissen, als dass er in seiner Heimat die Alchemie und das Schattensprechen erlernt haben soll. Wie sollte er die Jahrhunderte überdauerte haben? Unbemerkt von uns?« Es war die scharfe Stimme, die zweifelte. Doch der Schatten der Frau ließ sich nicht beeindrucken.

»Vergesst nicht: Während alle anderen Schatten offene Bücher für uns sind, können wir Geheimnisse verbergen. Wir können verhindern, dass unsere Schatten sich mit anderen mischen. Wir sind die Einzigen, die nicht alles Wissen teilen müssen. Wenn jener Italiener es ebenfalls gelernt hat ...«

»Womöglich ist er gar einer von uns ...?«, wisperte der letzte der fünf den schlimmsten aller möglichen Gedanken in ihre Runde.

»Schluss damit!« Entschieden hallte der Gedanke des ältesten Großmeisters durch das Schwarz, und das Alter in seiner Stimme wurde von seiner Entschiedenheit noch übertroffen.

»Ich selbst werde den Kerker des Alchemisten in Augenschein nehmen ...«

»Was ist mit dem Schatten des Jungen?«, wollte die Frau wissen.

Es war der Energische unter ihnen, den diese Frage aufbrausen ließ.

»Der Junge? Weder er noch sein Schatten sind wichtig! Nicht jetzt. Wir sollten uns vielmehr Gedanken darüber machen, was weiter geschehen soll. Wenn das Eidolon wirklich dort draußen ist, ist die Ordnung der Dinge in großer Gefahr.«

Der Neuhinzugekommene lachte dunkel auf.

»Die Ordnung der Dinge? Erinnert euch! Ripley, der unheilige Alchemist, wollte das Reich der Schatten unter seine Herrschaft bringen! Darum hat er das Eidolon seinerzeit geschaffen. Einen Schatten, der an keine Regeln gebunden ist, dem die Zwänge der Schatten fremd sind, der keine Grenze, keine Moral und keinen Herrn kennt. Wenn es ihm gelingt, sich mit den gewöhnlichen Schatten zu vermischen, dann ist es weniger die Ordnung der Dinge, die in Gefahr ist, als die Welt der Menschen in ihrer Gänze!«

Der Alte versuchte, den anderen zu beruhigen.

»Um die Schatten zu vergiften, müsste das Eidolon bis in den Limbus vordringen. Und das ist vollkommen undenkbar. Dafür haben wir die Siegel geschaffen. Nichts, das kein wahrer Schatten ist, wird in jenen Ort jemals eingehen.«

Seine Argumente aber schienen nicht zu fruchten.

»Aber wenn es ihm dennoch gelingt, was dann?«

»Dann fällt die Welt den Schatten des Limbus anheim.«

»Und der Mensch wird beginnen, dem Schatten zu dienen«, ergänzte die scharfe Stimme den Gedanken. Doch der Alte rief sie alle zur Besinnung.

»Es ist unsere Aufgabe, das zu verhindern. Eilt an die Schattenstätten. Überprüft die Siegel. Ich werde mich in Ripleys Kerker begeben.«

»Gnade uns Gott«, flüsterte leise der Letzte von ihnen.

»Lange schon nicht mehr. Nicht einmal sein Schatten ist der Welt geblieben …«

Die zynischen Worte des scharfzüngigen Schattens waren die letzten, die während dieser Zusammenkunft in das gemeinsame Dunkel flossen. Dann verstummten sie, entwirrten sich, und langsam glitt das Schwarz des einen aus dem der anderen. Der Rat der Schatten ging auseinander. Sie ließen voneinander ab, strebten zurück in die Welt, um sich von neuem an die Füße ihrer Herren zu heften, die voneinander nicht mehr kannten als ihre Schatten …

John Dee
ALCHIMIA UMBRARUM
(1604)

Kapitel XIII
(Seite 132 ff.)

VOM LIMBUS

Hinter der Welt ruht eine Welt, in der sich das wahre Wesen der Schatten findet. Dieser Ort trägt den Namen Limbus, was ›Rand der Welten‹ bedeutet. Dort, wo die Seelen wohnen, die im Himmel keinen Einlass finden. Und während im Menschen selbst seine unsterbliche Seele wohnt, sind die umherirrenden Schatten Spiegelbilder jener Seele. Doch während die Seele selbst ihren Himmel finden mag, gibt es für das Schattenbild kein Paradies. Der Limbus ist hingegen der Ort, wo es der Erlösung am nächsten kommt.

Hierher kehren die Schatten, wenn ihre Herren sterben, zurück, um sich mit ihresgleichen zu vermischen und zu teilen, was sie im Laufe eines Menschenlebens am Fuß ihres Herrn erfuhren. Was in einem ist, ist hernach auch in allen anderen. Zu gleichen Teilen ist alles, was jemals aufgenommen wurde, in jedem Schatten. Das Wissen der großen Philosophen, die Gedanken vergessener Poeten, die Strategien der alten Generäle. Wissen, Wahrheit, Geschichte. An diesem Ort mischt sich alles mit allem, und von hier aus finden die Schatten erneut ihren Weg in die Welt, um ihre Bestimmung zu erfüllen, ihren Platz einzunehmen am Fuße eines neuen Herrn, dessen gesamte Erfahrung sie am Ende seiner

Zeit hierher und zu den ihren tragen. Im Limbus saugen die Schatten sich voll mit dem Erlebten und Erfahrenen der Menschen. Jeder Gedanke, der je gedacht, jede Tat, die je getan ward, hat sich eingebrannt in das Dunkel der Schatten. Nichts anderes ist dieser Limbus als eine allumfassende Bibliothek, und jeder einzelne Schatten nicht weniger als ein Buch, in dem ihr Wissen zur Gänze enthalten ist.

Ein Wunder, das sich erst dem erschließt, der die Sprache der Schatten beherrscht. Aber tut er dies erst einmal, so hat er Zugriff auf das Wissen aller, die vor ihm waren. Ein jeder Schattenschnitzer oder Schattensprecher ist gesegnet mit dem Wissen der Generationen, und kein Geheimnis, das sich jemals einem Menschen erschloss, ist ihm fremd …

Zieht man die Worte der Schattenmagier zu Rate und lauscht dem, was sie ihren eigenen Schatten über jenen Orten entlockten, so ist dieser Limbus, der Ort wo die Schatten sich sammeln und mischen, dem Menschen unerreichbar, verborgen tief im Inneren der Erde. Eine Höhle, deren Wände ganz aus kristallinem Salz bestehen und deren unwirkliches Weiß, das sich in der Tiefe über Hunderte von Meilen erstreckt, von blitzenden Lichtern erleuchtet wird, die dem Elmsfeuer ähneln und dabei wie ein Geflecht aus Adern hinter jenen Wänden verlaufen.

Erreichen können die Schatten den Limbus einzig durch Schatten, die älter sind als alles, was sonst ist. Es sind die Schatten von Felsen und Bäumen vom Anbeginn der Zeit, die diese – selbst wenn sie längst schon vergangen sind – heute noch werfen. Unseren Schatten sind dies die Tore, welche sie hinab in den Limbus führen. Und diese Tore, die ältesten Schatten, verbergen sich in denen unserer gegenwärtigen Welt, verstecken sich in denen unserer Häuser, Kirchen und Standbilder, so dass es uns Menschen nicht gegeben ist, sie zu erblicken. Doch wofür auch, denn nichts, was nicht Schatten ist, wird je seinen Weg in den Limbus finden.

Der einzige Sterbliche, der je ein Tor in die Welt der Schatten und die Tiefen des Limbus öffnen wollte und mit den ältesten Schatten zu experimentieren wagte, war der gleiche George Ripley, dem ich mein Wissen über die Schatten verdanke und der vom Rat der Schatten selbst ver-

bannt und vernichtet wurde, bevor er die Schatten gegen die Menschen aufbringen und das Ende aller Dinge entfesseln konnte. Und ebenso wie das Eidolon verbarg der Rat auch das Tor in die Schatten vor den Augen der Welt und sicherte es durch fünf mächtige Siegel, auf dass kein Mensch und nichts, das nicht Schatten war, je seinen Weg in den Limbus fände …

Denn der Limbus ist das Königreich der Schatten, und einzig ihnen geziemt es, in ihm zu sein.

5.

Ein gutes Pferd läuft schon angesichts des Schattens einer Peitsche.
Chinesisches Sprichwort

Es war ein heißer Sommer und Jonas Mandelbrodt gerade fünf Jahre alt, als irgendwo in Mexiko ein Mädchen geboren wurde.

Seine Eltern gaben ihm den Namen Maria. Und damit es sich von den Töchtern anderer guter Katholiken, wie sie die Elendsviertel Yucca Verdes bevölkerten, unterschied, setzten sie vor seinen Familiennamen sowohl eine Carmen als auch eine Dolores. Aber selbst das hob das Kind kaum von anderen ab. Denn selbst wenn man in den engen Gassen, in denen die Hitze stand und streunende Hunde in den schnell verrottenden Abfällen wühlten, ihre drei Namen rief, würden sich immer auch Dutzende Mädchen umdrehen. Eine unter vielen zu sein, das wäre ihr Schicksal gewesen, dort unten in den Slums, wäre ihr Leben nicht von einem überaus eigentümlichen Umstand begleitet worden.

Carmen Maria Dolores Hidalgo besaß keinen Schatten.

Ihr erstes Wort sprach sie auf Radio »Liberta«, ihre ersten Schritte machte sie in Lupe de la Vegas Talkshow »aqui?«, und alle fragten sich, ob jenes Kind ohne Schatten verflucht oder gesegnet war.

Kaum einer in den Slums, ja, kaum einer in ganz Yucca Verde hätte sich je an ihren Namen erinnert. So aber kannte zwei Monate nach ihrer Geburt das ganze Land *das Mädchen ohne Schatten*. Fotos von ihm gingen um die Welt. Auf Titelseiten und in den Nachrichten konnte man sie sehen, und bevor Maria überhaupt bewusst zu leben begann, hatte längst ein amerikanischer Filmproduzent die Rechte an ihrer Geschichte gekauft.

Mancherorts bezweifelte man natürlich die Echtheit der Bilder. Wie leicht ließ sich ein Schatten dieser Tage wegretuschieren, und mit dem richtigen Licht wäre wohl nicht einmal das nötig gewesen. Jeder Zweifler aber, der das Kind zu Gesicht bekam, wurde eines besseren belehrt.

Tatsächlich warf das Mädchen zu keiner Zeit des Tages einen Schatten.

Gläubige Großmütter mit verknitterten Gesichtern küssten weinend den Saum ihres Kleidchens, und gestandene Männer gingen schluchzend an ihrem Bettchen in die Knie. Bei ihrem Anblick gaben Säufer das Trinken auf, und Heiden wurden gläubig. Es gab sogar einige, die in ihr den wiedergeborenen Heiland zu erkennen glaubten. Und darum ließ die katholische Kirche es sich auch nicht nehmen, zur Untersuchung des vermeintlichen Wunders einen Sachverständigen zu entsenden, dessen Aufgabe es war, das Mädchen ohne Schatten zwischen weinenden Marienstatuen und spontanen Manifestationen des Antlitzes Jesu einzuordnen.

Der Sachverständige ordnete sie jedoch nicht ein und empfahl dem Papst stattdessen, wie man es in der katholischen Kirche seit eh und je zu tun pflegt, *keinen* Standpunkt zu dem Thema zu beziehen. Das aber änderte nichts an der Verehrung, die dem Kind in seiner Heimat entgegengebracht wurde.

Die Leute kamen scharenweise, um es zu sehen. Mit jeder Woche wurden es mehr, und die meisten von ihnen ließen kleine Gaben vor der schäbigen Tür ihrer Eltern zurück. Manchmal war es ein Stück Brot, ein Huhn, mitunter eine Münze, aber auch Scheine. Pesos über Pesos. Was immer die Leute entbehren konnten, was immer dieses Wunder ihnen wert war, legten sie ihm zu Füßen. Dem Mädchen ohne Schatten, von dem alle Sünde genommen war. Denn so, wie der Mensch sich nicht von der Erbsünde lösen konnte, so wenig konnte er sich von seinem Schatten lösen. Maria aber war frei, frei von dem einen wie dem anderen, sie war auserwählt!

So glaubten die einen.

Dass sie eine Abgesandte des Teufels war und ihre Ankunft vom nahenden Ende der Welt kündete, sagten die anderen.

Die Gazetten titelten wild. Erst die der näheren Umgebung, bald die des gesamten Landes.

»Das Wunder von Yucca Verde«, »Das Mädchen, das seinen Schatten abstreifte« und »Die Sündenlose« lauteten die ersten Schlagzeilen von *México hoy* und *La Mañana*. In fetten Lettern kündeten sie von dem Wunder, welches das ärmliche Viertel mit Hoffnung erfüllte.

Mit »Satans Braut«, »Die schattenlose Schande« oder »Die Teufelin von Yucca Verde« hielten der *Mensajero* und *A las ocho* dagegen und machten klar, dass es neben den Wundergläubigen auch ebenso viele gab, die das Kind für ein Vorzeichen der nahenden Apokalypse hielten.

Während die einen dieses und die anderen jenes sagten, eroberte das Mädchen ohne Schatten die Welt, und ihre Familie entstieg den Slums.

Bald erwarb ihr Vater, Don Inigo Hidalgo, ein Anwesen unweit von Mexico City, eine kleine Hazienda, auf der es der kleinen Familie fortan an nichts fehlte.

Der Alkohol, mit dem ihr Vater sich betrank, wurde teurer, und er schlug seine Frau bloß noch, wenn es niemand sah. Sonst aber änderte sich kaum etwas.

Die Leute kamen noch immer, um Carmen Maria Dolores zu sehen. Jetzt allerdings bloß noch mittwochs und donnerstags zwischen 13 und 17 Uhr. Auch weiterhin brachten sie Geschenke. Eintritt mussten sie dennoch bezahlen. Einen Dollar pflegte ihr Vater inzwischen zu nehmen, denn Dollars waren ihm lieber als Pesos. Überall im Haus versteckte er die Scheine. Bündelweise. Den Banken, sagte er, könne man nicht trauen. Aber er traute ohnehin niemandem. Der Alkohol hatte ihn paranoid gemacht. Er trug immer einen Revolver bei sich und schoss damit mal auf Hunde, mal auf Pilger und behauptete dann, Gott selbst hätte es ihm befohlen.

Ihre Mutter blieb die stille Frau, die sie immer gewesen war, überschminkte geflissentlich ihre blauen Flecken, liebte ihren Mann, wie sie es vor dem Altar versprochen hatte, und nahm Tabletten, um all das zu ertragen.

Sie waren eine Familie, und das Vorführen der kleinen Maria war ihr Job. Ein lohnender Job.

Während sich ihre Eltern um ihr Leben kümmerten, kümmerte sich ein Kindermädchen um Maria. Ihr Vater war meist zu betrunken, um sich mit seiner Tochter auseinanderzusetzen, und ihre Mutter vergaß bisweilen, dass sie überhaupt eine Tochter hatte. Oft lag Maria einfach nur herum, während ihr Vater Pilgergaben von der Schwelle ihres Zimmers sammelte und ihre Mutter wie ein Geist an ihrer Tür vorüberschwebte. Wäre nicht das Kindermädchen gewesen, hätte die Kleine keine echte menschliche Nähe erfahren und wäre vermutlich irgendwann in ihrem Bettchen vor Hunger gestorben.

Ob das Mädchen nun einen Schatten hatte oder nicht, die alte Mama Cervantes liebte das Kind. Sie hatte schon viele Kinder auf dem Arm gehalten, hatte sie gern gehabt und großgezogen und war ihnen mitunter das gewesen, was ihre Mutter ihnen hätte sein sollen. Mama Cervantes war einst der gute Geist des Waisenhauses von Yucca Verde gewesen, nun aber mit der Familie nach Mexiko Stadt gezogen. Sie nahm kein Geld für das, was sie tat. Sonst hätte Marias Vater sie wohl auch über kurz oder lang hinausgeworfen. Mama Cervantes hatte lange genug gelebt, um zu wissen, dass für Geld zu arbeiten nur den Wunsch weckte, weniger zu arbeiten und mehr zu verdienen. Sie hatte in ihrem Leben mehr Geld und Liebe besessen als die meisten. Man sagte ihr nach, eine Affäre mit Frida Kahlo und irgendeinem Präsidenten gehabt zu haben. Es hieß sogar, dass sie die Frau eines Adeligen gewesen war. Eine Prinzessin womöglich. Aber Mama Cervantes war egal, was die Leute redeten. Ihr war auch egal, was einst gewesen war. Ein Bett, drei Mahlzeiten und das Lächeln der kleinen Maria, das war ihr Lohn, und für sie war das mehr als genug.

Sie hatte in ihrem Leben so viele Kinder gesehen. Aber die kleine Maria war etwas Besonderes. Vom ersten Moment an hatte sie das erkannt. Und für das alte Kindermädchen lag die Besonderheit des Kindes nicht im Fehlen seines Schattens. Es waren seine Augen. Sie waren alt und weise, nicht die Augen eines Kindes, vielleicht nicht einmal die eines Menschen. Kaum jemand kam Maria je so nahe, dass er ihr in die Augen hätte sehen können. Nicht einmal ihre Eltern. Mama Cervantes aber sah sie. Und in Kinderaugen lesen zu können war eine Kunst, die in Mexiko jedes Kindermädchen über 80 beherrschte.

Stundenlang saß sie an Marias Bettchen, hielt das Kind im Arm und flüsterte ihm leise zu: »Ei, kleine Maria, ich weiß, du bist gekommen. Bist gekommen, die Welt zu verändern, die Grenzen zu verschieben. Du, mein Kind, trägst Großes in dir, und du wirst die Welt, die taub und leer geworden ist, Respekt lehren vor längst vergessenen Dingen …«

Mama Cervantes sprach wie ein Orakel. Doch ihre Wunderlichkeit war die Hellsicht einer Weisen. Regelmäßig befragte sie die Zeichen, las im Weihrauch und kaute Peyote, um der Bestimmung auf die Spur zu kommen. Die kleine Maria aber lauschte ihren Worten und blickte die Alte, wenn sie sprach, aus schwarzen uralten Augen heraus an.

Don Inigo sah es hingegen gar nicht gerne, dass sein Kind mit derlei Unsinn und verdrehten Gedanken aufwuchs. Vor allem fürchtete er, dass Maria irgendwann, wenn sie zu sprechen begann, unbedachte Dinge äußern könnte. Das konnte dazu führen, dass sie ihren Ruf als Heilige verlor, was wiederum die Pilgerströme hätte versiegen lassen.

Ein Kindermädchen, das den Mund hielt – ein stummes wäre ihm am liebsten gewesen –, hätte ihn allerdings Geld gekostet. Und so ließ Don Inigo es damit bewenden, Mama Cervantes von Zeit zu Zeit zurechtzuweisen. Meistens, wenn er ein wenig angetrunken war und der Respekt vor dem Alter ein wenig verblasste.

»Behalt dein abergläubisches Gewäsch für dich, Alte! Maria soll hübsch dasitzen und nett anzusehen sein.«

Mama Cervantes blieb in solchen Momenten stets ruhig.

»Senor, glauben Sie mir, Ihre Tochter ist, bei allem gebührenden Respekt, zu mehr bestimmt, als bloß die Börsen ihres trunksüchtigen Vaters zu füllen.«

»Bist du irre geworden, du alte Vettel? Wofür bezahle ich dich eigentlich?«

Meist fiel Don Innigo in solchen Momenten auf, dass er sie ja keineswegs bezahlte. Dann wurde er etwas ruhiger, murmelte Dinge wie: »Sorg dafür, dass ihr Kleidchen sauber ist und sie ein wenig lächelt, wenn die Leute ihr Scheine zustecken wollen.« Und ging. Dann begann Mama Cervantes das Kind wieder in ihren Armen zu wiegen und flüsterte Maria Geschichten zu von den großen Dingen, zu denen sie bestimmt war.

Maria würde kein gutes Kind sein, das wusste Mama Cervantes, keines, das später seinen Eltern nur Freude bereiten würde.

Aber Maria war etwas Besonderes.

Ein Schatz. *Ihr* Schatz.

Und die wenigen Jahre die ihr noch in dieser Welt blieben, würde sie ihn bewahren …

In jenen Tagen waren Jonas Mandelbrodt und ich unzertrennlicher geworden, als Mensch und Schatten es für gewöhnlich waren. Längst hatten wir begonnen, unsere Gedanken von der Welt und sogar unser Wesen zu teilen. In dieser Zeit geschah es auch, dass seine Mutter Jonas mehr und mehr vor jenen flimmernden Kasten setzte, mit dem sich euresgleichen so elend zu vergnügen pflegt. Um vor der Tür zu rauchen, sich mit einem Mann zurückzuziehen oder am Ende der Siedlung Alkohol zu konsumieren, ließ sie ihren Sohn lärmende bewegte Bilder betrachten. Und auch wenn diese Bilder ihn nicht kümmerten, wusste Jonas doch, dass sich Kinder seines Alters ihnen gewöhnlich gern hingaben. Um also seiner Mutter eine Freude zu machen, zeigte er sich interessiert, sobald der Bildschirm zu flimmern begann.

Und während er noch immer kaum sprach, nahm er doch begeistert alles auf, was um ihn herum geschah. Von Herzen wollte er ebenso die Welt der Menschen wie auch die der Schatten verstehen lernen.

Sobald Ruth das Haus verließ, schaltete mein Herr durch die Programme, weg von den gezeichneten Bildern für Kinder, und suchte das, was ihn wirklich interessierte: Geschichten und Berichte über versunkene Kulturen, die mich sentimental werden ließen, und Sendungen über historische Gestalten, die mir persönlich bekannt gewesen waren. Und während Jonas die bewegten Bilder, jene Schatten der Vergangenheit, betrachtete, lehrte ich ihn zugleich, was ich über all das, was er dort sah, wusste …

Bei einer solchen Gelegenheit geschah es, dass plötzlich etwas auf dem Bildschirm zu sehen war, das meinem Herrn den Atem und mir schier das Schwarz stocken ließ: ein Mann im Anzug, irgendwo in Mexiko, der von einem Wunder sprach, wie die Welt es noch nicht gesehen hätte. Er war so aufgeregt, dass er beim Sprechen immer wieder ins Stocken geriet und beinahe ein wenig verwirrt anmutete. Das aber, was er sagte, trieb in jenem Moment einen Riss durch die Wirklichkeit. Es veränderte die Welt, verschob von einem Moment auf den anderen die Grenzen des Möglichen und durchfuhr mich und meinen Herrn so tief, dass ich mich auch heute noch an fast jedes Wort des Reporters erinnere.

»Es ist unglaublich, meine Damen und Herren. Mexiko ist in Aufruhr. Und der Grund dafür sind dieses Mal weder Drogenkriege, Grenzzwischenfälle noch Bestechungsskandale. Heute ist es ein kleines Mädchen, welches das Land in Aufruhr versetzt.«

Das Bild wechselte. Statt des Mannes zeigte es nun ein Kind, das in einem weißen Kleidchen mitten in der Wüste stand und dabei wie eine kleine Heilige aussah, die sich irgendwie verlaufen hatte. Etwas an diesem Bild war seltsam, und ein gewöhnlicher Betrachter hätte wohl nur auf den zweiten Blick bemerkt, worin genau die Ursache dafür lag. Jonas hingegen erkannte es sofort: *Das Mädchen hatte keinen Schatten!* Das Bild blieb noch einige Zeit auf dem Bildschirm stehen, während im Hintergrund weiter die Stimme des Mannes zu hören war.

»Es scheint tatsächlich ein Wunder: Die kleine Carmen Maria Dolores wurde ohne Schatten geboren. Das Phänomen wurde bereits von verschiedenen Sachverständigen wie auch Vertretern der katholischen Kirche in Augenschein genommen. Eine Erklärung jedoch …«

Ein Wunder. Wie leicht euch dieses Wort manchmal über die Lippen kommt. So viele Wunder gibt es in der Welt, dass es auf eines mehr oder weniger nicht ankommt. Die meisten von ihnen bemerkt ihr nicht einmal. Dies hier aber, dieses Mädchen, war weit mehr als ein gewöhnliches Wunder. Es war der lebende Beweis dafür, dass die Welt der Schatten in Bewegung geriet und mit euch in Kontakt zu treten versuchte! Als ich das verstand, zog sich mein Dunkel zusammen. Denn in diesem Augenblick erkannte ich, dass ich nicht der Einzige war, der die Gesetze der Schatten zu brechen beschlossen hatte.

Meinem Herrn aber bedeutete der Anblick jenes Kindes weit mehr. Die Existenz Carmen Maria Dolores Hidalgos ließ ihn ahnen, dass er nicht allein in der Welt war. Dass es irgendwo dort draußen, im Herzen Mexikos, jemand anderen gab, den die Schatten ebenso wie ihn anders gemacht hatten. Der die Schatten flüstern hörte und sich fremd fühlte zwischen den Menschen. Für Jonas Mandelbrodt war das Mädchen ohne Schatten mehr als bloß ein Wunder. Er rückte näher an den Fernseher heran, legte die Hand auf das Gerät und berührte das Bild des Kindes an der Stelle, wo sein Schatten hätte sein sollen. Und während er das tat, so versonnen, so selbstversunken, da spürte ich eine sonderbare Form von Sehnsucht in ihm. Irgendwo, in unerreichbarer Ferne, hatte er, der sich außer um seinen kleinen feisten Freund kaum um Menschen scherte, eine einsame Verbündete gefunden, die – wie er – ein Leben zwischen Menschen und Schatten führte.

Und während wir schauderten, tönte es weiter aus den Lautsprechern.

»Eine Erklärung gibt es bis jetzt noch nicht. Um einen Trick jedoch scheint es sich nicht zu handeln. Auch wenn wir das Kind selbst bis jetzt noch nicht filmen durften, stehen wir doch in Verhandlungen mit dem Vater und hoffen, Ihnen später an diesem Tag noch einige Livebilder des Mädchens ohne Schatten übermitteln zu können.«

Die Fotografie wurde ausgeblendet, und der Reporter erschien wieder auf dem Bildschirm. Hinter dem Mann waren auf dem Parkplatz der Hacienda die Pilgerströme zu erkennen. Verzückte Gesichter von Menschen, die Rosenkränze und Marienbilder emporreckten.

Sowohl ich als auch mein Herr ahnten zu jenem Zeitpunkt, dass die Geburt dieses Mädchens zu genau diesem Zeitpunkt kein Zufall sein konnte. Erst hatte ich begonnen, meinen Herrn zu lehren, und nun fand ein Mädchen ohne Schatten seinen Weg in die Welt. Die ältesten aller Regeln standen im Begriff, gebrochen zu werden. Fürwahr, es lag etwas in der Luft. Die Schatten begannen, über die Welt zu wuchern.

Ich hatte gehofft, Jonas Mandelbrodt unbeobachtet vom Rat und den Magiern dieser Zeit alles beibringen zu können, was er wissen musste, um zur gegebenen Zeit dem Schicksal trotzen zu können.

Was aber ist die Hoffnung der Schatten gemessen am Sein derer, die sie werfen?

Die Gewissheit, dass diese Zeit uns nicht gegeben sein würde, ereilte mich, als wir uns eines Morgens inmitten anderer Kinder bemühten, so zu sein wie sie. Wir gaben vor, zu spielen, uns vergnügt auf eine Rutsche zu werfen, übermütig im Dreck zu wühlen und konzentriert bunte, hölzerne Klötze zu stapeln, als es plötzlich geschah: Unversehens hatte sich die Tür geöffnet. Im gleichen Moment spürte ich bereits etwas. Und kaum einen Wimpernschlag später ließen sämtliche Frauen und Kinder in jenem Raum mit einem Mal von dem ab, was sie gerade taten. Alle waren in Bewegungslosigkeit erstarrt. Ich sah ihre Schatten ihre Leiber festhalten, sah die Menschen um mich herum gelähmt in all ihrem Denken wie im Handeln. Und ich erkannte diesen Zauber, der aus dem alten Mesopotamien stammte … Jonas und ich waren die einzigen Wesen in jenem Raum, die noch Herr ihrer Sinne waren, als plötzlich ein Unbekannter durch die offene Türe trat und uns mit kaltem Blick musterte. Über seinen trüben grauen Augen lag der milchige Schleier des Todes, seine Haut war fahl, von dunklen Flecken überzogen, und schimmernde Fliegen umschwirrten das kahle Haupt. Ich erkannte sofort, dass er keinen Schatten besaß, und wusste, dass dort der Körper eines Toten stand, der lediglich das Gefäß war für einen Größeren, dessen Schatten in ihn gefahren war, um durch ihn zu uns sprechen.

Und ebenjener Größere lenkte die Schritte seiner leblosen Hülle nun an all den anderen vorbei in unsere Richtung.

In diesem Raum, in dem die Schatten gleichsam die Zeit und die Dinge darin festhielten, wirkte der wandelnde Tote beinahe unwirklich. Er passierte die erstarrten Körper, erreichte schließlich mich und meinen Herrn, und dann floss aus den Augenhöhlen und Nasenlöchern der verrottenden Gestalt ein Teil jenes Schatten, der ihn beherrschte, und drang mit einer Macht in mich, dass es mich schier zerriss.

Und während seine kalten Augen starr auf die meines Schützlings gerichtet waren, vernahm ich die Sprache der meinen: »Höre, Schatten, ich bin hier, dich zu warnen. Du hast begonnen, den Weg zu einem großen Ziel zu beschreiten. Der Rat hat deinen Frevel längst bemerkt. Ich hingegen bin auf deiner Seite. Bald, bald schon wirst du verstehen …«

Ich spürte, wie jener Schatten mich aufriss, mich wissen ließ, dass er mich, kraft uralter Zauber, beherrschen und sogar vernichten konnte, wie es ihm beliebte.

Trotz allem, konfrontiert mit einem Untoten und fast vergessenen Zaubern, zeigte mein Herr keine Angst. Jonas Mandelbrodt stand und wankte nicht. Und während die Worte des Fremden uns durchdrangen, hätte ich vielleicht bereits ahnen können, dass mein Herr mehr als nur ein Knabe war, mehr noch, als ich bis dato angenommen hatte.

Der Fremde offenbarte mir, dass mein Wagnis bedeutsamer war, als ich ahnte. Er hieß mich, meinen Herrn lehren. Über alle Regeln sollte ich mich erheben, um die Zukunft der Schatten zu formen! Und der Schlüssel zu dieser Zukunft, die Antwort auf alle meine Fragen wäre *das Mädchen ohne Schatten.*

Schließlich verstummten Schatten und Sprache. Der Fremde schwand aus mir, der Blick des wandelnden Leichnams löste sich von meinem Herrn, und schweigend verließ er, von schwirrenden Fliegen gefolgt, den Raum, ohne noch einmal zurückzublicken.

Kaum dass der Tote entschwunden war, da wich auch der Bann von den Menschen um uns. Ihre eigenen Schatten ließen sie frei und fraßen die Erinnerung an ihre letzten Minuten. Von einem Moment auf den anderen begannen sie alle, sich zu regen, als wäre nichts geschehen. Sie schrien und zankten und tratschten, und Norman hatte sich in die Hose gemacht.

In ihrer Welt hatte sich nichts geändert.

John Dee
ALCHIMIA UMBRARUM
(1604)

Kapitel XVII
(Seite 192 f.)

VOM FEHLEN DES SCHATTENS

Ist nun aber einer in der Welt, der ohne Schatten wandelt, kann dies zweierlei bedeuten: Zum einen mag es sein, dass er seine Seele für einen guten Preis dem Teufel verkaufte und dieser den Schatten als ihr Sinnbild an sich nahm. So heißt es jedenfalls im Volksmund, der einem, der keinen Schatten hat, auch die Seele abzusprechen pflegt. Wahrscheinlicher aber ist, dass einer, der sich seines Schattens zu entledigen versteht, zum Kreise der wenigen zu zählen ist, die eingeweiht sind in die Mysterien der Magie. Magier, die nicht nur die Sprache der Schatten beherrschen, sondern auch ihren Willen unter ihren eigenen zwingen können.

Jenen Schattenschnitzern wie auch Schattensprechern ist es möglich, ihr dunkles Abbild nicht nur zu verformen, sondern auch in die Welt zu schicken. Sie können es einsetzen, um an Orte zu gelangen, die ihrem körperlichen Selbst verwehrt sind. Je nach dem Grad ihrer Macht ist es ihnen gegeben, ihren Schatten unter ihrem Befehl zu einem Spion oder einem Mörder zu machen, der keine Grenze kennt, die Verstand oder Vernunft jemals zogen. Denn wo immer Licht ist, wird auch Schatten sein. Und gibt es kein Licht, so herrscht das Dunkel, in dem die Schatten sich wie in ihresgleichen zu verbergen verstehen.

Da aber einer, der die geheimen Wissenschaften beherrscht, dem Volke nicht mehr gilt als einer, der seine Seele dem Teufel verkauft hat, ist letztendlich auch diese Kategorie der vorangegangenen zuzurechnen. Bist also auch du eingedenk deines Wissens und der Magie in der Lage, deinen Schatten hinter dir zu lassen, gib stets acht, dass niemand dieses Vorgehens ansichtig wird, und stiehl dir notfalls einen Schatten, den du als den deinen ausgeben kannst, derweil der deine unter deinem Willen in der Welt unterwegs ist.

Es gibt noch eine letzte Kategorie. Allein von meinem Lehrer angedacht, fand sie sich noch niemals in der Wirklichkeit wieder. Dass nämlich ein Mensch ohne Schatten nicht wirklich ohne Schatten ist. In diesem Falle wäre es dem Schatten gelungen, zum Zeitpunkt der Geburt seines Herrn in ihn einzudringen und seine Seele zu verdrängen. Und während diese in den Himmel aufstieg, übernahm an ihrer statt der Schatten das Leben jenes Menschen, so dass ein Schatten seinen Herrn und nicht länger der Herr seinen Schatten beherrschte. Derlei aber zu erforschen war dem großen Alchemisten, da er sich gegen Mensch und Schatten versündigte, nicht mehr gegeben. Und mit ihm bannte der Rat seine unheiligen Gedanken, und – so Gott will – wird kein Schatten jemals seinem Herrn fehlen, weil er in ihn fuhr, seine unsterbliche Seele verdrängte und sich aufschwang, den zu beherrschen, von dem beherrscht zu werden er selbst geschaffen wurde.

6.

Bist du denn nicht in meinem Schatten, unter meinem Schutz?
Bin ich nicht der Brunnen deiner Freude?
Bist du nicht in den Falten meines Mantels, in der Beuge meiner Arme?
Brauchst du noch mehr als das?
Maria von Guadelupe, *Die Schlangenzertreterin*

Der Alte fand seinen Weg, glitt durch die Welt und bewegte sich von Schatten zu Schatten. Er war schnell, folgte dem Licht und der natürlichen Richtung seiner Art. Durch Schatten von Bergen, Bäumen, Häusern und Bauwerken, ohne Aufwand, ohne einen von ihnen zu beugen oder seine Kräfte auszunutzen. Im Gegensatz zu den meisten anderen seiner Artgenossen schätzte er die Gesetze, welche die Natur den Schatten auferlegt hatte. Was ihre Aufgabe anging, die Aufgabe des Rates, das Gleichgewicht zwischen Schatten und Menschen zu wahren, so war er im Lauf der Jahrhunderte zu dem Schluss gekommen, dass sie ohne Belang war. Seine Erfahrungen zeigten, dass die Natur ihren eigenen Weg besaß, das Gleichgewicht aufrechtzuerhalten.

Außer in Situationen wie diesen. Denn George Ripley, der letzte Schattenschnitzer, hatte der Natur trotzen und Grenzen zwischen Alchemie und Magie verwischen wollen, um das Unmögliche zu schaffen. Mit seinem künstlichen Schatten, dem Eidolon, hatte er die Schöpfung, ja Gott selbst herausfordern wollen …

Und allein der Rat war in der Lage gewesen, ihn aufzuhalten. Während der Alte durch die Welt floss, durchströmten ihn die Erinnerungen. Wie sie Ripley am Ende seines Lebens, auf seinem Sterbebett gestellt hatten. Selbst dazu waren sie erst in der Lage gewesen, als die Kräfte des Schattenschnitzers schwanden und er sich nicht länger vor ihnen hatte verbergen können.

Anschließend hatten sie ihn verhört. Hatten seinen Schatten ebenso wie seinen Körper gefoltert. Doch der Abtrünnige hatte das Eidolon längst so gut verborgen. Nicht einmal er selbst wusste noch, wo es sich befand, denn er hatte es einem venezianischen Tischler übersandt mit dem Auftrag, es im Bein eines beliebigen Tisches zu verbergen. So viel hatten sie aus seinem sterbenden Körper herauszerren können. Mehr aber war nicht geblieben. Kraft seiner Magie hatte Ripley seinen eigenen Geist zerstört.

Sie hatten ihm den Rest seines kümmerlichen Gedächtnisses genommen. Und seinen Schatten. Damit er sich niemals wieder mit den anderen mischen und sein Wissen mit ihnen teilen konnte. Dann hatten sie Ripleys verkrüppelten Schatten in seinem eigenen Alchemistenkeller eingemauert und während der letzten fünfhundert Jahre dafür gesorgt, dass darüber ein Haus nach dem anderen gebaut wurde. Unter den wachsamen Augen des Rates hatten zwei Weltkriege den Keller in der Tiefe verschwinden lassen, so dass Ripleys Alchemistenstube und das Grab seines Schattens heute unter Tonnen von Geröll, Beton und Schutt begraben lagen.

Der Alte beendete seinen wilden Ritt durch das Zwielicht im Schatten einer Sainsbury's-Filiale im Herzen Londons. Er war lange nicht mehr hier gewesen. Das letzte Mal war in dem Gebäude noch ein Bestatter und kein Supermarkt gewesen. Die heutige Welt war unstet geworden, sie besaß keine Beständigkeit mehr, und auch das Dasein der Menschen war flüchtiger geworden. Beinahe als ob sie selbst nach und nach verblassten …

Durch die Mauerfugen wand sich der Alte in das Fundament, dann tiefer in den Boden, durch das Dunkel des Erdreichs. Verwesung schlug ihm entgegen, er passierte Trümmer und eine deutsche Fliegerbombe, die irgendwann in den letzten Tagen der Luftschlacht um England versäumt hatte, zu explodieren. Mit jedem Zentimeter, den er sich dem Kerker des Schattens näherte, wuchs sein Unwohlsein. Tiefer drang er und tiefer, bis er die Überreste jener Mauern fand, in denen einst der vielleicht größte Alchemist des Universums das Unschaffbare vollbracht hatte.

Er durchfloss den groben Mörtel, wand sich im Dunkel von Backstein zu Backstein und ergoss sich schließlich ins Innere des vergessenen Gewölbes. Und schon als er sich auf dem grob gehauenen Felsen ausbreitete, berührte er einige gesprengte Glieder der Ketten, die einst den Sarkophag umschlossen hatten. Darin, begraben unter Bannsprüchen und Fluchzaubern, die einem Pharao zur Ehre gereicht hätten, hatte Ripleys Schatten bis ans Ende der Ewigkeit liegen sollen, so wie es der Rat verfügt hatte.

Doch die bösen Vorahnungen des Alten bestätigten sich. Er schmeckte die Spuren der Macht eines fremden Schattens.

Eigentümlich war allerdings, dass diese Spuren der Befreiung nicht frisch waren. Wer auch immer Ripleys Schatten den Weg aus dem Dunkel gebahnt hatte, hatte dies bereits vor über vierzig Jahren getan …

Jeder einzelne Bann, jeder Fluch war zerstört worden. Und das bedeutete, dass die Macht des Schattens, der dies vollbracht hatte, immens sein musste! Womöglich war es doch einer von ihnen, ein Ratsmitglied und Großmeister … Ein Verräter aus ihren eigenen Reihen? Er dachte an die einzelnen Mitglieder des Rates. Er allein als Oberster des Rates kannte ihre Gesichter, ihre Namen, wusste um ihre Identität. Da war der scharfzüngige Boris de Maester, der einst Vorsteher der persönlichen Leibgarde Sixtus IV. gewesen war. Dann gab es den zynischen Schattenspieler Skugga, dem nichts heilig war und der dem Wahnsinn näher war als jeder andere von ihnen. Erzsebet Stiny war die einzige Frau in ihrer Mitte. Sie war erst Anfang des 20. Jahrhunderts auf Empfehlung der Okkultistin Madame Blavatskys Mitglied des Schattenrates geworden war. Und zuletzt war da noch der schweigsame Rest von Robert la Bourge. Neben dem Alten weilte er am längsten in ihren dunklen Reihen; seit Jahrhunderten stellte er den Henker des Rates dar.

Es war seltsam. Während all ihre Schatten sich wieder und wieder mischten, kannte keiner von ihnen das Gesicht eines anderen. Das war allein dem Ältesten vorbehalten. Ihre Körper waren nicht mehr als Masken, wahrhaftig waren am Ende allein ihre Schatten. Doch einer von ihnen mischte sich womöglich nicht gänzlich mit den anderen, wie sonst konnte er solch einen Verrat vor den anderen verbergen … Bevor aber dieser Gedanke sich vollends aus seinem Dunkel hervorschälte, berührte der Alte noch etwas, das zwischen den gesprengten Ketten ruhte. Und diese Berührung ließ ihn derart tief erschauern, dass er es selbst hunderte Kilometer entfernt in seinem physischen Körper noch zu spüren glaubte. Denn das, was er dort am Grunde des Alchemistenkerkers gefunden hatte, war eine Feder aus Schatten … Und was das bedeutete, wusste keiner so gut wie er.

Der Schatten des Engels hatte sich erhoben. Und die Macht, die er hier unten gespürt hatte, war nicht weniger als der Atem Gottes gewesen. Der Wächter selbst hatte den Schatten des Alchemisten befreit …

Jonas Mandelbrodt war gerade acht Jahre alt geworden, Carmen Maria Dolores Hidalgo zählte knapp drei. Das Anwesen der Familie Hidalgo unweit von Mexico City war in den letzten Jahren stetig gewachsen. Unter anderem waren an das Haupthaus eine kleine Schwimmhalle und eine Art Thronsaal angebaut worden. Letztere war einzig dafür da, dass Carmen Maria Dolores, das Mädchen ohne Schatten, an jedem Mittwoch und Donnerstag der Woche in ihm Pilger empfangen konnte. Den Weisungen Don Ingos entsprechend wurden in dem weiß getünchten Thronsaal, bevor die kleine Maria auf dem schlichten steinernen Thron in seiner Mitte Platz nahm, knöchelhoch Magnolien-, Jasmin- und Orchideenblüten ausgestreut. Diese waren zwar ein nicht unerheblicher Kostenfaktor, der aber nach Meinung Don Inigos die Pilger ehrfürchtig erschauern und sie, wenn es am Ende um eine Spende für die Heilige ging, eher zu einem Grant als einem Lincoln greifen ließ. Der Gedanke dahinter war, dass jemand, der zum Erhalt eines heiligen Ortes, an dem allein die Dekoration einige hundert Dollars kostete, weniger als fünfzig spendete, sich wahrhaft schäbig vorkommen musste. Eine Rechnung, die tatsächlich aufzugehen schien. Woche für Woche spülte der Pilgerstrom zur Hacienda Hidalgo Tausende von guten amerikanischen Dollars in die Börse des Hausherren.

Seine eigene Tochter sah er nur noch selten.

Stattdessen kümmerte sich Mama Cervantes um das Mädchen.

Das greise Kindermädchen war wieder älter geworden, ging inzwischen noch gebeugter einher als zuvor und hatte während der letzten Jahre genug in den Augen ihres Schützlings gelesen, um zu wissen, dass das Kind einmal eine große *Bruja*, eine bedeutsame Hexe werden würde.

Mama Cervantes hatte weiße Hexen gesehen ebenso wie schwarze, rote und solche, die sich nicht um die Farben ihrer Magie geschert hatten. Sie kannte sowohl die alten Rituale der Aztekenpriester wie auch die der modernen Wiccakulte, und jeden Sonntag entzündete sie für Doña Sebastiana eine Kerze. Der Santa Muerte, der Schutzheiligen der Gauner und Gangster, deren Wesen irgendwo zwischen Magie und Glaube, Heiden- und Christentum anzusiedeln war und die sie aus tiefstem Herzen verehrte.

Mama Cervantes war eine Wissende. Sie hatte die Priester dunkler Kulte in sich aufgenommen, das Blut schwarzer Ziegen ins Weihwasser der Kirche gegeben und dennoch am Sonntag gebetet. Sie hatte mit den Toten gesprochen, Liebeszauber und Flüche gewirkt und verzichtete darauf, das eine Wunder gut und das andere böse zu nennen. Manchen galt sie als weise Frau.

Und welche Zauber das Kind ohne Schatten, das sie allabendlich in den Schlaf sang, dereinst auch wirken mochte, sie würde ihm zur Seite stehen. Denn die Magie, das wusste die alte Mama Cervantes, erwählte sich ihre Schüler selbst, und töricht war der, der sich ihr dabei in den Weg stellte …

Der Hausherr Don Inigo wusste von alldem jedoch nichts. Und es scherte ihn auch nicht, ob es der Glaube oder der Aberglaube war, der schlussendlich seine Börse füllte. Er wollte mehr davon. Hörte sich um, suchte nach Möglichkeiten, die Scheine rauschen zu lassen. Er hatte natürlich überlegt, ob er seine Tochter nicht womöglich jeden Tag auf den Thron setzen konnte. Sein Anwalt aber, Alejandro Ruiz, der sich um die Abwicklung der meisten seiner Geschäfte kümmerte, gab ihm zu verstehen, dass die Behörden – egal wie heilig das Kind auch sein mochte – mit Sicherheit etwas dagegen haben würden. Zumal diese Leute nur auf einen Vorwand warteten, Don Inigo das Mädchen wegzunehmen. Vor allem, seit seine Frau vor anderthalb Jahren, als sie spät Abends im Tablettenrausch irgendwo auf einem der Parkplätze döste, von einem Pilgerbus überfahren worden war.

Sie hatte damals noch ein paar Stunden gelebt, war dann schließlich aber doch gestorben, und Don Inigo hatte sich – damit ihm so etwas nicht noch einmal passierte – an ihrer statt drei andere Frauen genommen. Geheiratet hatte er jedoch keine einzige von ihnen. Von seinen neuen Frauen, die zunächst Benita, Rosa und Aldonza hießen, wurde keine überfahren, doch wechselten sie bald in so regelmäßigen Abständen, dass Mama Cervantes beschloss, sich ihre Namen nicht länger zu merken …

Erwähnte öffentliche Stellen jedenfalls, die ebenso das Wohl des Kindes wie auch den damit verbundenen Andrang wunderwilliger Pilger im Auge hatten, hatten derweil längst ein Auge auf die kleine Carmen Maria Dolores geworfen. Und so war es mitunter einzig noch Mama Cervantes, die zwischen dem Mädchen und dem Kinderheim stand, in dem man bereits einen kleineren Thronsaal für sie plante – ohne die Blüten.

Ebenso sehr wie das greise Kindermädchen den Blick ihres Schützlings für alles Jenseitige schärfte, so schützte es das Kind auch vor den Übeln des Diesseits. Maria ging es besser als den meisten Kindern ihres Alters in der Gegend. Alles, was dem Mädchen fehlte, war heute wie auch schon vier Jahre zuvor *sein Schatten*.

Doch weil es dem Kind gutging und die Hacienda Hidalgo der Gegend mehr Umsatz bescherte als das regelmäßig ebenfalls in der Region stattfindende Lucha Libre Festival, ließ man Don Inigo gewähren. Denn selbst die zahllosen fanatischen Wrestlingfreunde des Landes waren nichts im Vergleich zu den wunderwütigen Pilgern, die Woche für Woche in den weißgetünchten Thronsaal strömten. Zumal Letztere im Gegensatz zu den Fans der Luchadores darauf verzichteten, die Stadt am Ende ihrer Pilgerfahrt in Schutt und Asche zu legen. Sie kamen, schauten ihr Wunder, beteten, warfen ihre Geld in die Kollekte und verschwanden wieder. Aus diesem Grund, weil den Weg zur Hacienda inzwischen ein knappes Dutzend florierender Tacobuden und beinahe ebenso viele Souvenierstände zierten und Marias Vater pünktlich seine Steuern zahlte, hatte der Bürgermeister ihn kürzlich zum Ehrenbürger Mexico Citys ernannt.

Allerdings ohne zu wissen, dass Don Inigo in den vergangenen Jahren gierig und während der letzten Monate zu einer zentralen Figur des regionalen Drogenschmuggels geworden war. Inzwischen ging gut ein Viertel des für Nordamerika bestimmten Kokains über seinen Tisch. Zugunsten seiner Geschäfte hatte er die Hacienda im Nachhinein unterkellern lassen, so dass das Gelände von unzähligen geheimen Gänge durchzogen war, die bis in die Stadt hinunterführten. Außerdem hatte der Hausherr Stacheldraht über die Mauern ziehen und einige Türme errichten lassen, die rund um die Uhr mit bewaffneten Posten besetzt waren. Nach außen hin war das Gelände gerade so weit gesichert, dass man annehmen konnte, es ginge ihm allein um den Schutz seiner Tochter. In den Katakomben der Hacienda aber, wo Don Inigos Männer Drogen abpackten, um sie in Plüschtieren und Bohnendosen zu verstecken, lagerten genügend Waffen, um eine ganze Divison der mexikanischen Armee gute dreizehn Tage auf Abstand zu halten und die Hacienda Hidalgo in ein zweites Alamo zu verwandeln …

Beinahe unbemerkt war Don Inigo Hidalgo inmitten des Pilgerstroms zu einem der größten Gangster Mexikos geworden. Und so betete der Vater der kleinen Carmen Maria Dolores ebenso wie deren Kindermädchen zur Santisima Muerte.

Einige seiner Gebete waren erhört worden, als die Hacienda im Spätsommer Besuch vom Betreiber des Fernsehsenders *Canal Trece* bekam, der mit ihm über eine Liveübertragung aus dem Thronsaal seiner Tochter verhandeln wollte. Eingedenk seines spirituellen Schwerpunktes befasste sich *Canal Trece* überwiegend mit Heiligenerscheinungen, Marienbildern und allerlei Wundern, deren Großteil ein vernunftbegabter Zuschauer bereits auf den ersten Blick als Schwindel ausmachen konnte. Vernunftbegabte Zuschauer waren allerdings auch keineswegs die zentrale Zielgruppe des Senders. Wo immer sich innerhalb der Grenzen Mexikos etwas ereignete, in dem sich die vage Handschrift Gottes oder der Mutter Maria erkennen ließ, in Kirchen, Hinterhöfen Bahnhofstoiletten oder Bohnenfeldern, war *Canal Trece* mitsamt Kamera vor Ort. Darum war es nur eine Frage der Zeit gewesen, bis auch das Mädchen ohne Schatten Teil seines Programms werden sollte.

Padre Ballena, der Chef des Senders, plante eine regelmäßige Liveschaltung zur Hacienda. Sein Titel rührte entgegen der Annahme vieler Leute lediglich daher, dass Ballena, während er irgendwo in Sonora für schweren Raub eingesessen hatte, seinen Stoff in der Gefängniskapelle verkauft hatte. Nun hatte er so etwas nicht mehr nötig. Jetzt wollte er die Bilder gerührter Pilger verkaufen, die auf die Knie gingen, und einen Reporter, der dem Mädchen Fragen stellte, deren Antworten zuvor natürlich abgesprochen werden mussten. Außerdem sollte das Kind inmitten des Blütenmeeres zwei Trailer für die Sendereihen *Reliquia* und *Oculto* einsprechen. Nebenbei wollten Don Inigo und Ballena noch über einen Sponsor für das neue Format verhandeln, wobei eine Brauerei aus Puerto Vallerta und eine Fastfoodkette aus San Pedro ganz oben auf der Liste standen, deren beider Vorstände großen Wert darauf legten, sich als gute Christen dargestellt zu wissen.

Zusammen mit Padre Ballena saß Don Inigo, den goldenen Revolver locker im Bund seiner weißen Leinenhose, auf der Terrasse der Hacienda im ersten Stock. Zwischen ihnen eine Schale weißen Pulvers, in ihren Händen Gläser, in denen das Eis langsam schmolz, und zu ihren Füßen Frauen, die pro Abend mehr kosteten, als ein Arbeiter in einem ganzen Jahr verdiente.

Die Verhandlungen verliefen – was nicht zuletzt auch am einfühlsamen Wesen besagter Frauen lag – in ruhigen Bahnen. Ballena, ein Berg von einem Mann, den man heimlich mitunter auch den Heiligen Wal nannte und auf dessen kahlem Kopf die Sonne glänzte, hatte sein Vorhaben erläutert. Daraufhin hatte Don Inigo ihm Zahlen genannt, die sich nun im Verlauf ihres Gespräches ganz allmählich veränderten.

Von der Terrasse aus sahen die beiden Männer die Sonne langsam sinken und die Schatten länger werden, während der letzte Pilgerbus des Tages das Anwesen erreichte.

Unter den misstrauischen Blicken bewaffneter Wachen verließen zwölf Menschen den Bus, dessen Fahrer sich auf den Rand eines Brunnens setzte, um lächelnd eine kurze dunkle Zigarre anzuzünden und sich versonnen durch sein verschwitztes Brusthaar zu fahren.

Alejandro Ruiz, Don Inigos Anwalt und Vertrauter, nahm die Pilger an der Tür des Haupthauses in Empfang. Ruiz war kein wirklicher Anwalt. Das, was er über Recht und Gesetz wusste, hatte er im Gefängnis gelernt, und alles andere war Menschenkenntnis und Bauernschläue, die er sich im Laufe seines Lebens angeeignet hatte. Mit ihrer Hilfe hatte er Don Inigo Hidalgo jedoch bereits manches erspart, wofür dieser ihn fürstlich bezahlte. Abgesehen davon hatte Ruiz allerlei Kontakte, die für jede Art von Geschäft nützlich waren. Ihm war es letztendlich auch zu verdanken, dass Padre Ballena, den er in einer Gefängniskapelle in Sonora kennengelernt hatte, an diesem Abend den Weg auf die Hacienda gefunden hatte.

Davon abgesehen kümmerte sich Ruiz, wann immer es ging, persönlich um die Pilger. Denn er hatte einen Riecher dafür, wann irgendeine greise Witwe, die für das Seelenheil ihres verstorbenen Mannes betete, mehr auf der Bank hatte als gewöhnlich üblich. Und solchen Witwen verschaffte Alejandro Ruiz dann gegen eine fromme Gebühr Einzelaudienzen mit Mexikos Wundermädchen. Heute aber, das hatte er bereits auf den ersten Blick ausmachen können, war niemand Lohnendes unter den Pilgern. Außerdem war er in Gedanken längst oben auf der Terrasse bei Don Inigo und dem Padre. Und da dies nun schon die zwölfte Gruppe an diesem Tag war, fiel sein Vortrag über das Wunder der Hacienda Hidalgo durchaus ein wenig lieblos aus. Die kleine Gruppe aber, die hinter ihm ins Innere des Hauptgebäudes strebte, scherte sich ohnehin nicht um die Worte des kleinen Mannes. Sie waren gekommen, das Kind ohne Schatten zu sehen, den Saum seines Kleides zu küssen und zu seinen Füßen einen Lottogewinn, das Ende ihrer Arthrose, von Arbeitslosigkeit oder irgendeiner Krankheit herbeizubeten.

Während Ruiz' Vortrag über die Gnade des Herren, der Carmen Maria Dolores mitsamt ihrer Sünden auch ihren Schatten genommen hatte, langsam endete, führte er die Gläubigen durch die Eingangshalle und die Korridore im Erdgeschoss des Haupthauses, vorbei an kitschigen Heiligenbildchen in prunkvollen Goldrahmen und unrasierten, verschwitzten Aufpassern mit überdimensionierten Sonnenbrillen.

Und dann öffneten sich vor den staunenden Augen der Pilger die Türen zum Wunder der Hacienda Hidalgo, wo das Mädchen ohne Schatten in einem Meer aus Blüten auf sie wartete.

Aus versteckten Lautsprechern klangen fromme Choräle, und zitternde faltendurchfurchte Hände klammerten sich an funkelnde Rosenkränze. Man bekreuzigte sich, rief Gott an und murmelte stille Gebete.

Einige jener zwölf Pilger waren nicht zum ersten Mal hier.

Denn dies war der Ort, an dem die Menschen der Umgebung sich Dinge vom Himmel erbaten. Die Besucherzahlen des Thronsaals ließen den Priester des Ortes schon beim bloßen Gedanken daran schaudern, und auch der Gedanke, dass Don Inigo auf dem Gelände eine Kapelle zu Ehren der heiligen Maria de Guadelupe zu errichten gedachte, behagte ihm wenig. Denn auch wenn Don Inigo den Gedanken von Gästehäusern auf der Hacienda der Drogengeschäfte wegen verworfen hatte, so hatte er doch noch einiges vor, um sich das Wohlwollen und die Mildtätigkeit der Gläubigen auch weiterhin zu sichern.

Die Planung derartiger Vorhaben lag einmal mehr in den Händen von Alejandro Ruiz, der guter Dinge war, dass sein derzeitiger Arbeitgeber nicht wie die anderen vor ihm mit einer Kugel im Kopf am Straßenrand enden würde. Immerhin hatte Gott selbst seine Tochter gesegnet. Aber welche Pläne er auch immer anstrebte, zunächst einmal galt es nun, diese letzten Pilger an dem Kind vorbeizutreiben, ihnen den Klingelbeutel vorzuhalten und sie dann wieder in ihren Bus zu verfrachten.

Unter seinen strengen Augen bekam jeder von ihnen seine halbe Minute mit dem Mädchen. Sie anzufassen war verboten. Es sei denn, man bezahlte extra. Ruiz blickte auf seine Uhr, die schwere Kopie einer goldenen Rolex, und winkte die Gläubigen durch. Er wollte so schnell wie möglich hoch auf die Terrasse, um das Geschäft mit Ballena zum Abschluss zu bringen. Obwohl er es selbst eingefädelt hatte, war Ruiz nicht recht wohl bei der Sache.

Und das war auch der Grund, weshalb er, als er die Pilger kurz darauf zurück in ihren Bus verfrachtete, nicht bemerkte, dass es bloß noch elf waren.

Auch der Fahrer scherte sich nicht darum. Der fehlende Pilger schien zu niemandem zu gehören, von niemandem vermisst zu werden. Die restlichen Businsassen stimmten mit *La Sombra de Díos* das einzige fromme Lied an, das sie alle kannten. Dann rollte der Bus schwankend auf das schwer bewachte Tor zu.

Eine der Wachen bedeutete dem Fahrer anzuhalten und die Scheibe herunterzukurbeln. Er zog an einer selbstgedrehten Zigarette und funkelte den Mann im Bus zornig an.

»Und? Haben sie diesmal auch nichts mitgenommen?«

Der Fahrer schluckte. Er wollte keinen Ärger. Die Pilger waren zwar fromm und hatten großen Respekt vor Wundern, doch auf Kerzenleuchter, Tischfeuerzeuge und Dinge, die im Haus herumstanden, erstreckte dieser sich mitunter nicht. In der Vergangenheit war mehr als einmal etwas weggekommen.

»Ich denke, die hier sind sauber. Hör' sie singen. Denen reicht das, was sie gekauft haben.«

Der Wächter legte den Kopf schief und lauschte in den Bus. Dann grinste er.

»Don Inigo lässt ohnehin bloß noch das billige Geschirr stehen.«

»Und eure T-Shirts sind teurer als im Hard-Rock-Café«, erwiderte der Fahrer schmunzelnd. Die beiden Männer lachten. Dann nickte Alejandro Ruiz den Wachen am Tor zu, der Bewaffnete trat zurück, und der Bus durfte passieren. Damit war die Arbeit des heutigen Tages getan.

Die Angestellten würden die Blüten zusammenkehren, Mama Cervantes würde sich um das Kind kümmern, und er selbst würde den Rest der Nacht über die Verhandlungen Hidalgos und des Wals wachen.

Zufrieden beobachtete er, wie sich das schwere Eingangstor schloss und die Wachen ihre Positionen auf den Türmen einnahmen, dann eilte er zurück ins Innere des Hauses, vorbei an den verzweigten Korridoren und geradewegs die Treppen in den ersten Stock empor.

Eben darauf hatte der letzte Pilger nur gewartet.

Kaum, dass Ruiz den letzten jener Korridore passiert hatte, huschte der Mann geduckt in den Hauptflur.

Er war von mittlerer Größe, trug einfache graue Kleidung, eine kleine runde Brille mit Silberrand und hatte etwas beinahe Wieselhaftes an sich. Die langen Ärmel und der weite Pullover verdeckten seine Muskeln und die tätowierten Oberarme. Nichts an ihm wirkte sonderlich auffällig. Abgesehen von dem einzelnen schwarzledernen Handschuh, den er an seiner Linken trug. Wie schon vor einigen Jahren in Kutna Hora fiel er auch hier nicht weiter auf. Er hielt einen Moment inne und lauschte darauf, wie Ruiz' Schritte sich auf der Treppe langsam entfernten.

In einem der angrenzenden Korridore schnappte mit leisem Klicken das Feuerzeug einer Wache auf, als diese sich eine Zigarette anzündete.

Reflexartig fuhr die behandschuhte Linke des Eindringlings hinab zum Griff einer eigentümlichen Waffe, die in seinem Gürtel steckte. Dieses Mal war es nicht der Colt Python, sondern ein

Dolch. Ein alter Dolch, von dessen Art es in der Welt bloß noch drei gab. Er war älter als dieses Gebäude, beinahe so alt wie die Stadt, und hätte eher in ein Museum als irgendwo sonst hingehört. Es handelte sich um einen *Separador*, den Schattenspalter, ein rituelles Opfermesser, dessen Schärfe so außerordentlich war, dass einst die aztekischen Hohepriester in den Tagen Acamapichtlis, des ersten großen Sprechers, damit ihren Opfern die Schatten vom Leib zu trennen vermochten. Einer dieser Dolche befand sich im mexikanischen Nationalmuseum für Anthropologie, der zweite im Besitz eines englischen Sammlers, und auf dem letzten ruhte in ebendiesem Moment die Hand eines falschen Pilgers auf der Hacienda Hidalgo. Als er kurz darauf hören konnte, wie auch die rauchende Wache im angrenzenden Korridor sich von ihm fortbewegte, ließ er den Dolch wieder sinken, um sich stattdessen beinahe lautlos auf die halboffene Tür des Thronsaales zuzubewegen.

Bevor der Eindringling sie jedoch ganz öffnen konnte, vernahm er aus dem Inneren eine Stimme. Doch es war nicht die des Mädchens, sondern vielmehr die einer alten Frau. Mama Cervantes, die ihrem Schützling ein Lied vorsang. *Die Kreatur war also nicht allein!*

Tengo una muñequita. Der Mann kannte das Lied. Es war eines, das Hexen für ihre Kindern sangen. Vor vielen Jahren, lange noch bevor er begonnen hatte, sich für die Welt hinter der Welt zu interessieren, hatte er es einmal gehört …

Und nun sang das greise Kindermädchen jenem Ungeheuer dort auf dem Thron das gleiche Lied vor, das seine Mutter einst für ihn gesungen hatte. Was für ein Hohn. *Ich habe eine kleine Puppe*. Gerade dieses Lied einem Geschöpf vorzusingen, das sich den Körper jenes bedauernswerten Mädchens zum Werkzeug auserkoren hatte.

Für derlei Gedanken aber war keine Zeit. Er hatte diesen Abend minutiös geplant. Und er konnte nicht zulassen, dass sich ihm jemand in den Weg stellte. Ganz gleich, wer es sein mochte. Was immer auch geschah, heute Nacht würde er das Eidolon mit sich nehmen. Er würde es dazu bringen, ihm die Geheimnisse derer zu verraten, die ihn seit Jahren schmähten! Und dann, aber erst dann würde er es seinem Meister übergeben. Jenem Fremden, der ihn seit Jahren schon, seit seinem schmählichen Versagen in Kutna Hora, mit Wissen und Büchern versorgte.

Vorsichtig betrat der Fremde den Raum und sah inmitten der zertretenen Blüten die singende Mama Cervantes, die, ihm den Rücken zugewandt, vor dem Thron kniete, auf dem das Ungeheuer mit geschlossenen Augen ruhte. Es gab vor, zu schlafen … Doch der Eindringling wusste, dass das Kind keinen Schlaf brauchte, solange das Eidolon in ihm war.

Er zog ein schmales Stück Kohle aus der Tasche, kritzelte hastig einige Schriftzeichen auf seine Handinnenfläche und sprang dann ins Innere des Raumes. Das Kindermädchen fuhr hoch, und das falsche Kind riss den Kopf empor. Seine Augen öffneten sich, und für einen kurzen Moment stand eine Ahnung des Erkennens darin. *Die Kreatur begriff!* Doch es war bereits zu spät. Im gleichen Augenblick hatte der Unbekannte seinen Spruch in den Raum geschleudert. Es war ein wohlbedachter Spruch, den sein Meister ihn gelehrt hatte.

Und an ihren eigenen Schatten gekettet erstarrte Mama Cervantes zu Füßen des Thrones.

Der Mann tat einen Schritt an ihr vorbei in Richtung des Kindes und streckte die Hände nach dem reglosen Körper des Mädchens aus, der dort ebenso erstarrt wie die alte Frau zu seinen Füßen und mit weit aufgerissenen Augen hockte.

Und er erkannte, da er nun in sie hineinblickte, sehr wohl, dass diese Augen jeder Menschlichkeit entbehrten.

Gerade wollte er das Kind aus dem Thron heben, als er in seinem Rücken plötzlich die Stimme der Alten vernahm:

»Wer immer du bist, du wirst ihr nichts antun!«

Er fuhr herum. Die Alte stand unter seinem Bann, ihr Schatten hielt sie in einer Umklammerung, und sie hätte sich weder regen noch die Dinge um sich herum wahrnehmen dürfen! Dass er in diesem Moment ihre Stimme hörte, war vollkommen *unmöglich*!

Und doch stand Mama Cervantes dort, vor ihm, die Augen erfüllt von flammender Wut, die welken Hände zu Fäusten geballt und die faltige Brust bebend vor Zorn. Er blickte sie kühl an, und dann verstand er, weshalb sie dort stand. Er erkannte die Tätowierungen, die von ihren Händen bis zu den Schultern empor und über ihre Brust liefen. Und selbst im Gesicht hatte die Alte noch ein paar. In Spanisch, Latein, selbst Nahuatl, der alten Sprache der Azteken. Schutzzauber in so vielen Sprachen, wie die Magie Gesichter hat. Und mehr noch sah der falsche Pilger: Talismane, die an ledernen Bändern um ihren faltigen Hals hingen, mit Zeichen, Worten und Steinen geschmückt, die ihren Träger gegen Dämonen, Geister und die Mächte der Schatten feiten.

Wortlos hob er die linke Hand und streifte provozierend langsam seinen Handschuh ab. Sie sollte wissen, welchen Kräften sie sich hier entgegenstellte. Und kaum dass sie sah, was sich unter dem schwarzen Leder verbarg, begriff sie. Die linke Hand des Fremden bestand aus Finsternis, eine Schattenprothese mit Fingern aus vollkommener Dunkelheit gefertigt. Er bewegte sie, zeigte ihr, wie er den Schatten beherrschte, den sein Meister ihm geschaffen hatte.

Mama Cervantes verstand, dass dieser Mann mit mächtigen Kräften in Verbindung stehen musste. Doch das schreckte sie nicht. Bebend stand sie, ein einziger fleischgewordener Schutzzauber, zwischen ihm und der Tür. Sie würde ihn nicht gehen lassen. Nicht mit ihrem Kind!

So viel Schutzzauber gegen so viele Dinge. Ihr ganzes Leben musste die Alte jene Amulette und Tätowierungen gesammelt haben, um nun – am Ende ihres Lebens – jedem nur erdenklichen bösen Zauber trotzen zu können. Der Fremde lächelte ein feines Lächeln, tat einen Schritt auf sie zu, griff mit einer raschen Bewegung seiner dunklen Hand nach dem Schattenspalter. Die Schatten des Dolches mischten sich mit denen der Finger, und dann schlitzte er Mama Cervantes im Bruchteil einer Sekunde die Kehle auf.

Ohne die sterbende Alte eines weiteren Blickes zu würdigen, griff der Mann den erstarrten Leib des Kindes und verließ die Hacienda Hidalgo unbemerkt durch einen der geheimen Gänge.

2. Buch

QUECKSILBER ☿ GEIST

ZIRKULATION

7.

Weh mir, dass ich geboren ward,
einem schattenlosen Herrn zu dienen!
Adelbert von Chamisso (1781-1831)
In *Peter Schlehmils wundersame Reise*

Bald begannen sich in der Höhle am Ende der Welt, tief unter dem Kaukasus, die Schatten wieder zu regen. Mächtige Schatten, die schwer waren vor Sorge um das Schicksal der Menschheit. Während der Älteste in den Kerker des Alchemisten hinabgestiegen war, hatte er den Rest des Rates ausgesandt, um den Zustand jener fünf Siegel zu prüfen, welche die Welt der Menschen vom Reich der Schatten trennten und verhinderten, dass der künstliche Schatten des Alchemisten in den Limbus eindrang …

Nun kehrten die Schatten zurück. Und als sie in der undurchdringlichen Finsternis jener uralten Höhle wieder ineinanderflossen, da spürte jeder von ihnen, wie sich die eigene Sorge mit der der anderen mischte und wie sich mit jedem Schatten mehr davon in ihr gemeinsames Dunkel mengte.

Der Alte hatte in der Finsternis auf sie gewartet. Und seine Schwärze nahm die ihre auf. Stumm gor das Dunkel im Inneren der Höhle, bis seine Stimme schließlich die erste war, die in ihrem gemeinsamen Schatten erklang: »Ripleys Schatten ist frei. Schon länger, als wir ahnten. Wir tun gut daran, fortan auf der Hut zu sein.«

Es waren nicht mehr als zwei kurze Sätze. Doch sie versetzten das Dunkel in Aufruhr. Aufgeregt durchzuckten die einzelnen Mitglieder des Rates einander. Und inmitten ihrer Schwärze war eine unbestimmte Furcht zu spüren. Erregt fuhren nun auch die Stimmen der anderen durcheinander, so dass man sie beinahe nicht mehr voneinander unterscheiden konnte: »Wer hat den Alchemisten befreit?«

»War es sein Komplize? Der Italiener?«

»Ein niederer Magier, der sich vor unserem Zugriff verbarg?«

»Ein Schattenschnitzer womöglich, dem es gelang, sich vor uns zu verstecken?«

»Oder war es gar ein Unfall, und irgendjemand zerstörte sein Gefängnis ohne böse Absicht?«

Ihre Gedanken vermischten sich zu einer wirren Finsternis. Selbst die Gedanken des sonst so schweigsamen Schattens waren leise zu vernehmen. Schlussendlich aber formten sich alle Überlegungen zu einer einzigen Frage. Und der Alte wusste, dass er die Schatten mit seiner Antwort nicht würde beruhigen können. Die Umstände der Befreiung George Ripleys waren alles andere als beruhigend.

»Nichts von alldem. Allem Anschein nach war es niemand anders als der Wächter selbst. Weshalb er es tat, weiß wohl nur Gott allein.«

Seine Worte hallten durch die Finsternis, durchzogen ihr gemeinsames Dunkel, und im Nachhall wich die Aufregung in der Finsternis einer bedrückenden Ruhe, während einer nach dem anderen die Ungeheuerlichkeit dieser Aussage begriff. Der Wächter, der letzte auf Erden verbliebene Schatten eines Engels, hatte den Schatten jenes Mannes befreit, der Gott vor über fünfhundert Jahren den Krieg erklärt hatte …

Der ehrwürdige Rat der Schatten schwieg, staunte und schauderte in der undurchdringlichen Finsternis am Ende der Welt, bis die scharfe Stimme des einen das Schweigen brach und das

Staunen in gedachte Worte kleidete: »Aber warum sollte der Schatten des Engels das Abbild dessen befreien, der die Welt der Menschen ins Verderben reißen wollte?« Lang klang seine Frage ohne Antwort im Dunkel nach. Am Ende blieb der Alte ihnen die Antwort schuldig. Denn er kannte sie ebenso wenig wie die übrigen Mitglieder des Rates. Und womöglich gab es nur einen, der diese Antwort besaß: der Wächter selbst. Damals, vor Hunderten von Jahren, als sie den Alchemisten bezwangen, hatte er sich mit dem Rat überworfen und verbarg sich seit Urzeiten in seinem Refugium. In Ambrì, dem Ort im Schatten, der im Herzen des Schweizer Tessins, am Fuß der Berge, mehrere Monate des Jahres im Dunkel lag und an dem all ihre Magie nutzlos war …

»Wir sollten ihn befragen. Trotz allem«, meinte der Scharfzüngige, kaum dass er die Gedanken des Alten geschmeckt hatte.

»Er wird sich nicht mit uns mischen«, gab der Zynische zu bedenken.

»Was aber tun? Wir können nicht nichts tun, während das Ende der Welt heraufdämmert …« Die Stimme des sonst so schweigsamen Schattens klang eindringlich.

»Wenn Ripley mitsamt dem Eidolon dort draußen ist, dann hat begonnen, was wir immer verhindern wollten.« So viel war gewiss, und damit dachte der Alte in diesem Moment, was sie alle bereits wussten.

»Dann sind wir die Einzigen, die noch zwischen den Schatten und den Menschen stehen«, schlussfolgerte der Scharfzüngige, und der Schweigsame fügte hinzu: »Die Einzigen, die das Ende der Welt aufhalten können.«

Der Älteste wollte wissen, wie es um die Siegel bestellt war. Denn er wusste, dass nun alles von ihnen abhing. Für den Moment konnten die übrigen Mitglieder des Rates ihn beruhigen.

»Jeder von uns hat das seine in Augenschein genommen. Das Buch, das Grab, die Reliquie und das Standbild sind unberührt.« Die Stimme der Frau nannte an dieser Stelle nur vier der fünf

Siegel, jene vier, deren Verstecke, Schattenstätten genannt, sie alle kannten. Die Bewahrung des letzten oblag dem Alten selbst. Und das Wissen um jenes letzte Siegel verbarg er sogar vor seinen Vertrauten … Und auch jetzt erwähnte er es nicht, sondern wollte mehr über den Zustand der anderen Siegel erfahren: »Ihr habt sie gesehen, umfahren, geprüft. Und wenn ich euren Worten glauben kann, dann sind sie sicher. Noch. Sorgt nach Kräften dafür, dass dem so bleibt. Ich beschwöre jeden Einzelnen von euch, sein Siegel zu bewahren. Wenn nötig mit seinem Leben. Dieser Tage mehr denn je. Denn sobald Ripley und das Eidolon erst zueinandergefunden haben, werden sie versuchen, in den Limbus einzudringen. Und dafür werden sie jedes einzelne zerstören müssen …«

Obwohl seine Stimme fest klang und seine Anweisungen klar und deutlich waren, konnte auch der Alte seine Besorgnis nicht vor den anderen verbergen. Sie alle wussten die Zeichen zu deuten, die sich im Schutz der Schatten in die Welt zu schleichen begannen. Fünfhundert Jahre nach seinem Tod stand der Alchemist kurz davor, seinen unheiligen Plan doch noch zu verwirklichen und mit Hilfe des Wächters den Krieg der Schatten gegen ihre Herren vom Zaun zu brechen.

Nach aberhundert Jahren würde der Rat der Schatten ein weiteres Mal unter Beweis stellen müssen, wofür die Altvorderen ihn einst einberufen hatten: die Wahrung des Gleichgewichts und den Schutz der Siegel. Seit ihrer Erschaffung war jeder von ihnen an eines gebunden und für seinen Schutz zuständig. Wann immer ein Siegel brach, würde einer der ihren den größten Teil seiner Macht verlieren. Das war der schicksalhafte Bund zwischen den Siegeln und jenen, die sie bewahrten.

Und doch waren Ripleys entflohener Schatten und das Eidolon nicht das einzige Problem, dem sich der Rat in diesem Moment gegenübersah. Denn die Welt der Schatten war in Aufruhr. Und eben daran erinnerte den Ältesten nun die Stimme des Scharfzüngigen, die sich leise in das sorgenvolle Schwarz drängte.

»Doch was auch immer gegenwärtig vonnöten ist, wir dürfen darüber den Jungen und das Mädchen aus Yucca Verde nicht vergessen.«

Und schon ließ auch der Zynische seine Gedanken ins Dunkel fließen: »Oh ja, der Knabe, der von seinem Schatten zum Schüler erwählte wurde, und das Kind ohne Schatten. Wahrlich, die unseren drängen über die Grenzen ihrer Welt hinaus ...«

»Womöglich ist es das Eidolon«, warf der Schweigsame ein, und der Scharfzüngige führte seinen Gedanken weiter: »Es könnte in ihr sein. In dem mexikanischen Mädchen.«

»Dann aber wäre sie bereits kein Mensch mehr«, gab der Schweigsame zu bedenken, doch die Stimme des Alten erinnerte sie daran, dass sich in Zeiten wie diesen, wenn das Gleichgewicht ins Wanken und die Grenzen der Welten in Bewegung gerieten, auch die Grenzen des Möglichen verschoben. Und die einzige Frau in ihrer Mitte nahm den Gedanken auf: »Somit könnte sich das Eidolon also auch im Schatten des Jungen verbergen?«

»Ihn zu einem Werkzeug machen ...«, murmelte der Scharfzüngige in ihre Schwärze hinein, und wieder dachte der Alte laut, was jeder von ihnen dachte: »So oder so, ob sie nun mit Ripley zusammenhängen oder nicht, sie beide sind wider die Natur. Auch sie gefährden das Gleichgewicht, das wir zu wahren geschworen haben.«

»Sie sind noch Kinder!«, wandte die Frau lautstark ein, wofür der Scharfzüngige jedoch kein Verständnis hatte: »Kinder, in denen womöglich der Keim des Verderbens ruht.«

Und dieser Gedanke sickerte tief in ihr gemeinsames Dunkel, bis der Älteste ihn zu Ende führte: »Sie müssen sterben.« Er sprach in einem Ton, dass jeder von ihnen wusste, wie sinnlos es gewesen wäre, ihm zu widersprechen. Die Frau aber wollte sich damit nicht abfinden.

»Unsere Stimmen zählen nicht weniger als deine. Wir gemeinsam bilden den Rat, und es ist nicht an dir, derlei allein zu entscheiden …«

Der Älteste aber ließ sich nicht beirren. »Es bedarf keiner Abstimmung. Nicht in einem Fall wie diesem. Unsere Aufgabe ist klar: Sie sind Anomalien, Launen der Natur, und darum dürfen sie nicht fortbestehen.«

Auch wenn sie wusste, dass der Alte recht hatte, so war der Unmut der Frau in ihrem gemeinsamen Dunkel noch immer zu spüren. Aber er mischte sich mit der Ahnung, dass der Rat nicht anders konnte, als Jonas Mandelbrodt und Carmen Maria Dolores Hidalgo zum Tode zu verurteilen. Bevor sich die Frau noch richtig mit diesem Urteil abgefunden hatte, erklang schon im nächsten Augenblick aus ihrer Mitte die Stimme des Schweigsamen, der sich berufen sah, dem Beschluss des Alten nachzukommen.

»Ich werde mich darum kümmern …« Seinen Worten haftete etwas Entschiedenes, etwas Bedrohliches an. Er hatte eine Aufgabe angenommen, denn in diesen Dingen war er der Beste von ihnen. Er war der Schattenhenker, der im Bündnis mit dem Schnitter stand. In vergangenen Jahrhunderten hatte er in seinem Namen und in dem des Gleichgewichtes mehr als ein Urteil vollstreckt. Und dabei hatte er nie einen Unterschied zwischen Mensch und Schatten gemacht. Er verschlang die Schatten seiner Opfer, bereicherte sich an ihrem Wissen und ihren Erinnerungen, die auf diese Weise niemals Teil des Limbus werden oder sich mit anderen Schatten mischen würden … Er war ein Schattenfresser, der das Vorrecht genoss, im Schutz des Rates weiter wachsen zu dürfen. Und nun, da es um Ripley ging, war er mit noch größerem Eifer dabei. Denn niemand anderes als der Alchemist war seinerzeit für seinen Tod verantwortlich gewesen. Ripley und das Eidolon hatten den Schattenhenker seinen menschlichen Körper gekostet. Und seitdem fristete er sein weltliches Dasein in einem Körper, der nicht von Gott erschaffen worden war … Ein unwürdiger Umstand.

Nun aber, nach all den langen Jahrhunderten, würde er die Gelegenheit bekommen, sich zu rächen. Wenn das Eidolon in einem der Kinder steckte, würde er es sich holen. Und er würde den falschen Schatten mit Genuss verschlingen.

»So soll es sein. Geh und sorge dafür, dass die Kinder kein Problem mehr darstellen«, stimmte der Alte ihm zu. Nicht einmal mehr die Spur eines Widerwortes hatte in ihrem gemeinsamen Schatten noch Bestand, als er ihre Zusammenkunft in der Höhle am Ende der Welt schließlich beendete.

»Es ist beschlossen. Geht hinaus und schützt eure Siegel, während der Henker sich der Kinder annimmt. Auf dass die Grenze zwischen den Welten wieder klar werde!«

Kaum waren diese Worte in ihrer Finsternis verhallt, strebten die Schatten wieder auseinander, die groben Stufen empor, an den steinern Wänden entlang, hinaus in die Welt, jeder zurück zu seinem eigenen Körper.

Als der Rat der Schatten seinen Tod beschloss, war Jonas Mandelbrodt knapp acht Jahre alt. Zur gleichen Zeit dachte seine Mutter darüber nach, ihn in eine Schule für schwer erziehbare Kinder zu geben. Sie wusste zwar, dass dieses spezielle Institut nicht wirklich das richtige für ihren Jungen darstellte, aber die nächste ähnliche Schule lag über zweihundert Kilometer entfernt. Um ihn dort einzuschulen, hätte sie umziehen müssen, was allein schon ihre Eltern niemals zugelassen hätten. Abgesehen davon hatte sie gerade erst Werner kennengelernt, einen Fernfahrer, der anders war als all die Männer zuvor in ihrem Leben. Einer, mit dem sie sich seit langem wieder wirklich eine Zukunft vorstellen konnte.

Außerdem versuchte sie sich einzureden, dass Jonas auch in

jener Schule gut aufgehoben sein und dass er sich zwischen den Kindern wohl fühlen würde. Denn sie waren anders. So wie auch er anders war. Natürlich waren sie anders anders, aber Jonas' Mutter, die den Eindruck hatte, dass normale Kinder ihren Sohn irritierten, ging dennoch davon aus, dass es für ihn dort leichter sein würde.

Wenn sie Jonas beobachtete, wie er dort hinter dem Haus im Gras spielte und apathisch zu Boden starrte, dann ertappte sie sich manchmal dabei, dass sie wünschte, er wäre nie geboren worden. Meist passierte das, wenn sie getrunken hatte. Und dann ärgerte sie sich darüber, dass Jonas immer nur schwieg und noch immer nicht *Mama* zu ihr gesagt hatte. Sie sprach mit niemandem über diese Gedanken, und meist schämte Ruth Mandelbrodt sich wenig später so sehr, dass sie Werner fortschickte und Jonas während der nächsten Tage mit Schokoladeneis fütterte und ihm jeden Wunsch von den Augen abzulesen versuchte. Seit Werner da war, trank sie öfter. Sie tranken zusammen und schmiedeten gemeinsam Pläne für die Zukunft. Vor kurzem hatte er sie sogar gefragt, ob sie mit ihm weggehen würde. Nach Amerika vielleicht. Oder Kanada. Aber sie hatte *nein* gesagt. Nicht, solange ihre Eltern noch lebten und Jonas sie brauchte. Doch während sie *nein* sagte, sehnte sie sich tief in ihrem Inneren nach der Freiheit der Ferne. Danach, neben Werner im Führerhaus seines LKWs zu sitzen und Jonas und ihre Eltern ein für alle Mal hinter sich zu lassen. Doch auch für diesen Gedanken schämte sie sich. Und um sich nicht noch mehr schämen zu müssen, trank sie noch mehr …

Das waren die Momente, in denen sie Jonas aus den Augen verlor. Doch ganz gleich, ob sie nüchtern oder betrunken war, sie hätte ohnehin nicht verstanden, was ihr Sohn tat, wenn er dort draußen im Gras saß, die Schatten des Querkrauts von der Sonne fortbog und den Worten seines Schattens lauschte. Von ihm lernte er die Magie der Schatten und machte sich, unbemerkt von den Menschen, die ihn umgaben, mit seiner Hilfe bereit für seine Bestimmung: dem Schicksal und den Gesetzen der Schatten zu trotzen.

Während Jonas Mandelbrodt lernte, umschlich ihn der treue Argos. Der Irish Setter war alt und das schimmernde Rot seines Fells mit den Jahren blass geworden. Das blinde Auge funkelte trübe, das andere aber hielt der Hund unablässig auf den Jungen gerichtet. Wenn irgendjemand genauer hingesehen hätte, dann hätte er wahrnehmen können, dass sogar die Schatten von Hund und Kind in einem sonderbaren Wechselspiel standen. Dass sie sich – egal wie der Stand der Sonne war – gegen alle Regeln der Vernunft vermischten.

Und hätte einer noch genauer hingesehen, einer, der darüber hinaus noch die geheimen Gesetze der Schatten kannte, dann hätte er tatsächlich bemerkt, wie diese beiden Schatten sich miteinander austauschten. So lautete ihr vor Jahren getroffenes Abkommen, denn beide waren besorgt um ihren Herrn. In ihnen schwelte eine Furcht vor derart eigentümlichen Dingen, dass sie in der Welt der Menschen nicht einmal einen Namen hatten, also waren sie auf der Hut. Längst hatte der Schatten Jonas Mandelbrodts vernommen, dass die Welt der seinen in Aufruhr war. Die Schatten raunten von Ripley, dem Italiener und dem Eidolon … Das Gleichgewicht war ins Wanken geraten, und das bedeutete, dass der Rat der Schatten alles tun würde, um es wiederherzustellen.

An diesem Nachmittag im Frühling, als der Rat seinen Tod beschloss, kam Norman Fiedler über den Zaun in den Garten der Mandelbrodts geklettert. Und während Werner Jonas' Mutter hinter ihrer Schlafzimmertür einen Moment lang vergessen ließ, dass ihr Sohn sie womöglich niemals Mama nennen würde, vereinten sich im Garten die Schatten von Argos und Norman. Er selbst saß dort und starrte schweigend auf den Boden.

In seinem Rücken erhob sich die alte Eiche mit dem Baumhaus. Einer der Liebhaber seiner Mutter hatte es gebaute, um das

Kind von Zeit zu Zeit zumindest für ein paar Stunden aus dem Haus zu haben. Bevor es aber überhaupt fertig gewesen war, hatte Ruth einen neuen Mann angeschleppt. Auch der hatte halbherzig weiter daran gewerkelt, bis schließlich auch er gegangen war. Schlussendlich hatte es vier Männer gebraucht, bis das Baumhaus endlich fertig wurde. Bis jetzt hatte Jonas nur zwei Mal darin gespielt. Denn die Schatten des Querkrauts interessierten ihn weit mehr als das Baumhaus. Und ebendiesen widmete er sich auch jetzt wieder.

Schweigend betrachtete Norman, wie Jonas die Schatten der Halme bog. Er kannte die Besessenheit seines Freundes und wusste, dass Jonas die Pflanzen von ihrem Anderssein befreien wollte. Norman klopfte ihm auf die Schulter, gerade so wie die Erwachsenen es taten, wenn sie einander aufmuntern wollten. Und tatsächlich lächelte Jonas für einen kurzen Moment.

Allerdings lag das nicht an Normans aufmunternder Geste. Vielmehr kündeten dessen kleiner, dicker Schatten und die getrockneten roten Flecken in seinem Gesicht von einem wüsten Mittagessen und einer Küche, die am Ende den Kampf gegen die Tomatensoße verloren hatte. Jonas' Schatten – verschmolzen mit Normans – schmeckte die kindlichen Freuden des Jungen und ließ das sonst meist ernste Gesicht seines Herrn sachte erstrahlen. Indem er in den Schatten der anderen ihren Erinnerungen nachspürte, hatte Jonas Teil am Leben. Er hatte schon so viele Schatten gespürt, doch die meisten von ihnen waren hässlich und ihre Wahrheiten bitter gewesen. Denn in den Schatten der Menschen sah Jonas die Wahrheit hinter ihren Lügen. Er sah keine Gesichter, keine Masken, sondern die unverfälschte Wirklichkeit. Er schmeckte die Ablehnung im Schatten seiner Mutter und den Zorn in dem ihres neuen Freundes, der sich vom lüsternen Faun nur darin unterschied, dass dieser hier seinen Zorn zu unterdrücken verstand.

Die Bitterkeit all dieser Lügen machte Jonas traurig. Die

Menschen waren nicht, was sie schienen. Und darum hatte er gelernt, sich vor ihren Schatten zu verschließen, wann immer er wollte. Meist fühlte sich Jonas mehr als Schatten denn als Mensch. Norman aber war anders. Selbst seinen Lügen wohnte etwas Unschuldiges inne. Wenn er behauptete, die Würstchen nicht gegessen, die Murmeln nicht gestohlen oder irgendeine Scheibe nicht eingeworfen zu haben, dann bedurfte es meist nicht einmal seines Schattens, um die Wahrheit hinter der Lüge zu erkennen. Denn Norman Fiedler war selbst zum Lügen zu einfältig. Und darum liebte Jonas seinen Freund beinahe ebenso sehr wie seinen Hund und seinen eigenen Schatten.

Aufmerksam beobachtete Norman weiter, wie Jonas das Querkraut zu bändigen versuchte.

»Da drüben, da stehen noch ein paar falschrum.« Norman dirigierte seinen Freund mit dem Zeigefinger zu einem anderen Teil des Beetes. Er staunte immer wieder, was Jonas mit den Schatten anstellte. Und er hatte längst verstanden, dass er darüber mit niemandem sprechen durfte. Die Fähigkeiten seines Freundes waren ihr gemeinsames Geheimnis, ein großes und bedeutendes Geheimnis, das wusste Norman trotz seiner Einfältigkeit. Daran änderte auch die Tatsache nichts, dass sich die Schatten der Halme meist nur wenige Tage später in die andere Richtung zurückgedreht hatten. Norman Fiedler, der einzige Mensch im Bund der Beschützer Jonas Mandelbrodts, glaubte an seinen Freund. Tief in seinem Inneren wusste er, dass Jonas einmal große Dinge vollbringen würde.

»Und hier, hier sind auch noch welche.« Mit diesen Worten setzte er sich ins Gras und versuchte, selbst nach den Schatten der Halme zu greifen. Doch er bekam sie nicht zu fassen. Stattdessen legten sie sich, den Gesetzen der Logik folgend, über seine Finger. Frustriert versuchte er es wieder und wieder. So wie er es seit Jahren tat, seit er seinen Freund das erste Mal dabei beobachtet hatte.

Nun war es Jonas, der Norman zusah, ihn dabei beobachtete, wie er an den Schatten verzweifelte und langsam wütend wurde. Jonas wusste, dass es nicht lange dauern würde, bis sein Freund anfing zu weinen. Und darum tat er, was er immer tat, um eben das zu verhindern.

Nur ein Blick in Argos' Richtung war nötig, und der Hund kam zu den beiden Jungs hinübergetrottet. Jonas streichelte ihn mit der Rechten, während er mit der andere Hand sachte in den Schatten des Setters griff und etwas daraus hervorzog. Es war Herr Brummbold. Oder besser gesagt sein Schatten. Jonas nahm ihn, schloss die Augen und konzentrierte sich einen kurzen Moment lang. Dann ließ er ihn los, und der Schatten des Bären begann plötzlich zu tanzen. Und Norman Fiedler, der gerade noch an den störrischen Schatten des Querkrauts verzweifelt war, lächelte. Er klatschte in die Hände, als Herrn Brummbolds Schatten ungelenk durch das Beet in Richtung des Zaunes tänzelte. Lachend raffte der dicke Junge sich auf und lief dem tänzelnden Schatten nach, während Jonas sich wieder den Halmen zuwandte.

Gleich darauf aber hielt er in der Bewegung inne. Er drehte seinen Kopf und schaute fragend auf seinen Schatten herab. Argos begann zu knurren, und Jonas, der kurz seinem Schatten zu lauschen schien, runzelte verwundert die Stirn. Dann begannen seine Augen mit einem Mal, verstört hin- und herzuhuschen. Das Knurren des Hundes wurde lauter, wurde zu einem Bellen. Jonas drückte sich vom Boden hoch und stand langsam auf, wobei er sich unsicher umblickte. Nur Norman, der noch immer mit dem Schatten des Teddys spielte, bemerkte nicht, dass in den Schatten irgendetwas vor sich ging …

Und dann, ganz plötzlich, war er da. Der Schattenhenker. Ein menschlicher Schatten, der unter dem Gartenzaun hervorschoss und sich sofort auf den Schatten des Teddys stürzte. Wütend und laut bellend stürzte Argos herbei, bekam aber den fremden

Schatten nicht mit den Zähnen zu fassen. Jonas sah Brummbold in den Fängen des Eindringlings, und im gleichen Moment wusste er, dass etwas Schlimmes geschehen würde. Der dunkle Schemen grub seine Klauen tiefer in das Abbild des Teddys, das im nächsten Augenblick mit einem furchtbaren Geräusch zerriss. Obwohl es nur in der Finsternis des fremden Schattens erklang, konnte auch Jonas es hören. Hilfesuchend starrte er auf seinen eigenen Schatten hinab, und dann wusste Jonas mit einem Mal, was er zu tun hatte. *Das Baumhaus!*

Der Junge hastete los. Im Laufen drehte er sich zurück und schrie angsterfüllt über seine Schulter: »Norman!«

Sein Freund stand wie erstarrt da und starrte ungläubig auf den fremden Schatten, der die Reste des Teddys hinunterschlang. Norman konnte die finsteren Fänge sehen, die sich gierig in den Schatten des Bären gruben. Und ohne dass er es recht verstand, ahnte er doch mit einem Mal die Schrecken, die sich im unergründlichen Dunkel der geheimen Welt von Jonas Mandelbrodt verbargen.

Der Ruf des Freundes löste Norman aus seiner Starre. Er fuhr herum, sah Jonas auf den Baum zueilen und verstand. Als er sich gleich darauf schwerfällig in Bewegung setzte, beendete der Schatten sein eigentümliches Mahl. Der Schattenhenker hielt inne, schien die Lage zu sondieren, Ausschau zu halten. Dann bemerkte er Jonas, der in Richtung des Baumhauses floh, spürte die Bereitschaft des Schattens, seinen Herrn zu verteidigen, und dann zuletzt den Atem des Hundes auf sich. Sie würden ihn nicht aufhalten. Weder der Schatten noch der Hund. Er war gekommen, das Gleichgewicht wiederherzustellen, dem Leben Jonas Mandelbrodts ein Ende zu setzen und damit die Menschheit zu retten. Er hatte in seinem Leben weit bedeutendere Menschen als diesen Knaben getötet …

Vom Schrei ihres Enkels alarmiert, kamen Jonas' Großeltern an den Zaun gelaufen und starrten verwundert in Richtung des

Baumhauses. Seine Mutter ließ von Werner ab, streifte sich hastig etwas über und trat ans Fenster ihres Schlafzimmers. Ein Haus weiter schaute ein anderer Nachbar von seinem Rasenmäher auf, und auf dem Fußweg an der Rückseite des Grundstücks hielt sogar ein fremdes Pärchen mit Kinderwagen inne. Sie alle hatten den Schrei gehört, den Jonas in Richtung seines Freundes ausgestoßen hatte, und die Verzweiflung darin gespürt. Alle ahnten, dass gerade irgendetwas Schreckliches geschah.

Doch mit ihren menschlichen Augen war nichts Schreckliches auszumachen. Sie sahen und sie hörten nichts, was den Schrei hervorgerufen haben könnte. Dort im Garten waren nur diese zwei Jungs, die beide auf die alte Eiche mit dem Baumhaus zurasten, als ob der Teufel hinter ihnen her wäre. Weshalb sie dies taten, verstand keiner der Zuschauer. Und dennoch: Sie konnten ihre Blicke nicht abwenden. Irgendetwas ging von dieser Situation aus, dem sie sich unmöglich entziehen konnten …

Und dann bemerkten sie es, Ruth zuerst, kurz gefolgt von den anderen. Der Hund! Argos bot einen merkwürdigen Anblick, scharrte wütend im Boden, grub nach etwas, knurrte, schnappte nach Gras und Dreck und dann, ganz plötzlich, fiel er zu Boden. Beinahe als ob ihn etwas umgerissen hätte. Aber da war nichts. Der Hund lag knurrend dort, wand sich, schnappte um sich. Dann ging sein Knurren in ein Winseln über, das wenig später zu einem Jaulen wurde, als sich – von den Zuschauern unbemerkt – schattenhafte Klauen und Zähne in sein Fleisch gruben. Niemand bemerkte die klaffenden Wunden unter dem blassroten Fell, die wie von selbst mehr zu werden schienen, und das Blut, das auf den Rasen troff.

Jonas sah Argos sterben, und im Gegensatz zu allen anderen Zuschauern begriff er, was dort unten am Fuß der Eiche geschah. Schmerzerfüllt schrie er ein weiteres Mal auf, als er sah, wie sein treuer Gefährte tot im Gras zusammenbrach.

Plötzlich wurde es ganz still im Garten der Mandelbrodts.

Ein jeder Beobachter spürte, dass das Tier tot war. Doch noch immer ahnte niemand, was wirklich in dem Garten vor sich ging …

Jonas hatte inzwischen den Baum erreicht. Hastig begann er, die an den Stamm genagelten Sprossen emporzuklettern. Norman war einige Meter hinter ihm, er schwitzte und hastete keuchend weiter. Als der treue Argos seinen letzten Atemzug tat und seltsam verrenkt im Gras liegen blieb, ließ der Schattenhenker seine Macht spielen: Er pflückte die Schatten von den Füßen der Umstehenden, die wie gebannt in den kleinen Garten starrten, zwang sie unter seinen Befehl und ließ sie zusammenfließen, um sich anschließend mit ihnen zu vereinigen.

Binnen Sekunden band er sie an sich, wuchs mit ihrer Hilfe, breitete sich aus, immer schneller, bis er schließlich Norman erreichte. Etwa im gleichen Moment wandten die Menschen sich ab, um mit dem fortzufahren, worin sie innegehalten hatten. Keiner bemerkte das Fehlen des eigenen Schattens.

Knapp einen Fuß hinter Norman Fiedler schoss eine Schattenklaue aus dem Boden empor und grub sich tief in die Wade des Jungen. Keine zwei Meter von dem Baum und den rettenden ersten Sprossen entfernt schrie Norman auf und strauchelte. Jonas, der schon halb auf dem Baum war, konnte sehen, wie der Schatten gierig über die Wunde seines Freundes leckte, sich ein weiteres Mal zur Klaue formte und ein zweites Mal ausholte, um Norman endgültig von den Füßen zu reißen.

Die Schatten um uns herum waren in Aufruhr. Und in dem Moment, als der Garten sich verdunkelte, wusste ich, dass jemand gekommen war, der meinem Herrn ans Leben wollte. Und ich wusste intuitiv, dass niemand anders als der Rat ihn geschickt hatte. Der Moment, den ich lange gefürchtet hatte, war gekommen.

Ich sah den Hund meines Herrn sterben und wie sein

Freund verwundet wurde. Dann hörte ich Jonas Mandelbrodt aufschreien. Und, bei den Schriften der alten Chaldäer, ich kannte diesen Schrei! Er ähnelte dem des Neugeborenen, der mich einst von seinen Füßen hatte reißen wollen. Ein Schrei voller Kraft, Verzweiflung und Magie. Und er verfehlte seine Wirkung nicht. Für einen kurzen Moment ließ der Schrei Jonas Mandelbrodts die Schatten um ihn herum erstarren. Das rettete Norman Fiedler das Leben. Denn so wie auch ich erstarrte selbst der Schatten des Henkers, und mit ihm alle, die er um sich gesammelt hatte. In seinem Schrei vereinte Jonas Mandelbrodt seine ihm angeborene Macht mit meinen Lektionen, und für den Bruchteil eines Augenblicks standen die Schatten still.

Ich spürte die Verwunderung des Angreifers. Der Henker erschrak bis in sein innerstes Schwarz. Und in diesem Moment der Verwirrung begannen die vereinnahmten Schatten sich aus ihm zu lösen, strebten wieder aus ihm heraus in Richtung ihrer Herren. Doch das reichte nicht aus, um ihn aufzuhalten. Denn er war gekommen, um den Willen des Rates zu vollstrecken. Und niemand, der dem Rat der Schatten diente, hätte es je gewagt, sich ihm zu widersetzen.

Kaum dass mein Herr Norman Fiedler bei der Hand ergriffen und die ersten Stufen emporgezogen hatte, hatte der Henker sich wieder gefangen. Sein Wille riss die fremden Schatten wieder an sich, und er drängte von neuem in Richtung des Baumes.

Als Jonas Mandelbrodt schließlich über die letzte Sprosse in das Baumhaus kletterte, schloss sich das Dunkel des Henkers vollends um den Stamm der Eiche. Und dann begann sich die Finsternis am Stamm emporzuwinden. Von Sprosse zu Sprosse sah ich sie auf uns zusteigen, während die Rinde des Baumes sich dunkel zu verfärben begann. Ächzend wuchtete sich jetzt auch Norman über die Schwelle des Baumhauses, blieb schnaufend auf dem Rücken liegen und betrachtete ungläubig seine blutende Wade, auf der sich deutlich die Spuren einer riesigen Pranke abzeichneten.

Die Zeit der Spiele war vorbei, das begriff nun auch Norman. Dieser Schatten war ein durch und durch böser Schatten, und er begnügte sich nicht damit, die Schatten von Spielzeugen zu verschlingen. Mit diesem Schatten näherte sich der Tod. Und ich machte mich bereit, für meinen Herrn zu kämpfen, mich dem Angreifer entgegenzuwerfen und alles zu tun, um ihn aufzuhalten. Selbst wenn das bedeutete, dass er auch mich verschlang.

Ich hatte gewusst, dass dieser Zeitpunkt irgendwann einmal kommen und ich mich dem Willen des Rates entgegenstellen würde. Ich spürte Jonas Mandelbrodt so intensiv wie selten zuvor und glaubte in diesem Augenblick bereits das Ende unseres gemeinsamen Weges gekommen. Ich floss in ihn und er in mich, ich spürte sein Wesen, seine Gedanken, und wir waren einander so nahe wie noch niemals zuvor. In diesem Moment waren wir nicht Lehrer und Schüler, sondern Freunde. Im Angesicht ihres unausweichlichen Endes. Mein Bedauern mischte sich mit dem seinen, und wir machten uns bereit.

Dann berührte mich der Angreifer, und ich erschauderte: Der Rat hatte wahrhaftig einen der seinen geschickt. Jenen Schatten, der seit Hunderten von Jahren in seinem Namen tötete und zerstörte. Zum ersten Mal in meinem langen Dasein spürte ich die unmittelbare Nähe eines Schattenfressers ... Wenn es für Jonas Mandelbrodt und mich noch irgendeine Hoffnung gegeben hatte, so schwand sie in dem Augenblick, als der Henker mich zu verschlingen begann.

Norman Fiedler fing an zu schreien. Und Jonas stimmt augenblicklich mit ein. Womöglich würde sie jemand hören, vielleicht würden die Leute in den Garten stürmen, sie retten, vielleicht … Bevor jedoch die Schreie der beiden Jungen überhaupt gehört werden konnten, schossen von den rissigen Bodenbrettern zwei Schattenstränge empor, bewegten sich an den Jungen empor und verstopften ihre Münder. Schattenknebel, die jeden Laut im Keim erstickten.

Fürwahr, der Scherge des Rates war schnell. Er hatte den Schattenmord zur Kunst erhoben. Und auch wenn er im Lauf der Jahrhunderte in seinem Namen Könige und Päpste gerichtet hatte, wussten doch nicht einmal die anderen Schatten des Rates, wie viele Tode der Henker wirklich zu verantworten und wie viele Leben er auf dem Gewissen hatte. Das erkannte ich in dem Moment, als er mich zu verschlingen begann, und ich wusste, dass ich ihm nichts entgegenzusetzen hatte.

Als der Henker nach meinem Herren griff, war es Ruths Schatten, der von mir zehrte, während die seiner Großeltern Jonas und Norman die Münder verstopften. Und noch immer hatte keiner dieser Menschen bemerkt, dass ihm sein Schatten abhanden gekommen war …

Die Gedanken des Henkers durchströmten mich und meinen Herren. Eine wilde Woge dunkler Bilder, die schlussendlich zwei Namen umtosten: Ripley und das Eidolon. Diese Gedanken ließen Jonas schaudern, mich durchfuhren sie heiß und kalt. Dann fühlte ich die Schattenzähne des Angreifers wieder in mir, ein dunkler Schmerz durchzuckte mich. Im Dunkel des Henkers nahm ich den Schatten des treuen Argos wahr, spürte, wie er litt, während der Henker ihn verdaute.

Und dann riss er den ersten Bissen aus mir heraus. Mein Schmerz zuckte bis in den Körper meines Herrn hinauf, unter dessen Schattenknebel ein erstickter Schrei erklang.

Meine Hoffnung war längst zerronnen, als plötzlich das Unmögliche geschah: Als sich nämlich die schwarzen Zähne des Henkers ein weiteres Mal in mich gruben, schmeckte ich mit einem Mal noch etwas anderes in ihm. Zwischen all den fremden Schatten, die er sich zum Werkzeug erkoren und die er in sich aufgesogen hatte, war einer, der gegen den Willen des Henkers in ihn gedrungen war! Und dieser eine war nicht gekommen, ihm zu dienen. Vielmehr griff er den Schattenhenker plötzlich aus seinem eigenen Inneren heraus an und sprengte die fremden Schatten von ihm ab. Einer nach dem anderen glitten sie die alte Eiche hinab, so dass der Henker nach und nach wieder auf seine eigentliche Größe reduziert wurde.

Und während er auf diese Art schrumpfte, glitten seine Zähne aus mir heraus. Auch die schwarzen Knebel rutschten aus den Mündern der Kinder. Die Schatten flossen den Stamm der Eiche hinab, strebten zu ihren Herren zurück und legten sich ihnen – als wäre nichts geschehen – wieder zu Füßen. Obwohl er von mir abgelassen hatte und wir nicht mehr miteinander verbunden waren, spürte ich die Irritation des Schattenhenkers ob dieses plötzlichen Angriffs. Ich fühlte, wie er mit dem Eindringling rang, und dann, wenig später, ergriff er die Flucht!

Ich war im Inneren des Henkers gewesen, ich hatte all jene wahrgenommen, die ihn formten. Doch jenen anderen, der uns zu Hilfe geeilt war, hatte ich nicht erkennen können. Wessen Schatten es auch gewesen sein mochte, er besaß die Macht, sein Wesen zu verbergen. Und das selbst vor einem Angehörigen des Rates …

Der fremde Schatten war mit dem des Henkers verschwunden. Zurück blieben mein Herr und sein blutender Freund, die sich verängstigt aneinanderklammerten. Und noch etwas anderes, denn unser Helfer hatte uns eine Botschaft hinterlassen. Ein einziges Wort, das er mit Schatten auf die hölzerne Bretterwand des Baumhauses geschrieben hatte. Ein Name, um dessen Bedeutung ich sehr wohl wusste. Der Name der Zu-

flucht des Wächters. Jener Ort, wo sich alle Magie dem Schatten des Engels beugen musste und an dem selbst die Macht des Rates verblasst: *Ambrì*.

Als Carmen Maria Dolores Hidalgo ihre schwarzen Augen aufschlug, spürte sie einen bohrenden Schmerz in ihrem Kopf. Verwundert hob das kaum dreijährige Mädchen seinen Blick. Maria wirkte wesentlich älter. Sowohl geistig als auch körperlich hätte sie jeder, der sie sah, auf mindestens fünf geschätzt. Das Eidolon in ihr wollte in einem kräftigen, erwachsenen Körper wohnen und sorgte dafür, dass Maria schneller als andere Kinder wuchs. Es musste dafür lediglich Hormone stimulieren und dem Körper Dinge vorgaukeln. Nachdem es verstanden hatte, wie Menschen funktionierten, war das kaum weiter schwer.

In seiner gegenwärtigen Situation aber nützte all dieses Wissen um die menschliche Physis nichts.

Maria versuchte sich zu bewegen, spürte jedoch enge Fesseln, die um ihre Handgelenke und Knöchel lagen und sie am Stuhl festhielten. Der Raum, in dem sie sich befand, war weder der Tempel noch Marias Kinderzimmer. Das Letzte, woran das Eidolon sich erinnern konnte, war der Pilger. Verborgen in Marias Körper hatte es in den Armen von Mama Cervantes gelegen, als der unscheinbare Mann mit dem Rucksack und der runden, silbernen Brille den Raum betreten hatte. Er hatte seine Hand gehoben, und dann hatte plötzlich nur noch Schwärze existiert. Er musste ein Eingeweihter sein. Einer, der die Gesetze der Schatten kannte. Gewiss jedoch kein Mitglied des Rates. Dessen war das Eidolon sich sicher. Denn sonst wäre es mitsamt dem Körper des Mädchens längst dem Gleichgewicht geopfert worden. Wer aber war er dann? Und vor allem, was hatte er mit ihm vor?

Das Eidolon ließ den Blick Marias schweifen. Überall um sie

herum gleißte grelles Licht. Der Raum irritierte sie. Wände, Decke und Boden bestanden komplett aus milchig-weißen, von außen beleuchteten Plastikwänden. Überall erstrahlte das Licht, das jeden natürlichen Schatten verblassen ließ. Dieser Raum war ein Gefängnis aus Licht, errichtet für einen einzigen Gefangenen: *das Eidolon*.

Diese Erkenntnis ließ das Eidolon schaudern. Dem Unbekannten war es nicht um das Mädchen gegangen. Er hatte das Eidolon gewollt. Und nun befand es sich ganz in seiner Gewalt. Spürte, wie die Fesseln sich in Knöchel und Handgelenke seines kindlichen Wirtskörpers gruben und das Licht jeden Gedanken an Flucht zunichte machte. Das Eidolon war gefangen. Mitsamt Maria, seiner menschlichen Hülle. Der Fremde hatte an alles gedacht, und das Eidolon war ihm auf Gedeih und Verderb ausgeliefert …

Ein leises Geräusch ließ Maria herumfahren. Ihr gegenüber öffnete sich in der weißen, leuchtenden Wand ein schmaler dunkler Spalt, hinter dem ein unerreichbares Dunkel gähnte. Erfolglos versuchte das Eidolon in der Finsternis etwas zu erkennen, als plötzlich ein Mann daraus hervortrat.

Maria musterte ihn von oben bis unten – aufmerksam, genau. Denn das Eidolon wollte wissen, wer seinen Körper entführt und ihn hier gefangen gesetzt hatte. Und es wollte wissen, *weshalb*. Auf den ersten Blick wirkte der Mann noch immer unscheinbar. Er trug einen schwarzen Rollkragenpullover, die Ärmel hochgekrempelt, die Unterarme von eigentümlich symmetrischen Narben und Tätowierungen überzogen, die auf den zweiten Blick irritierten. An seiner linken Hand trug er einen einzelnen schwarzen Lederhandschuh. Seinem Gesicht nach zu urteilen, musste der Mann um die Mitte vierzig sein. Falten hatten begonnen, einstmals ebenmäßige Züge zu durchziehen. Er hatte eine prägnante Kurzhaarfrisur, war jedoch unrasiert, seine Kinnpartie von Stoppeln übersät. Die Augen hinter seiner kleinen, runden Brille waren wach, von einem farblosen Grau, das auf eine seltsame Art *beunruhigend* wirkte.

Jetzt erkannte das Eidolon ihn wieder. Wie sehr hatte es sich auf der Hacienda Hidalgo in Sicherheit gewiegt. Es hatte sich diesen Ort ausgesucht, um in Ruhe zu wachsen, und darüber war es nachlässig geworden. Wäre es auf der Hut gewesen, hätte es den Mann bereits in dem Moment erkannt, als er den Thronsaal betrat. Obwohl es sich hier des Lichtes wegen nicht mit seinem Schatten mischen konnte, spürte das Eidolon die Aura des Mannes. Es kannte sie gut: Es war die jenes Mannes, der schon im fernen Kutna Hora versucht hatte, es in seine Gewalt zu bringen. Der, dem es schon einmal entkommen war! Bevor es in die Welt geflohen war und sich diesen Körper gesucht hatte.

Und als es nun genauer hinschaute, erkannte das Eidolon durch die Augen des Mädchens auch die Zeichen auf seinen Armen. Es waren alte Zeichen, wie auch Mama Cervantes sie gekannte hatte. Zeichen, welche die Schatten beherrschen und vor ihnen schützen sollen. Es befand sich also wirklich in der Gewalt eines Schattensprechers. Sein Entführer war einer jener wenigen Wissenden, die den Schatten ihren Willen aufzwingen können. Tief in seinem dunklen Selbst erinnerte es sich an seinen Schöpfer …

Doch es würde sich zu nichts zwingen lassen, keinem Menschen zu Diensten sein! Denn es war nicht geschaffen, zu dienen!

Marias Körper zerrte an seinen Fesseln, blinzelte ins Licht. Und in seinem Inneren rumorte Zorn. Es war in Kutna Hora seinem gläsernen Gefängnis entkommen, durch die Welt geflossen, hatte über Jahre beobachtet und gelernt. Es hatte sich zwischen den Schatten verborgen, von ihnen gezehrt und gelernt und ihr Wissen in sich aufgenommen. Und schließlich hatte das Eidolon sich erst an Tieren und dann an Menschen erprobt … Doch eine menschliche Seele aus ihrem Körper zu verdrängen hatte sich bald schon als völlig unmöglich erwiesen. Der einzige Weg, einen Menschen zu beherrschen, war der gewesen, seiner Seele zuvorzukommen.

Und so war das Eidolon schließlich, kaum dass sie geboren war, in den Körper Carmen Maria Dolores Hidalgos gedrungen. Es erinnerte sich genau. Anstatt dass das Schicksal ihr im Moment ihrer Geburt einen gewöhnlichen Schatten an die Füße geheftet hatte, war, bevor noch die zarte Menschenseele ihren Weg gefunden hatte, das Eidolon in sie gefahren. Es war so leicht gewesen. Sobald das Eidolon sich mit den anderen Schatten mischen und sie davon erfahren würden, wie einfach es war, würden bald alle Schatten ihre Menschen beherrschen können. In all den Tausenden von Jahren, die sie den Menschen nun schon dienten, hätten sie ihre Herren ohne weiteres zu verdrängen vermocht. Es bedurfte nur des Wissens durch das Eidolon und der Bereitschaft, die alten Gesetze zu brechen …

Dass es nicht geschaffen worden war, um zu dienen, wusste das Eidolon in dem Moment, als es im Dunkel des kleinen, fleckigen Krankenhausbettchens an dem winzigen Körper emporgekrochen war und sich in ihn hineingeschlichen hatte. Das Leben selbst hatte ihm den Weg geebnet. Mit dem Atem des Kindes war es in seinen Körper gedrungen, und die kleinen zitternden Nasenlöcher hatten den falschen Schatten mit der Luft eingesogen. Von einem Moment auf den nächsten war das kindlich Blassblau seiner Augen einem tiefen Schwarz gewichen. Seinem Schwarz, dem des Eidolons, das im gleichen Moment in alle Glieder, alle Fasern und jede Zelle des Mädchens gedrungen war. Staunend hatte es bald begonnen *seine*, oder besser *ihre* Finger zu bewegen. Die Finger, die Arme, die Beine, es hatte den Kopf gedreht, geatmet, gelebt! Noch jetzt durchflutete es ein triumphales Gefühl, wenn es sich daran erinnerte. Oh ja, dieser Körper gestattete es ihm, Gefühle zu haben. Er fühlte, wusste, spürte. Lebte. Von einem Moment auf den nächsten waren die Möglichkeiten unendlich geworden … Es war nur der Körper eines Kindes, doch er würde schnell wachsen. Die Welt würde ihm zu Füßen liegen. Und während im Inneren des Kindes das aus zahllosen fremden Schatten zusammengestohlene Wissen des Eidolons ruhte, spürte es, wie die Synapsen im Inneren seines Schädels sich unter leisen Blitzen miteinander verknüpften, Brücken schlugen, Verbindungen eingingen … Nach fünfhundert Jahren Gefangenschaft hatte es sich das Leben eines Menschen untertan gemacht.

Und nun befand es sich einmal mehr in der Gewalt eines Schattensprechers.

Die Pupillen des Mädchens verengten sich, als es seinem Entführer wortlos und mit starrem Blick entgegenstarrte. Und der Tätowierte las in ihren Augen.

»Oh ja, da bist du … Ich sehe den Schatten in ihren Augen.«

Das Mädchen knurrte leise. Sein Entführer aber ließ sich nicht beeindrucken.

»Leugne nicht. Und versuche nicht, mich hinzuhalten. Ich weiß, wer du bist. Und du weißt, dass ich es weiß. Du bist mir einmal entkommen. Sei dir sicher, dass es kein zweites Mal geben wird. Solltest du dich mir verweigern, wird der Körper dieses Kindes dich nicht schützen. Ich weiß, solche wie dich zu bezwingen …«

Der falsche Schatten in ihr schauderte. Das Kind schlug die Augen nieder. Und sein Entführer lächelte triumphierend.

»Du kannst mir nichts vormachen, *Eidolon*. Denn ich habe einen Verbündeten, der dich womöglich besser kennt als du dich selbst. Ich habe bewiesen, dass ich bereit bin, Opfer zu bringen. Und er hat mir dafür mein Versagen verziehen …«

Langsam, Finger für Finger, zog er den Lederhandschuh von seiner Linken und präsentierte wie zuvor Mama Cervantes auch dem Eidolon seine eigentümliche Prothese aus Schatten. Er bewegte erst die Hand, dann ihre Finger. Er betrachtete sie mit Stolz, dann funkelte er wieder Maria an.

»Du siehst, ich stehe mit einem im Bund, der mächtiger ist als ich oder du …«

Das Mädchen hob den Kopf, öffnete den Mund und sprach dann mit einer Stimme, die nicht die eines dreijährigen Kindes, ja nicht einmal wirklich die eines Menschen schien. Sie klang geschlechtslos, fremd und leer, wie ein Echo, das aus einem unbeseelten Körper hallte.

»Was wollt ihr von mir? Du und dein … Verbündeter?« Der falsche Schatten gab dem Wort einen verächtlichen Klang. »Ich habe nichts mit euresgleichen zu schaffen. Ihr habt mich geschaffen, eingesperrt. Nun aber bin ich frei. Lasst mich dieses Leben leben, und ich werde eure Geheimnisse bewahren.«

Der Mann lachte auf und streifte beiläufig wieder seinen Handschuh über.

»Darum geht es nicht. Du stehst zwischen Menschen und Schatten und bist einzig geschaffen worden, um *eine* Aufgabe zu erfüllen. Die womöglich größte überhaupt. Und wir werden dafür sorgen, dass du es auch tust.«

Er blickte in Marias nachtschwarze Augen, zog seinen Handschuh zurecht und wandte sich ab. Bevor er jedoch wieder die Tür schloss und das Eidolon allein im Licht zurückblieb, sagte er noch in einem derart eindringlichen Ton, dass das Eidolon nicht an seinen Worten zweifelte: »Und glaube mir, nun, da der Henker des Rates dich sucht, ist dieser Raum womöglich der einzige Ort, an dem du überhaupt sicher bist …«

Kaum dass das Eidolon wieder in seinem Kerker aus Licht gefangen war, zog sein Entführer sich schweigend zurück. Er verriegelte den Kellerraum sorgfältig, kontrollierte den summenden Generator im Gang davor und stieg dann langsam die Treppe hinauf. Von oben schlug ihm bereits die Hitze entgegen, und er spürte, wie die Kleidung beinahe sofort an seiner Haut zu kleben begann. Er hätte das Mädchen gerne anderswo versteckt, aber das Überqueren der Grenzen war zu gefährlich. Dabei hätte zu vieles schiefgehen können, und sein Meister hätte ihm nie verziehen, wenn dem Eidolon noch einmal etwas geschah. Darum hatte er sich hier unten in Mexiko, mitten in der Wüste, ein Versteck eingerichtet.

Sein Meister würde zufrieden mit ihm sein. Alles verlief wie geplant. Und bald, wenn sich ihm alle Geheimnisse der Schatten offenbart hatten, würde er selbst zum Meister werden. Oh, wie er innerlich triumphierte. Er war dabei, jenen Weg zu beschreiten, den er schon immer hatte gehen wollen. So wie es seine Bestimmung gewesen war. Dabei wusste er selbst nicht viel über sich. Nur, dass seine Mutter ihn einst als kleines Kind ausgesetzt hatte. Ein zweijähriger Knabe mit tätowierten Armen und einem lateinischen Namen im Nacken: Cassus. Und das war er auch gewesen: leer. Bis er begonnen hatte, sich für die Zeichen zu interessieren, mit denen man ihn so früh gebrandmarkt hatte. Und kaum dass er erkannt hatte, dass es sich um die Symbole der Schattenkundigen handelte, hatte er versucht, in ihre Reihen aufgenommen zu werden. Doch sie hatten nur über ihn gelacht und ihm hochmütig die Tür vor der Nase zugeschlagen. Bis sein Meister ihn gefunden hatte. Und nun standen sie gemeinsam an der Schwelle einer neuen Zeit, kurz davor, das fürchterliche Erbe George Ripleys zu entfalten und die Welt in ihren Grundfesten zu erschüttern …

John Dee
ALCHIMIA UMBRARUM
(1604)

Kapitel IX
(Seite 93 f.)

VON DEN SCHATTENFRESSERN

Dieses Kapitel soll dir eine der verdammenswertesten Launen der Schatten vor Augen führen, die jeder Eingeweihte, der nicht um seine unsterbliche Seele besorgt ist, sich zunutze zu machen vermag. Es ist nämlich so, dass im Inneren des Schattens Raum für unzählige Dinge ist.

Derweil die Schatten der gewöhnlichen Menschen sich im Laufe eines Lebens mit Wissen und Erfahrung füllen, ist der Schattenmagier fähig, seinem Schatten mehr als bloß das einzuverleiben. Hierfür muss er allein Skrupel und Furcht überwinden, die Gier in seinem Schatten wecken und ihn lehren, sich schwächerer Schatten zu bemächtigen. Gelingt ihm dies, wird das Abbild des Magiers am Ende sein, was die Wissenden einen Schattenfresser *nennen. Und er wird sich ernähren von fremden Schatten, wird sie brauchen, um seinen Hunger zu stillen.*

Viele Jahre der Übung bedarf es, den Hunger des eigenen Schattens zu kontrollieren. Denn nicht weniger ist der Schattenfresser als ein wildes Tier, und wer den Hunger seines Schattens weckt, wird ihn fortan auch stillen müssen. Kaum erwacht, wird der Schattenfresser fremde Schatten von den Füßen ihrer Herren rauben, sie sich einverleiben, sie aus dem ewigen Kreislauf des Limbus reißen, und ihre Herren werden fortan ohne Seele sein.

Die Tage aber, in denen die wilden Clans archaischer Schattenfresser die Steppen auf der Jagd nach Opfern durchstreiften, sind lange vorbei, die Schattenfresserei ist längst schon verboten durch die Gesetze des Rates, dessen strenges Auge über die Welt derer wacht, die in den Schatten wandeln.

8.

Invata de la umbra sa taci si sa veghezi.
(Lerne vom Schatten zu schweigen und aufzupassen.)
Rumänisches Sprichwort

Selbst mich, der ich die Geheimnisse der Schatten kenne und im Lauf der Jahrhunderte die wunderlichsten Dinge gesehen habe, hatte der Angriff des Henkers überrascht. Es waren gerade einmal sieben Jahre, die ich und mein Herr miteinander verbracht hatten und in denen wir nichts getan hatten, was den Zorn des Rates auf uns hätte ziehen können. Und nun sandten sie ihren Henker aus. Ohne zuvor Kontakt aufgenommen oder in Erfahrung gebracht zu haben, was mich dazu bewegt hatte, ihre Gesetze zu brechen. Sie interessierten sich weder für Jonas noch für mich, scherten sich einzig um das, was sie als Gleichgewicht bezeichneten.

Was für edle und gelehrte Geister und wie viele magische Künste hatten sie in seinem Namen zerstört. Sie verbannten die hohe Schattenkunst der Alten wie die von Moses, Aaron und den chaldäischen Magiern aus dem Kanon des menschlichen Wissens, legten die Alchemie in Ketten, verbündeten sich gar mit der Kirche und verbrannten am Ende mit ihrem Segen die eigenen Gegner als Ketzer. Als sie Giordano Bruno auf den Scheiterhaufen brachten, hatten sie ihm die Zunge gebunden und den Schatten geraubt, und als sie Kaspar Hauser erstachen, den armen Knaben, in den sich ein Schatten

verirrt hatte, da taten sie es mit einer magischen Klinge. Mir graut, wenn ich der Zahl der schattenkundigen Frauen, der Gelehrten und Alchemisten gedenke, die allein der unheilige Hexenhammer zerschmetterte. Vergiftet hat der Rat die Welt mit seinem Gleichgewicht, und rot gefärbt hat er die Schatten.

Und nun forderte er mit meinem Herren ein weiteres Opfer.

Er würde dem Gleichgewicht nicht zum Opfer fallen!

Nicht, wenn ich es verhindern könnte …

Nach dem Angriff im Garten war nichts mehr wie zuvor. Allein der Anblick seines Schattens machte es Jonas unmöglich, die Vorfälle zu vergessen. Das Fehlen des kleinen Stücks, das die Fänge des Henkers aus ihm herausgerissen hatten, ließ ihn unvollständig wirken und erinnerte den Jungen an die schmerzliche Verwundbarkeit seines Schattens.

Zudem waren da die Gedanken des Angreifers, jene Namen, die Jonas aus dessen Inneren vernommen hatte. *Das Eidolon. Ripley*. Er hatte gespürt, was für eine Macht ihnen innewohnte, und er wollte verstehen, was dahintersteckte. Er befragte seinen Schatten, dessen Wissen jedoch plötzlich wie versiegt schien … Doch es gab noch so viele andere Fragen, auf die der Schatten Antworten besaß. Zwei Nächte lag Jonas Mandelbrodt wach und sprach mit seinem Schatten. Es war nur eine Frage der Zeit, bis der Henker es wieder wagen würde. Vermutlich würde es ein wenig dauern, da der Vorstoß ihn geschwächt hatte. Doch Jonas hatte schmerzlich erfahren müssen, dass die Zeit der Ruhe vorbei war und jemand ihm nach dem Leben trachtete.

Ein Tag nach dem Vorfall hatten sie Argos im Garten begraben. Werner hatte das Loch geschaufelt, die Großeltern hatten von der anderen Seite des Zaunes zugeschaut und Ruth hatte ihren Sohn und Norman im Arm gehalten. Und dort, am Grab des

Hundes, hatte Jonas begriffen, dass er die wenigen Freunde, die er hatte, durch seine Andersartigkeit in Gefahr brachte.

Am selben Abend erzählte sein Schatten Jonas Mandelbrodt vom Wesen des Rates, von den Häschern, die er fortan aussenden würde, und auch von Ambrì erzählte er, jenem kleinen Ort im Tessin, am Fuß des Gotthard. Dieses Dorf lag während des Winters mehrere Monate im Schatten der Berge. Es war der einzige Ort, an dem sie beide jetzt, da der Rat die Jagd auf sie eröffnet hatte, noch sicher sein würden.

Der Junge verstand, was sein Schatten ihm sagen wollte. Dass er, wenn er Norman und seine Mutter schützen wollte, fortgehen musste. Er dachte an das unbeschwerte Lachen seines Freundes, das wache Auge des treuen Argos und an seine Mutter, die ihn auf ihre Art liebte …

Schweren Herzens, aber klaren Verstandes fällte Jonas Mandelbrodt eine Entscheidung. Als er kurz darauf eingeschlafen war und ein letztes Mal friedlich in seinem Bett lag, ging unbemerkt von den Menschen ein fürchterlicher Ruck durch die Nacht. Es war beinahe so, als ob die Welt der Schatten einen Sprung bekommen hätte.

Und den Schatten Jonas Mandelbrodts durchfuhr es finster. Denn er wusste, was das zu bedeuten hatte …

Als Jonas Mandelbrodt frühmorgens seinen Rucksack packte und wenig später an der Seite seines Schattens das Haus verließ, schlief seine Mutter noch tief und fest. Er hatte ihr einen Zettel geschrieben und – bevor er die Haustür ins Schloss zog und nachdem er das Bargeld und die EC-Karte aus ihrer Börse genommen hatte – auf den Küchentisch gelegt. Darauf standen lediglich zwei Worte, die sie, insofern sie den Zettel nüchtern las, das Geld vergessen lassen würden: *Danke, Mama.*

Bevor er aber endgültig ging, musste Jonas noch einmal hinaus in den Garten.

Als er dann eine halbe Stunde später sein Zuhause verließ, hatte Jonas Mandelbrodt ein letztes Mal die Schatten des Querkrauts von der Sonne weggebogen. Er murmelte eine Reihe alter Zauber, die er über die Jahre von seinem Schatten gelernt hatte und die ihn vor den Blicken der anderen verbergen sollten.

Seine Flucht vor dem Rat hatte begonnen, und Jonas hoffte, dass die Schatten der Halme fortan wie alle anderen fallen würden …

An dem Abend, bevor Jonas Mandelbrodt von zu Hause fortging, lag das kleine lothringische Städtchen Saint Murebod friedlich im Licht der Abenddämmerung.

In der Ferne, zwischen den unablässig rauchenden Schloten der Stahlwerke, waren die Türme der ehrwürdigen Kathedrale von Toul zu erkennen, und mit der sinkenden Sonne drangen die Schatten der einen wie der anderen tiefer ins Land. Erst kurz vor den Stadtmauern Saint Murebods, die von wildem Wein überwuchert waren, hielten sie inne und verschmolzen mit dem sanften abendlichen Zwielicht, dessen Wesen irgendwo zwischen Licht und Schatten lag …

Auf den Bänken neben den Feldern saßen die alten Bauern beisammen, rauchten ihre Pfeifen mit billigem Tabak, tranken Rotwein aus Flaschen ohne Etiketten und lehnten sich am Ende eines arbeitsreichen Tages zurück. Sie scherzten, lachten und ließen den lieben Gott einen guten Mann sein.

Im Gegensatz zur Kathedrale von Toul wirkte die alte romanische Kirche von Saint Murebod, die sich hoch über dem Ort auf einem schroffen Felsen erhob, beinahe jämmerlich. Nicht nur ihrer Größe, sondern auch ihres Zustands wegen. Seit das Kabelfernsehen es selbst bis in das lothringische Hinterland geschafft hatte und die Busse nach Toul rund um die Uhr fuhren, war die Zahl der Kirchenbesucher immer mehr zurückgegangen. Im Winter kamen die meisten Leute aber eher, um sich aufzuwärmen, als der Predigt zu lauschen. Und keinen der Besucher scherte es dabei, wie alt die Kirche war, dass sie Mitte des vierten Jahrhunderts auf Geheiß des Heiligen Mansuy errichtet worden war und einige wenige Eingeweihten sie sogar für bedeutsamer hielten als die Kathedrale von Toul. Seit es aber den Menschen wirtschaftlich immer schlechter ging, hatte Gott einen schlechten Stand in der Gegend. War man früher in der gleichen Situation noch in Scharen in die Kirchen geströmt, so suchten die Menschen heutzutage ihr Heil im Spätprogramm und in billigem Wein. Saint Murebod war ein sterbender Ort, der seine Blüte längst hinter sich hatte. Die meisten jungen Leute waren in die Stadt abgewandert, und die Verbliebenen waren alt. Die welken Reste einer einstmals lebendigen Stadt …

Père Rimbaud hatte sich damit abgefunden, sonntags vor leeren Bänken zu predigen. Auf diese Weise blieb ihm mehr Zeit für seine Studien. Und natürlich für das Internet, das er mit seinen fünfundsechzig Jahren und dem gebrauchten Laptop seiner Haushälterin tatsächlich noch zu erobern wusste. Vater Rimbaud ging mit der Zeit und betrachtete das Netz vor allem als Erweiterung seiner persönlichen Bibliothek. Er verbrachte die Abende damit, in der Sakristei an dem kleinen Pult zu sitzen und zu recherchieren. Die Kirche verließ er nur, wenn eine der wenigen verbliebenen jungen Frauen in Saint Murebod seine Hilfe brauchte oder ein altes Mütterchen die Sterbesakramente erbat.

Dass er die meiste Zeit über innerhalb seiner Kirche blieb, lag jedoch nicht allein am fehlenden Zuspruch seiner Schäfchen. Vielmehr hatte Vater Rimbaud mit der Gemeinde eine Aufgabe übernommen, die er bis auf den heutigen Tag gewissenhaft erfüllte: Hier, in den Mauern der kleinen, windschiefen Kirche von Saint Murebod, hütete er das geheime Vermächtnis ihres Gründervaters.

Der heilige Mansuetus, oder Mansuy, wie die Franzosen ihn nannten, lag unweit von hier in Sankt Peter in Toul begraben. Abgesehen vom Mittelfinger seiner rechten Hand. Der ruhte in einer mit Gold eingefassten Vitrine in Spanien, in einer kleinen Kirche am Jakobsweg, wo er von den Pilgern als wunderwirkende Heilsreliquie verehrt wurde. Außerdem gab es in verschiedenen Kirchen zwischen Rom und Toul zahlreiche Steine, auf denen der Heilige gesessen hatte, einen zweiten rechten Mittelfinger und die Leichentücher zweier Pestopfer, die der Heilige von den Toten wiedererweckt hatte. Die kostbarste und wundersamste Reliquie Mansuys aber verbarg sich in einem kleinen Gewölbe unter der Apsis der Kirche von Saint Murebod.

Vor vierzig Jahren, als Vater Rimbaud das Amt von seinem Vorgänger übernahm, hatte er geschworen, das einzigartige Vermächtnis zu bewahren und wenn nötig mit seinem Leben zu beschützen. Bis zum heutigen Tag öffnete er allabendlich die schwere Luke und stieg in den muffigen Keller hinab, um dort die Kerzen zu entzünden und das Reliquiar zu überprüfen. Im Gegensatz zu den meisten anderen ihrer Art war diese Reliquie nicht dafür gedacht, Gläubige in die Kirche zu locken. Sie ruhte hier im Verborgenen, und nur wenige Eingeweihte wussten überhaupt von der Existenz des Schreines, in dem sich nicht weniger als der Schatten des Heiligen selbst befand. In kniender Haltung so wie Mansuy dereinst verstorben war, kauerte der Schatten wie versteinert in jenem Schrein. Im Sterben hatte der Heilige ihn von sich abgelöst, um ihn den Gläubigen als Zeugnis der Wunder des Herrn zu vermachen. Und es wirkte beinahe wie ein Hohn, dass ebendieses Zeugnis nun den Gläubigen in den Katakomben der Kirche verborgen wurde.

Im Laufe der Jahre hatte Rimbaud vieles über die Wunder des Heiligen gelernt. Er wusste, dass Mansuys Gabe, die Toten zu erwecken, einem sehr viel älteren Kult als dem christlichen entstammte. Dass Mansuy der Meister einer Kunst gewesen war, die im Lauf der Jahrhunderte nur wenige wahre Meister hervorgebracht hatte. Er selbst hatte seine Wunder als Werke des Herrn beschrieben, doch sie waren das Resultat entbehrungsreicher Studien und jahrelanger Übungen in geheimen Bibliotheken gewesen, in denen Mansuetus die Magie der Schatten zu meistern gelernt hatte.

Vater Rimbaud hatte sich nie tiefer in die Mysterien der Schatten hineingewagt. Es reichte ihm, sich an den Geschichten des Heiligen zu erfreuen, seinen Schatten zu hüten und zu wissen, dass Gottes Welt voll unergründlicher Wunder war. Mit dieser Haltung stand er jedoch im krassen Gegensatz zu dem Mann, der ihm an diesem Abend in seiner Sakristei gegenübersaß.

Boris de Maester war der Kopf einer niederländischen Sicherheitsfirma, die ihren Hauptsitz inzwischen in Paris hatte. Er war knapp vierzig Jahre alt, fast zwei Meter groß, und sein fast weißes Haar war beinahe militärisch-kurz geschnitten. Er war elegant gekleidet, und sein grauer Anzug schien wie für die Kirche gemacht. Nur einige Narben in seinem Gesicht ließen vermuten, dass er kein Mann des Wortes war. Nichts an ihm verriet jedoch, wie alt er tatsächlich war. Vater Rimbaud kannte de Maester seit vielen Jahren, seit er das Heilige Amt übernommen hatte, und seitdem bewunderte er ihn dafür, wie de Maester dem Altern so völlig entsagt zu haben schien. Schon damals, als Rimbaud angekommen war und sein Vorgänger ihn eingewiesen hatte, hatte de Maester im selben Stuhl gesessen wie jetzt. Damals hatte Rimbaud ihn gut zwanzig Jahre älter geschätzt als sich selbst. Heute erschien er ihm mindestens zehn Jahre jünger.

Abgesehen von Rimbaud war de Maester der Einzige, der Kenntnis von Saint Murebods Geheimnis hatte. Und der Père wusste, dass auch der Niederländer die Gesetze der Schatten kannte. Dass er es sich wie er selbst zur Aufgabe gemacht hatte, Mansuy kostbarstes Relikt zu bewahren … Nun aber hatte sich alles verändert.

Vor einiger Zeit war Monsieur de Maester aus Paris angereist und hatte Rimbaud offenbart, dass er dringend einige Zeit bei ihm in der Kirche würde unterkommen müssen. Bereits da hatte der Geistliche gespürt, dass der Schatten des Heiligen in Gefahr war.

De Maester war in der Kirche auf und ab gegangen und hatte sich an ein Zeitalter erinnert, als er Päpste vor Attentaten geschützt hatte. Das aber schien ihm inzwischen so lange her, dass er fast nicht mehr an die Wahrheit dieser Erinnerungen glaubte.

Während der vergangenen Tage hatte Rimbauds Gast dann schweigend auf einer der Kirchenbänke gesessen, den gedankenverlorenen Blick auf die bunten Scheiben der Kirchenfenster gerichtet. Er wartete auf etwas, das ebenso unausweichlich wie schrecklich zu sein schien. Rimbaud hatte die Besorgnis in seinem Gesicht gesehen. Doch er hatte nicht gewagt nachzufragen. Irgendetwas hatte ihm gesagt, dass de Maester es ihm erzählen würde, wenn die Zeit gekommen war. Und eben die war nun gekommen. Während die Bauern draußen am Rand der Felder tranken, verteilte Rimbaud seinen Messwein auf zwei Kelche und stieß mit seinem Gegenüber an. Sein Gast nahm einen kleinen Schluck, blickte den Priester nachdenklich an, und dann vernahm Rimbaud einmal mehr die markante scharfe Stimme, die jegliches Widerwort im Keim erstickte: »Vielleicht wäre es besser, Vater, wenn Sie Saint Murebod verließen.«

Er schüttelte energisch den Kopf.

»Das, mein Freund, ist völlig undenkbar. Ich habe eine Aufgabe. Und die werde ich zu Ende bringen. Auf die eine oder andere Weise.«

De Maesters Stimme wurde ernster. »Ihre Aufgabe … Sie halten einem sterbenden Ort die Hand und bewachen den Schatten eines Toten. Lohnt es sich, dafür zu sterben?«

»Werden wir sterben?«

»Ich weiß es nicht. Aber vielleicht ist dies die letzte Gelegenheit, Ihnen die Wahrheit über Ihre Aufgabe zu verraten.«

»Bei solchen Andeutungen werde ich ja richtig neugierig …« Vater Rimbaud rang sich ein Lächeln ab und nippte an seinem Messwein.

»Sie wissen, dass auch ich in der Kunst des Schattensprechens bewandert bin.«

»Ich habe es mir gedacht. Sie altern schließlich auf eine derart vorteilhafte Art, dass es wohl kaum mit rechten Dingen zugeht.«

»Touché, Vater. Das ist einer der Vorteile. Man bekommt die Gelegenheit, Verschiedenes zu den eigenen Gunsten zu beeinflussen, wie sie ja durch die Geschichten über den guten Mansuetus wissen dürften …«

»Ich weiß wenig Handfestes darüber. Aber ich denke, es reicht aus, um zu ahnen, dass sie öfter hier waren als die paar Male, die ich mitbekommen habe.«

De Maester schmunzelte. »Sie haben recht, Rimbaud. Mein Schatten war öfter in dieser Kirche, als sie ahnen. Und ich habe Sie beobachtet. In Ihnen gelesen. Der alte Valmont hätte keinen Besseren als Nachfolger für diese Aufgabe wählen können. Sie sind wahrlich ein treuer Diener des Herrn.«

»Sie schmeicheln mir, de Maester. Aber Sie sprachen von einer Wahrheit, die Sie mir über meine Aufgabe verraten wollen.«

»Nun, Vater Rimbaud, lassen Sie es mich so sagen: Sie schützen den Schatten des Heiligen vor den Menschen. Für den Rest bin ich zuständig.«

»Den Rest?«

»Wesen, die mächtiger sind als Diebe und Ketzer. Solche wie ich und jene, die ich repräsentiere.«

»Sie sprechen vom Consilium, dem Rat der Schatten.«

»Sie sind gut informiert, Vater«, entgegnete de Maester, und in seiner Stimme war wieder die markante Schärfe zu vernehmen.

»Was wir kennen, müssen wir nicht fürchten. Ich wollte mehr über den Mann wissen, dessen Schatten ich bewache. Über ihn und seine Wunder.«

»Und Sie waren nie versucht, sich selbst einmal an dieser Kunst zu versuchen?«

»Ich weiß nicht, ob ich die Größe besessen hätte, sie weise einzusetzen.«

»Ihr Heiliger war einer der ersten Christen, die sich in die Schatten hineinwagten. Uns Schattensprechern gilt er als Ahnherr unserer Kunst. Und unter Ihrer Kirche, mein guter Vater Rimbaud, verbirgt sich mehr als nur der Schatten Mansuys.«

»Mehr?«

»Haben sie jemals von George Ripley gehört?«

»Der Alchemist, der Gott trotzen wollte. Er war, wenn mich nicht alles täuscht, der Letzte der alten Schule der Schattenmagier. Wie hießen sie noch gleich?«

»Sie nannten sich Schattenschnitzer und formten die Schatten nach den Regeln der alten Lehre der Chaldäer. Seit Mansuy aber gab es längst eine neue Strömung in der Schattenmagie, in der die Wissenden begannen, die Schatten zu beherrschen. Eine neue Schule, die am Ende die alte verdrängen sollte.«

»Was aber hat das mit meiner Aufgabe zu tun?«

»Als der Rat Ripley zur Strecke brachte, war es ihm noch nicht gelungen, Gott endgültig herauszufordern. Sein Plan aber war weit genug gediehen, dass nicht mehr viel fehlte. Er hatte etwas geschaffen, das das Ende der Menschheit bedeuten konnte: das Eidolon. Sollte es jemals in den Limbus, also in das Reich der Schatten, eindringen, beginnt das Ende allen Seins. Das aber könnte es nur auf einem Weg, und den versperrte der Schattenrat mithilfe mächtiger Magie und von fünf Siegeln.«

»Sie wollen damit sagen, dass eines dieser Siegel …?«

»Eines hat der Rat im Schatten Ihres Heiligen verborgen.«

»Und dass Sie hier sind, bedeutet, dass das Eidolon frei ist?«

»Nicht nur das. Auch Ripleys Schatten ist entkommen. Und es gibt jemanden, der seinen ketzerischen Plan weiterverfolgt …«

»Dann verstehe ich, dass sie nicht wissen, ob wir es überleben werden.«

Mit einem nachdenklichen Blick leerte Rimbaud seinen Kelch und fuhr dann fort: »Warum aber haben Sie nicht bloß Ihren Schatten geschickt, um die Reliquie zu bewachen? Warum sind Sie persönlich gekommen?«

»Je näher mein Körper dem Schatten ist, desto mehr Kraft hat er. Und ich fürchte, er wird alle Kraft brauchen, die ihm zur Verfügung steht. Denn wer immer versuchen wird, das Siegel zu brechen, ist mächtig. Womöglich ist es gar Ripley selbst, das vermuten zumindest die einen. Die anderen glauben, es ist der Italiener, der Mann, der Ripley einst half, das Eidolon zu erschaffen … Wer auch immer es ist, ich werde alle Kraft brauchen, ihn aufzuhalten. Und ich habe keine Ahnung, ob das überhaupt ausreichen wird.«

Rimbaud nickte nachdenklich. Dann schenkte er noch einmal nach. Schweigend stießen die beiden Männer an. De Maester schaute aus dem Fenster, empor zu den Sternen. Er ließ seinen Blick schweifen, bis er schließlich auf den Vorplatz fiel, wo sich der Schatten des Kirchenturms mit dem Kreuz darauf im Mondlicht abzeichnete.

Schließlich schaute er über den Rand seines Kelches hinweg wieder den Pfarrer an.

»Wissen Sie überhaupt, was Saint Murebod bedeutet, Vater?«

»Wie meinen Sie das?«

»Der Name des Ortes. Er ist ein Anagramm. Aus den Worten *Ombre du Saint*. Der Schatten des Heiligen.«

Rimbaud nahm einen tiefen Schluck und lächelte ihn an. »Schön, dass ich das auch noch einmal erfahre.«

De Maester nickte. »Ja, ich dachte auch, dass es dafür an der Zeit wäre.«

Sie stießen ein letztes Mal an und leerten dann ihre Kelche. Rimbaud schien darüber nachzudenken, ob er noch eine zweite Flasche Altarwein aufmachen sollte. Doch eine Geste seines Gastes ließ ihn innehalten. De Maester hob die Hand und bedeutete dem Priester, still zu sein. Er spürte es. Es begann. Ein fremder Schatten war in der Kirche. Ein Schatten, der sich weder um sie noch ihre Bannzeichen scherte …

De Maester nickte Rimbaud zu, atmete durch und lehnte sich schließlich in seinem Sessel zurück. »Verschließen Sie diesen Raum, Vater. Von innen.«

Rimbaud tat, wie geheißen. Und während er den Schlüssel zückte, vernahm er ein letztes Mal die scharfe Stimme de Maesters.

»Und noch etwas. Wenn es begonnen hat, nehmen Sie sich in Acht. Hier drin werden Sie dann nicht einmal Ihrem eigenen Schatten trauen können.«

Anschließend schloss er seine Augen. Der Priester sah, wie de Maesters Schatten sich von dessen Füßen löste und zur Tür hinüberfloss. Eilig folgte er ihm, den Wunsch unterdrückend, hinaus in den Altarraum zu blicken, und drehte den Schlüssel zwei Mal im Schloss herum. Dann setzte Vater Rimbaud sich in seinen Sessel und begann zu beten.

Im Inneren der Kirche, an den Seiten des Hauptschiffes, brannten moderne Halogenlampen in alten Kerzenhalterungen. Doch eine nach der anderen verdunkelte sich, als sich ein dünner Schleier schattenhafter Schwärze darüberlegte. Wenig später war es vollkommen finster. Nur das Licht des Mondes fiel noch durch die bunten Fenster, deren Bilder sich eigentümlich verzerrt auf dem groben Steinboden der Kirche abbildeten. De Maesters Schatten teilte sich auf. Kurz nachdem er die Sakristei verlassen hatte, glitten statt einem einzigen drei Schatten lautlos über den grob behauenen Stein. Sie bezogen schließlich im

Dunkel neben der Eingangstür, bei der Hauptsäule und neben der Falltür, die zum Reliquiar hinabführte, Position.

De Maester spürte die Gegenwart des fremden Schattens. Spürte, wie er überall und nirgends zugleich war und wie das Dunkel der Kirche sie miteinander verband. Und doch vermischten sie sich nicht. Selbst als er bewusst versuchte, in ihn einzudringen, hielt der Neuankömmling stand. Sie umfuhren sich in der Finsternis, umschlichen sich wie Schatten von Raubkatzen, unsichtbar für die Augen der Sterblichen. Doch man konnte ihre Gegenwart spüren, und die Kirche war von einer eigentümlich bedrückenden Feindseligkeit erfüllt.

Kurz darauf begann der Schatten des Eindringlings in der Finsternis zu wachsen. Langsam wucherte er über die bunten Abbilder der Fenster am Boden, floss von Stein zu Stein, an den Säulen und Wänden empor und schließlich auch über die Fenster selbst. Es war, als ob sich Vorhänge aus undurchdringlicher Schwärze schlossen. Nun war es vollkommen finster in der Kirche von Saint Murebod, ihr Innerstes ein einziger Schatten.

»Wer bist du?«, flüsterte de Maester tonlos ins Dunkel. Doch der Eindringling antwortete nicht. Stattdessen packte er ohne jede Vorwarnung den ersten von de Maesters drei Schatten, jenen neben der Eingangstür. Der fremde Schatten kam von allen Seiten, legte sich um ihn und griff nach ihm. Obwohl er auf der Hut gewesen war, überrumpelte der Eindringling de Maester mit der Geschwindigkeit seines Angriffs. Ohne dass de Maester überhaupt zur Gegenwehr ansetzen konnte, zerriss der Angreifer den ersten seiner drei Schatten in Tausende Fetzen schillernder Finsternis. Das Dunkel des Fremden sog den zerstörten Schatten auf, schien in der Finsternis noch zu wachsen, obwohl er bereits die gesamte Kirche ausfüllte. Dann wandte er sich den verbliebenen beiden Schemen zu.

De Maester war eins mit seinem Feind, eingeschlossen im Inneren der Finsternis. Und er musste sich eingestehen, dass er dessen Kraft unterschätzt hatte. Er hatte reden wollen, verhandeln, und darüber hatte er versäumt, seine eigene Macht einzusetzen. Nun stellte er sich darauf ein, der brutalen Magie des Fremden zu trotzen. Als der Eindringling seinen zweiten Schatten zerreißen wollte, setzte de Maester sich zur Wehr. Dabei spürte er im Dunkel die Kraft und das Wissen von Jahrhunderten, das sich ihm entgegenstellte. Dieser Eindringling war womöglich älter und mächtiger als der Älteste des Rates selbst. Dem ersten Zugriff des Angreifers entrang er sich. Dem zweiten entkam er nur knapp. Doch wohin sollte er fliehen? Die Finsternis war erfüllt vom Wesen seines Feindes.

De Maester versuchte, Schattengift zu wirken. Das war einer der wenige Sprüche, mit dem ein Schatten dem anderen Schaden zufügen konnte. Doch als der Angreifer ihn packte, war das Gift noch zu schwach. Und als auch sein zweiter Schatten im Dunkel zerstob, schluckte sein Gegner das Gift, ohne Schaden zu nehmen.

Fassungslos im Angesicht der Macht seines Widersachers, sammelte de Maester seine gesamte Kraft im letzten seiner Schatten. Im Inneren der Dunkelheit bäumte er sich auf, drängte den Unbekannten zurück und entfachte die Kraft der Elemente. Er entflammte seinen Schatten mit magischem Feuer und stemmte sich mit aller Kraft gegen die ihn umgebende Finsternis. Dann stürmte er durch den Raum und brach eine brennende Schneise in die Finsternis. Die Kirchenbänke schoben sich auseinander, Gebetsbücher wirbelten durch die Luft, fingen Feuer. Die Flammen ergriffen das Chorgestühl, leckten durch das Dunkel, trieben die Schatten zurück.

De Maester geriet in Rage, zog die Finsternis um sich zusammen, manifestierte sie zu einer Klinge aus schillernder Schwärze, die er im nächsten Moment aus seinem flammenden Inneren heraus tief in den schwarzen Leib seines Gegners rammte.

Das Dunkel um ihn herum jaulte auf. Der Eindringling fuhr

zusammen, zuckte zurück, und für den Bruchteil eines Augenblicks war das elektrische Licht der Halogenleuchten wieder zu sehen. Im Zentrum der Kirche sammelte der Verwundete sich zu einem menschlichen Schatten, in dessen rechter Seite eine glühende Wunde klaffte. Im nächsten Moment aber breitete er sich blitzartig wieder aus, füllte die Kirche erneut mit einer Dunkelheit aus, die noch schwärzer war als zuvor. Er erstickte das Feuer de Maesters und schloss sein unerbittliches Dunkel um den letzten verbliebenen Schatten seines Gegners.

De Maester wurde gepackt und vom Boden gerissen. Beinahe mühelos wirbelte der Eindringling ihn durch die Luft, zerrte ihn durch die ganze Kirche. Über Kirchenbänke hinweg, durch den geschnitzten Beichtstuhl und bis auf die Empore. Hilflos musste de Maester all das über sich ergehen lassen, und ihm wurde klar, dass er ihm nichts mehr entgegenzusetzen hatte. Und doch zerriss der Angreifer diesen letzten Schatten nicht.

Stattdessen umklammerte er das Kreuz am Ende der Kirche und zerrte es aus seiner eisernen Halterung. Der Schatten riss es empor, und mit einem einzigen mächtigen Schlag zerschmetterte er die massive Falltür hinter dem Altar. Holz und Metall schwirrten durch das Dunkel. Dann zerrte er de Maester durch die Öffnung hinab in den Keller, vor das Reliquiar. Die letzte magische Glut aus seinem Inneren saugend, entfachte der Eindringling die Kerzen in dem Gewölbe. Und während zwischen den grob behauenen Wänden eine geradezu ehrfürchtige Atmosphäre entstand, fixierte der Fremde den wehrlosen letzten Rest vom Schatten de Maesters an der Wand gegenüber dem Reliquiar. Er schlug ihn in Ketten aus Finsternis, wollte, dass er Zeuge dessen wurde, was er gleich tun würde.

Im unruhigen Licht der Kerzen schob er sich aus dem zitternden Dunkel hervor, verdichtete sich zu einem Körper. Nach und nach verlor der Schemen des Eindringlings an Durchsichtigkeit, gewann stattdessen an Substanz, bis er schließlich als manifester

Schatten vor dem Schrein stand. In seiner Seite erkannte de Maester einen flirrenden Riss im Schatten, die Wunde, die er ihm geschlagen hatte und durch die das Licht der Kerzen hindurchfiel. Scharf zeichneten die Konturen des Eindringlings sich gegen das Licht der Kerzen ab, als er langsam nach der Tür des Reliquiars griff. Und dann wurde de Maester Zeuge, wie sie geöffnet wurde und sein Widersacher vor dem Schatten des Heiligen verharrte.

Dann streckte der fremde Schatten seine Hand nach dem des Heiligen aus und versenkte sie in seinem Inneren. Von einem Moment auf den nächsten schien das kniende Abbild des heiligen Mansuy zu gefrieren. Und als der Unbekannte die finstere Hand in Inneren des Heiligen schloss, bildeten sich mit leisem Knacken dünne Risse in dessen erstarrtem Schatten. Der Eindringling riss die geschlossene Faust wieder heraus, und der Schatten des Heiligen zerbrach. Dunkle Splitter klirrten zu Boden, zerschmolzen auf den groben Steinen und versickerten kurz darauf im Zwielicht der Kerzen zwischen den Ritzen.

De Maester ergriff das Grauen, und ein fürchterlicher Ruck, der bis hinab in den Limbus reichte, durchfuhr die Schattenwelt … Das erste Siegel war gebrochen.

Die Fesseln aus Finsternis lösten sich, und de Maester glitt zu Boden. Und ebenso lautlos und unauffällig, wie er gekommen war, schwand der Schatten des Fremden wieder aus dem Inneren der Kirche von Saint Murebod.

Hemdsärmlig saß Cassus, der Mann mit der silbernen Brille, vor der offenen Tür des Lichtwürfels. Ohne mit der Wimper zu zucken, starrte das Mädchen zurück. Er konnte sich in ihren schwarzen Augen, in denen es keinen Unterschied zwischen Iris und Pupille gab, spiegeln. Seit beinahe einem halben Jahr betrachtete er sich jeden Abend in ihnen und fragte sich dabei jedes Mal wieder, ob irgendwo in diesem Körper, den das Eidolon sich untertan gemacht hatte, noch etwas von dem Mädchen steckte. Ob es sich irgendwo in ihm verbarg, festsaß, wie das Eidolon in diesem Würfel aus Licht und Plastik.

Doch nichts in dem starren, schwarzen Blick des Kindes deutete darauf hin. Und ebenso gut war es möglich, dass der falsche Schatten alles Menschliche aus ihm verdrängt hatte und sein Körper bloß noch die seelenlose Marionette jener unheiligen Kreatur war.

Der Mann bückte sich, hob den leeren Teller von der Schwelle des Würfels und wandte sich ab. Das Eidolon aß selten. Es nahm gerade so viel Nahrung zu sich, dass sein menschlicher Körper keinen Schaden nahm. Sein Kerkermeister schloss die durchscheinende Tür und ging, den Teller in der Hand, zu den Gestellen mit den Glühbirnen, welche die milchig durchscheinenden Wände des Würfels unablässig beschienen. Während im Hintergrund der Generator leise summte, betrachtete er sie eingehend und tauschte schließlich routiniert eine Reihe von Lampen aus. Sie waren heiß, so dass er dafür seine behandschuhte Linke benutzte. Eine nach der anderen wechselte er aus, obwohl sein Handschuh bereits nach der fünften Lampe zu rauchen begann. Doch er schien nichts zu spüren; keine Verbrennungen davonzutragen. Nachdem er alle Fassungen überprüft hatte, trat er schließlich einen Schritt zurück und betrachtete zufrieden den leuchtenden weißen Kubus im Herzen des Kellerraumes, den Lichtkerker des Eidolons.

Danach betrat er die hölzerne Treppe und verließ über die knarrenden Stufen bedächtigen Schrittes den Keller.

Wenig später trat Cassus auf die morsche Veranda des kleinen Holzhauses. Die Nächte in der Wüste waren kühl. Kein Vergleich zur flirrenden Hitze des Tages. Er fröstelte leicht, zog seine Hosenträger zurecht und holte dann eine Zigarre aus seiner Brusttasche. Die Augen schließend, hob er sie an seine Nase und atmete tief den Geruch des Tabaks ein. Eine Santa Clara 1830, eine der beliebtesten Marken Mexikos. Während er sich die Zigarre ansteckte, betrachtete er das Haus. Es war einmal blau gewesen. Ein ähnliches Blau wie das der Caza Azul, des Hauses, in dem einst Frida Kahlo geboren worden war. Cassus schätzte die Malerin sehr, in deren teils alptraumhaften Bildern der Eingeweihte auf den ersten Blick ihre Verbindung zu den Schatten erkannte. Sie hatte die Sprache der Schatten beherrscht und für ihre Kunst ins Dunkel gelauscht. Er mochte den Gedanken, in einem ähnlichen Haus zu wohnen wie einst Frida Kahlo, auch wenn die Farbe längst von den verzogenen Brettern abgeplatzt war. Inzwischen wirkte das Haus wie ein fahles, von der mexikanischen Sonne ausgebleichtes Gerippe, und seine einstige Schönheit war allenfalls noch zu erahnen.

Aber Cassus mochte diesen Ort. Gefunden hatte er es mit Hilfe seines Meisters, des Schattens, als er die Entführung des Mädchens vorbereitet hatte. Kaum dass er es erworben hatte, hatte er begonnen, alles notdürftig selbst instand zu setzen, und hatte zuletzt den Lichtkäfig im Keller installiert. Ein sorgfältig konstruiertes Gefängnis, dessen Inneres keinen Schatten kannte. In seinem Inneren saß nun das Eidolon mitsamt des Mädchens fest, und es würde dort bleiben, solange sein Meister es wollte. Und obwohl Cassus nicht alles verstand, was sein Verbündeter mit dem Eidolon plante, wusste er doch, dass es sich lohnte, ihm zu dienen.

Schon während der Monate, in denen er hier in der Wüste den Unterschlupf für sich und das Mädchen vorbereitet hatte, hatte er Bücher und Schriften übersandt bekommen, von denen er in all den Jahren zuvor allenfalls hatte träumen können. Er stand in stetem Kontakt mit seinem Meister. Denn nun, da dieser sich seiner Treue sicher sein konnte, lehrte er Cassus all die

Geheimnisse, denen er im Laufe der vergangenen Jahrzehnte vergeblich nachgeeilt war.

Die Bücher, die der Unbekannte ihm ins nahe gelegene Tres Cruces schickte, waren wahre Kostbarkeiten. Folianten wie Giordano Brunos *Lob der Schatten* oder De Quinceys *Gesandte der Nacht*, die großen Werke der Schattenkunst. Sogar eines der letzten Exemplare von Ripleys *Chronik der Schattenschnitzer*, die lange als verschollen gegolten hatte, und eine Abschrift vom *Schemenrequiem* des dreifach herrlichen Hermes hatte der Meister seinem Diener zu Verfügung gestellt.

Und Cassus verschlang sie förmlich. Ein Buch nach dem anderen. Das heruntergekommene Holzhaus mitten in der mexikanischen Wüste barg inzwischen eine magische Bibliothek, die in der Welt ihresgleichen suchte. Beim spärlichen Licht einer alten Schreibtischlampe verglich, notierte und lernte Cassus verstehen, was im Inneren der Schatten vor sich ging. Und er beließ es nicht beim bloßen Studium der Schriften. Jeden Abend, wenn er das Mädchen versorgt und die Lampen kontrolliert hatte, trat er vor die Hütte, um das neu gewonnene Wissen zu erproben und den Schatten der Umgebung seinen Willen aufzuzwingen …

Cassus rückte seine Brille zurecht, vergrub die Hände in den Taschen, nahm einen Zug von seiner Zigarre und zog schließlich ein Taschenmesser aus dem hölzernen Verandageländer. Er drehte sich zur Hauswand, setzte die Klinge an und ritzte eine Kerbe in das Holz. Jeden Abend tat er das. Seit über fünf Monaten schon. Ein kleines Ritual, um hier, abseits von allem und inmitten der Schatten, die Verbindung zur verstreichenden Zeit aufrechtzuerhalten. Nachdenklich betrachtete er die Kerben in der Wand. Je vier senkrechte, dann eine quer darüber gesetzt, mehr als 150 Stück. Wie viele es wohl noch werden würden, bis sein Meister ihm ein Zeichen gab …?

Er hatte längst begriffen, dass er Teil eines großen und bedeutenden Plans war, den sein geheimnisvoller Verbündeter im Dunkel ersann. Cassus ahnte sogar, worum es bei diesem Plan ging. In Ripleys Chronik hatte er über das Eidolon gelesen und wusste darum nur allzu genau, was er dort unten im Keller zwischen den leuchtenden Plastikwänden festhielt. Es war nicht weniger als der Keim der Apokalypse, den der letzte Schattenschnitzer einst gepflanzt hatte, um Gott die Grenzen seiner Schöpfung aufzuzeigen. Der falsche Schatten war die widernatürliche Ausgeburt der dunklen Kunst des Alchemisten. Er hätte nicht existieren dürfen und war nun wie ein Kind, das in der Wildnis und unter Wölfen aufgewachsen war und seinesgleichen niemals kennengelernt hatte. Das Eidolon war abseits der Schatten geboren und aufgewachsen und wusste nicht, wie die Schatten sich verhielten. Es kannte weder ihre Gesetze noch ihre Grenzen. Doch selbst wenn es sie gekannt hätte, hätte das nichts geändert. Das Eidolon war einfach nicht geschaffen zu dienen. In dieser Andersartigkeit lag die Wurzel seiner fürchterlichen Macht. Genau darum hatte es sich das Mädchen geholt. Es hatte getan, wofür es geschaffen worden war: Es hatte die Grenze zwischen Mensch und Schatten verwischt. Das Eidolon hatte begonnen, die Schöpfung Gottes zu verderben. Und ihn hatte sein Meister ausersehen, es zu fangen, um es zu beherrschen.

Zufrieden zog Cassus an seiner Zigarre. Inzwischen war er sich beinahe sicher, dass es Ripley selbst war, der sich hinter der anonymen Maske seines Verbündeten verbarg. Er musste es sein. Wer sonst hätte all diese Dinge wissen und in die Wege leiten können. Und dennoch hielt sein Meister sich weiterhin bedeckt. Womöglich des Rates wegen, vielleicht auch aus anderen Gründen. Für Cassus spielte es keine Rolle … Bald schon, da war er sich sicher, würde sein Verbündeter sich ihm offenbaren. Und Seite an Seite würden sie dann gleichsam Schatten wie Menschen beherrschen.

Während Cassus auf der morschen Veranda des Hauses weiter den Zigarrenrauch in die Nachtluft blies, bemerkte er plötzlich einen streunenden Hund, der es durch eine Lücke im Zaun geschafft haben musste, aufs Gelände zu kommen. Eine krummbeinige Promenadenmischung – unmöglich zu sagen, was für Hunde daran beteiligt gewesen waren. Womöglich hatte das Tier sogar Koyotenblut in sich.

Eine weitere Gelegenheit, seine Kraft zu erproben. Lächelnd hob Cassus die Hände aus den Taschen und begann, sachte mit Zeige- und Mittelfinger zu gestikulieren. Die Umgebung des Hauses wurde vom zitternden Licht zweier rostiger Laternen erhellt, die unruhige Schatten über das Grundstück und ein nahes verdorrtes Maisfeld warfen. Sein Blick schweifte durch das nächtliche Zwielicht. Und dann entdeckte Cassus, wonach er gesucht hatte. Zwei windschiefe Vogelscheuchen, die zwischen den braunen, umgeknickten Maisstauden standen. Allein mit Hilfe seiner knappen Gesten schnitt er ihre Schatten von ihren Füßen und befahl sie zu sich. Über die zerknickten Pflanzen glitten sie in Richtung des Hauses, durch den löchrigen Zaun und schließlich, den Befehlen ihres neuen Herrn Folge leistend, auf den streunenden Hund zu.

Als die Schatten der Vogelscheuchen sich auf das verstörte Tier stürzten, schob Cassus seine Brille hoch und machte sich dann wie jeden Abend auf den Weg, die Bannsprüche zu kontrollieren, die das Gelände vor den Blicken des Rates schützten. Leise summend schritt er an dem tobenden Knäuel aus Schatten und jaulendem Hund vorbei. Aus den Augenwinkeln sah er, wie das Tier zu fliehen versuchte. Doch es kam nicht weit. Die Schatten waren schneller und rissen es nach wenigen Schritten wieder zu Boden.

Es dauerte nicht lange, bis er den Zaun erreichte. Hier, an den Eckpfosten, an denen der Maschendraht mit krummen Nägeln befestigt war, hatte er nach den Weisungen seines Meisters die Bannsprüche angebracht. Entsprechend den alten Riten der Chaldäer, die schon tausend Jahre vor Christi Geburt mit Hilfe ihrer Schatten die Zukunft vorhergesagt hatten, hatte er die Zeichen mit einer Mischung aus Blut und Ruß auf Tierschädel geschrieben, die er schlussendlich mit ledernen Riemen an den Pfählen befestigt hatte. Diese Zeichen ließen die Schatten der Umgebung erblinden und verbargen das Gelände vor ihren Blicken. Der einzige Schatten, der nach Belieben auf diesem Gelände ein und aus gehen konnte, war der seines Meisters. Zwei zusätzliche Zeichen auf den Schädeln machten es möglich.

Cassus wusste, dass die Mitglieder des Rates auf der Jagd waren, nach Maria und einem Jungen irgendwo in Europa. Er hatte keine Ahnung, welche Rolle der Bursche in dem großen Plan spielte, aber er wusste, dass Ripley in seinem Gefängnis viele hundert Jahre Zeit gehabt hatte, diesen Plan zu vervollkommnen. Nun stand er kurz vor der Erfüllung.

Zufrieden betrachtete Cassus die rituellen Zeichen auf einem der ausgebleichten Schädel. Dank ihnen war er sicher vor den Blicken des Rates und seiner Häscher. Er überprüfte den Sitz des Schädels. Er hatte ihn hoch genug angebracht, dass er vor streunenden Tieren sicher war. Die Knoten saßen fest. Ein paar Meter weiter konnte er den Kadaver des Geiers erkennen, den er vor einigen Wochen vom Himmel geschossen hatte.

Das Jaulen des Hundes wurde leiser, als er, den letzten Rest seiner Zigarre aufrauchend, langsam am Zaun entlang zum nächsten Pfosten hinüberging. Und dann hörte er plötzlich eine Stimme: »Cortez! Du verdammter Köter, wo treibst du dich rum? Kommst du wohl her?«

Cassus fuhr erschrocken herum, sah den in seinen letzten Zuckungen liegenden Hund. Mit einem Wink jagte er die Schatten zurück ins Dunkel. Dieses hässliche Viech war verdammt nochmal kein Straßenköter gewesen! Jetzt sah er auch das Halsband. Er hatte vorschnell gehandelt, sich dazu hinreißen lassen, seine Macht spielen zu lassen. Und das hatte er jetzt davon.

»Cortez, du Mistvieh … Wenn ich dich erwische, kannst du was erleben …«

Er hörte die Stimme näher kommen, lauter werden, und dann tauchte am Tor, im Schein der vorderen Laterne, ein etwa fünfzigjähriger Mann auf. Eine zahnlose abgerissene Gestalt, wahrscheinlich einer der Obdachlosen, die unweit der Stadt am Rand der Wüste in ihren provisorischen Barracken hausten. Zumindest ließen sein fleckiger Overall und das löchrige karierte Hemd das vermuten. Als der abgerissene Fremde nun im Lichtkegel der zweiten, hinteren Laterne etwas liegen sah, trat er aufgeregt näher ans Tor. Er wollte es gerade öffnen, als sich plötzlich ein Mann mit Brille vor ihm aufbaute.

»Das ist Privatbesitz, Señor. Sie können dieses Grundstück nicht einfach betreten.«

»Aber mein Hund, das da drüben ist mein Hund, und …«, stammelte der Alte mit feuchten Augen und wies mit zitternder Hand auf das zusammengekrümmte Bündel bei der Laterne, unter dem sich langsam eine dunkle Lache ausbreitete.

Cassus konnte den Alkohol wahrnehmen, den der Fremde ausdünstete. Er würdigte das sterbende Tier keines Blickes und entgegnete kühl: »Es tut mir leid Señor, wahrscheinlich haben meine Hunde ihn erwischt. Wenn sie erlauben, würde ich ihnen den Schaden gern ersetzen.« Er zog ein Bündel mit Zwanzigdollarscheinen aus seiner Gesäßtasche hervor und begann langsam, ein paar davon abzuzählen. Er hoffte, das Geld würde reichen, den Fremden zu beruhigen. Das tat es aber nicht. Durch das Tor hindurch schlug der Fremde ihm das Bündel aus der Hand und schrie ihn an.

»Sind sie verrückt, Mann? Dieser Hund ist alles, was mir geblieben ist! Und jetzt lassen Sie mich rein, bevor ich Ihnen Ihre gottverdammte Visage poliere. Vielleicht lebt er noch. Vielleicht kann ich noch etwas tun …«

Als Cassus die Tränen in den Augen des Mannes sah, wusste

er, dass es besser war, dem Kerl seinen Willen zu lassen. Er holte einen Schlüsselbund hervor und öffnete das Vorhängeschloss. Kaum dass er das getan hatte, stieß der Fremde das Tor auf, eilte auf seinen am Boden liegenden Hund zu und sank schluchzend neben diesem zu Boden.

»Oh Gott, Scheiße Mann, Cortez, was haben sie nur mit dir gemacht? Schau dich an. Ich hab dir doch gesagt, du sollst nicht so weit weglaufen, du sollst …«

In diesem Moment zerriss der Widerhall eines Schusses die Nacht, und der Mann sackte leblos über seinem Hund zusammen.

Teilnahmslos schob Cassus den Revolver wieder zurück in seinen Hosenbund. Er hatte keine Zeit für weitere Experimente oder Magie. Dies war ein Problem, das schnell erledigt werden musste. Er durfte nicht auffallen. Und ein irrer Spinner, der ihm seines hässlichen Hundes wegen am Ende noch die Federales auf den Hals hetzte, war das Letzte, was er gebrauchen konnte. Morgen würde er als Erstes die Löcher im Zaun abdecken. Die beiden Leichen würde er bis dahin ins Haus schaffen, Kalk darüber schütten und sie dann so bald wie möglich draußen in der Wüste vergraben …

John Dee
ALCHIMIA UMBRARUM
(1604)

Kapitel XV
(Seite 154 f.)

VOM BANNEN DER SCHATTEN

Es gibt Zeichen, die starke Kraft in der Welt der Schatten besitzen. Sie entstammen der älteren Geisteswelt Asiens und gehen auf das Wissen chaldäischer Hohepriester zurück, die aus dem Wesen der Schatten und dem Lauf der Sterne das Schicksal der Welt herauslasen. Im Umgang mit den Gesandten der Nacht waren sie die Ersten, welche die Tiefe des Dunkels und die Geheimnisse der Schatten auszuloten wagten. Und noch heute sind es ihre Zeichen, die das Dunkel bändigen und die Schatten bannen können. Die chaldäischen Schattenzeichen sind hierbei in zwei Gruppen unterteilt und wirken auf andere Weise als die noch junge Magie der Schattensprecher. Sie dienten vor allem dem Schutz der Priester, welche die Schatten großer Wesen entfesselten, um sie zu befragen.

Die einen Zeichen werden dazu verwandt, den Schatten zu betäuben, ihm seine Sinne zu nehmen und ihn zu schwächen. Der Tradition entsprechend, muss man hierfür Ruß und Blut auf die Knochen von Tieren aufbringen, mit denen der Platz der magischen Handlung umgeben wird, um fremde Schatten fernzuhalten.

Die andere Kategorie der Zeichen dient den Magiern, die in fremden

Schatten reisen, als Wegweiser. Sie speichern die Kräfte ihrer Umgebung und bilden so an den Orten, da sie aufgebracht wurden, Schutz vor dem Unbill der Schemen und geben die Gelegenheit, Kraft zu schöpfen.

Durch das selbstherrliche Wirken des Rates aber findet man das Wissen um die chaldäischen Zeichen dieser Tage beinahe vollkommen getilgt vom Antlitz der Weisheit. Und auch wenn der Katalog der einzigartigen Bibliothek von Alexandria ein gutes Dutzend Bücher nennt, die den chaldäischen Schatten gewidmet sind, sind es dieser Tage doch einzig das Schattenrequiem *des Hermes Trismegistos und die wenigen nachgelassenen Papiere des Paracelsus, in denen sie noch Erwähnung finden. Nur in Fragmenten ist das magische Alphabet jener Altvorderen noch erhalten, bloß ein Schatten des Wissens, mit dem die ersten der unseren das Dunkel der Antike erfüllten. Jene wenigen Bannsprüche, welche die Magier der Gegenwart aus den Resten ihrer Weisheit noch zu formen wissen, verbergen sie vor den gewöhnlichen Sterblichen und wirken im Verborgenen.*

9.

Die Hoffnung schwindet im Dunkel,
die Nacht sitzt zu Gericht,
die Furcht ist allerorten,
und es fressen die Schatten das Licht.
Raimund Hornung
(1745–1803)
In *Schattengesänge*

Bevor er den Zug in Richtung Schweiz, nach Ambrì bestieg, hob Jonas Mandelbrodt mit der Karte seiner Mutter an einem Automaten unweit des Bahnhofes Geld ab. Sein Schatten hatte sich oft genug mit dem ihren vereint, um die Geheimzahl zu kennen. Nachdem also das Geld kein Problem darstellte, erwies der Kauf einer Fahrkarte sich wenig später jedoch als Herausforderung für den Jungen. Der Automat in der kleinen Bahnhofshalle war außer Funktion, weshalb Jonas schließlich an den Schalter gehen musste. Die Frau dahinter wirkte, als wäre sie schon in ihrer Uniform geboren worden und gar nicht mehr in der Lage, sie überhaupt noch abzulegen: eine kleine ältere Dame, die ihr gesamtes Leben auf ihren Job abgestimmt hatte. Selbst in ihrem Schatten fand sich kaum etwas anderes als das Bedürfnis, hinter diesem Schalter zu sitzen, diese Uniform zu tragen und ihre Pflicht zu tun.

In Großbuchstaben prangte ihr Name auf einem kleinen Schild an ihrer Brust. Als Jonas schließlich an der Reihe war, runzelte sie die Stirn. Schnell mischte sich Jonas' Schatten mit dem der Bahnangestellten, und kaum dass er ihn erspürt hatte und zu kennen glaubte, riet er dem Jungen, es bei ihr auf die höflich distanzierte Art zu versuchen und das Bild eines gebildeten, wohlerzogenen Kindes abzugeben. Und Jonas bemühte sich redlich. Er, der stets mehr geschwiegen denn gesprochen hatte, gebrauchte so gewählte Worte, dass seine Mutter sich vor ihrem Sohn erschreckt hätte: »Guten Tag, ich würde gern eine Fahrkarte nach Ambrì in der Schweiz erwerben.«

Die Frau setzte ihre Brille auf, die an einer dünnen Perlenschnur vor ihrer uniformierten Brust baumelte.

»Na, willst du denn allein verreisen, mein Junge?«

Jonas und sein Schatten spürten das Problem, noch bevor sie die Frage überhaupt gestellt hatte: *Regeln*. Die Vorschriften, die ihr persönlicher Katechismus waren und denen zuwiderzuhandeln für sie vollkommen undenkbar gewesen wäre. Selbst noch in ihrem Schatten waren diese Regeln nachzulesen ...

Jonas musste die Wahrheit ein wenig beugen, um sein Ziel zu erreichen.

»Meine Mutter ist nur noch schnell etwas einkaufen gegangen. Sie bat mich, derweil schon einmal meine Fahrkarte zu kaufen.«

Er lächelte unbeholfen und zählte ein paar Geldscheine auf den Tresen. Doch er spürte, dass gegen diese Uniform kein Argument der Welt bestehen konnte.

»Tut mir leid, Kleiner, aber das geht leider nicht. Du darfst nämlich nicht allein fahren. Und darum kann ich dir das Ticket so auch nicht verkaufen. Lass uns doch einfach auf deine Mutter warten. Dann kann sie das selbst übernehmen, hm?«

Jonas biss sich auf die Lippe. Er ärgerte sich. Er hätte ihr seine Macht zeigen, ihren Schatten unter seinen Willen zwingen können. Aber sein eigener Schatten hatte ihn gelehrt, nicht aufzufallen. Besonders jetzt, wo sie hinter ihm her waren. Wann immer er versuchte, Schattenmagie zu wirken, würde der Rat es spüren. Er würde wissen, wo Jonas sich befand, und er würde seine Hunde auf ihn ansetzen.

Es gab natürlich auch noch andere Möglichkeiten, unauffällig mit der Bahn nach Ambrì zu gelangen. Jonas hätte eine Vollmacht fälschen können, das Ticket online in einem Internet-Café ausdrucken oder mit einem der Bummelzüge in die nächst größere Stadt fahren können, wo die Automaten gewiss funktionierten. Oder er hätte irgendeine Frau dafür bezahlen können, dass sie sich hier am Schalter für seine Mutter ausgab. Aber all das kostete Zeit und schuf Komplikationen. Jonas wollte unauffällig bleiben, sich wie ein Junge seines Alters benehmen.

Unterdessen war sein Schatten tief in den der Frau am Schalter gedrungen. Auf der Suche nach irgendetwas, mit dem sie sie zum Einlenken bewegen konnten. Vergebens. Ihr Leben schien komplett aus Regeln und deren Einhaltung zu bestehen. Unschlüssig stand Jonas vor dem Schalter, überlegte kurz, ob er es noch einmal an einem anderen wagen sollte, und unternahm, obwohl er das Ergebnis bereits ahnte, schließlich noch einen weiteren Vorstoß.

»Ich bitte Sie, wäre es nicht vielleicht möglich, in diesem Fall eine Ausnahme zu machen? Wissen Sie, wir sind sehr in Eile, meine Mutter und ich. Meinem Onkel in der Schweiz geht es nicht gut, und es steht zu befürchten …«

Dieses Mal aber ließ die Bahnangestellte ihn nicht einmal ausreden. »Es tut mir wirklich leid, mein Junge, aber an diesem Schalter werden keine Ausnahmen gemacht.«

Mit nahezu allem Wissen der Welt und der Fähigkeit, wahrhaft Unglaubliches zu vollbringen, drohte Jonas Mandelbrodt an einem Bahnschalter zu scheitern und durfte sich dabei all seiner Macht nicht bedienen, um nicht aufzufallen.

Schon wollte die Frau hinter dem Tresen sich ihrem nächsten Kunden zuwenden, und Jonas stand bereits im Begriff, mit hängendem Kopf beiseitezutreten, als hinter ihm unverwandt die Stimme einer Frau ertönte: »Jonas! Mein Junge, da bist du ja. Du kannst doch deine Mutter nicht so lange warten lassen, Schatz. Hast du denn unsere Fahrkarten noch nicht bekommen? Na los, jetzt beeil dich aber, unser Zug fährt gleich ein!«

Die Frau, die zu dieser Stimme gehörte, war elegant, hochgewachsen, mittleren Alters und nicht die Mutter von Jonas Mandelbrodt. Sie trug ein dunkelrotes Kostüm aus leichtem Stoff, eine Sonnenbrille und einen Hut, unter dem ihr langes schwarzes Haar hervorquoll. Ihr Auftreten hatte etwas Bestimmtes, so, als ob man ihr einfach nichts entgegensetzen könnte.

Das Bemerkenswerteste an ihr war jedoch ihr Schatten, mit dem sich der von Jonas Mandelbrodt, so sehr er es auch versuchte, einfach nicht vermischen konnte. Und das bedeutete, dass diese Frau keine gewöhnliche Frau war. Sie musste Kenntnis von den Gesetzen der Schatten haben. Das bedeutete wiederum, dass es unwahrscheinlich war, dass sie Jonas Mandelbrodt aus reiner Nächstenliebe half. Wer immer sie war, sie stellte einen Teil dieses undurchschaubaren Spiels aus Dunkel dar, in das der Junge und sein Schatten sich mehr und mehr verstrickten. Zugleich aber war sie Jonas Mandelbrodts Chance, mit dem nächsten Zug nach Ambrì zu gelangen, um sich dort in Sicherheit zu bringen.

Die Frau trat näher, setzte ihre Sonnenbrille ab und blickte Jonas fragend an. Der verstand ohne ein weiteres Wort und umarmte die Fremde kurz, aber innig. Und dann sprach er und wählte dabei die Sprache, die sein Schatten ihn gelehrt hatte. »Die Dame hinter dem Schalter, liebe Mutter, war der Meinung, dass sie die Angelegenheit lieber mit dir persönlich klären würde.«

Mit diesen Worten ließ er seine vermeintliche Mutter an den Schalter treten, wo sich die Bahnmitarbeiterin eilig daranmachte, die Fahrkarten für sie und ihren Sohn auszudrucken.

Nun, ich ahnte zu diesem Zeitpunkt noch nicht, wer oder was es war, das mich und meinen Herrn in diesem Moment vor der Einfalt eurer Bürokratie rettete. Die Frau war mir fremd, ihr Schatten mir ein Rätsel, das sich vor mir verschloss. Ich ahnte die Macht in ihm, mehr aber ließ er mich nicht erkennen. Und als wir kurz darauf Seite an Seite den Zug Richtung Schweiz bestiegen, gewahrte ich noch etwas anderes an ihm, das er zuvor irgendwie hatte verbergen können: Der Schatten war verwundet!

Ich konnte mich nicht entsinnen, jemals zuvor dieses seltenen Zustands eines Schattens selbst ansichtig geworden zu sein. Es braucht viel, einen Schatten zu verletzen – ohne Magie war es schlichtweg unmöglich. Dieser hier aber hatte einen klaren Schnitt in seiner rechten Seite, durch den sacht das Licht der Zugbeleuchtung hindurchschimmerte. Es machte mich misstrauisch, und so warnte ich meinen Herrn. Denn auch wenn sie uns in diesem Moment helfen mochte, konnte doch die Tatsache, dass ihr Schatten von einem Magier verwundet worden war, nichts Gutes bedeuten …

Als er die Warnung vernahm, versuchte Jonas zunächst, sich nichts anmerken zu lassen und sein Wissen vor dem Schatten der Fremden zu verbergen. Doch es gelang ihm nicht. Während sie sich an den Tisch in ihrem Abteil setzten, schaute die Frau Jonas ernst an.

»Dein Schatten hat recht. Ich weiß von all diesen Dingen, die auch dir bekannt sind. Und tatsächlich wurde ich von einem anderen Wissenden verwundet.«

»Sie haben in meinem Schatten gelesen?« Verwundert erwiderte Jonas ihren Blick, und sie lächelte ihn beruhigend an.

»Nur ein wenig. Er wusste nicht, dass es mehr braucht, sich vor mir zu verbergen.«

Jonas schwieg einen Augenblick, starrte zu Boden und beobachtete, wie sein Schatten noch immer erfolglos in den ihren zu dringen versuchte. Wenn es ihr gelungen war, in seinem Schatten zu lesen, dann musste diese Frau wirklich mächtig sein.

Er hob den Blick und betrachtete sie genauer. Nun sah er, wie die Schatten im Ausschnitt ihres roten Kostüms sich auf der nackten Haut ihres Dekolletés bewegten. Sie bildeten ein filigranes Muster, wie eine Tätowierung aus Schatten, das ihn staunen ließ.

»Wer sind Sie?«, fragte er, den Blick nunmehr auf ihr Gesicht gerichtet.

Sie lächelte noch immer und setzte schließlich, während sie antwortete, langsam ihre Sonnenbrille ab, so dass er in ihre eisgrauen Augen blicken konnte.

»Ich, mein Junge, bin Mademoiselle Stiny, Erzsebet Stiny. Ein Mitglied jenes Rates, der kürzlich deinen Tod beschlossen hat. Ich muss allerdings gestehen, dass ich im Moment lieber kein Ratsmitglied wäre, denn er hat nicht nur beschlossen, dich, sondern auch das kleine mexikanische Mädchen aus dem Weg zu räumen. Er betrachtet euch lediglich als Anomalien, womit er es sich meines Erachtens jedoch ein wenig einfach macht.«

Das kleine mexikanische Mädchen … In Jonas' Brust zog sich etwas zusammen. Maria. Es war inzwischen so viel geschehen, dass er sie beinahe vergessen hatte. Nun aber erinnerte er sich: Wie er das Kind im Fernsehen gesehen und damals schon gespürt hatte, dass dieses traurige Geschöpf ohne Schatten, diese Laune der Natur, eine Seelenverwandte war. Nun bewahrheitete sich diese Ahnung. Jetzt, wo der Rat der Schatten sie beide als Anomalien verurteilt hatte. Zweifelnd blickte Mademoiselle Stiny ihn an.

»Und Sie? Als was betrachten Sie uns?«, fragte Jonas kühn.

»Vielleicht als einzige Hoffnung für unsere Zukunft.«

»Sie wollen damit sagen, dass Sie wissen, was gerade vor sich geht?«

Sie lachte leise auf. Sachte bebte das Rot ihres Kostüms, doch dabei büßte sie nichts von ihrer kühlen Eleganz ein.

»Oh ja, das weiß ich wohl. Der Rat hat seinen Henker zu dir geschickt. Ich war es übrigens, der euch im Schatten der Eiche zu Hilfe eilte. Ich habe deinen Hund sterben sehen, Jonas, und es tut mir leid. Ich weiß, wie wenige Freunde unsereiner in der Welt hat. Ich war es auch, der euren Rückzug deckte und eure Spuren in den Schatten verwischte. Und nun geleite ich euch nach Ambrì.«

Jonas musterte sie misstrauisch. Doch Erzsebet Stiny ließ sich nicht aus der Ruhe bringen. Stattdessen zog sie bedächtig ein kleines silbernes Feuerzeug und eine Zigarettenschachtel hervor und zündete sich schließlich eine daraus an. Sie blies den Rauch ins Abteil und atmete tief durch.

Scheu wies Jonas sie darauf hin, dass es sich um ein Nichtraucherabteil handelte, worauf sie nur entgegnete, dass sie, wenn die Regeln der Menschen sie jemals geschert hätten, nie dort angekommen wäre, wo sie heute war. Das blieb aber nicht das Einzige, was sie ihrem falschen Sohn zu offenbaren hatte: »Ich weiß schon länger von dir und deinem Schatten, mein Junge. Frag ihn. Der Tote im Kindergarten. Auch das war ich. Ich wollte euch damals schon warnen.«

Und obwohl Jonas spürte, dass diese Frau die Wahrheit sprach, fiel es ihm noch immer schwer, ihr zu vertrauen. »Aber wird man Sie denn im Rat nicht vermissen, Mademoiselle Stiny?«

»Der Rat ist erst für heute Nacht wieder einberufen. Bis dahin sollte es mir gelungen sein, euch in die Obhut des Wächters zu übergeben. Wenig später werde ich dann inmitten des Rates weilen, ohne dass jemand Verdacht schöpft. Denn die Schatten reisen schnell …«

Noch während sie sprach, setzte der Zug sich in Bewegung. Eine ältere Dame betrat das Abteil und nahm Platz. Und auch wenn sie einander noch nicht völlig trauten, beschlossen Jonas und Mademoiselle Stiny, ihr Gespräch kraft ihrer Schatten fortzuführen. Beide spürten, dass der andere zu diesem Zeitpunkt nicht bereit war, sich zu vermischen. Beide verbargen etwas. Aus Furcht, um sich zu schützen oder aber um es später womöglich doch noch zu teilen …

Jonas war wissbegierig. Und dies war seine erste Gelegenheit, aus erster Hand mehr über den Rat und das Mädchen ohne Schatten zu erfahren. Und darüber, weshalb der Rat sie beide tot sehen wollte. Er verstand die Entscheidungen des Rates nicht. Und auch dessen Aufgabe, das Gleichgewicht zu bewahren, hatte sich ihm aus den Berichten seines eigenen Schattens bisher nicht erschlossen. Mademoiselle Stiny erklärte ihm alles, so gut es ihr eben möglich war. Sie erklärte ihm, dass das Gleichgewicht zwischen Licht und Schatten über dem Leben des Einzelnen stand, erzählte von den Siegeln und dem Plan des Alchemisten. Sie erklärte ihm, dass sein Todesurteil und das des Mädchens eine rein präventive Entscheidung war. Dass es dem Rat jetzt, wo das Eidolon und der Schatten Ripleys frei waren und die Grenzen zwischen Schatten und Licht sich zu verschieben begannen, darauf ankam, so vorsichtig wie nur möglich zu sein. Und das bedeutete für den Rat, alles, was er nicht kontrollieren konnte, zu vernichten.

Nach und nach verstand Jonas die Gefahr, in der er schwebte: dass die mächtigsten Schattensprecher ihm dieses obskuren Gleichgewichtes wegen nach dem Leben trachteten.

Einige Stationen später verließ die alte Dame, die sich zu ihnen gesellt hatte, das Abteil wieder. Obwohl sie nicht sagen konnte, weshalb, hatte sie das Gefühl gehabt zu stören. Die Schatten hatten sie vertrieben und ihr Unwohlsein provoziert. Kaum, dass er und Frau Stiny wieder allein waren, sprach Jonas. Merkwürdigerweise war es ihm so angenehmer. In ihrem Schatten spürte er, dass sie etwas vor ihm verbarg. Wenn sie aber laut miteinander sprachen, konnte er sich einreden, dass sie es nicht tat.

»Könnte ich den Rat nicht überzeugen, seine Meinung zu ändern?«, fragte er besorgt.

»Dazu müsste es dir gelingen, an den Ort vorzudringen, an dem er zusammenkommt. Und das, mein Junge, ist noch keinem gewöhnlichen Menschen gelungen.«

»Vergessen Sie nicht, Mademoiselle Stiny, dass mein Problem ja gerade darin besteht, kein gewöhnlicher Mensch zu sein«, gab er weise zu bedenken und funkelte sie an.

Die Angesprochene nickte lächelnd, und Jonas errötete leicht. Doch schnell fing er sich wieder und versuchte, das Gespräch in eine andere Richtung zu lenken.

»Ihr Schatten hat eine Verletzung davongetragen?«

Mademoiselle Stiny zeigte sich erstaunt.

»Du hast es bemerkt? Dabei dachte ich, es wäre mir gelungen, sie zu kaschieren.«

»Nicht gut genug, Mademoiselle. Ich und mein Schatten sind wachsam.«

Kaum dass er das aussprach, zeigte sie ihren Schatten her.

»Es war ein bedauerlicher Unfall. Und leider heilen diese Wunden nicht von selbst.«

In diesem Moment meldete sich Jonas' Schatten zu Wort und flüsterte seinem Herrn etwas zu. Der zögerte kurz, doch dann hellte sein Miene sich auf.

»Ich könnte Ihnen vielleicht helfen. Wenn ich darf ...«

Und dann machte er sich ans Werk, rutschte vom Sitz und kniete sich über ihren Schatten. Er sprach die Worte und vollführte die Gesten, die sein eigener Schatten ihm eingab. Er berührte den ihren, fuhr über den Riss, immer wieder, Worte aus einer vergessenen Sprache murmelnd. Unter seinen Fingern schloss sich langsam die eigentümliche Wunde.

Zufrieden betrachtete Mademoiselle Stiny ihren Schatten. Jonas schaute zu ihr empor, und wieder errötete er leicht.

»Du bist ein kluger Junge, Jonas. Doch nimm dich in Acht, du solltest die Sprache eines Kindes nutzen, wenn du mit gewöhnlichen Menschen sprichst. Auch wenn du lange schon kein Kind mehr bist. Mit Hilfe deines Schattens wirst du bald schon in der Lage sein, Dinge zu tun, die die Welt verändern können. Aber nun lass mich dir auch ein wenig helfen.«

Sie kniete sich zu ihm auf den Boden, griff nun ihrerseits nach seinem Schatten und wisperte Beschwörungen, die sich wohltuend über diesen legten. Scheinbar mühelos ließ sie den Teil, den die Fänge des Henkers aus ihm herausgerissen hatten, nachwachsen.

Anschließend sprach sie weiter: »Ich weiß, dass dein Schatten dich Dinge gelehrt hat, von denen die meisten Menschen nicht einmal etwas ahnen. Und ich weiß auch, dass du ebendieser Dinge wegen in deinem Inneren lange schon nicht mehr das Kind bist, das du zu sein scheinst ... Und darum werde ich dich auch nicht wie eines behandeln. Dir, Jonas Mandelbrodt, steht eine gefahrvolle Zeit bevor. Die Hoffnung, den Rat umzustimmen, solltest du begraben. Wann immer er dich wittern wird, werden seine Schergen, Schatten und Söldner dich jagen. Vor allem aber wird der Henker dir auf den Fersen sein. Und er würde dich mit besonderem Vergnügen zur Strecke bringen, weil er ahnt, dass auch deine Existenz mit dem Alchemisten Ripley verbunden ist, dem er einst bittere Rache schwor.«

Mit dieser Aussage wollte Jonas sich nicht zufriedengeben und hakte noch einmal nach: »Aber wer ist dieser Henker? Für einen kurzen Moment habe ich ihn gespürt. In unserem Garten. Und da war so viel Zorn, so viel Wut in ihm ...«

Erzsebet Stiny blickte ihn nachdenklich an. Als dächte sie darüber nach, ob er bereit war für das, was sie über den Henker wusste.

»Er hat eine lange und sonderbare Geschichte. Er ist, oder besser gesagt, er war einmal Robert la Bourge, ein Dominikaner, der während des 13. Jahrhunderts im Dienste der Inquisition stand. Damals schon nannte man ihn den Ketzerhammer. Er war grausam und hatte bald schon mehr Menschenleben auf dem Gewissen, als selbst die Kirche dulden konnte. Zu lebenslanger Kerkerhaft verurteilt, erlernte er im Dunkel seines Verlieses die Geheimnisse der Schatten. Er überwand die Sterblichkeit und wurde so auch für andere wertvoll. Die Schattensprecher befreiten ihn und nahmen ihn in ihren Dienst.

Fortan wirkte le Bourge in seiner Grausamkeit für jene, die geschworen hatten, das Gleichgewicht zu bewahren. Bis schließlich Papst Sixtus IV. sich im 15. Jahrhundert dem Rat der Schatten zuwandte und die Inquisition neu begründete. Denn auch ihm lag das Gleichgewicht am Herzen, und auch ihm waren zahlreiche Magier und Alchemisten im Weg. Le Bourge war es, der schließlich Ripley stellte, bevor das Eidolon seinen Weg in die Schatten fand. Während ihre Schatten miteinander rangen, hatte Ripley aber den Ort ausfindig gemacht, an dem sich der Körper des Inquisitors verbarg. Sein Helfer, der Italiener, brachte ihn um und beraubte so den Schatten Le Bourges seines Körpers. Der Ketzerhammer starb in der gleichen Nacht, in der es dem Rat gelang, den Schatten des Alchemisten einzukerkern. Doch Le Bourge war ein viel zu kostbares Werkzeug, als dass der Rat auf ihn verzichtet hätte. Und so gaben sie ihm einen neuen Körper, in den sein Schatten zurückkehren konnte …«

»Einen neuen Körper?« Jonas runzelte die Stirn.

»Er musste schnell gefunden werden. Doch le Bourge hatte genügend Alchemisten auf den Scheiterhaufen gebracht, so dass der Rat auch ihre größten Geheimnisse kannte. Und während Ripley das Eidolon extrahiert hatte, war es einem Zunftgenossen von ihm gelungen, den Homunkulus zu erschaffen. Aufgrund der sonderbaren Fügungen des Schicksals bekam jene seelenlose künstliche Kreatur in dieser Nacht eine Seele.«

»Dieser Robert le Bourge fuhr also in den Leib des künstlichen Menschen?«

»In den Körper einer Kreatur, die ihm durch und durch verhasst war. Doch seine Seele wohnte dem Homunkulus nicht lange inne. Bald wählte er sich eine andere künstliche Form. Doch den Verlust seines menschlichen Körpers hat er nie verwunden.«

»Das erklärt die Wut, die ich in ihm spürte …« Jonas nickte nachdenklich.

»Sie ist seine Kraft, Jonas, und der Rat macht sie sich zunutze, um seine Feinde auszuschalten. Doch das, was von le Bourge geblieben ist, ist mehr als bloß eine zornige Seele. Er ist ein Schattenfresser. Einer jener unheiligen Magier, die längst ausgerottet sein sollten. Und das macht ihn unberechenbar. Er wird deinen Schatten verschlingen wollen. Deswegen bist du in diesem Moment auf dem Weg zu dem einzigen Ort, an dem du vor ihm sicher bist – eine Zeitlang zumindest.«

Jonas verstand diese Andeutung. Er war ein aufmerksamer Zuhörer. Und er merkte sich die Dinge, die ihm bedeutsam erschienen. »Ambrì, die Heimstatt des Wächters.«

»Dein Schatten berichtete dir davon?«

»Nur wenig. Bloß, dass der Wächter der Schatten eines Engels ist und die letzte Spur Gottes auf Erden. Er ist der Einzige, der über dem Rat steht. In seiner Zuflucht kann Magie nur gewirkt werden, wenn er es zulässt.«

»Mehr musst du nicht wissen über jenen Ort.«

In den folgenden Stunden der Fahrt näherten ihre Schatten sich weiter an, teilten Wissen und Erfahrung und bewahrten doch noch immer ihre Geheimnisse voreinander. Doch tat es Jonas gut, einen Menschen zu treffen, mit dem er sich austauschen konnte und vor dem er seine Fähigkeiten nicht verbergen musste. Sie sprachen miteinander, ihre Schatten ebenso wie sie selbst, und die Stunden vergingen wie im Flug.

Bis Jonas die Frage stellte, die ihm im Gemüt brannte, seit er wusste, wen er hier vor sich hatte. Denn seit dem Angriff ließ der Gedanke an jene Namen, die er im Dunkel des Henkers gespürt hatte, nicht los: George Ripley und das Eidolon. Und die Tatsache, dass sein eigener Schatten ihm so wenig über diese Dinge hatte verraten können, half nicht, ihn zu beruhigen. Obwohl Mademoiselle Stiny beide Namen in ihrer Geschichte über den Henker erwähnt hatte, hatte Jonas noch nicht direkt nach ihnen zu fragen gewagt. Nun aber hakte er nach.

»Würden Sie mir noch eine weitere Frage erlauben?«

»Natürlich, mein Junge. Ich bin schließlich hier, um dir zu helfen. Was immer du auch brauchst.«

»Wer ist George Ripley?«

Mademoiselle Stiny stutzte. Die Schatten in ihrem Dekolleté schienen einen kurzen Augenblick lang zu erstarren, und sie schaute Jonas verwundert an.

»Aber hat dir denn dein Schatten nichts über ihn erzählt?«

»Weder über ihn noch dieses Eidolon.«

Sie legte die Stirn in Falten, wandt den Kopf zum Fenster und blickte nachdenklich hinaus.

»Dann ist es schlimmer, als ich dachte.« Sie grübelte einen kurzen Augenblick, dann schaute sie Jonas ernst an. »Aber das spielt jetzt keine Rolle. Das Wichtigste kannst du auch von mir erfahren …«

In knappen Worten erzählte Erzsebet Stiny Jonas Mandelbrodt die Geschichte George Ripleys. Wie er unter den Alchemisten seiner Zeit hervorstach, ein ambitionierter Mann, der der Magie wie auch den Wissenschaften zugetan war. Wie er Aufnahme gefunden hatte in die Reihen der Schattenschnitzer, der Bewahrer der alten chaldäischen Schule der Schattenmagie. Und wie er mit ihrer Hilfe nach dem ewigen Leben zu forschen begonnen hat. Mit offenem Mund staunte Jonas, während Mademoiselle Stiny ihm von den Intrigen vergangener Jahrhunderte erzählte.

Wie George Ripley und die Schattenschnitzer ausgerottet

wurden, als eine neue Schule der Magie sich mit der katholischen Kirche verband und der Rat die Bewahrer des alten Wissens zu verfolgen begann. Während die Schattenschnitzer den Schatten ein eigenes Leben und einen Willen zubilligten, betrachteten diese neuen Magier die Schatten bloß als Knechte ihres Willens.

Mademoiselle Stiny erzählte Jonas davon, wie der Krieg um die Zukunft der Schatten begann und wie schließlich ein Schattenschnitzer nach dem anderen auf dem Scheiterhaufen landete und sie mitsamt ihres Schattens verbrannt wurden. Bis nur noch Ripley und der Italiener übrig waren. In seinem Versteck hatte George Ripley heimlich das Eidolon geschaffen und eine Passage in den Limbus, die Welt der Schatten, geöffnet. Um die seinen zu rächen und den Schatten ihre Freiheit wiederzugeben, selbst wenn es das Ende der Menschheit bedeutete …

Wie gebannt hing Jonas an ihren Lippen und spürte dabei nicht die seltsamen Regungen seines Schattens, der sich unter ihren Worten zu seinen Füßen wie vor Schmerzen krümmte.

Bevor Ripley seinen Plan verwirklichen konnte, so berichtete Mademoiselle Stiny, war er verraten worden. Der Henker des Rates schickte seinen Schatten aus, um den Alchemisten ein für alle Mal zu vernichten. Schlussendlich gelang es ihm, wenn auch für einen hohen Preis. Der Rat schloss den Durchgang zum Limbus und sicherte ihn mit fünf mächtigen Siegeln. Dann ließ er Ripley hinrichten und verbarg schließlich den Schatten des Alchemisten, mit all dem Wissen Ripleys, an einem sicheren Ort. Das Eidolon aber, so beendete Erzsebet Stiny ihre Erzählung, hatte der Rat nicht in die Finger bekommen. Denn das hatte Ripley zuvor in Sicherheit bringen können …

Jonas schauderte, sein Schatten beruhigte sich allmählich wieder, und bald schon veränderten sich die Hügel vor den Fenstern. Mehr und mehr Berge begannen sich aufzutürmen. Kurze Zeit später kam auch schon Ambrì in Sicht.

Mademoiselle Stiny schaute aus dem Fenster und nickte zufrieden.

»Dort wirst du sicher sein.« Und nach einer kurzen Pause fügte sie hinzu: »Zumindest bis der Rat die alten Regeln zu brechen beschließt …«

Bestürzt blickte Jonas sie an: »Aber warum sollte er das tun?«

»Sie wissen, woher ihr kommt. Und sie ahnen, wohin ihr wollt. Die Schatten sind in Bewegung, mein Junge. Und auch du spürst es. Gestern erst wurde eines der Siegel gebrochen. Und mit jedem weiteren, das zerstört wird, schwindet das Gleichgewicht, und mit ihm auch die Macht des Rates. Alles ist dabei, sich zu verändern, Jonas. Sie werden dich nicht in Ruhe lassen. Auch dort nicht. Es sind nicht bloß Schatten, die ihnen dienen. Und sie werden alles ins Feld führen, um die Geschehnisse aufzuhalten, in denen auch du deine Rolle noch wirst spielen müssen …«

»Meine Rolle?«

»Ich darf dir nicht alles verraten, Jonas. Und auch ich weiß nicht alles darüber. Ich weiß nur, dass ich es nicht zulassen darf, dass die Mitglieder des Rates in ihrer blinden Furcht dich und das Mädchen töten. Es wird Zeit brauchen, bis du deine Rolle erkennst. Aber dann wirst du tun, was richtig ist. Davon bin ich überzeugt …«

Der Zug hielt. Und spätestens in diesem Moment wurde Jonas klar, dass Mademoiselle Stiny nicht mit aussteigen würde. Stattdessen wies sie mit einer eleganten Bewegung ihres Armes aus dem Fenster und auf die Straße, die sich mitten durch den Ort und in die Berge emporwand.

»Dort oben wirst du ihn finden. Nun geh und sorge dich nicht weiter. Für den Moment bist du hier in Sicherheit.«

Sie nahm ihn in den Arm und gab ihm ein Gefühl von Nähe, das er bei seiner Mutter immer vermisst hatte. Dann schulterte Jonas seinen Rucksack und verließ eilig das Abteil, bevor der Zug sich wieder in Bewegung setzte.

Als Jonas kurz darauf den alten Bahnhof von Ambrì verließ, eröffnete sich ihm der Blick auf den kleinen Ort am Fuß der Berge. Durch die Mitte des Dorfes wand sich zwischen den Häusern hindurch jene Straße, die ihn in die Berge und zur Hütte des Wächters führen würde. Und von eben dort sah er nun jemanden auf sich zukommen. Leichtfüßigen Schrittes kam ihm die hochgewachsene Gestalt eines Mannes entgegen. Das Weiß seiner Haare leuchtete in der Sonne, und schon aus der Ferne ließen die Falten in seinem Gesicht ein geradezu biblisches Alter erahnen. Der strenge Blick des Mannes war auf Jonas gerichtet, und bei seinem Anblick überkam den Jungen ein merkwürdiges Gefühl von Sicherheit.

Während der Alte langsam näher kam, schaute Jonas sich um. Sowohl er als auch sein Schatten staunten über das, was sie in diesem Ort spürten und sahen. Die Gebäude innerhalb Ambrìs waren alt, steinern, ihre Wände beinahe ausnahmslos mit Reliefs verziert, auf denen düstergrüne Patina prangte. Es waren überwiegend christliche Motive, die hier zur Schau gestellt wurden. Auf den ersten Blick erkannte Jonas den Kreuzweg Jesu und die Arche Noah. Doch bei all den Wundern Gottes, die an den Häusern von Ambrì prangten, stand ein Motiv im Vordergrund: mit ausgebreiteten Flügeln und flammenden Schwertern – Engel.

Dann hatte der alte Mann den Bahnhof erreicht und verneigte sich leicht. Zunächst vor dem Jungen und dann noch einmal vor seinem Schatten.

»Willkommen, Jonas Mandelbrodt, in der Stadt des Engels. Wir alle sind voll der Freude, dir und deinem Schatten zu Diensten sein zu dürfen. Mein Name ist Malachias, und wie alle hier diene ich dem Wächter. Ich bin das Gefäß des Engels und wurde gesandt, dich zu ihm zu bringen. Was auch immer dein Begehr ist, während du hier in unserer Mitte weilst, sprich es aus, und ich werde bestrebt sein, es zu erfüllen.«

Jonas staunte über die Sprache des Mannes, die beinahe der seines Schattens glich. Und als er sich nun wieder in Richtung des Berges aufmachte, da folgte Jonas ihm schweigend.

Während er den Ort an der Seite Malachias' durchschritt, bestaunte Jonas Mandelbrodt auf den Wänden der Häuser die Engel. Ihre gesamte Hierarchie war hier kunstvoll abgebildet. Er erkannte Erzengel, Seraphim und Cherubim, so wie sein Schatten sie ihm beschrieben hatte. Es waren weder die kitschigen Botschafter Gottes noch die fetten kleinen Putten, die auf Werbewänden oder Postkarten prangten. Dieser Ort stand ganz im Zeichen der zornigen, kraftvollen Engel, welche die Schöpfung Gottes verteidigten und bewahrten. Krieger und Gelehrte, beseelt von der Weisheit und der Kraft des Höchsten. Beinahe wirkte der alte Malachias wie einer von ihnen.

Jonas spürte die Blicke der Menschen, die den achtjährigen Knaben einzuschätzen versuchten, der sich da mit dem alten Malachias auf dem Weg zum Wächter, dem Herrn über Ambrì, befand. Auch ihre Schatten nahm er wahr und bemerkte, dass diese anders waren als alle, die er je zuvor gespürt hatte. Ihre Andersartigkeit durchströmte ihn wohlig, und Malachias lächelte leise. Er ahnte, das Jonas verstand. Die Menschen, die hier lebten, hatten ihre Schatten aus dem ewigen Kreislauf des Limbus gelöst und sie stattdessen in den Dienst des Wächters gestellt. Sie waren Teil von ihm, und er war Teil von ihnen, so dass nicht nur seine Hütte oben in den Bergen, sondern auch die gesamte Stadt mitsamt ihrer Bewohner seine Zuflucht darstellten. Innerhalb weniger Augenblicke konnte der Wächter an diesem Ort eine Armee aus Schatten mobilisieren, die er nicht unter seinen Willen zwingen musste, sondern die ihm aus freien Stücken treu ergeben war.

Instinktiv spürte Jonas, dass dies eine neue, andere Form der Schattenmagie war. Eine Form, von der er bis heute nichts geahnt hatte und die den Engeln vorbehalten zu sein schien. Und selbst sein Schatten staunte, während der Junge weiter die Straße emporging. Denn auch wenn er von diesem Ort gewusst hatte, so war es doch etwas anderes, Ambrì zu spüren. Unter dem Schutz des Wächters beteten hier Menschen an der Seite von Schatten. An einem Ort, der von Glauben erfüllt war. Einem starken, ehrlichen Glauben, der aus dem Wissen seiner Bewohner um die Wunder Gottes erwuchs und der allen Übeln würde trotzen können.

Kaum hatte Jonas die volle Bedeutung dessen erkannt, da wurde er von neuer Kraft erfüllt. Hier würde er sich nicht verbergen müssen. Denn hier fürchtete man die Schatten nicht. Er war berauscht von diesem Gefühl und der Ahnung, endlich angekommen zu sein. Von einem Moment auf den anderen war sein altes Leben als Außenseiter vorbei und beinahe schon vergessen …

Da vernahm Jonas plötzlich das Wispern seines Schattens, der ihm etwas zeigen wollte. Seinem Wink folgend erblickte Jonas im Gras am Wegesrand ein kleines Käfertier, das auf den ersten Blick noch wie jedes andere aussah. Malachias blieb stehen und lächelte wissend.

Hier nun zeigte ich meinem Herrn eine weitere schattenhafte Laune der Natur. Wie hätte das Querkraut auch die einzige dieser Art sein können? Die Natur schöpfte aus den Schatten, und nur mit diesen Ausnahmen der Regel war sie wahrhaft prächtig. Und welch wundersame Ausnahme erwartete uns dort am Rande des Weges: ein Schattenschreiter. Es war ein prächtiges Exemplar des Badistes Umbrificus. Seine sechs Beine gegen den Boden stemmend, war er augenscheinlich auf dem gleichen Weg wie wir, den Berg hinauf, der Zuflucht des Wächters entgegen. Mein Herr staunte nicht schlecht, als er die Andersartigkeit dieses Tieres erkannte.

In seinem Falle hatte die Natur beschlossen, den Schatten

des Männchens mit dem des Weibchens zu tauschen. Und während das männliche Tier langgezogen und schmal war und das weibliche eher gedrungen wirkte, verhielt es sich bei ihren Schatten genau andersherum! Das eine Tier warf den Schatten des anderen. Und die gesamte Natur hatte sich damit abgefunden … Die Kreatur gemahnte an die Wundersamkeit des Peryton, jenes geflügelten Hirschs, der den Schatten eines Menschen warf und die alten Mythen der Griechen durchstreifte. Welch Fügung, dass diese Kreatur uns hier auf dem Weg in die Zuflucht des Wächters begegnete! Ein weiteres Mal bot sich mir die Möglichkeit, meinem Herrn vor Augen zu führen, dass auch das andere seinen Platz in der Welt hatte …

Jonas ließ den Schattenschreiter, der kaum größer war als der Nagel seines kleinen Fingers, über seine Hand laufen. Er betrachtete den dürren Leib und seinen feisten Schatten, die so gar nicht zueinander passen wollten. Und er verstand, was sein Schatten ihm sagen wollte, ahnte im Angesicht dieses kleinen bräunlichen Insekts, dass es womöglich auch für ihn selbst einen Platz gab in der Welt.

Am Ende der Straße erhob sich schließlich auf einem Felsvorsprung das Haus des Wächters. Eine uralte Hütte aus groben, hölzernen Stämmen, die von Wind und Regen gezeichnet waren und in deren Ritzen dunkelgrünes Moos wuchs. Aus dem Schornstein quoll dichter Rauch, der im Himmel über der Hütte mit der Dämmerung verschmolz und eins mit dem Halbdunkel wurde. Um die Hütte herum stand ein windschiefer Zaun, auf dem in der Abenddämmerung ein gutes Dutzend Krähen hockte, die neugierig die Ankunft Jonas Mandelbrodts beobachteten.

Kurz bevor Jonas und Malachias jedoch den Zaun erreichten, flatterten sie auf. Vollkommen lautlos. Verwundert schaute der Junge ihnen nach. Und dann, als er sie über sich kreisen sah, begriff er: Dies waren keine gewöhnlichen Vögel. Sie bestanden ganz aus Schatten und waren aus dem Dunkel des Wächters geformt. Ohne jedes Geräusch zogen die Schattenkrähen ihre Kreise und flatterten wenig später davon.

Malachias öffnete das schwere, hölzerne Gartentor. Gerade wollte Jonas das Grundstück betreten, als sein Schatten ihn warnte. Doch es war zu spät. Aus der Dämmerung schossen drei riesenhafte schwarze Hunde hervor, stürzten sich auf ihn und rissen ihn zu Boden. Jonas spürte etwas auf seiner Haut. Es war ein eigentümliches Gefühl. Trocken, aber kühl. Er spürte die Zungen dreier Schattenhunde, die ihm über das Gesicht leckten, während ihre massigen schwarzen Körper ihn zu Boden drückten.

»Cerberus! Zurück. Sitz!« Die Hunde gehorchten Malachias aufs Wort. Augenblicklich ließen sie von dem Jungen ab. Und dann vernahm Jonas eine andere Stimme, die aus dem Dunkel der Hütte erklang und mit bloßem Ohr nicht zu hören war. Sie durchdrang die Dämmerung, durchdrang seinen Schatten, ließ ihn vibrieren und formte sich in seinem Inneren schließlich zu verständlichen Worten.

»Sie freuen sich nur über deine Ankunft, Jonas Mandelbrodt. Ebenso wie Malachias und ich. Aber du wirst mir verzeihen, dass ich dich nicht zu Boden werfe …«

Der Stimme haftete etwas Feierliches, Getragenes an. Und sie war wie keine, die Jonas je vernommen hatte. Weder in den Schatten noch in der Welt. Ihr Klang berührte ihn tief in seinem Inneren, und im gleichen Moment ergriff ihn eine unbestimmte Form von Ehrfurcht.

»Du musst keine Angst haben vor den Hunden. Sie sind ein Teil von mir und nur hier, um euch zu beschützen. Dich und natürlich auch deinen Schatten.«

Träge hoben die schwarzen Tiere den Blick und trotteten dann, als hätten sie einen stummen Ruf vernommen, durch die offene Tür in die Hütte. Aus ihrem Inneren drang wieder die unwirkliche Stimme: »Komm doch mit deinem Schatten herein, mein Junge, damit wir uns endlich kennenlernen können. Wir haben so vieles zu bereden, solange die Welt noch in ihren Angeln ruht …«

Malachias half Jonas auf. Der lauschte kurz in seinen eigenen Schatten hinein und schritt wenig später, nachdem der Alte ihn ermutigte hatte, langsam auf die Tür der Hütte zu. In seinem Rücken landeten die Schattenkrähen wieder auf dem Zaun und blickten ihm aus dunklen matten Augen nach. In Jonas Mandelbrodts Innerem brodelte eine Mischung aus Furcht und Neugier. So betrat er, gefolgt von seinem Schatten und dem Blick des alten Malachias, vorsichtig die Heimstatt des Wächters.

»Sei willkommen. Hier, an dem Ort, der dir bestimmt ist. Von wo aus du die Welt der Schatten und der Menschen entdecken wirst und wo sich am Ende alles entscheidet. Tritt ein, Jonas Mandelbrodt, und nimm an, wofür du geboren wurdest.«

Ein weiteres Mal sammelten sich die Mitglieder des Rates unten in der Höhle am Ende der Welt. Seit der Schatten begonnen hatte, den Jungen zu lehren, und das Eidolon entkommen war, war viel Zeit vergangen. Doch kein Ereignis in diesen Jahren hatte es nötig gemacht, so kurzfristig zusammenzukommen wie an diesem Tag. Sie alle hatten den Ruck gespürt, der durch die Schatten gegangen war. Sie wussten, dass das erste Siegel gebrochen worden und das Gleichgewicht ins Wanken geraten war. Heute würde der Bewahrer des Siegels von Saint Murebod im Angesicht der Seinen sein Versagen eingestehen und ihnen berichten, was in der Kirche vorgefallen war. Wer es war, der sich ihnen und der Ordnung der Dinge entgegenstellte.

Kaum dass die Finsternis im Inneren der Höhle sie alle aufgenommen hatte, erhob der Scharfzüngige das Wort. De Maesters Schatten klang geschwächt, seine Kraft schien gebrochen.

Er hatte seinen schwarzen Glanz verloren, und nur langsam gewann er inmitten des Rates wieder an Kraft.

»Er drang in die Kirche wie ein Sturm, wusste, wo das Siegel sich befand, und er zwang mich zuzusehen, wie er es brach …«

»Hat er sich zu erkennen geben?«, wollte der Alte wissen.

»Oh, nein. Er hielt sich verschlossen und zerriss zwei meiner Schatten, bevor ich ihn auch nur im Ansatz verletzen konnte. Und alles, was er davontrug, war eine Wunde in seiner Flanke. Aber für einen, der zu sehen vermag, ist er an dieser Wunde zu erkennen.«

»Womöglich hat er sich inzwischen geheilt«, gab der Schatten Mademoiselle Stinys zu bedenken, wohl wissend, dass dem tatsächlich so war. Sie spürte noch immer die Kräfte Jonas Mandelbrodts, welche die Wunde geschlossen hatten.

»Es ist kein verlässliches Merkmal …«, gab der Zyniker zu bedenken.

»Warum hat er dich nicht getötet?«, erklang nun die Stimme des Henkers in ihrer Mitte.

»Ich spürte seine Macht. Glaubt mir, er muss uns nicht töten, um uns zu besiegen. Es geht ihm nur um den Plan des Alchemisten. Er will das Eidolon seiner Bestimmung zuführen und Gott herausfordern. Nicht uns.« Die Stimme des Scharfzüngigen klang noch immer schwach im Dunkel.

»Mir wäre wohler, wenn wir wüssten, wer es ist«, ließ der Alte verlauten.

»Alles spricht für Ripley, der sich einen Wirt gesucht hat. Einen Menschen, der ihn beherbergt und den er beherrscht«, ergänzte mit bitterer Wut in der Stimme der Henker.

»Oder für den Italiener, der ihm den Weg ebnet, während er selbst sich irgendwo im Dunkel verbirgt …«, wandte der Zyniker leise ein.

»Was nun?«, wollte Stinys Schatten wissen.

Der Alte hatte diese Frage erwartet. Und nicht einmal er

selbst erachtete seine Antwort in diesem Moment als zufriedenstellend. »Wir können nicht mehr tun, als die Siegel zu schützen. Jeder das seine. Und hoffen, dass einer von uns ihn aufhalten kann.«

»Vielleicht hat er eine Schwachstelle«, wisperte de Maester.

»Vielleicht aber auch nicht«, meinte die Mademoiselle Stiny.

»Was ist mit diesem Jungen, dem Schattenschüler?«, richtete der Zyniker das Wort an den Henker, dessen Antwort nur zögerlich durch das Dunkel klang.

»Er ist entkommen. Doch nur, weil er Hilfe hatte. Ich fürchte, unser Gegner war auch hier anwesend. Ich war heute noch einmal dort, um meine Aufgabe zu vollenden, der Junge aber war fort. Ich habe in seiner Mutter und seinem Freund gelesen, doch sie wussten von nichts. Und es fand sich keine Spur von ihm in den Schatten. Irgendjemand hat seine Spuren verwischt und den Jungen getarnt. Jemand, der genau wusste, was er tat.«

»Ambrì. Er muss nach Ambrì geflohen sein!«, rief der Scharfzüngige matt aus.

»Und dieses Mädchen? Was ist mit ihr?«, drängte der Zyniker zu erfahren.

»Sie ist ebenfalls verschwunden«, wusste der Älteste zu berichten, »versteckt von einem Menschen. Weit weniger mächtig als der unbekannte Schatten, aber ein Eingeweihter. Die Schatten haben ihn gesehen. Doch auch er ist von einem Bann umgeben und nicht zu lesen für unsereins. Er muss im Bündnis mit einem Mächtigeren stehen, der ihn vor uns verbirgt.«

Nun drängten wieder de Maesters Worte in den Vordergrund: »Es ist der Gleiche, der das Eidolon aus seinem Kerker in Kutna Hora befreite. Ich habe mich außerhalb der Schatten umgesehen und die Bilder der Überwachungskameras des Museums bekommen. Und obwohl ich in Kutna Hora all meine Beziehungen spielen ließ, war nichts über den Fremden zu erfahren. Weder über die Fingerabdrücke noch die Bilder. Es scheint, als wäre er ein Phantom. Nur eines brachte ich doch in Erfahrung: Er trat schon früher in Erscheinung und müht sich seit Jahren, in die Geheimnisse der Schatten eingeweiht zu werden.«

Während die Worte des Scharfzüngigen noch in ihnen allen wirkten, wurde Mademoiselle Stiny von einem Schauder ergriffen, den sie nur mit Mühe vor den anderen verbergen konnte.

»Inzwischen scheint er jemanden gefunden zu haben, der sie ihm eröffnet. Sonst hätte er wohl kaum das Eidolon befreien und dieses Mädchen entführen können …«, flüsterte der Stille ins Dunkel.

»Es geht ihm nur um das Eidolon. Es ist in dem Mädchen«, berichtigte ihn der Schatten de Maesters.

»Der Junge verschwunden, das Mädchen verschwunden und das erste Siegel gebrochen. Wir scheinen unsere Aufgabe nicht allzu gut zu erfüllen …«, durchströmte der Hohn des Zynikers ihre gemeinsame Finsternis.

»Hunderte Jahre, in denen nichts geschah, und nun steht die Welt mit einem Mal im Begriff, unter unseren Augen zu zerbrechen.«

»Und wir sind hilflos wie der Schatten eines Neugeborenen.« Hierin war das Dunkel sich einig. Wer immer hinter diesen Geschehnissen steckte, sein Schatten war derart mächtig, dass er dem des Rates trotzen konnte.

»Ihr solltet den Wächter aufsuchen, Meister. Wenn er den Jungen vor uns verbirgt, wird er Gründe haben«, regte de Maester den Ältesten an.

»Außerdem ist er der Ursprung aller Unruhe, die in den Schatten rumort. Er hat Ripleys Schatten befreit. Er weiß, was vor sich geht«, ergänzte der Schatten der Stiny, bestrebt, einen Plan voranzutreiben, dessen Ausmaß der übrige Rat noch nicht einmal erahnte.

Der Älteste wusste, dass die Stimmen im Inneren des ihn umgebenden Dunkels recht hatten. Um Klarheit über die gegenwärtigen Vorkommnisse zu gewinnen, würde er den Schatten des Engels treffen müssen. Allen Zwistigkeiten der Vergangenheit zum Trotz.

»Ich werde es versuchen. In der Hoffnung, dass er nach all der Zeit noch bereit ist, mir zuzuhören …«

Dies waren die letzten Worte, die in den Schatten am Ende der Welt inmitten des Rates erklangen. Und keiner von ihnen konnte ahnen, dass es das letzte Mal war, das ihre Schatten hier vollzählig zusammengekommen waren …

Während Jonas die Zuflucht des Wächters erreichte und der Schattenrat am Ende der Welt auseinanderging, saß der, den sie nicht ausfindig machen konnten, irgendwo inmitten der mexikanischen Wüste im Hinterzimmer seines einstmals blauen Holzhauses über seinen Büchern.

Seit dem Vorfall mit dem Hund vor knapp zwei Monaten war wenig geschehen. Er hatte die Leichen in den Keller geschafft, den Körper des Eidolons gefüttert, weitere Bücher von seinem Meister bekommen und lernte eifrig. Sein Ehrgeiz, sich des großen Vertrauens würdig zu erweisen, war ungebrochen. Und er würde so lange an sich arbeiten, bis er selbst Beherrscher der Schatten war. Er würde die Makel seiner Vergangenheit abschütteln und schließlich an der Seite seines Meisters das Erbe des Alchemisten antreten. Denn dafür hatte der Unbekannte ihn auserwählt. Dessen war er sich sicher. Und wenn es so weit war, würde er bereit sein.

Eifrig studierte Cassus, der den Namen in seinem Nacken lügen strafen wollte, im Schein einer Petroleumlampe die alten Schriften der Schattengelehrten. Den gesamten Strom des Generators verbrauchte das Gefängnis des Eidolons im Keller. Hier oben aber brauchte er ohnehin nicht viel Licht. Zumal die altertümliche Lampe eine Vielzahl unruhiger Schatten schuf, die ihm gerade recht kamen. In einem Winkel des Zimmers verwahrte er einige von ihnen, mit denen er spielte, wenn ihm danach war. Er erprobte die Lektionen aus den Büchern, verknotete die Schatten, spaltete sie, ließ sie wachsen oder mit seinem eigenen Abbild verschmelzen. Und dabei machte er gute Fortschritte. Wenn er weiter in diesem Tempo vorankam, würde sein Meister ihm womöglich irgendwann einmal erlauben, einen Blick in die *Alchimia Umbrarum*, die höchste Bibel der Schattenkundigen, zu werfen, deren letztes verbliebenes Exemplar sich im Dunkel des Rates vor der Welt verbarg.

Cassus legte Ripleys Chronik beiseite und zog das *Schemenrequiem* hervor, überflog seine Notizen, betrachtete das Schattenknäuel in der Ecke des Raumes und überlegte, was er als Nächstes wagen sollte. Sein Wille und sein Ehrgeiz kannten keine Grenzen. Mit Hilfe seines Meister würde es ihm gelingen, der beste Schattenmagier zu werden, den es je gegeben hatte …

Und ebendas war tatsächlich der Plan Mademoiselle Stinys. Sie wollte Cassus' Schatten mit der Gesamtheit des geheimen Wissens der Schatten anfüllen, so vollkommen, wie es sich zuvor noch in keinem anderen gefunden hatte.

Ohne dass Cassus es bemerkte, drang der Schatten von Erzsebet Stiny auf das Gelände, an den Katzenschädeln vorbei und unter dem Zaun hindurch. Er floss über den Boden, glitt durch die Lichtkegel der rostigen Laternen, suchte die Umgebung nach Informationen, Geheimnissen und den Geschichten dieses Ortes ab. Schließlich fand er eine Patronenhülse, in deren Schatten er die vergangenen Vorkommnisse las. Er erfuhr von dem Hund, seinem Besitzer und darüber, wie beide zu Tode gekommen waren. Cassus hatte sich in all den Jahren nicht verändert. Er verhielt sich so, wie die Stiny es erwartet hatte, und benutzte seine neu gewonnene Macht unbedacht. Er war nicht in der Lage, das Wissen, das sie ihm überlassen hatte, richtig einzusetzen. Sie verstand, warum Jonas Mandelbrodt von dessen Schatten zum Schüler auserwählt worden war, denn er war ihm ein weit besserer als Cassus ihr. Doch das spielte keine Rolle. Wichtig war nur, dass Cassus, der Mann mit der Silberrandbrille, jenes Wissen nun besaß. Wie er es nutzte, war unwichtig. Denn er würde es ohnehin bald weitergeben …

Mademoiselle Stinys Schatten glitt weiter, auf das Haus zu. Vor der Schwelle zögerte er einen Moment, floss dann in Richtung eines Kellerfensters und verschwand schließlich im matten Widerschein der beiden rostigen Laternen unter den verzogenen Stufen der Veranda. Der Keller, in den er drang, war vom Licht des Würfels erfüllt, so dass er sich, um nicht geschwächt zu werden, an den Wänden entlang und durch Ritzen und Spalten bewegen musste. Die Stiny spürte das Eidolon bereits hinter den mit Glühlampen bestückten Gestellen und den milchig blassen Kunststoffplatten im Inneren jenes Gefängnisses aus Licht. So viele Jahre, so unendlich lange hatte sie darauf gewartet, ihm zu begegnen. Seit sie die Aufzeichnungen des Italieners gefunden und seinem Weg in die Schatten gefolgt war. Oh, und wie nahe war sie dem Eidolon bereits gewesen, als sie an Cassus' Füßen in das Museum in Kutna Hora hinabgestiegen war … Der Narr hatte es fallen lassen, so dass es noch einmal entkommen war. Cassus war seit seiner Geburt unnütz gewesen. Jetzt erst, am Ende seines Lebens, würde er einen Sinn bekommen, und sie würde ihn doch nicht ganz umsonst geboren haben. Heute würde es sich auszahlen, dass sie so viele Jahre lang ihre Kraft darauf verwendet hatte, ihn vor den Blicken des Rates zu verbergen.

Der Vorfall in Kutna Hora hatte sie Jahre gekostet. Doch alles hatte sich zum Guten gewendet. Denn das Eidolon hatte seinen vorgezeichneten Weg eingeschlagen, hatte sich ohne Anleitung einen Körper erobert, genauso wie Ripleys Plan es vorgesehen hatte … Und letztendlich hatte der Taugenichts Cassus es doch wieder in seine Gewalt gebracht. Nun saß es hier unten, irgendwo in der Wüste, gefangen in einem Kubus aus Licht. Wie sehr hatten die Dinge sich doch verändert, seit ehrwürdige Schattenschnitzer wie Ripley und der Italiener einst den Gesetzen des Dunkels nachgespürt hatten. Nun war es die Technik, die der Magie die Stirn bot …

Aber auch diese Technik hatte ihre Grenzen. Der Schatten wusste, was zu tun war. Er glitt durch die Risse in der hölzernen Wandverschalung, hinüber zur Tür, die in den dunklen Flur führte und die sein Handlanger mit zwei massiven Vorhängeschlössern gesichert hatte, unter ihr hindurch und zu dem summenden Generator hinüber. Mademoiselle Stiny umfuhr ihn, versuchte sich zu manifestieren. Das aber ließen die Bannzeichen nicht zu. Kein Schatten würde in dem Bereich zwischen den Schädeln Gestalt annehmen können. Nicht einmal sie. Ein Großteil der Schattenmagie war hier unmöglich. Auf ihr Geheiß hin hatte Cassus der Magie gerade so viel Raum gelassen, dass das Eidolon keinen Schaden nahm und sie ihn hier ungehindert aufsuchen konnte. Doch auch das bisschen, was möglich blieb, würde ausreichen.

Ihr Schatten glitt weiter durch das Zwielicht, ließ den Generator hinter sich und drang tiefer in den Flur. Bis hin zur Treppe, unter der eine verzogene Tür in eine kleine Kammer führte. Dort erspürte Mademoiselle Stinys Schatten im Dunkel das, was er suchte.

Kurz darauf begann sich in jener Kammer unter der Treppe die Leiche des zahnlosen Tagelöhners zu regen. Von der Kraft des Schattens erfüllt, stemmte er sich ein letztes Mal Verwesung und Vergänglichkeit entgegen, schob den über ihm liegenden Kadaver seines Hundes beiseite und richtete sich langsam auf. Kalk löste sich von seinem Körper, dem blutverklebten Overall und dem löchrigen Holzfällerhemd, rieselte zu Boden und hinterließ eine dünne, weiße Spur, als er unbeholfen aus der Kammer kletterte und im wenigen Licht, das durch den Türspalt fiel, ungelenk den Flur hinab und in Richtung des summenden Generators wankte.

Wenige Schritte später streckte der Tote die Hand nach dem Stromschalter aus. Das Summen erstarb, und der Schatten der Mademoiselle Stiny überließ den Körper wieder dem Tod. Beinahe lautlos sackte er neben dem Gerät zusammen.

Im ersten Augenblick, als das Licht im Inneren des Würfels erstarb, stutzte das Eidolon. Von einem Moment auf den anderen war es von wohltuendem Dunkel umgeben. Sollte sein Entführer tatsächlich einen Fehler begangen haben? Oder war es womöglich eine Falle? Es spielte mit dem Gedanken, seinen Wirt für einen Moment zu verlassen. Aber was, wenn der kleine Körper es nicht aushielt und nicht überlebte? Das Eidolon wusste nicht, wie lange es brauchen würde, einen neuen Körper zu finden und unter seine Kontrolle zu bringen. Zumal Menschen nur langsam wuchsen … Es zögerte. Und dann spürte es mit einem Mal, dass es nicht mehr allein war. Irgendetwas war ins Innere des Würfels gedrungen. Ein fremder Schatten, der es umfloss und abtastete. Und dann vernahm das Eidolon aus ihm heraus die Stimme einer Frau.

»Du hast dich gut entwickelt und eine ausgezeichnete Wahl getroffen, wie mir scheint. Ein kleines Mädchen. Als hätte dich der Genius des Alchemisten selbst geleitet. Dieser Körper ist vortrefflich geeignet. Die Menschen lieben ihn. Und sie werden nicht wagen, ihn zu zerstören, weil womöglich etwas Gefährliches darin nistet …«

Das Eidolon bemerkte keine Feindseligkeit in den Worten der Fremden. Aus ihnen klangen nur Staunen und Bewunderung. Und zum ersten Mal, seit es in Freiheit war, versuchte das Eidolon sich an der Sprache der Schatten und nahm Kontakt zu einem auf, dem es zumindest ähnlich war …

»Wer … bist … du?«

»Wir haben keine Zeit, deine Fragen zu beantworten. Wenn er bemerkt, dass du nicht mehr im Licht gefangen bist, wird er herkommen. Aber ich habe einen Plan. Ich habe den Mann, der dich entführte, geschaffen, um ihn mit Wissen anzufüllen. Ich habe ihn mit den Rätseln der Schatten gemästet und für deine Ankunft vorbereitet.«

»Was … soll … ich … tun?«

»Er wird sterben müssen. Sein Schatten wird der deine werden, und dann bringe ich dich an einen Ort, wo du sicher bist.«

»Wie … willst du … das machen?«

»Ich habe Möglichkeiten. Ich habe das Wissen deiner Schöpfer studiert und beherrsche die Schatten wie sie. Ich habe dem Vater dieses Mädchens einen Traum gesandt und ihn wissen lassen, wo wir sind. Er ist gewiss schon auf dem Weg hierher, um dich zu holen. Er wird dich an einen fernen Ort in einem anderen Land bringen. Einen Ort, an dem die Schatten sicher sind.«

»Er … wird … mich … nicht … fortlassen.«

Das Eidolon wusste um den Wert Marias für ihren Vater. Sie war sein persönliches Wunder, und er betrachtete es als seine Berufung, dieses Wunder in Gold zu verwandeln. Für ihn war sie ein Zeichen dafür, dass Gott ihm verzieh, was er sonst tat. Maria war seine persönliche Vergebung. Er würde kommen, um sie zu befreien. Um sein Wunder zurückzubekommen. Gehen lassen aber würde er sie erst, wenn sie kein Wunder mehr darstellte … Und das wusste auch Madame Stiny.

»Sorge dich nicht, es ist für alles gesorgt. Doch uns bleibt nicht viel Zeit. Ich habe nicht mehr viel Kraft, denn ich habe bereits den Jungen gerettet und das erste Siegel gebrochen, um uns den Weg zu ebnen. Wir müssen uns beeilen …«

Wohltuende Dunkelheit durchströmte den kindlichen Körper und ließ das Eidolon in seinem Inneren erstarken. Die Bannzeichen auf dem Gelände scherten es nicht, denn es war aus einem anderen Dunkel geschaffen als die üblichen Schatten. Diesen Körper aber wollte es nicht aufgeben. Und so blieb das Eidolon in Maria. Beinahe als ob es wüsste, dass diese Form die einzige war, mit deren Hilfe es sein unheiliges Ziel würde erreichen können. Und so ließ es seine neu gewonnene Kraft in die kleinen unbeholfenen Finger fließen und begann seine Fesseln zu lösen, um zu tun, was Erzsebet Stiny ihm aufgetragen hatte.

Beinahe lautlos huschte das Eidolon im Körper des Kindes die Treppe hinauf und aus der einstmals blauen Hütte. Im unruhigen Schein der Petroleumlampe war sein Peiniger zu tief in die Schattenschriften versunken, als dass er den Ausfall des Generators bemerkt hätte. Maria tapste durch das morgendliche Zwielicht. Am Zaun entlang, von einem Katzenschädel zum nächsten, die sie, einen nach dem anderen, herabzerrte, um sie zu zerbrechen. Und mit jedem weiteren Bannzeichen, dessen Kraft erlosch, gewann der Schatten Erzsebet Stinys im Inneren der Hütte an Kraft, bis er schließlich über die Schwelle in das Zimmer glitt, in dem ihr Sohn über seinen Büchern brütete. Sie floss über den Boden. »Und nun bin ich gekommen, um zu ernten.«

In diesem Moment begriff Cassus. Es ging nicht um ihn selbst, das war es nie. Sie war gekommen, um seinen Schatten zu holen. Jetzt versuchte er, sich zu wehren, doch zu eng lagen die Schatten um seine Glieder. Verzweifelt wand er sich auf seinem Stuhl, und dann sah er *sie*.

Maria stand in der Tür und musterte ihn mit einem kalten Blick aus ihren tiefschwarzen Augen.

»Sei stolz, mein Sohn, denn du wirst einem größeren Zweck dienen, als du dir je erträumt hast«, flüsterte Erzsebets Stimme in seinem Kopf.

Dann trat Maria an den Tisch, ließ ihren Blick über die Bücher schweifen, griff nach dem dunkel schimmernden Schattenspalter und beugte sich zu Cassus' Füßen hinab.

Don Inigo Hidalgo hatte sich mit einem Dutzend seiner Männer auf den Weg in die mexikanische Wüste gemacht.

Seinen Ratgeber Ruiz, dem er seit der Entführung seiner Tochter nicht mehr recht traute, hatte er auf der Hacienda zurückgelassen. Und auch er selbst wäre gerne dort geblieben. Es widerte ihn an, in die Nähe von Yucca Verde zurückkehren zu müssen und an die Armut erinnert zu werden, der er entstammte. Sie waren mit zwei protzigen Lowridern und einem Landrover gekommen. Eskortiert von den Grenzbeamten, die sie im Rahmen des Drogenschmuggels schmierten. Sie waren bis an die Zähne bewaffnet. Mit abgesägten Schrotflinten, Macheten und Maschinenpistolen.

Im Traum hatte die Stimme eines Engels zu Inigo gesprochen und ihm den Ort gezeigt, an dem der Entführer seine Tochter gefangen hielt. Und dann noch einen zweiten, an den er sie bringen sollte, sobald er Maria befreit hatte. Den zweiten Teil seines Traumes hatte er seinen Männern jedoch verschwiegen und sich genau genommen sogar Mühe gegeben, ihn, soweit es ging, selbst zu verdrängen.

Die Wagen donnerten über die Wüstenstraße. Sie waren bereits die halbe Nacht unterwegs und wirbelten Sand in der Finsternis auf. Die Geschwindigkeitsbegrenzung scherte sie nicht. Niemand würde sie aufhalten, weder die Polizei noch irgendjemand sonst. Nicht hier, wo man Inigo Hidalgo kannte und wusste, was er mit Leuten tat, die sich ihm den Weg stellten.

Hidalgo saß auf dem Beifahrersitz des Landrovers. Sein schwarzes, kurzärmliges Hemd mit dem Flammenaufdruck glänzte vor Schweiß. Die meiste Zeit über schwieg er und malte sich aus, was er mit dem Entführer seiner Tochter tun würde. Wobei Maria mehr war als nur seine Tochter. Sie war sein Kapital. Und wenn der Entführer das beschädigt hatte, würde er ihn mehr als bloß umbringen. Mit grimmigem Blick polierte Don Inigo seinen goldenen Revolver. Oh ja, er würde dem Bastard geben, was er verdiente. Bis sein beschissenes Magazin, gottverdammt noch einmal, leer war …

Er wies seinem Fahrer den Weg aus seinem Traum, die anderen Wagen folgten. Es würde nicht mehr lange dauern, bis er Maria wieder nach Hause bringen könnte, zurück in den Tempel. Dies war eine Prüfung, die Gott ihm auferlegt hatte. Andächtig küsste er seinen goldglänzenden Revolver und schob ihn in sein Schulterholster. Dann zog er einen Rosenkranz hervor und begann zur Santisima Muerte dafür zu beten, dass es seiner Tochter gutging.

Es gelang ihm, diesen vier Mal zu beten, bevor Cassus' Anwesen in Sicht kam. Sie sahen es bereits aus der Ferne. Das Haus brannte lichterloh. Das Blaulicht von Feuerwehr und Polizei mischte sich mit dem Licht der Flammen und erhellte die Nacht. Den Widerschein des Feuers hatten sie schon länger gesehen, in dem Moment aber, da er begriff, dass es der Ort aus seinem Traum war, der dort brannte, zeichnete sich in Don Inigo Hidalgos Gesicht blankes Entsetzen ab. Außer sich befahl er seinem Fahrer, zu beschleunigen.

Kurz darauf kam der Landrover zwischen zwei Löschfahrzeugen zum Stehen. Schon sprang Hidalgo aus dem Wagen und rannte, ohne sich umzusehen, auf die Reste des brennenden Hauses zu. Einige Feuerwehrleute wollten ihn aufhalten. Er stieß sie einfach beiseite und hastete weiter. So weit, wie es das Feuer zuließ. Doch wenige Meter vor der Hütte wurde die Hitze unerträglich. Don Inigo musste erkennen, dass nichts mehr zu retten war. Das Haus war beinahe völlig niedergebrannt. Die Reste der Balken glommen rot, in der Glut konnte er eine verkohlte Laterne und die Überreste einiger Bücher erkennen. Inigo Hidalgo brach in die Knie, schlug die Hände vors Gesicht und begann zu schluchzen. Er konnte es nicht glauben. Sollte dies das Ende sein? Wollte Gott ihn wirklich ohne ein Zeichen seiner Gnade dem Drogenhandel überlassen?

Und da hörte er plötzlich leise die Stimme seiner Tochter in seinem Rücken.

»Papa?«

Ungläubig fuhr er herum und blickte auf das Kind, das mit wirren Haaren und einer Decke um die Schultern neben einem Feuerwehrmann stand. Mit großen Augen starrte sie ihn an. Hinter ihr und dem Feuerwehrmann sah Hidalgo zwei verkohlte Leichen, die gerade von einigen Polizeibeamten in Plastiksäcke verpackt wurden. Dann aber zuckte sein Blick wieder zu Maria. Ihre Haare waren angesengt, ihre Haut schwarz von Ruß. Hidalgo rappelte sich auf und stürmte auf sie zu. Noch bevor er das Kind in seine Arme schließen konnte, stutzte er. Denn im Schein der Fackeln konnte er deutlich den Schatten seiner Tochter erkennen. *Maria besaß einen Schatten.*

Als er seine Tochter schließlich umarmte, war für Don Inigo Hidalgo eine Welt zusammengebrochen.

Gott hatte sich von ihm abgewandt.

John Dee
ALCHIMIA UMBRARUM
(1604)

Kapitel XXIII
(Seite 264 f.)

VOM WÄCHTER

Ein einziger wahrhafter Schatten aber existiert in unserer sündigen Welt, der nicht hineingehört. Denn er ist, was blieb von jenem, der einst alles erschuf. Kaum einer, nicht einmal von den Gelehrten und Religionskundigen, vermag zu sagen, seit wann Gott unsere Welt verlassen hat. Dass er aber fort ist, darin sind Kirche und Wissenschaft sich einig. Allein sein Statthalter in Rom ist den Gläubigen geblieben. Er und jener Schatten, von dem in diesem Abschnitt die Rede sein soll.

Letzterer ist der Schatten eines Engels, das einzig verbliebene wahrhafte Zeugnis Gottes auf Erden. Aus sich selbst heraus erschuf er die Ordnung der Engel, sie alle schwanden mit ihm. Bis auf den Schatten dieses einen, der in den Bergen thront und sich eine Zuflucht errichtete, in der er allein über die Schatten gebietet. Dort wacht er über den Willen Gottes, den keiner kennt wie er, denn als Einziger auf Erden hat er den Schatten des Herrn gespürt.

Der Name seiner Zuflucht ist Ambrì, und sein Wort ist dort Gesetz. Und drängt es einen, den Willen Gottes zu erfahren, begibt er sich in jene Berge, den Wächter zu befragen …

10.

Life is gonna be we-wow-whee!
For my shadow and me!
Frank Sinatra
(1915–1998)
In *Me and my Shadow*

Während der Ort selbst im Schatten der Berge blieb, sah man von Ambrì aus in der Ferne die Sonne aufgehen. Jonas Mandelbrodt saß neben Malachias auf der Schwelle der Hütte und beobachtete die Schattenkrähen, die über ihnen ihre Kreise zogen. Während der letzten Monate war dieser Ort ein Zuhause für ihn geworden.

Jeden Tag hatte Jonas unter dem strengen Blick des alten Malachias gelernt. Im Körper des Alten hatte der Schatten des Engels Jonas bald größere Geheimnisse offenbart als sein eigener Schatten zuvor – wie er sich vor den Schatten verbergen, sich in ihnen bewegen, ja in ihnen reisen konnte. Der Wächter bediente sich Malachias' Körper aus Rücksicht, weil Jonas es noch nicht gewohnt war, ausschließlich in den Schatten zu reden, und noch immer an die Welt der Körper glaubte. Der Junge fühlte sich wohl. Er blickte zur Sonne, deren Strahlen den Ort doch nicht erreichen würden. Denn hier herrschten die Schatten.

Jonas Mandelbrodt genoss das Vertrauen des Wächters und konnte sich in Ambrì uneingeschränkt bewegen. Nur in den Keller der

Hütte ließ der Engel ihn nicht. Dort unten, am Ende der Stufen, erhob sich eine Wand aus undurchdringlichem Dunkel, so massiv und schwarz, dass nicht einmal die Ahnung eines Gedankens sie durchdrang.

Neben der Hütte sah Jonas die Schattenhunde aus dem Dunkel wachsen, deren Schwarz sich leicht gegen das der gewöhnlichen Schatten abhob. Schemen inmitten von Schemen, deren finsteres Fell sich in das Dunkel sträubte. Er sah sie umherstreunen und musste an den alten Argos denken. Und auch an seinen Freund Norman. Nachdenklich schlug Jonas die Augen nieder und wusste dabei, dass er unter den Menschen nie unbeschwert würde leben können. Es war seine Bestimmung, im Dunkel zu bleiben. Von einem Moment auf den anderen war alle Fröhlichkeit von ihm gewichen.

Ebenso wie Malachias spürte auch Jonas' Schatten die Traurigkeit seines Herrn. Und er begann zu zweifeln. Daran, ob es recht gewesen war, den Jungen in die Welt der Schatten mitzunehmen und ihn so um seine Kindheit zu betrügen. Die Schwermut seines kindlichen Herrn war die eines alten Mannes und hätte eher zu Malachias gepasst. Vielleicht war es zu früh gewesen. Vielleicht hätte er Jonas all die großen Geheimnisse erst im rechten Alter offenbaren sollen. Wenn der Junge bereits ein eigenes Leben und eine Wahl gehabt hätte. So aber war Jonas Mandelbrodt ein Teil der Schatten geworden, ohne dass er jemals hatte Mensch werden können.

Hätte ich nur ahnen können, was ich später wusste, ich hätte meinen Herrn verlassen. Ich wäre gegangen und wäre lieber für den Rest meines Daseins verflucht und ein herrenloser Schatten in einer unwirtlichen Welt gewesen als das, was ich schlussendlich wurde. Wäre ich mir nicht selbst verborgen gewesen, ich hätte mich von seinen Füßen gerissen, wäre davongeglitten und hätte mich bis ans Ende aller Zeiten vor diesem

Jungen verborgen. Doch ich ahnte nichts, gefangen im Hier und Jetzt am Fuße meines Herrn. Und auch wenn seine Einsamkeit mich tief in meinem eigenen Dunkel schmerzte, so war sie doch nichts verglichen mit dem Leid, das ich noch über ihn bringen würde.

Kurz darauf glitt der Schatten des Engels aus der Hütte, legte sich über Jonas Mandelbrodt und vertrieb seine trüben Gedanken mit tonlosem Flügelrauschen. Malachias lächelte. Der Wächter verzichtete darauf, in ihn zu fahren, als er mit seiner erhabenen Stimme die Schatten vibrieren ließ: »Ich werde Ambrì verlassen, um mich mit jemandem zu treffen, Jonas.«

»Wer ist es, den Ihr treffen werdet? Geht es um die Siegel? Um Ripley, den Rat und das Eidolon?«

Der Junge hatte sich angewöhnt, den Engel in antiquiert ehrfürchtiger Manier anzusprechen, wie es einem Geschöpf, das so alt war wie die Welt, seines Erachtens gebührte.

Der Engel zögerte. Die Krähen verharrten in der Luft, die Hunde hielten inne, und ihre Blicke richteten sich auf den, aus dem sie stammten, als dieser antwortete: »Ich werde den Ältesten des Rates treffen. Er sieht das Gleichgewicht gefährdet und drängt darauf, meine Rolle in diesen Dingen zu verstehen. Er weiß, dass ich dich hier verstecke, und ahnt wohl auch, dass du nicht mehr lange allein sein wirst.«

Die Worte des Wächters klangen in Jonas nach. »Wie meint Ihr das, ich werde hier nicht mehr lange allein sein?«

»Das Mädchen. Es wird auch hierherkommen.«

»Das Mädchen ohne Schatten? Carmen Maria Dolores Hidalgo?«

Jonas frohlockte innerlich. Endlich würde er Gelegenheit bekommen, sie kennenzulernen. Maria, die wie er dazu verdammt war, ihres Schattens wegen ein Leben im Abseits zu führen. Sein Herz schlug schneller, als er an sie dachte.

»Ebenjene. Sie wird kommen. Zunächst aber sind andere Dinge wichtiger. Ich möchte, dass du mich begleitest, wenn ich den Ältesten treffe.«

»Aber warum? Kann ich nicht einfach hier auf sie warten …«

»Nein. Es ist wichtig, dass du begreifst, was vor sich geht. Dass du die Menschen, die Schatten, den Rat verstehen lernst. Nur so wirst du am Ende tun können, wofür du bestimmt bist. Maria wird dich hier erwarten, wenn wir zurückkehren. Vertrau mir.«

Jonas nickte mürrisch. Das war die Antwort, die er stets bekam, wenn er mehr über die Pläne der Schatten und sein eigenes Schicksal zu erfahren versuchte. Mit hängendem Kopf folgte er dem Wächter in die Hütte. Malachias schaute ihnen schweigend hinterher.

Im Inneren bedeutete der Schatten des Engels Jonas nun, sich in den Sessel am Fenster zu setzen.

»Es ist an der Zeit, dass du deinen Körper überwinden lernst, Jonas Mandelbodt.«

Kaum dass der Angesprochene sich in den alten Ohrensessel neben dem Fenster gesetzt hatte, legte der Wächter sich über ihn. Der Junge spürte den aufkommenden Sog, nahm wahr, wie der Schatten des Engels seinen eigenen verschluckte und wie der Sog stärker wurde und an ihm zu zerren begann.

»Dein Wesen wird sich mit meinem Dunkel mischen, und gemeinsam werden wir durch die Welt reisen. Frei von den Grenzen der Körperlichkeit und der Vernunft.«

Der Junge schloss die Augen, öffnete sich der fremden Kraft. Und dann verschwand sein Selbst im Inneren des Wächters. Aus seinem Schatten heraus blickte Jonas noch einmal auf seinen Körper, im Sessel neben dem Fenster. Es war ein sonderbares Gefühl, sich selbst so leer zu sehen. Im nächsten Moment aber trat der Wächter gemeinsam mit ihm aus der Tür, breitete seine Schwingen aus und erhob sich in die Luft.

Jonas Mandelbrodt reiste im Schatten des Engels.

In schwindelnder Höhe schossen sie unter stummem Flügelschlag über den Himmel. Unter sich, in unendlicher Ferne, fühlte der Junge die Welt. Er nahm sie mit anderen Sinnen wahr, sah sie mit den Augen eines Schattens.

Der Wächter durchmaß die Wolken, verdunkelte den Himmel und bahnte sich seinen Weg durch wilde Vogelschwärme. Bis der Schatten des Engels schließlich im Licht der Abenddämmerung über London zur Landung ansetzte und Jonas ein weiteres Mal seine Stimme in sich vibrieren hörte.

»Bevor wir dem Ältesten begegnen, möchte ich, dass du noch etwas anderes siehst.«

Langsam senkten sie sich über der Themse hinab und folgten dem Lauf des Flusses. Dämmerung wucherte über die Stadt. Big Ben schlug acht, und langsam wich der Schatten des Clocktowers auf dem Fluss dem gleichmäßigen Dunkel des Abends, gegen das der Schatten des Engels sich sachte abhob.

»Gleich, Jonas, wirst du eines der Siegel erblicken. Es liegt hier, hinter den Mauern dieser Stadt. Und du solltest es sehen, bevor es bricht.«

Jonas stutzte.

»Bevor es bricht?«

»Oh ja. Es hat bereits begonnen. Das erste Siegel wurde bereits zerstört. Bald wird auch dieses gebrochen werden. Erst Frankreich. Nun England. Die alten alchemistischen Hochburgen Europas. Mit jedem weiteren schwindet die Macht des Rates, und mit ihm die Ordnung der Dinge. Und ich will, dass du die Zusammenhänge verstehst, bevor sie sich ändern …«

Der Schatten des Engels schwebte nun direkt über den Häusern. Unter sich konnte Jonas Menschen erkennen, die versuchten, das Dunkel aus den hell erleuchteten Straßen zu verbannen und die Stadt am Schlafen zu hindern. Geschäftig irrten sie im Widerschein der Neonreklamen umher, und es schien für sie keinen Unterschied mehr zwischen Tag und Nacht zu geben. Die ganze Stadt war hell erleuchtet und schien dabei das Licht weit mehr zu lieben als die Schatten.

Wenig später legte der Schatten des Engels sich über grobes Kopfsteinpflaster. Er war im Südwesten Londons auf einem kleinen, von alten Häusern umgebenen Platz im Zentrum des Stadtteiles Fulham gelandet. Und Jonas, der im Dunkel inzwischen weit mehr wahrnahm als früher, spürte die Nähe mächtiger Schatten. Es war beinahe wie damals, als er und sein Schatten Mademoiselle Stiny begegnet waren. Doch da war auch noch etwas anderes. Etwas Neues. Das vage Gefühl einer starren, in der Dunkelheit gebündelten Kraft. Das musste das Siegel sein ...

Der Platz, auf dem Jonas und der Wächter sich wieder mit dem Boden verbanden, grenzte an einen alten Friedhof und war von rostigen Laternen umstanden, die vor langer Zeit einmal mit Gas betrieben worden waren. Ihr schwaches, inzwischen elektrisches Licht spiegelte sich auf dem unebenen Pflaster und beschien in einiger Entfernung einen grauen VW-Transporter, der vor der Friedhofsmauer parkte. Der Wagen war umgebaut und sein Seitenteil mit zwei großflächigen Schiebetüren versehen worden, die beide in diesem Moment weit offen standen. Und auf den Türen, über dem Bild eines stilisierten Harlekins im Jugendstil, stand in geschwungenen Buchstaben: *Skuggas Shadow Theatre*.

Zwischen den Türen war eine Leinwand aufgespannt, auf die ein warmes Licht die unruhigen Schatten seltsamer Figuren warf, denen der ominöse Skugga Leben einhauchte.

Vor dem Wagen hockte auf hölzernen Kisten und verzogenen Klappstühlen ein halbes Dutzend abgerissener Kinder in schmutzigen Kleidern. Überwiegend Jungen, mit laufenden Nasen, wundgescheuerten Knien und verklebten Haaren. Burschen aus der Gegend, deren Eltern weder Arbeit noch Zeit hatten, sich um ihre Kinder zu kümmern. Tagsüber zogen sie auf der Suche nach möglichen Opfern in kleinen Gruppen durch die verwinkelten Gassen. Dreiste Taschendiebe, die keine andere Chance hatten, als sich ihren Lebensunterhalt zu erbetteln oder zu stehlen. Die meisten von ihnen wurden regelmäßig festgenommen, aber schnell wieder auf freien Fuß gesetzt, weil sie minderjährig waren. Unter den Kindern waren auch zwei Mädchen mit langen Haaren und verschlagenen Gesichtern. Sie waren wie Erwachsene geschminkt und sprachen ungern darüber, wie sie in den Straßen ihr Geld verdienten.

Hier aber, in diesem Moment, als sie dort vor dem Lieferwagen des Schattenspielers saßen, waren sie allesamt Kinder. Und für einen kurzen Moment hatten sie sogar die Cineplex Kinos und Plasmafernseher vergessen, von denen sie gewöhnlich träumten. Stattdessen lachten sie laut über die seltsamen Figuren auf der Schattenleinwand: hässliche Monster, ein mächtiger Zauberer und sogar eine hübsche Prinzessin, deren Konturen sich scharf auf dem hellen Stoff abbildeten. Sie alle bewegten sich, schienen dabei wie von einem eigenen Leben erfüllt, und ihre Schlichtheit reichte aus, die Augen dieser Kinder, allen Widrigkeiten der Gosse zum Trotz, zum Leuchten zu bringen.

Hinter der Leinwand war der Schattenspieler zu hören. Er besaß eine eigentümlich respektlose Stimme. Was immer er sagte, so schien sie dabei von einem unterschwelligen Lachen erfüllt. Und dennoch gelang es ihm damit, jedem Schatten eine eigene Stimme zu verleihen.

Während er die Schatten tanzen ließ, entging Skugga trotzdem nicht, dass der Schatten des Engels auf dem Platz gelandet war. Er war nicht verwundert; in Zeiten wie diesen geschah vieles, das zuvor unmöglich geschienen hatte. Und wenn dieser Tage jemand durch die Welt streifte und die Siegel des Rates brach, dann war es auch möglich, dass der Wächter Ambrì verlassen hatte …

Eilig brachte der Schattenspieler sein Stück zu Ende. Er liebte es, die Menschen mit seinem Schattenspiel zu berühren, zum Nachdenken oder zum Lachen zu bringen. Und dafür brauchte er weder Puppen noch Figuren. Denn auch wenn das, was er tat, von der anderen Seite der Leinwand wie gewöhnliches Schattenspiel aussah, formte Skugga die Figuren doch allein aus seinem eigenen Schatten. Er löste sie aus sich heraus, verformte sie, gab ihnen jede Gestalt, die er wollte, und warf sie schließlich auf die Leinwand. Er war der König der Schattenspieler und spielte mit ihnen, wie es wohl kein anderer seiner Zunft jemals getan hatte.

Keiner seiner Zuschauer ahnte, dass er seine Figuren in Wirklichkeit mit Magie formte. Skugga hatte sich sein Lebtag mit dem Schattenspiel beschäftigt. Er schien kaum älter als dreißig zu sein, war in Wirklichkeit aber weit über neunzig. Wie der Rest des Rates zehrte er von der Kraft der Schatten und alterte nicht wie gewöhnliche Menschen. Zeitlebens aber war er immer ein Narr gewesen, stets der Spieler, der kaum etwas ernst nahm. Somit war seine Rolle im Rat der Schatten seit eh und je die des Zweiflers. Sein Siegel aber, das hinter der Mauer auf dem Grab des Alchemisten stand, würde er mit allem nötigen Ernst schützen. Denn das Ende der Welt fürchtete er wie alle anderen auch. Was blieb einem wie ihm zu verhöhnen, wenn die Welt mit allem darin unterging?

Und während der Wächter seinen Wagen umrundete, ließ Skugga seine Schatten zum Schlussakkord tanzen. Vor den Augen der Kinder verwandelte der Zauberer eines der Monster in einen Prinzen, der daraufhin sein Schwert zückte, im Handumdrehen die übrigen Schattenungeheuer besiegte und die Prinzessin befreite. Dann war das Stück vorüber.

Artig applaudierten die Kinder und putzten sich ihre Nase mit dem Ärmel ab. Dann trotteten sie, eines nach dem anderen, vom Platz und verschwanden im Dunkel der Gassen. Skugga ließ die Figuren verschwinden. Der Zauberer und die anderen zogen sich in den Schatten ihres Herrn zurück.

Lächelnd schob der Schattenspieler die Leinwand zusammen und stieg aus dem Wagen. Das wirre blonde Haar fiel ihm ins unrasierte Gesicht, in seinem rechten Ohr funkelte eine kleine, goldene Kreole. Er wirkte ein wenig wie ein Pirat, ein Schelm, dessen Schatten sich nun lachend dem des Engels zuwandte.

So nahe war ich einem Mitglied des Rates nie zuvor gewesen. In mir rumorte eine dunkle Neugier und ein Gefühl, das ich zu jenem Zeitpunkt weder zu benennen noch zu verstehen vermochte. Als ich später begriff, woher es rührte, da hätte ich mir gewünscht, mich niemals an die Füße Jonas Mandelbrodts geheftet zu haben. Hier aber, in den Hinterhöfen Londons, als ich mich diesem Schattenspieler gegenübersah, glaubte ich noch, dass dieses unbenennbare Gefühl in mir bloß Neugier war. Wie selten hat ein gewöhnlicher Schatten schließlich die Gelegenheit, mehr über das Denken und die Beweggründe des Rates zu erfahren. Und so hing ich mit meinem Herrn zusammen, verborgen im Inneren des Wächters, an den Lippen jenes närrischen Schattenspielers.

Skugga und der Neuankömmling begannen, einander zu umfließen, und Jonas konnte im Inneren des Dunkels ihre Stimmen vernehmen. Der Schattenspieler ergriff schließlich als erster das Wort: »Welch Ehre. Und welch Vergnügen noch dazu. Der Wächter selbst beehrt mich, um Teil des großen Schattenspiels zu werden.«

Der Engel scherte sich nicht weiter um seinen ironischen Unterton.

»Wenn du und der Rat, werter Skugga, andere Standpunkte vertreten würdet, hätten wir dieses Vergnügen auch unter anderen Umständen haben können.«

»Glaube mir, ich bin nicht immer einer Meinung mit dem Rat. Und seine Regeln sind mir oft genug zuwider. Aber gerade einer wie ich muss darauf achten, dass Regeln fortbestehen. Wie sonst sollte ich sie brechen können …?«

»Ich mag deine Art, Skugga. Du bist der Hofnarr des Rates … Vom Wahnsinn geküsst, aber wunderbar. Und hätten sie dich früher in ihre Reihen aufgenommen, wäre womöglich alles anders gekommen. Vielleicht hätte er sogar die Schattenschnitzer am Leben gelassen … Und Ripley hätte vielleicht niemals seinen Plan gefasst. Wer weiß.«

»Die Schatten der Vergangenheit kannst nicht einmal du verformen, Wächter. Die Dinge sind, wie sie sind. Und damit sie auch so bleiben, bin ich hier. Um zu verhindern, dass ein weiteres Siegel gebrochen wird.«

»Ich weiß, Skugga. Ich bin gekommen, dabei zuzusehen, wie du es erfolglos verteidigst. Und ich bin nicht allein gekommen.«

Der Angesprochene zögerte. Selbst in seinem Schatten war seine Verwunderung zu spüren.

»Es reist jemand in dir? Oh, lass mich raten … Es ist dieser Junge, dieser Jonas. Du zeigst ihm die Welt, den Rat und das, was dahinter steht. Damit er sich ein Bild davon machen kann, was geschieht.«

Der Engel schwieg. Und Skuggas Schatten begann zu lachen.

»Famos! Vortrefflich! Dann habe ich zumindest Publikum, nicht wahr? Ich bin schon sehr gespannt, wer es wohl sein wird, dem ich mich stellen muss. Ob es womöglich George Ripley selbst ist? Oder doch bloß der Italiener …« Er stutzte kurz, und sein Schatten schien etwas zu wittern. »Mir scheint, er kommt. Vielleicht solltet ihr eure Plätze einnehmen. Und was auch passiert, ich hoffe, dass es euch ein wenig gefallen wird. Ich habe nämlich etwas vorbereitet …«

Mit diesen Worten löste sein Schatten sich von dem des Engels, und Skugga schloss die Türen seines Wagens von innen.

Mit Jonas in sich glitt der Wächter weiter, über die Mauer auf den Friedhof, wo er sich über eine kleine Gruppe steinerner Kreuze legte und wartete.

Die Gegend war heruntergekommen. Die meisten der Häuser, die den Platz vor dem Friedhof umrahmten, standen leer. Der rote Backstein der Friedhofsumfriedung war an einigen Stellen beschädigt, einzelne Steine herausgebrochen und der aufgepflanzte Eisenzaun rostig und verbogen. Der *Old Fulham Burial Ground* war keiner der bedeutenden viktorianischen Friedhöfe der Stadt, wie Highgate oder Brompton, sondern ein kleiner, vergessener und heruntergekommener seiner Art. Er war entstanden, als England von Pest, Krieg und Cholera überzogen wurde und es auf den herkömmlichen Friedhöfen nicht mehr ausreichend Platz gegeben hatte. Somit war er älter als die viktorianischen. Die ältesten Grabsteine hier stammten noch aus dem 15. Jahrhundert; die Inschriften darauf waren lange schon nicht mehr zu entziffern. Die Steine selbst waren überwiegend schmucklos, von Moos und Schlinggewächsen überwuchert und lagen teilweise geborsten zwischen wilden Ginsterbüschen am Boden. Auf dem *Old Fulham* waren zwischen den sterblichen Überresten längst Verstorbener auch uralte Geheimnisse aus einer Zeit begraben, als die Häuser York und Lancaster im Krieg lagen und Heinrich VII. die Zeit der Tudors begründete.

Jonas glaubte, die Nähe des Siegels zu spüren – eine starre Macht, die von einem Punkt im Herzen des Friedhofs ausging. Doch der Wächter korrigierte ihn, denn die Siegel wurden allesamt von Bannsprüchen verhüllt. Um sie zu finden, musste man genau wissen, wo man nach ihnen zu suchen hatte. Der Rat hatte Sorge dafür getragen, dass sie nicht von jedem dahergelaufenen Scharlatan entdeckt werden konnten. Wie alle anderen auch wäre dieses Siegel unweit eines Zugangs zum Limbus gepflanzt worden.

Jonas konzentrierte sich, und nach einer Weile spürte er das

Tor ebenso wie den Strom der Seelen, die in seine Richtung strebten. Während der Junge noch den Kreislauf der Schatten bestaunte, versank Skugga im Inneren seines Wagens in Meditation und löste seinen Schatten von sich ab.

Kurz darauf spürte Jonas im Inneren des Wächters die Ankunft eines weiteren mächtigen Schattens auf dem Friedhof. Und dieser war gekommen, das zweite Siegel zu brechen …

Der fremde Schatten floss über die Mauer, ergoss sich ins Innere des Friedhofes und suchte die Reihen ab. Auch die Anwesenheit des Wächters, der mit seinem jungen Begleiter über den Kreuzen lauerte, entging ihm nicht. Doch der Eindringling ließ sich von seiner Anwesenheit nicht beirren. Langsam bewegte er sich von einem Stein zum anderen und glitt auf der Suche nach dem Grab des Alchemisten durch das Dunkel, über Moos, Farn und Marmor.

Nur wenige wussten, dass sein schwarzes Grabmal keineswegs aus Marmor bestand. Der Rat hatte es zum vermeintlichen Gedenken an George Ripley aufstellen lassen. Aber der Stein war weniger dafür gedacht, die Welt an den bedeutendsten aller Schattenschnitzer zu erinnern, sondern vielmehr, sie vor seinem letzten Plan zu bewahren. Der vermeintliche Stein war das zweite der fünf Siegel zum Limbus. Er bestand aus geronnenem Schatten, auf dem kleine goldene Lettern aufgebracht waren, und auf jeden Außenstehenden wirkte er wie ein gewöhnlicher Grabstein. Doch die Schatten, die ihn berührten, erschauerten tief …

Nun hatte der Eindringling den Stein gefunden. Er gab seinem Dunkel Form und rammte, kaum dass er Gestalt angenommen hatte, seine Faust tief in den Schatten. Jonas und der Wächter sahen ihm zu und fragten sich dabei insgeheim, wo Skugga blieb. Ob er es aufgegeben hatte, das Siegel zu schützen? Oder wollte sein Schatten den Fremden aus dem Hinterhalt angreifen? Wollte er womöglich die Toten aus ihren Gräbern reißen, um den Fremden aufzuhalten? In den Schatten lag eine Unzahl an Möglichkeiten. Doch nichts von alldem geschah. Stattdessen spürten Jonas und der Wächter, wie einen Augenblick später das Schwarz des Grabsteins gefror, von dünnen Rissen überzogen wurde und schließlich zerplatzte. Und sie machten sich bereit für den Ruck, der durch die Schatten gehen würde. Doch er blieb aus. An seiner statt klang Skuggas helles, meckerndes Lachen durch die Schatten, die über dem *Old Fulham* lagen.

»Ups. Es scheint beinahe, als wäre das der falsche Stein gewesen … Wie das wohl kommt? Wer da wohl seine Schattenfinger im Spiel hatte?« Sein Lachen hallte durch das Dunkel, und Jonas verstand. Skugga hatte einen anderen Weg gewählt, sein Siegel zu schützen. Er wusste, dass er chancenlos war, wenn er sich dem Angreifer stellte. Er herrschte über Dämonen, Drachen und Fabeltiere, hätte sich aber in einem magischen Zweikampf keine Minute gehalten. Und darum hatte er falsche Siegel über den Friedhof verteilt. Es würde den Fremden Kraft kosten, all diese Schatten einzufrieren und zu zerbrechen. Zwölf falsche Steine hatte Skugga geschaffen. Seine Chancen standen gut, dass dem Eindringling die Kraft schwand, bevor er den richtigen entdeckte. Und dann würde der Schattenspieler die Chance bekommen, sich für das nächste Mal einen neuen Plan einfallen zu lassen. Dies war fürwahr ein Spiel ganz nach seinem Geschmack …

»Na, mein kleiner, wilder Freund, an welchem Stein willst du dich nun versuchen, tob dich aus, es sind genügend da ….« Während Skugga weiterlachte, war die Wut des Eindringlings bis in die entferntesten Schatten des Friedhofs zu spüren. Er wurde schneller, floss hastig über den Friedhof, umfuhr die Steine, bis er begriff, was der Schattenspieler plante.

Und dann, von einem Moment auf den anderen, war der Eindringling verschwunden.

Verwundert suchte der Wächter seine Spur in der Dunkelheit, spürte ihm nach. Er verfolgte ihn bis über die Mauer, hinaus auf den Platz und in Richtung des grauen Transporters mit der verwaschenen Schrift auf der Seite. Er wusste, was jetzt geschehen würde. Der Eindringling würde seine zweite Manifestation nicht dazu nutzen, eines der falschen Siegel zu zerbrechen.

Der Kampf im Inneren des Wagens war kurz. Der Bus wankte, dann sprang die Seitentür auf, und für einen kurzen Moment sah Jonas einen dunklen Schatten, der sich hinter dem hockenden Skugga aufbaute und eine Klinge aus schimmernder Finsternis in Händen hielt. Es folgte eine schnelle präzise Bewegung, und die Schatten unter dem Transporter färbten sich rot. Leblos fiel der Schattenspieler auf die Seite. Sein Mund aber lächelte, als ob er seinen letzten Scherz für überaus gelungen hielt …

Schaudernd begriff Jonas, dass die Schwachstelle des Rates die sterblichen Körper seiner Mitglieder waren. Er konnte sehen, wie Skuggas Schatten sich sammelte und die falschen Grabsteine unter seinem leblosen Körper zusammenflossen.

Kaum dass sie eins geworden waren, strebten sie in Richtung des Schattentors, um dadurch in den Limbus einzugehen.

Das aber ließ der Eindringling nicht zu. Er stürzte sich auf den dunklen Rest des Schattenspielers und verschlang Skuggas Schatten mitsamt der Erinnerung an sein eindringliches Lachen. Der Hofnarr des Rates hatte seinen letzten Scherz gemacht.

Von einem Moment auf den anderen veränderte sich etwas auf dem Friedhof. Der Wächter glitt zurück und musste erkennen, wie leer der Friedhof plötzlich ohne die falschen Grabsteine wirkte. Sie hatten sich einfach in Luft aufgelöst, und zwischen den grauen, zugewachsenen Gräberzeilen war lediglich ein einziger schwarzer Stein übriggeblieben. Und vor ebendem nahm der Eindringling in diesem Augenblick wieder Gestalt an.

Im Inneren des Wächters schrie Jonas auf und drängte nach draußen.

»Warum unternehmen wir nichts? Er hat den Schattenspieler kaltblütig ermordet! Wenn diese Siegel das Gleichgewicht der Dinge schützen, müssen wir etwas tun, um ihn aufhalten und …«

Doch der Wächter ließ ihn nicht fort. Stattdessen wirkte er beruhigend auf ihn ein.

»Glaube mir, Jonas, du musst noch vieles lernen. Meine Rolle ist es, zu beobachten. Deine Rolle, zu verstehen. Wir zwei sind nicht des Gleichgewichtes wegen hier …«

Im nächsten Augenblick zersprang der falsche Stein im Griff des Fremden in zahllose finstere Splitter, die sich mit dem Dunkel des Friedhofs vermischten. Das zweite Siegel war gebrochen. Und nun ging ein weiterer Ruck durch die Schatten, erschütterte die Finsternis und ließ den Rest des Rates erschrocken zusammenfahren.

Schweigend beobachtete der Schatten des Engels, wie der Eindringling seine feste Gestalt wieder verlor und dann einen Augenblick später im Dunkel zerfloss und verschwand. Es war nur eine Frage der Zeit, bis er das dritte Siegel brechen würde.

Jonas Mandelbodt versuchte, zu verstehen. Der Wächter aber drängte zur Eile.

»Bist du bereit, Junge?«

»Wofür?«

»Wir haben ein Treffen vor uns. Und der Alte wartet nicht gerne.«

Mit diesen Worten breitete der Wächter seine Flügel aus und stieg in den finsteren Himmel über London auf, um gemeinsam mit Jonas in weiter Ferne, hoch über der Welt, den Ältesten des Rates der Schatten zu treffen.

Stolz erhob sich über Nepal und inmitten des Himalajas der Mount Everest. Ein Gigant aus Stein, Eis und Schnee, der im Verlauf der letzten Jahrhunderte mehr als zweihundert Opfer gefordert hatte. Ein Monument, dessen erhabene Pracht den Menschen an seine eigene Sterblichkeit gemahnte. Auch wenn immer mehr Bergsteiger ihn bezwangen, war dieser Berg doch immer noch die Grenze zwischen Himmel und Erde, der Punkt, an dem die Welt Gott am nächsten war, obwohl es der Sherpas wegen hier oben nicht einmal ein Gipfelkreuz gab. Denn dieser Ort war den Nepalesen heilig. Hier oben spürte man keinen Gott der Zeichen, sondern den Geist des Schöpfers selbst. Und aus diesem Grund kam der Wächter immer wieder hierher, um sich an längst vergangene Zeiten zu erinnern.

Hier wollte er, mit Jonas Mandelbrodt in seinem Inneren, den Ältesten des Rates treffen.

Als sich der Schatten des Engels auf den Berg hinabsenkte und den Schnee auf dem Gipfel verdunkelte, spürte er bereits die Gegenwart des Alten. Ein schwarzer Schemen inmitten von schimmerndem Weiß und zerklüfteten Felsen. Es war an der Zeit, dass sie miteinander sprachen. Die Welt stand kurz davor, sich ein letztes Mal zu verwandeln. Zwei der Siegel waren gebrochen, und es schien niemanden zu geben, der sich dem Verderben entgegenstellen konnte. Die Schatten gewannen an Macht.

Der Schatten des Wächters vereinte sich mit dem Gipfel, mischte sich mit dem Schnee, und dann trafen sie aufeinander, um über das Schicksal der Menschheit zu beraten. Zwei Schatten voller Macht, die sich niemals vereinen würden. Zwei Seiten ein und derselben Magie, die Überreste des letzten Getreuen Gottes und das Abbild dessen, der das Gleichgewicht zwischen Menschen und Schatten auf Erden bewahren sollte. Dabei verbarg der Schatten des Engels den Jungen gut, so dass der Älteste, während sie einander umflossen, nicht einmal etwas von seiner Anwesenheit ahnte.

Ich steckte im Inneren des Wächters – ein Schatten, der sich im Schatten verbarg. Ich spürte seine Kraft, während er nicht zuließ, dass der Schatten des Ältesten und ich uns miteinan-

der mischten. Und doch ahnte ich die Nähe des Alten. Ohne ihn wirklich spüren zu können, wusste ich, dass ich mich in der Gegenwart eines Schatten befand, der alt geworden war, ohne jemals in die Tiefen des Limbus eingegangen zu sein. Wie gerne hätte ich mich gegen ihn gedrängt, allein um eine Ahnung dessen zu spüren, wem er gehörte. Das aber blieb mir zu jenem Zeitpunkt noch verwehrt. Und dass ich später eine Gelegenheit bekommen sollte, ihn zu erkennen, ahnte ich damals natürlich noch nicht.

Als der Wächter schließlich aus dem Dunkel die Stimme des Alten vernahm, tobte um sie herum ein grellweißer Schneesturm.

»Nun, Wächter, ist auch das zweite Siegel zerstört. Ich habe gespürt, wie die Schatten bebten und einer für immer die Reihen des Rates verließ. Was immer auch vor sich geht, wir wissen, dass du ein Teil davon bist. Und welche Regeln auch immer uns binden, der Rat wird es nicht einfach geschehen lassen.«

»Werden wir jetzt nach all den Hunderten von Jahren doch noch als Feinde enden?«

»Das liegt bei dir.«

»Bevor wir einst auseinandergingen, gewährte ich dir deinen Willen und ließ mich zu einem Teil eures Gleichgewichts machen. Das ist nun fünfhundert Jahre her, und vieles hat sich seitdem geändert. Gott existiert heute wie damals nicht mehr, inzwischen aber beten die Menschen bloß noch ein Buch an, und selbst die Erinnerung an ihn ist verblasst.«

»Glaubst du noch immer, in seinem Sinn zu sprechen?«

»Ebenso sehr, wie ihr das Gleichgewicht wahrt.«

Auf diese Worte hin herrschte ein kurzes Schweigen im Sturm. Jonas spürte, dass diese beiden, so verschieden sie auch waren, sich doch mehr ähnelten, als sie es zugaben. Der eine sollte mit Hilfe des Rates das Gleichgewicht zwischen Schatten und

Menschen aufrechterhalten, und der andere sollte beobachten, was in den Menschen wie den Schatten vorging. Und beide hatten längst begonnen, ihre Aufgaben nach eigenem Ermessen neu zu interpretieren.

Es war die Stimme des Alten, die schließlich das Schweigen brach: »Die Kinder. Du weißt, dass sie sterben müssen. Beide, der Junge und das Mädchen. Du wirst Sie nicht ewig beschützen können.«

»Solange sie in Ambrì weilen, kann ich es.«

»Solange wir die Grenze ehren.«

»Du willst mir drohen?«

»Früher oder später musste es so weit kommen.«

»Der Junge steht unter meinem Schutz. Ebenso wie bald auch das Mädchen. Und weder euer Henker noch eure Schergen werden einen von ihnen bekommen. Weder lebendig noch tot.«

»Gott hat dir nicht seine Unverwundbarkeit vermacht.«

»Wage es nicht, über Gott zu sprechen, Alter! *Ich* habe in seinem Schatten gestanden. Keiner von euch war ihm jemals so nahe wie ich. Dich hat einst bloß sein Sohn verdammt …«

In der Stimme seines Schattens spürte Jonas den Zorn des Alten wachsen.

»Auch deine Macht hat Grenzen, Wächter!«

»Für euch wird es reichen.«

»Willst du wirklich den Krieg?«

»Wenn ihr es Krieg nennt, dann werde ich ihn nicht scheuen. Was ich wirklich will, ist etwas anderes, aber das werdet *ihr* niemals verstehen.«

»Dann erkläre es mir. Lass mich wissen, weshalb du den Schatten George Ripleys befreitest. Du hast das Übel entfesselt! Erst hast du ihn freigelassen, und nun ist das Eidolon frei. Und niemand anderes als du wird dafür verantwortlich sein, wenn sich der alte Plan des Alchemisten in diesen Tagen gegen die Schöpfung wendet! Lass uns tun, wofür wir geschaffen wurden. Lass uns die Kinder töten, das Abartige aus den Schatten schneiden und das Eidolon zurück in seinen Kerker sperren. Um der Seelen der gesamten Menschheit willen …«

Die Stimme des Alten hatte nun, seinem Zorn zum Trotz, etwas beinahe Flehentliches. Doch der Wächter ließ sich nicht erweichen.

»Es geht euch nicht um die Seelen der Menschen, Alter. Es geht um eure Macht. Und die ist es nicht, der ich meine Treue geschworen habe.«

»Er hat auch uns geschaffen!«, schrie er im Dunkel. Doch auch dieses Argument ließ der Wächter nicht gelten.

»Das hat er nicht. Ihr habt euch selbst geschaffen, und seine Vertreter auf Erden waren es, die euch zu den Bewahrern des Gleichgewichts ernannten. Gott selbst kennt euch nicht einmal. Ich aber bin ein Teil seines Schattens!«

»Du maßt dir an, was dir nicht zusteht. Gott ist so lange schon fort, dass du vergessen hast, wofür du noch auf Erden weilst!«

»Oh, Alter, das weiß ich wohl! Denn während ihr das Gleichgewicht zerstört, das ihr zu bewahren vorgebt, bin ich hier, um sicherzustellen, dass Sein Wille geschehe.«

Im Inneren des Wächters fühlte Jonas Mandelbrodt, dass hier, in diesem Moment und an diesem Ort, die beiden letzten Säulen, welche die Welt noch stützten, sich gegenseitig umzureißen drohten.

»Willst du wirklich darum kämpfen, wessen Aufgabe die wichtigere ist?« Der Ton des Alten wurde eindringlicher, beschwichtigender. Er versuchte, ins Innere des Wächters vorzudringen, wo Jonas Mandelbrodt sich vor ihm verbarg. Der Schatten des Engels aber war nicht zu erweichen.

»Ihr nutzt eure Macht, um all die Dinge vor der Welt zu verbergen, die einst die Schattenschnitzer ihr schenken wollten!«

»Sie waren Narren! Das waren sie, als sie starben, und das sind sie noch immer. Die Schule der Schattenschnitzer ist vergessen.

Und wir bestimmen nun über das Gleichgewicht. Wenn du diese Wahrheit nicht sehen willst, dann *befinden* wir uns von heute an im Krieg!«

»Die Menschen werden nicht einmal bemerken, was geschieht. Denn sie beachten ihre Schatten nicht mehr.«

»Aber bis sie es bemerken, wird es womöglich zu spät sein.«

»So oder so, Alter, es wird die rechte Zeit sein, um den Willen des Herrn zu erkennen!«

»Das ist Irrsinn!« Ein letztes Mal noch drang die Stimme des Alten durch den tobenden Sturm, hob sich vom Weiß des Schnees ab und drang bis zu Jonas Mandelbrodt, den bei diesen Worten eine kalte Furcht ergriff. Der Schatten des Engels aber lag noch immer ungerührt auf dem Gipfel.

»Nein. Es ist der Wille Gottes.«

Dann flossen die beiden Schatten auf dem Gipfel auseinander. Sie trennten sich, glitten fort über den Schnee, und während der eine sich in die Lüfte erhob, floh der andere über Felsen und durch Gletscherspalten den Berg hinab. Der Älteste kehrte heim zu den Seinen, um denen, die verblieben waren, zu verkünden, dass sie sich von heute an im Krieg befanden.

Der Wächter kehrte zurück nach Ambrì, um ein Bollwerk gegen sie zu errichten. Hoch in der Luft, wo die Wolken sonst nur die Schatten ihrer eigenen Art kannten, trieb der Schlag seiner Flügel ihn voran, kraftvoll und stetig. In seinem Inneren aber fand ein sonderbares Zwiegespräch statt.

»Nun, Jonas, ich wollte, dass du all das hörst. Dass du weißt, womit wir es zu tun haben.«

»Aber ich verstehe es noch immer nicht. Was ist es, was geschehen wird?«

»Das, was geschehen muss.«

»Aber was ist es. Was genau ist der Plan des Alchemisten?«

»Ich werde dir davon erzählen, sobald das Mädchen bei uns ist. Bevor der Rat seinen Angriff auf Ambrì eröffnet. Sie hat das gleiche Recht wie du, mehr über diese Dinge zu erfahren, die zu vollbringen ihr geschaffen wurdet.«

Verstört von dem Gespräch der mächtigen Schatten ließ der Junge sich vom Schatten des Engels mitreißen. Zurück nach Ambrì. Jenem Ort, der niemals wieder der gleiche sein würde. Wieder einmal hatte Jonas Mandelbrodt keine Antworten auf seine Fragen bekommen. Er ahnte nicht einmal, worum es in dem Krieg ging, der nun begann und von dem die Menschen womöglich niemals etwas erfahren würden.

John Dee
ALCHIMIA UMBRARUM
(1604)

Kapitel III
(Seite 46 f.)

VON DEN TOREN DES LIMBUS

Ihren Weg in den Limbus finden die Schatten der Welt über Tore, einzig dazu geschaffen, den Kreislauf der Schatten aufrechtzuerhalten. Besagte Tore bestehen aus älteren Schatten, die vom Anbeginn der Zeiten herrühren. Geworfen werden sie von Felsen und Bäumen, manche davon schon lange nicht mehr existent – sie sind der Weg, auf dem die Schemen der Menschen in die Welt der Schatten eingehen. Einzig jenen Schemen stehen diese Tore aus Dunkelheit offen, und nichts, das nicht aus Schatten ist, kann sie passieren und in den Limbus dringen, der die Seele der Schatten darstellt.

Wie aber drängte es die Schattenkundigen aller Zeiten, einen Blick in jenen Ort hineinzuwerfen und selbst einen Schritt ins Herz der Dunkelheit zu setzen. Doch keiner von ihnen drang jemals bis dorthin vor. Was stets unmöglich schien, vollbrachte am Ende George Ripley. Doch nicht um der Weisheit der Schatten willen, nicht um einen Blick hinter den Schleier der Nacht zu werfen. Sein Antrieb, ein künstliches Tor zu errichten, war ein anderer. Getrieben von Rachsucht und dem Wunsch, das Gleichgewicht zu zerbrechen, in dessen Namen er und die Schattenschnitzer zugrunde gerichtet wurden, schuf der Alchemist ein

Tor in den Limbus. Ein Tor, das jedem offen steht, der es zu betreten wagt.

So jedenfalls sagt man, denn niemand erblickte je dieses Tor, das – vom Rat der Schatten verborgen – nicht Mensch noch Schatten zugänglich ist.

3. BUCH

SCHWEFEL SEELE

AUFLÖSUNG

11.

Wie steht hinter jedem sein Schatten,
sein dunkler Weggefährte!
Friedrich Nietzsche
(1844-1900)

Als Jonas in seinen Körper zurückkehrte und hoch über Ambrì in der Heimstatt des Wächters die Augen aufschlug, stand neben dem Sessel Carmen Maria Dolores Hidalgo. Sofort begann sein Herz schneller zu schlagen, während das Mädchen ihn kühl betrachtete und er zu lächeln versuchte. Sie jedoch zeigte keine Regung. Er schaute in ihr streng geschnittenes, hageres Gesicht und dachte plötzlich, dass es nicht wie das eines vierjährigen Kindes schien. In Marias schwarzen Augen erkannte er den gleichen Ernst, der die Menschen immer auch schon bei ihm irritiert hatte und der aus einem Wissen erwuchs, das voll dunkler Geheimnisse und verborgener Wahrheiten war. Es bedurfte nur dieses einen Blickes, und Jonas wusste, dass Maria tief in ihrem Inneren ebenso wenig ein Kind war wie er selbst.

In diesem Augenblick schien sich zu bewahrheiten, was er – seit er das erste Mal von diesem Mädchen gehört hatte – die ganze Zeit über gehofft hatte. Endlich, nach all den Jahren, hatte er eine Verbündete im Schatten gefunden.

Jonas wollte sich gerade von dem alten durchgesessenen Sessel erheben, als er auch Erzsebet Stiny bemerkte. Sie lehnte in ihrem roten Kostüm neben dem alten Malachias am Fenster.

Und für einen kurzen Moment fühlte es sich an, als wären sie eine kleine, verschworene Familie.

Während die Schatten in Mademoiselle Stinys Dekolleté sich sachte regten, rauchte sie eine Zigarette und beobachtete Jonas und Maria. Sie blies einen blassen Rauchkringel in die Luft und schaute dem Jungen in die Augen.

»Ich habe sie heute gemeinsam mit dem Alten vom Flughafen abgeholt. Nachdem wir ihren Vater davon überzeugen konnten, sie herzuschicken.«

Lächelnd nickte Jonas ihr zu.

»Und Sie wissen, wie dankbar ich Ihnen dafür bin, Mademoiselle.«

»Ja, ich weiß, wie wichtig es dir ist.« Sie schaute ihn eindringlich an, und etwas in ihrem Blick veränderte sich. Jonas verstand diesen plötzlichen Ernst nicht. Bis die Stiny weitersprach: »Aber ich habe es nicht für dich getan.«

Er war verwirrt. Irritiert blickte er von Erzsebet Stiny zu Malachias, dann zu Maria hinüber und verstand nicht.

Da hob der Alte zu sprechen an. Und aus ihm klang die Stimme des Wächters, der Besitz von ihm ergriffen hatte und dessen Worte den Jungen schaudern ließen: »Sie hat recht, Jonas. Maria ist nicht deinetwegen hier. Ebenso wie du ist sie lediglich ein Teil dessen, was die Welt verändern wird. Wir alle weilen an diesem Ort, weil die Zukunft von jedem Einzelnen von uns abhängt. Von dir und diesem Mädchen allerdings mehr als von mir, Mademoiselle Stiny oder dem Rat.«

Ob er nun wollte oder nicht, Jonas Mandelbrodt ahnte, dass er sich mit dieser Auskunft würde zufriedengeben müssen. Denn der Schatten des Engels gab keine Antworten, bevor nicht die Zeit für sie gekommen war. Und wann das der Fall war, bestimmte niemand anders als er selbst. Jonas hatte längst verstanden, dass man einen Schatten, der so alt war wie die Welt, nicht einfach umstimmen konnte.

Darum wandte er sich nun wieder Maria zu. Und erst in diesem Moment bemerkte er, das irgendetwas nicht so war, wie es hätte sein sollen. Er hatte es schon zuvor wahrgenommen, aber jetzt erst, da er sie von Kopf bis Fuß musterte, verstand er es: *Maria war nicht länger das Mädchen ohne Schatten …*

Fürwahr, mein Herr brauchte lange, um zu merken, was ich längst gespürt hatte. Vermutlich waren es seine Gefühle, die ihn damals blendeten und das Wesentliche übersehen ließen. Und in jenem Augenblick war Jonas Mandelbrodt ganz voll von Gefühl. In ihm erwachte eine sonderbare Chimäre – erwachsen aus der Jugend seines Körpers und dem Alter seines Geistes. Nichts als Sehnsucht spürte er, als er jenem fremden Wesen, nach dessen Nähe er sich seit so langer Zeit gesehnt hatte, gegenüberstand. Ich nahm wahr, wie in ihm der Gedanke wuchs, gemeinsam mit diesem Mädchen alt zu werden. Hier in der Zuflucht. Ganz gleich, ob sie einen Schatten hatte oder nicht.

Während Jonas Mandelbrodt all dies empfand, besaß sie längst wieder einen Schatten. Im Gegensatz zu meinem Herrn spürte ich es, kaum dass wir im Gefolge des Wächters vom Dach der Welt wiederkehrten. Und ich wusste gleichzeitig, dass es nicht wahrhaftig der ihre und sie selbst von bösen Kräften umgeben war. Nicht nur war der Schatten zu ihren Füßen verschlossen wie jene des Rates, nein, auch schien er nicht der Einzige zu sein, der mit ihr verbunden war. Es ist schwer zu beschreiben, was ich empfand. Derlei hatte ich zuvor noch niemals wahrgenommen. Aber es war beinahe, als ob sich in ihrem Inneren noch ein weiterer Schatten regte.

Ich wusste, dass mein Herr, selbst wenn ich ihn warnte, nicht auf mich hören würde. Nicht in diesem Augenblick, da er jenes Mädchen traf, das ihm Hoffnung gab, nicht allein zu sein. Und darum beschloss ich, Jonas Mandelbrodt, mit dem

ich bis zu diesem Tage alles geteilt hatte, etwas vorzuenthalten. Und es war nicht das Einzige, was ich ihm zu meiner eigenen Verwunderung verschwieg. Denn während ich Marias wahres Wesen ahnte, spürte ich, wie der Wächter im Schatten der Stiny wisperte. Und als ihr Schatten sich ihm öffnete, da blickte ich für einen kurzen Moment in sie hinein. Für die Ahnung eines Augenblickes glaubte ich, aus ihrem das Lachen von Skugga, dem Schattenspieler, herauszuhören. Das Beunruhigende aber war weniger, dass ich meinem Herrn auch dies verschwieg, sondern dass ich nicht einmal wusste, *warum* ich es tat …

Jonas Mandelbrodt scherte sich nicht weiter um Marias Schatten. Sie war hier. Bei ihm. Das war alles, was zählte. Sie war seine Verbündete, eine Seelenverwandte, Schattenvertraute. Er tat einen Schritt auf Maria zu und nahm sie in den Arm. Zögerlich erwiderte sie seine Umarmung. Dabei hatten ihre Bewegungen jedoch nichts Herzliches, sondern beinahe etwas Mechanisches. Jonas aber nahm nur wahr, dass auch sie ihre Arme um ihn legte. Doch so sehr er in diesem Moment die Nähe Carmen Maria Dolores Hidalgos genoss, so wenig war das Mädchen überhaupt bei ihm …

Wenig später löste sich der Schatten Erzsebet Stinys vom Körper des Alten und kehrte an den Fuß seiner Herrin zurück. Zufrieden beobachtete sie, wie die Kinder einander im Arm hielten. Das Eidolon machte Fortschritte und Jonas' Zuneigung für das Mädchen schien zu wachsen – die Dinge nahmen ihren Lauf.

Mademoiselle Stiny tippte die Asche ihrer Zigarette ab und löste sich mit einem versonnenen Lächeln vom Fensterbrett.

»So, ihr zwei, ich werde nun aufbrechen. Es ist Zeit für mich, und die Schatten pfeifen es schon aus dem Dunkel: Der Rat wurde einberufen. Euer Treffen auf dem Dach der Welt hat das Dunkel in Unruhe versetzt. Zumal auch ich ein Siegel zu schützen habe und mich den Dingen stellen muss, die über der Welt heraufziehen.« Mit diesen Worten kam sie langsam auf die beiden Kinder zu. »Ihr seid hier in Sicherheit. Bleibt bei Malachias, hier, in der Obhut des Wächters. Gemeinsam werdet ihr alles überstehen.«

Erzsebet Stiny kniete sich neben die beiden und breitete ihre Arme aus, dennoch wirkte sie kühl wie eh und je. Jonas und Maria öffneten ihre Umarmung und nahmen sie zwischen sich auf. Auch Malachias, und mit ihm der Wächter, trat an ihre Seite, und ein letztes Mal berührten sich ihre Schatten.

Sie alle spürten, dass es nie wieder so sein würde.

Einige Stunden später hatte Erzsebet Stinys Schatten – dem Jonas Mandelbrodts Gedanken noch immer nachhingen – bereits das Ende der Welt erreicht, wo ihn die verbliebenen Mitglieder des Rates im Dunkel ihrer Höhle erwarteten. Der Schatten de Maesters wirkte noch immer schwach und blasser als die der anderen drei. Erst als sie alle zusammenflossen, gewann er wieder an Kraft. Doch einer fehlte in ihrer Mitte.

Der Tod des Schattenspielers hatte eine Lücke ins Schwarz des Rates gerissen. Schlimmer aber als Skuggas Tod war der Umstand, dass der unbekannte Siegelschänder auch seinen Schatten verschlungen hatte. Ein Schattenfresser, der sich bisher vor ihnen verborgen hatte und unbemerkt zu einer Macht herangewachsen war, der sie kaum etwas entgegenzusetzen hatten.

Kaum, dass sich die Stiny mit ihnen mischte, erklang aus ihrer dunklen Mitte ernst die Stimme des Alten: »Der Wächter verweigert uns seine Hilfe. Und inzwischen verstecken sich beide, der Junge und das Mädchen, bei ihm in Ambrì.«

Seine Stimme verhallte in der Finsternis. Die Stille, die folgte, war bedrückend. Denn sie alle wussten, was seine Worte bedeuteten: Ein offener Konflikt zwischen Rat und Wächter war unvermeidlich geworden. Ambrì würde brennen. Sie würden sich – in einer Zeit, in der sie nicht einmal ihre Siegel schützen konnten – gemeinsam gegen den Schatten des Engels stellen müssen.

»Was werden wir tun?«, fragte de Maesters schwache Stimme. Ohne zu zögern, gab der Alte ihm und den anderen Antwort. Ihm zufolge blieben dem Rat einzig zwei Dinge zu tun: das Gleichgewicht zu wahren, wie sie einst geschworen hatten, und die Siegel zu schützen, die zwischen ihnen und dem Ende aller Dinge standen. »Unsere Kraft muss in die Siegel fließen. Um die Schatten der Kinder auszulöschen, werden wir auf Getreue zurückgreifen. Wir werden Söldner kaufen, sie wappnen und gegen Ambrì führen. Mobilisiert euer weltliches Vermögen und beschafft mir eine Armee.«

Um die Welt der einen wie der anderen zu retten, würden die Schatten zu den Menschen sprechen müssen. Der Älteste wählte Boris de Maester für diese Aufgabe aus, da dieser jenseits des Dunkels Sicherheit verkaufte und mit Waffen und Söldnern handelte. Der geschwächte Schatten fühlte sich geehrt, doch er wusste auch, weshalb der Alte ihn wählte. Der Henker nämlich, de Bourge, war zu impulsiv, und die Wut über sein Schicksal und den Verlust seines Körpers machten ihn unberechenbar. Er selbst hingegen handelte bedacht und umsichtig; der Krieg war sein Geschäft. Und darum ereiferte de Maester sich sogleich: »Ich kann in unserem Namen eine Armee gegen Ambrì führen. Soldaten, Waffen und Technik. Doch es wird einige Monate dauern.«

Der Älteste hoffte, dass ihnen so viel Zeit blieb. Dass sich der Unbekannte im Dunkel erholen musste, bevor er die nächsten Siegel zu brechen versuchte. Von der Zeit, die ihnen blieb, würde am Ende alles abhängen. Er musste sich Mühe geben, seine Gedanken vor den anderen zu verbergen. Und zugleich versuchte er, ihr Innerstes zu erforschen. Herauszufinden, ob es nicht doch einer von ihnen war, der die Welt ins ewige Dunkel zu schleudern versuchte. Doch weder im Schatten de Maesters, des Henkers noch dem von Erzsebet Stiny spürte er eine Spur von Verrat.

Womöglich – und dieser Gedanke durchzog sein Dunkel beinahe schmerzlich – war es doch Bestimmung, dass die Welt in Schatten versank.

Bevor sich eine neuerliche bedrückende Stille in der Finsternis der Höhle ausbreitete, erklang die Schattenstimme des Henkers: »Aber der Fremde hat Skugga nicht nur besiegt, sondern sich sogar seinen Schatten einverleibt! Und wir ahnten nicht einmal, dass es dort draußen einen derart mächtigen Schattenfresser gibt!«

»Du hast recht«, erwiderte der Alte. »Wir glaubten, sie vernichtet zu haben, und wissen nichts über ihn und seine Macht. Wie stark er ist, wie lange er brauchen wird, um wieder zu Kräften zu kommen. Und darum müssen wir hoffen …«

De Maester wisperte: »Hoffnung allein wird die Welt nicht retten. Wer immer es ist, er vollendet den Plan des Alchemisten. Und der Wächter steht ihm zur Seite. Die Siegel sind der Schlüssel. Sie zu bewahren heißt, ihm zu trotzen. Wer immer er ist.«

»Was aber, wenn es ihm gelingt, *alle* Siegel zu brechen?«

Während der Henker zweifelte, hatte der Älteste eine Antwort parat: »Dann wird er versuchen, dem Eidolon das künstliche Tor in den Limbus zu öffnen …« Der Älteste seufzte. »Das sich in Ambrì, in der Obhut des Wächters, befindet.« Der Henker lachte bitter auf.

»Ha! In der Obhut jenes Wächters, der das Ende der Dinge befördert! Wie köstlich! Oh, das hätte Skugga gefallen. Die Welt der Schatten ist vom Wahnsinn durchtränkt! Wie sollen wir dem jemals trotzen können?«

»Ha! Ein Grund mehr, den Ort zu erobern!« Im Dunkel hatte die Stimme de Maesters beinahe zu ihrer alten Kraft zurückgefunden.

»Aber selbst wenn alle Siegel gebrochen werden, kann doch nur Ripleys Schatten das Tor öffnen, das sein Herr geschaffen hat. Und wo der ist, weiß womöglich auch der Wächter nicht …«, murmelte der Alte, mehr zu sich selbst als zu den anderen, was jedoch im Schatten kaum möglich war.

»Sei's drum! Wenn es der Wächter war, der Ripley befreite, und wenn sich dessen Tor in Ambrì befindet, und der Wächter auch noch die Kinder dort verbirgt, dann ist dieser Ort der Schlüssel!«, bekräftigte nun sogar de Bourges die Gedanken de Maesters. Und selbst Erzsebet Stiny stimmte mit ein: »Dort wird sich alles entscheiden …«

John Dee
ALCHIMIA UMBRARUM
(1604)

Kapitel IV
(Seite 51 ff.)

VON DEN SIEGELN

Fünf Siegel schuf der Rat der Schatten, das künstliche Tor in den Limbus zu schützen. Und verschlossen bleibt dieser Weg in die Schatten, bis sie alle gebrochen sind.

Zu ihrem Schutze aber sind die Mitglieder des Rates auf schicksalhafte Weise und unwiederbringlich mit ihnen verbunden. Jeder von ihnen ist zum Schutze eines der fünf auserkoren, spürt, wann ihm Gefahr droht, leidet, wenn es bricht, und ist mit einem Schwur daran gebunden, es selbst noch mit seinem Leben zu verteidigen.

Verborgen vor den Augen der Menschen liegen jene Siegel, eingelassen in mächtige Schatten, irgendwo in den Weiten der alchemistischen Hochburgen unserer alten Welt. Im Geheimen brachte der Rat sie an, zum Schutze des Tores, hinter dem das Ende der Welt verborgen liegt.

Jenes Tor selbst nahm der Wächter in seine Obhut. Und selbst wenn eines dunklen Tages alle Siegel brächen, wacht doch noch immer der Schatten des Engels über den unheiligen Weg in die Schatten.

12.

Ich will den Schatten küssen, den sie wirft!
Hugo von Hoffmannsthal
(1874-1929)
In *Die Frau ohne Schatten*

Wenige Wochen später erreichte Jonas Mandelbrodt, ohne dass jemand es bemerkt oder gar gefeiert hätte, sein neuntes Lebensjahr.

Ambrì war ihm und Maria nun endgültig zur Heimat geworden. Er hatte dem Mädchen das Querkraut gezeigt, war neben ihr eingeschlafen und hatte davon geträumt, an ihrer Seite erwachsen zu werden und irgendwann einmal einen gemeinsamen Schatten mit ihr zu werfen. In ihren schwarzen Augen, in denen nichts als Kälte lag, glaubte er Zuneigung zu erkennen, in ihren Armen Geborgenheit zu empfinden. Er war sich sicher, dass sie für immer zusammengehörten, wollte auf sie achten, sie beschützen und ahnte dabei doch nicht, wie wenig dieses Mädchens seines Schutzes bedurfte. Und weil all die Wünsche und Hoffnungen in ihm so viel stärker waren als die Wirklichkeit, bemerkte Jonas auch nicht, was in ihrem Inneren hauste. Er ahnte nicht, dass das Querkraut und die Käfer sie nicht scherten, dass sie keineswegs wie er empfand und ihr Anderssein im Schatten sich furchtbar von dem seinem unterschied.

Wenige Tage nach seinem neunten Geburtstag trat Malachias auf ihn zu und riss ihn aus seinen Gedanken. Aus dem Alten erklang die Stimme des Wächters: »Es schmerzt mich, deine Träume zu stören, Jonas. Doch Maria ist nicht, was du denkst. Selbst dein Schatten wagt nicht, es dir zu verraten. Sie ist nicht, was du dir erhoffst. Ebenso wenig, wie Erzsebet Stiny deine Verbündete ist. Ich verrate es dir einzig und allein, weil deine Gedanken klar sein müssen, wenn das Ende naht. Du wirst dich an alles erinnern müssen, was du jemals erfahren hast. Zu viel hängt von dir ab, als dass du dich von kleinlicher menschlicher Zuneigung blenden lassen dürftest …«

Jonas aber verstand nicht. Im ersten Moment glaubte er gar an einen Scherz des Wächters. Bis ihm bewusst wurde, dass der Schatten des Engels noch nie zuvor gescherzt hatte.

»Ich weiß, dass du mir nicht so einfach Glauben schenken kannst, Jonas. Zu schmerzhaft ist die Wahrheit, und jeder Mensch hat die Fähigkeit, sich vor ihr zu verschließen. Das ist das Vorrecht eurer Art. Doch glaube mir, es ist wichtig, dass du begreifst. Und wenn du Maria noch nicht entzaubert sehen willst, so beginne mit Erzsebet Stiny. Folge ihr. Betrachte sie und ihr Siegel. Auf, besteig deinen Schatten, lass deinen Körper bei mir und sieh, was geschieht. Denn mit jedem Siegel, das bricht, rückt deine Prüfung näher.«

Jonas seufzte leise. Die kryptischen Worte des Wächters waren das Einzige, an das er sich während all der Zeit in Ambrì nicht hatte gewöhnen können. Er nahm sich zusammen, atmete durch und erinnerte sich an das, was Malachias ihn über das Reisen im Schatten gelehrt hatte. Inzwischen wusste er, wie er seinen Körper verlassen und in seinem Schatten die Welt durchmessen konnte. Doch es war noch immer ein seltsames Gefühl, wenn sein Selbst sein Inneres verließ. Murrend löste Jonas sich von Maria und ging zu dem alten, verschlissenen Sessel unter dem Fenster hinüber. Als er sich setzte und sich zurücklehnte, spürte er die misstrauischen schwarzen Blicke des Mädchens. Er schloss die Augen, ließ sich fallen, strömte in seinen Schatten und trennte sich von seinem Körper. Und dann, nachdem der Wächter ihm verraten hatte, wo ihr Siegel sich befand, machte er sich auf, um Erzsebet Stiny zu finden und zu beobachten.

Nur wenige Augenblicke, bevor mein Herr in meinem Inneren die Zuflucht verließ, glaubte ich noch, etwas Sonderbares wahrzunehmen. Einen kurzen Moment lang hatte ich das Gefühl, dass der Schatten Marias sich unter den wohlwollenden Blicken des Wächters verschwörerisch nach mir reckte. Bevor er sich aber mit mir verbinden konnte, bemerkte ihn mein Herr. Da zog der Schatten sich eilig zurück, und ein weiteres, erschreckendes Mal nötigte irgendetwas in meinem Inneren mich dazu, es meinem Herrn zu verschweigen. Und nun, da diese Regung mich bereits zum zweiten Mal ergriff, begann ich zu ahnen, das irgendetwas Dunkles in meinem Inneren vonstatten ging. Wie aber hätte ich mir damals auch nur träumen lassen sollen, dass ich, der ich meinem Herrn verbunden war wie kein Zweiter, ihn bald schon verraten würde …?

Als der Rat der Schatten auseinanderstrebte, blieb der Älteste allein am Ende der Welt zurück. Er fühlte sich, als wäre er längst Teil dieser Höhle. Im Gegensatz zu den anderen gab es nichts, das ihn an das Leben dort draußen band. Selbst sein Körper war ihm längst fremd und geradezu eine Last geworden. Und so verbarg er sich hier unten, am Ende der Welt, vor seinem eigenen Leben.

Sein Schatten huschte über die steinernen Wände, durch Felsspalten und Flechten, tiefer in das undurchdringliche Dunkel. Hier in der Finsternis war er zu Hause. Wie kein anderer war sein Schatten inzwischen mit dem Dunkel verwachsen, er kannte seine tiefsten Geheimnisse, von denen die anderen nicht einmal etwas ahnten. Denn der Fluch der tieferen Höhle war allein die dunkle Bürde des Ältesten. Und das war gut so, denn er ahnte längst, dass einer von ihnen das Gleichgewicht verraten hatte.

Im Gegensatz zu den anderen wusste der Älteste um die verborgenen Schätze von Ambrì, die mächtigen mythischen Artefakte, die der Wächter in seiner Zuflucht hütete. Aber auch um etwas anderes wusste er, das er vor dem Rest des Rates verbarg, seit er in den Schatten wandelte. Und ebendieses Geheimnis war sein Ziel. Er drang tiefer in die undurchdringliche Finsternis unter der Welt, näherte sich dem uralten Geheimnis, das er einst zu hüten geschworen hatte. Er war beinahe dort, konnte sie bereits spüren. Hier, in der ewigen Nacht des Welteninneren, ruhten seit den Tagen der Chaldäer Ungeheuer aus reiner Finsternis. Und während ihre Körper längst verrottet, ihr Ursprung längst von Herakles und den alten Göttern erschlagen worden war, hatten die Schattenmagier der Antike ihre Schatten an diesen Ort gebannt. Abbilder längst vergessener Kreaturen: Kronos, Phobos, Hyperion, Titanenschatten, deren Hass auf die Welt seit Ewigkeiten in der Finsternis gor.

Der Älteste spürte ihn deutlich. Wie ein bitteres Gift, das die Schwärze durchdrang. Und es erschütterte ihn tief, ließ ihn schaudern. Die Schatten hier unten waren verdorben, durchdrungen von Verzweiflung. Denn die Titanen stammten aus einer älteren Welt, selbst der Limbus blieb ihnen verwehrt, und sie waren dazu verdammt, auf ewig zu existieren. Darum hassten sie alles, was vergänglich war, flüsterten dunkle Worte in alten Sprachen und gierten darauf, Verderben über die Welt zu bringen. Und dennoch stellten sie nun vielleicht die letzte Hoffnung dar, die dem Rat jetzt noch geblieben war.

In der malerischen Provinz Viterbo, im Herzen Italiens, lag der *Bosco Sacro*, der Heilige Park. Tatsächlich aber nannten die wenigsten den Garten bei seinem ursprünglichen Namen. Weit gebräuchlicher war die Bezeichnung *Bosco die Monstri*, Park der Monster. Denn das war es, was ihn ausmachte. An diesem Ort verbanden sich die Untiefen menschlicher Vorstellungskraft mit alten Mythen zu furchteinflößenden, steinernen Skulpturen.

Der Park der Monster erwachte, als der warme Atem des Frühlings die Büsche und Sträucher, Blätter und Zweige streifte. Alles begann zu wuchern, Grün wand sich um die zahllosen Fabelwesen, denen der Park seinen Namen verdankte. Graf Orsini hatte ihn einst nach dem Tode seiner Frau anlegen lassen. Um Trauer und Wut zu verarbeiten, die Unholde seiner Vorstellung freizulassen und schließlich in Frieden sterben zu können.

Bis dahin aber war es ein langer Weg gewesen und die Monster seiner Vorstellung waren zahlreich geworden. Nun aber bevölkerten sie den Park bereits seit dem 16. Jahrhundert und stellten mit ihren aufgerissenen Mäulern, fürchterlichen Pranken und grimmigen Gesichtern die Wirklichkeit in Frage. An den Wegkreuzungen lauerten der Cerberi, Oger oder Drachen, und selbst die Tore und künstlichen Höhleneingänge stellten die Schlünde dämonischer Kreaturen dar. Trotz des Mooses und der wilden Blumen, die auf ihren Flanken blühte, schienen sie alle bloß zu schlafen. Stoisch und steinern starrten die Monster auf die Besucher herab, als wären sie nicht würdig, von ihnen angefallen und zerrissen zu werden.

Erzsebet Stiny war dieser Ort während der letzten hundert Jahre beinahe zu einem zweiten Zuhause geworden. Denn hier verbarg sich das Siegel, das sie mit ihrem Leben zu schützen geschworen hatte. Für ihre Augen war der Park der Monster vom Zauber der Schatten durchdrungen. Sie liebte es, darin herumzuschlendern und den Schatten des Uralten zu ahnen, um den der Park errichtet worden war.

Orsini hatte von der alten Kunst der Schattenschnitzer gelesen, doch keiner ihrer Meister hatte bis zu seinen Tagen überlebt. Er hätte gerne ihr Handwerk erlernt, wäre selbst gerne zum Schattenschnitzer geworden, um die Natur im Nachhinein zu vervollkommnen. Einem von ihnen aber war er schließlich doch auf die Spur gekommen: *dem Italiener*. Ein wahrer Meister, der noch mit den Letzten seiner Zunft in Verbindung gestanden hatte und schließlich, nach dem Tod des englischen Alchemisten, der letzte lebende Schattenschnitzer gewesen war …

Allein der Tatsache, dass Orsini in den Besitz seines Nachlasses gelangt war, verdankte die Welt den Park der Monster. Denn hier hatte der Italiener einst sein Meisterstück vollbracht. Alles andere, was der Italiener je geschaffen hatte – Schattenstatuetten und Skulpturen aus reiner Nacht –, war vom Rat beschlagnahmt worden. Der verschmolz es wieder mit dem Dunkel, bannte es zurück in die Finsternis.

In den Augen Orsinis hatten diese Leute das Größte zerstört, was je aus den Schatten entstanden war. Das Meisterstück des Italieners aber hatten sie nicht zerstören können. Zu viel Macht war in dieses Bild geflossen und hatte es unwiederbringlich an die Erde gebunden: *Nyx*, die griechische Göttin der Nacht. In ihr hatte er der Dunkelheit und den Schatten ein Denkmal gesetzt.

Der riesige Fels im Herzen des Parks wirkte, als ob ein Riese ihn unachtsam hätte fallen lassen. Hier, wo alle anderen Steine feine Formen gewonnen hatten, schien er auf eigentümliche Weise *fremd*. Ein ungeschlachter grober Fels inmitten vollendet phantastischer Figuren. Die meisten Touristen, die den Stein erblickten, runzelten die Stirn und gingen weiter. In Wirklichkeit aber barg dieser plumpe Fels die prächtigste Statue des ganzen Parks. Jene, die vor allen anderen da gewesen und Ursprung der Vision Orsinis gewesen war.

Nyx, die Nacht selbst, war nicht aus dem Fels, sondern aus seinem Schatten geschlagen worden. Ein Schattenstandbild, das der

Sonne trotzte und zu jeder Zeit des Tages Richtung Osten fiel. Um diese Bild herum hatte Orsini den Park errichtet; alle Kreaturen hier vollführten einen Tanz um die Göttin der Nacht, die Geliebte der Schatten.

Erzsebet Stiny fühlte sich beinahe mit ihr verwandt. Diese Statue war das letzte offene Zeugnis der Schattenschnitzer in der Welt.

Als es dem Rat nicht gelang, das Abbild zu zerstören, hatte er das dritte Siegel ins Innere des Schattenbildes eingelassen und es zu einem Symbol seiner Macht gemacht. Der schicksalhafte Moment, als Erzsebet Stiny wesentlich später vom Rat mit der Bewahrung des Siegels beauftragt worden war, hatte alles verändert. Denn sie hatte sich mit diesem Ort beschäftigt, versucht, seine Geheimnisse zu ergründen, und schließlich im Nachlass Orsinis den Briefwechsel des Italieners mit dem englischen Alchemisten gefunden. Sie hatte die Macht gewittert, die in Ripleys Plan des Endes lag. Fortan hatte sie ihn studiert, war den Spuren gefolgt und hatte schließlich sogar den Kerker gefunden, in den der Rat einst Ripleys geschundenen Schatten gebannt hatte …

Unfähig, ihn selbst zu befreien, war Mademoiselle Stiny verzweifelt, gründete bald in Holland einen modernen Mänadenkult, gab sich dem Rausch hin: Männern, Wein und Substanzen, welche die Wirklichkeit verzerrten. Und während die anderen gealtert waren, hatte sie unter dem Schutz des Dunkels gestanden und gewartet. Bis der Schatten des Engels Kontakt mit ihr aufnahm. Er empfand das selbsternannte Gleichgewicht des Rates als Verzerrung der Schöpfung und wollte den Schatten des Alchemisten befreien, um dessen Plan zu vollenden. Denn nur darin würde sich erweisen, ob die Schöpfung geschaffen war, um zu bestehen.

Und in Erzsebet Stiny hatte er seine Verbündete gefunden. Im Rahmen alter Riten hatte sie einen Knaben gezeugt, der Ripleys Schatten dienen sollte. Cassus, den sie schließlich in England unweit des Kerkers, gebar. Als der Wächter Ripley schließlich befreite, war alles bereit gewesen. Doch der Schatten hatte sich nicht um den ihm zugedachten, neuen Körper geschert und war hinaus in die Welt geflohen …

Obwohl diese Ereignisse inzwischen gut vierzig Jahre zurücklagen, erinnerte Erzsebet Stiny sich doch noch immer genau. Die Enttäuschung hatte sie bitter werden lassen. Inzwischen aber lief alles wieder nach Plan. Der Rat war geschwächt, das große Ziel zum Greifen nahe, auch wenn noch immer drei Siegel gebrochen werden mussten. Sie stand im Bündnis mit dem Wächter und dem Eidolon, und wenn das Zeitalter der Schatten heraufdämmerte, würde sie zur Rechten des künstlichen Schattens sitzen, Ripley zu seiner Linken, und die Menschen wären die Knechte der Schatten …

Versonnen betrachtete Mademoiselle Stiny das Bild der Nyx am Fuß des Felsens. Dann blickte sie auf, sah in der Ferne am Rande der Allee die Statue des mächtigen Herkules und erkannte einmal mehr, um wie viel prächtiger die Nacht war.

Eine kleine Gruppe Touristen – dem Aussehen nach Finnen oder Schweden – stand unschlüssig vor dem Felsen. Sie berieten sich einige Zeit, schauten sich verwundert um und steckten schließlich ihre Fotoapparate weg. Dann gingen sie weiter. Erzsebet Stiny schmunzelte. Im Gegensatz zu den meisten Menschen hatte sie gelernt, auf die Schatten zu achten, und spürte, was in ihnen vor sich ging und sogar was sich in ihnen verbarg. Und darum entging es ihr auch nicht, dass sich Jonas Mandelbrodt, verborgen im Inneren seines Schattens, in ebendiesem Moment an sie heranzuschleichen versuchte.

Sie lachte leise auf und machte keinen Hehl aus ihrem Wissen: »Du musst dich nicht verstecken, Jonas.« Mit diesen Worten lockte sie ihn hervor, sein Schatten glitt aus dem Unterholz auf sie zu.

»Ich weiß, dass er dich geschickt hat. Dass er mir misstraut.

Aber ich habe nichts zu verbergen, mein Junge.« Er umfuhr ihren Schatten, ihre Worte durchströmten ihn, und er zweifelte nicht an ihnen, als Mademoiselle Stiny fortfuhr: »Es ist gut, dass du hier bist. Am Ende werde ich dieses Siegel so wenig schützen können wie de Maester und Skugga die ihren.«

Obwohl er ihr glauben wollte, spürte Jonas doch, dass die Stiny noch immer Geheimnisse vor ihm hatte.

Während die Aufmerksamkeit des Jungen noch ganz auf die Worte Erzsebet Stinys gerichtet war, bestaunte sein Schatten ungläubig das Schattenstandbild im Herzen des Parks.

Welch begnadete, wundervolle Kunst, den Schatten zu einer höheren Form zu verhelfen! So viele aus Dunkel geformte Skulpturen habe ich im Laufe meines Daseins gespürt, dass ich mich beinahe schon an diese Wunder der Schattenschnitzerei gewöhnt hatte. Doch wie einzigartig war dieses Kunstwerk, das sich hier zu Füßen jenes formlosen Stückes Fels präsentierte. Und mich, der ich doch nicht mehr als ein Schatten war, ergriff Ehrfurcht vor der Schöpfung. Der Schatten der Nacht war so formvollendet und einzigartig. Von einem dünnen schwarzen Schleier umgeben, lag vor mir im Grase die Nyx, jene Göttin, vor deren dunklem Wesen selbst Zeus sich fürchtete. Aus dem Chaos hervorgegangen, Mutter des Schlafes, des Todes und der fürchterlichen Erinnyen. So vieles gebar die Nacht, die uns Schatten seit Urzeiten näher ist als alle anderen Götter eurer Welt. Sie ist es, der wir uns verbunden fühlen und die wir an Mutters statt verehren.

Und hier lag sie, geschaffen von den Händen eines Mannes, der in sich Magie und Handwerk vereint hatte. Oh ja, im Abbild unserer dunklen Mutter spürte ich das Wesen des Italieners und den Geist der Schattenschnitzer. Welch edle Geister waren sie gewesen, Künstler im Schatten, die das Dunkel ebenso ehrten wie das Licht! Und diese Skulptur war das

Einzige, was von ihnen geblieben war. Ein Bild der Mutter Nacht, die aus ihrem Inneren nicht nur die Schatten, sondern auch die Rache geboren hatte …

Erzsebet Stiny blieb einen Moment lang stehen und zog ihr Zigarettenetui hervor. Als sie sich eine ansteckte, lächelte sie Jonas an.

»Eigentlich ist das hier ja ein Nichtraucherpark …«

Und obwohl er sich des Ernstes der Situation bewusst war, ja, obwohl er ahnte, dass das Ende der Welt bevorstand und die Schatten sich im Dunkel erhoben, musste auch er im Inneren seines Schattens lächeln.

Sie nahm einen Zug, warf ihr Haar über die Schulter zurück und flüsterte ihm zu:

»Komm, lass uns hinüber in den Schatten der Sirenen gehen, wo niemand uns sieht. Ich will, dass du Gestalt annimmst und diesen Ort mit all den Sinnen entdeckst, die dein Schatten dich lehrte. Denn glaube mir, er ist so voller Wunder wie kein anderer auf der Welt.«

Elegant schlenderte sie zu den Felsbildnissen hinüber. Jonas folgte ihr, glitt über den Boden und begann dann, sich zu erheben. Während seine dunkle Gestalt menschliche Form annahm, drang in einiger Entfernung ein weiterer Schatten ins Innere des Parks. Sein Herr misstraute Erzsebet Stiny ebenso wie der Wächter. Und er wollte mit seinen eigenen Sinnen Zeuge werden, wie diese Frau ihr Siegel mit aller Macht zu schützen versuchte.

Der Älteste war seinem Verdacht nachgegangen, hatte im Dunkel ihrer Vergangenheit längst vergessenen Erinnerungen nachgespürt und in Schatten und Archiven gestöbert, bis sein Bild von Erzsebet Stiny sich nach und nach vervollständigt hatte. Und auch wenn es der Stiny gelungen war, viele Spuren in ihrem Schatten zu verwischen, und der Älteste keine Spur des Wächters darin fand, so stieß er im Dunkel doch auf die Zeugung ihres Sohnes. Cassus, den sie dem Eidolon geopfert hatte und der nun an Marias Fuß hing.

Der Älteste fragte sich, was in diesem Moment vor sich ging. Denn Erzsebet Stiny war hier, bei ihrem Siegel. Sie hätte es ohne weiteres brechen und so den Plan des Alchemisten vorantreiben können. Bei ihr war noch ein weiterer Schatten, der sich eben jetzt neben ihr am Fuß der Sirenen langsam aus dem Boden zu stemmen begann. Der Alte begriff nicht. Er umfloss die Standbilder, bewegte sich von der Skulptur des Herkules hinüber zur Venus, an der Nymphenfontäne vorbei bis ins Herz des Parks, zum Fuß des unförmigen Felsens. Hier spürte er deutlich den Geist der Nacht und wusste einmal mehr, dass der Italiener wahrlich ein Meister seines Faches gewesen war. Und während er noch jenen älteren Schatten mit dem Bildnis der Nacht und dem Siegel darin fühlte, richtete der Älteste seine Aufmerksamkeit wieder auf die Stiny und den ominösen Schatten, der ihm ebenso verschlossen wie ihr eigener war.

Schnell aber begriff er, wer dort mit ihr im Schatten der Sirenen stand: nämlich kein Geringerer als Jonas Mandelbrodt! Dort, ihm gegenüber, stand der Junge, der das Gleichgewicht ins Wanken gebracht hatte, der Schattenschüler! So nahe, dass er sich nur nach ihm ausstrecken musste, um ihn zu zerschmettern! Womöglich hätte das alles beendet, es aufgehalten. Und wie wenig hätte es dafür doch gebraucht. Der Schatten der Stiny wäre jedenfalls gewiss kein Gegner für ihn gewesen …

Der Schatten des Alten glitt auf die beiden zu. Bevor er sich aber auf den Schatten des Jungen stürzen konnte, zog über dem Park ganz plötzlich ein merkwürdiges Unwetter auf. Wie aus dem Nichts entstand ein Sturm, der von einem Moment auf den anderen zu fürchterlicher Gewalt anschwoll. Und jene, welche die Sprache der Schatten beherrschten, spürten, dass es kein gewöhnlicher war. Dunkel toste er heran, riss die Schatten von den Standbildern, vereinnahmte sie und türmte sich zu einer schauerlichen Finsternis auf, die sich tosend von der breiten, von Platanen gesäumten Allee her dem Herzen des Parks näherte.

Der Park befand sich in Aufruhr, Zweige brachen, Müll wirbelte durch die Luft, und ein Knirschen fuhr durch die alten Steine. Die Touristen flohen. Blätter wurden von den Ästen gerissen, Stämme mit dunklem Knacken entwurzelt. Standbilder verschoben sich, wurden aus dem Erdreich gerissen, und noch immer wuchs die vernichtende Gewalt des Sturmes.

Ungläubig wurde der Alte Zeuge dieses Schauspiels. Hier war kein gewöhnlicher Schatten am Wirken, hier brach sich eine Gewalt Bahn, die seit Jahrhunderten darauf gewartet hatte, ihre Kraft mit der Welt zu messen! Das Eidolon! Und der Sturm hielt direkt auf Jonas Mandelbrodt und Erzsebet Stiny zu!

Der tobende Mahlstrom näherte sich mit unbändiger Kraft. Nur noch wenige Meter war er von ihnen entfernt, als Erzsebet Stiny plötzlich das Schattenbild des Jungen zur Seite stieß und der Schwärze des Sturms ihr eigenes Dunkel entgegenschleuderte. Im gleichen Moment fuhr die finstere Sturmfront aus geballter Wut auf sie herab, packte sie mitsamt ihrem Schatten und riss beide vom Boden in die Höhe. Erzsebet Stiny blieb nicht einmal Zeit, sich zu wehren. Der Schattensturm riss sie mit sich. Alle ihre Knochen schienen innerhalb eines Wimpernschlags zu brechen. Grotesk verrenkt wirbelten ihre Glieder umher, und dann verschluckte das aufgetürmte Schwarz sie schließlich ganz.

Entsetzt gewahrte der Alte, wie ihr Schatten in der Finsternis des Sturms verschwand.

Von Erzsebet Stiny blieb nichts zurück.

Einen kurzen Moment lang schien der schwarze Mahlstrom in der Luft stillzustehen und nun sowohl Jonas als auch den Schatten des Alten zu bemerken. Zunächst wirkte es, als wollte das rumorende Dunkel sich erst auf den einen und dann auf den anderen stürzen und auch sie verschlingen. Dann aber ergriff die schwarze Gewalt unverwandt eine andere Richtung und bahnte sich ihren Weg durch die Bäume zum kunstvoll geschnitzten Schatten der Nyx. Einen Wimpernschlag später riss sie den uralten Schatten an sich. Unter dem Einfluss ihrer Macht löste das Schattenbild sich vom Boden. Im nächsten Moment erstarrte es in der Luft und zersplitterte dann in unzählige finstere Scherben.

Die Welt der Schatten erbebte unter dem Bruch des Siegels. Die schwarz schimmernden Splitter sausten durch den Park und rissen blutige Wunden in die Haut der fliehenden Touristen. Einer drang sogar in die Schulter der schattenhaften Manifestation Jonas Mandelbrodts. Der Alte spürte, wie der Schmerz des Jungen das Dunkel durchzuckte, und dann, wie er sein Entsetzen über das Ende der Stiny und den Bruch des dritten Siegels überwand. Staunend gewahrte der Alte, wie Zorn und Wut im Schatten Jonas Mandelbrodts explodierten und alle Vernunft verdrängten. Er spürte den Verlust des Knaben, ahnte, was Erzsebet Stiny ihm bedeutet hatte.

Und dann, ohne dass er etwas hätte tun können, sprang der Junge dem Sturm plötzlich entgegen. Bereit, sich ihm zu stellen.

Ungläubig wurde der Alte Zeuge dieses Schauspiels und verstand dennoch nicht. Wenn Erzsebet Stiny, der Sturm und Jonas Mandelbrodt alle Teil von George Ripleys Plan waren, warum kämpften sie gegeneinander? Das Handeln dieses Jungen, seines Schattens schien dabei um so vieles menschlicher als alle anderen. Die Gedanken des Ältesten überschlugen sich im Dunkel, als der Schatten Jonas Mandelbrodts wütend in den Sturm drang.

Kaum einen Wimpernschlag später wurde er mit unbändiger Kraft wieder aus dessen Inneren herausgeschleudert. Der Schemenkörper des Jungen schlug gegen den unförmigen Felsen, der nunmehr schattenlos im Herzen des Parks stand. Jonas verlor seine Form. Seine Gestalt zerfloss im Gras und war plötzlich bloß noch ein gewöhnlicher Schatten.

Und im gleichen Augenblick schwand der Sturm über Bomarzo, löste sich von einem Moment auf den anderen auf, ebenso schnell, wie er gekommen war. Zurück blieb der verwüstete Park, der wirkte, als ob die Monster in seinem Inneren bis zum Letzten gegeneinander gekämpft hätten …

Zögernd näherte der Älteste sich dem Schatten Jonas Mandelbrodts, der reglos am Boden lag. Er umfuhr ihn. Und einen kurzen Moment lang war er versucht, dem Ganzen hier und jetzt ein Ende zu bereiten, den Jungen aus dem Inneren der Schwärze zu zerren und zu verschlingen. Etwas aber ließ ihn zögern. Und kurz darauf wagte es der Älteste stattdessen, sich mit dem Schatten Jonas Mandelbrodts zu mischen.

Er wollte wissen, wer dieser Junge war, was ihn antrieb und weshalb die Schatten des Schicksals so sonderbar fielen …

In ebendem Moment, als Jonas Mandelbrodt zu schwach war, um sich gegen den Ältesten zur Wehr zu setzen, und als der Herr des Rates beschloss, ihn zu erkennen, statt zu vernichten, begann der Marsch auf Ambrì.

Boris de Maester hatte eine beeindruckende Privatarmee aufgestellt. Hundertfünfzig Mann in Waffen, ausgerüstet mit der modernsten Technik, allesamt auf den Rat eingeschworen und motiviert durch eine horrende Summe, die sie bei Erfolg ihrer Mission, bekommen sollten, waren ausgezogen, zwei Kinder dem Gleichgewicht zu opfern.

An ihrer Spitze stand de Maester selbst. Er hatte seinen Anzug gegen eine Uniform getauscht und führte seine Truppen mit verbissener Entschlossenheit an. Dies war seine Chance, sein Versagen in Saint Murebod wiedergutzumachen. Und er würde nicht noch einmal versagen. Nicht hier in Ambrì.

Als Erstes ließ de Maester einige Strommasten vor Ambrì fällen und die Leitungen kappen. Dann brachten seine Männer schwere Militärjeeps mit Satellitenschüsseln in Stellung und überzogen den Ort mit einem Störsignal. Zuletzt sperrten sie die Zufahrtsstraßen.

De Maesters Truppe bestand aus zwei paramilitärischen Einheiten, die sich jeweils aus Söldnern, Rockern und den Angestellten dubioser Sicherheitsfirmen zusammensetzten. Sie alle waren bis an die Zähne bewaffnet und ihre Uniformen mit den alten magischen Symbolen versehen, die ihnen Schutz vor der unbändigen Gewalt der Schatten verleihen sollten. Diese Männer würden nicht abziehen, bis der Wächter nicht die Kinder herausgegeben oder ihre Einheit den Ort mitsamt seiner Bewohner dem Erdboden gleichgemacht hatte.

Wer in die Augen der versammelten Männer blickte, der wusste, dass Ambrìs Schatten brennen würden. Und Boris de Maester würde diese Flammmen schüren, bis nichts mehr von ihnen übrigblieb.

John Dee
ALCHIMIA UMBRARUM
(1604)

Kapitel V
(Seite 68 f.)

VON DEN ZWEI LEHREN

Die Kunst der Schattenkunde ist eine der ältesten magischen Künste der Welt. Auf ihr fußen die großen magischen Lehren. Die Kraft der Schatten ist alt wie die Menschheit selbst, und sie findet sich ebenso in den Runen der Germanen wie auch in den Worten der jüdischen Kabbala oder den Texten alter arabischer Gelehrter. Schon der Schatten des Baums der Erkenntnis ließ Adam erschauern, Schatten erleuchteten die Gelehrten Chaldäas, mit ihrer Hilfe begeisterte Moses den Pharao, und der Schatten Dschingis Khans war es, der die Mongolen von Sieg zu Sieg peitschte. Beinahe ebenso viel ward über die Macht der Schatten geschrieben wie vergessen. Aberwitzig groß ist dennoch die Zahl der Bücher, die von ihrer Kraft handeln.

Aus dem alten Wissen vergangener Zeitalter erstanden die großen Lehren, von denen zwei dieser Tage die magische Welt beherrschen. Es ist dies zum einen die Schule der Schattenschnitzer, welche die ältere der beiden ist. Sie steht am ehesten in der Tradition der ursprünglichen Lehren, wobei ihr Umgang mit den Schatten geprägt ist von gegenseitigem Respekt zwischen dem Magiekundigen und den Schatten. Im Geiste der alten Chaldäer billigen die Anhänger dieser Schule dem Schatten ein eigenes Leben zu und betrachten ihn als mehr denn einen bloßen Knecht des Menschen.

Im Gegensatz dazu steht die jüngere Schule der Schattensprecher, die ihr oberstes Ziel in der völligen Beherrschung der Schatten sieht und ihn selbst für nicht mehr als ein Instrument erachtet, das dem Kundigen zum Erreichen seiner Ziele und dem Wachstum seiner Macht dient. Das Erlangen weltlicher Macht ist das zentrale Element der Anhänger dieser jüngeren Lehre, und sie schrecken dabei auch nicht davor zurück, das Magische mit dem Profanen zu verknüpfen.

Und während die Worte dieser Schrift noch im Geiste der älteren Schule abgefasst werden, ist doch längst die jüngere erstarkt. Verfolgt und geschmäht, ist die magische Gilde der Schattenschnitzer inzwischen beinahe gänzlich vom Antlitz der Welt verschwunden. An ihrer statt herrschen heute die Schattensprecher und über allem ihr Rat. Ihre Macht wächst stetig, ihr Vermögen ist immens, und ihre Soldaten harren nur darauf, sich mit den Schatten zu verbinden. Mögen diese Lettern Kunde geben von einer besseren Zeit, als Magie nicht allein Mittel zur Macht und die Schattenschnitzer noch Herren des Limbus waren …

13.

»I've been watching, I've been waiting
In the shadows all my time.«
The Rasmus, *In the Shadows*

Geschwächt fand Jonas Mandelbrodts Schatten seinen Weg durch die Welt, glitt über Berge und durch Täler und kannte dabei keine Grenze, die je gezogen worden war. Doch dabei spürte er die Wunden, die ihm der schwarze Sturm geschlagen hatte. Am Ende hatte er den Park der Monster nur mit Hilfe des Ältesten verlassen können. Dessen Schatten war in ihn gedrungen und hatte ihm schmerzhaft bewusstgemacht, wie schwach er im Vergleich zu den Dingen war, denen er sich entgegenstellen sollte …

Als Jonas schließlich Ambrì und seinen Körper erreichte, spürte er, dass sich etwas verändert hatte. Die Schatten waren in Aufruhr. Zu seiner Erleichterung fand er Maria unversehrt in der Zuflucht vor, im Schatten des Engels ruhend. Kaum hatte der Junge seinen Körper wieder in Besitz genommen, da drängte auch er in den Schatten des Wächters. Er erzählte von dem fürchterlichen Schattensturm, der das dritte Siegel gebrochen und die Erzsebet Stiny verschlungen hatte, davon, wie er sich ihm entgegengestellt hatte und von ihm zu Boden geschmettert worden war. Und zuletzt berichtete er sogar von dem Unbekannten, der in ihn gedrungen war, kaum dass er im Schatten der Chimären wehrlos am Boden gelegen hatte.

Das Dunkel des Wächters durchfloss den Schatten des Jungen. Er lauschte, verstand und füllte schließlich die Wunde, die der Splitter der Nyx in seine Schulter gerissen hatte, mit seinem eigenen Schwarz, um sie dadurch zu heilen.

Die Schilderungen des Jungen beunruhigten ihn nicht. Denn er wusste, weshalb der Sturm Jonas verschont hatte, und ahnte auch, dass es der Älteste war, der sich mit dem Schatten des Jungen vermischt hatte. Der Wächter hoffte, dass das damit verbundene Erkennen den Alten verstehen ließ, welchen tieferen Plan der Wächter mit dem Ende der Welt verfolgte …

Während Jonas Mandelbrodts Dunkel von dem des Engels durchströmt wurde, war Maria zum Fenster hinübergegangen und blickte nun teilnahmslos in das Tal hinab, an dessen Rand sich bereits die Truppen des Rates sammelten.

Malachias betrat die Hütte. Er war außer Atem. Schweiß stand auf seiner Stirn.

»Es hat begonnen. Sie greifen den Ort an.«

Doch selbst jetzt, im Angesicht des aufkommenden Unheils, erfüllten die erhabenen Worte des Wächters das Herz Jonas Mandelbrodts mit Ruhe.

»Die Dinge geschehen, wie sie zu geschehen bestimmt sind. Er hat all dies geschaffen, damit es seiner Bestimmung gerecht werde. Die Menschen dort draußen sehen nicht mehr als kleine, bunt bemalte Steine. Das gesamte Bild aber erschließt sich einem erst, wenn man über das eigene Dasein hinauswächst oder die Flügel eines Engels besitzt. Und bald, Jonas, wird es sich auch dir erschließen.«

Wie gerne wäre Jonas in diesem Moment von Mademoiselle Stiny in den Arm genommen worden und hätte aus ihrem Mund mit menschlicher Stimme gehört, dass alles gut würde. In der kühlen Umarmung des Wächters hingegen lag kein Trost. Mühsam kämpfte der Junge im Schatten des Engels gegen seine Tränen an.

Maria spürt Jonas' Verzweiflung. Langsam kam sie vom Fenster her auf ihn zu. Und obwohl das tiefe Schwarz ihrer Augen die gleiche Kälte besaß wie der Schatten des Engels, war es für Jonas beinahe ein Gefühl der Erlösung, als das kleine Mädchen wortlos seine kurzen Arme um ihn schlang und ihre Wange an seine Hüfte legte. Sie hielt ihn fest. Gab ihm, was weder Mutter noch Engel ihm je hatten geben können. Alle Bestimmung, Vorsehung und Bedeutung verblassten gegen diese eine Umarmung. Jonas genoss die Nähe, ohne sie zu hinterfragen. Er sank auf die Knie, schloss seine Arme eng um das schwarzhaarige Mädchen und konnte nun seine Tränen nicht mehr länger unterdrücken. Langsam begann Maria, seinen Kopf zu streicheln, fuhr vorsichtig mit ihren kleinen Händen über seine kurzen blonden Haare und flüsterte leise: »Todo estará bien …« *Alles wird gut*. Und während Jonas all die Tränen herausweinte, die sich über die Jahre in ihm angesammelt hatten, wiederholte sie diesen einen Satz wieder und wieder. Dass ihre Augen dabei so schwarz und kalt waren, dass selbst noch die Hoffnung darin hätte erfrieren können, bemerkte Jonas nicht.

Der Wächter war unterdessen in den alten Malachias gefahren, durch dessen Augen er schweigend die Kinder betrachtete. Er kannte die Wahrheit, wusste, dass es nicht Carmen Maria Dolores Hidalgo war, die Jonas in diesem Moment Trost spendete, sondern das Eidolon, das dafür Sorge trug, dass der Junge sich ihm nicht in den Weg stellte.

Kurz darauf hörte Jonas Lärm aus dem Tal dringen. Er löste sich aus Marias Umarmung und blickte aus dem Fenster. In der Ferne sah er die Strommasten fallen. Dann erkannte er die Militärfahrzeuge, die auf den Ort zuhielten, während die Verbündeten des Engels sich in ihren steinernen Häusern hinter biblischen Reliefs verschanzten.

»Was geschieht hier?«, fragte er und blickte zu Malachias. Die Antwort des Wächters war vollkommen ohne Gefühl:

»Der Rat hat den Sturm auf Ambrì eröffnet.«

Und der Junge verstand, weshalb diese Männer gekommen waren. Seinetwegen. Sie wollten ihn und Maria. Die Anomalien ausmerzen, die die Reinheit der Schatten verdarben und das Gleichgewicht gefährdeten.

Das Mädchen stellte sich neben ihn und starrte mit ausdruckslosem Blick hinunter ins Tal. Dann krachten die ersten Schüsse. Marias Miene blieb ausdruckslos. Und der Wächter fuhr fort, aus dem Mund des Alten zu sprechen:

»Und weil ihnen ihre Magie hier nichts nutzt, versuchen sie es mit Gewalt. So haben sie es immer getan …«

Jonas sah Mündungsfeuer aus dem Inneren der Häuser blitzen. Mehr und mehr Schüsse wurden abgefeuert, krachten durcheinander. Über Ambrì zog ein von Menschenhand entfachtes Gewitter herauf. Und als die ersten Menschen unter den bleiernen Blitzen zusammenbrachen, war die Bitternis in den Worten des Wächters nicht mehr zu überhören:

»Ambrìs Bewohner werden sie aufhalten, solange es geht. Ich hoffe, es wird reichen. Aber der Rat hat seinen Söldnern mächtige Zeichen mitgegeben.«

Unten im Tal sahen Jonas und Maria Flammen aus dem Bahnhof schlagen. Eine dunkle Rauchsäule stieg aus dem Hauptgebäude auf und wirkte dabei wie ein fliehender Schatten. Und obwohl der Junge in ihren schwarzen Augen noch immer keine Regung sah, flüsterte er leise:

»Was immer auch passiert, ich werde dich beschützen.«

Die Stimme des Wächters klang schwermütig, als er Malachias' Augen über das Tal schweifen ließ:

»Vielleicht wäre es wirklich besser, wenn alles hier enden würde …«

Jonas fuhr herum. In seinen Augen funkelte es.

»Aber es muss nicht enden! Was, wenn wir verhindern, dass die letzten Siegel gebrochen werden? Wenn ich es aufhalten kann und dem Rat damit beweise, dass ich keine Gefahr für sein Gleichgewicht bin? Wenn ich mich dem Unbekannten entgegenstelle?«

»Aber wieso solltest du das tun wollen, Jonas?«

Jonas wies auf Maria.

»Um ihretwillen. Damit sie ein Leben hat. Was immer auch aus uns wird, sie hat zumindest eine Chance verdient!«

Einen kurzen Moment lang schwieg Malachias. Dann aber tönte aus seinem Inneren wieder die Stimme des Wächters:

»Dieser Wunsch zeigt mir, wer du wirklich bist. Und es lässt mich hoffen, dass das Ende der Welt womöglich anders aussieht, als alle ahnen.«

Er machte eine Pause. Aus dem Tal drangen Schreie zu ihnen herauf. Dann schien der Wächter einen Entschluss gefasst zu haben.

»Folge mir Jonas. Ich will dich wappnen für das, was kommt. Du sollst deine Chance bekommen. Und sei es, dass du sie nutzt, um zu erkennen.«

Jonas folgte Malachias über die grob behauene Treppe hinab in den Keller der Zuflucht. Er spürte, dass die Zeit gekommen war, in der der Wächter ihm seine größten Geheimnisse offenbaren und ihn in einen Teil des Dunkel führen würde, das ihm bis zum heutigen Tag verboten gewesen war.

Und tatsächlich: Der Schatten des Engels löste sich aus dem Körper des Alten Mannes und drang in die undurchdringliche Finsternis am Ende des Ganges ein. Im nächsten Moment öffnete sich eine schmale Passage darin.

Jonas blickte Malachias an. Der alte Mann nickte ihm aufmunternd zu.

»Geh, mein Junge. In diese Kammer hat noch nie ein Mensch vor dir einen Fuß gesetzt. Aber nun ist die Zeit gekommen …«

Dann wandte Malachias sich ab und ging wieder hinauf in den Wohnbereich der Hütte, während Jonas in das Dunkel eintrat. Die Finsternis umschloss ihn, alle Geräusche verstummten. Jonas ging vollkommenen in der Schwärze auf.

In ihr erklang die erhabene Stimme des Engels. Und sie füllte die Dunkelheit gänzlich aus:

»In dieser Kammer, Jonas, ruhen die größten Geheimnisse der Schatten. Jedes einzelne habe ich dem Rat und den Mächtigen ihrer Zeit im Laufe der Jahrhunderte abgerungen.«

Jonas sah und spürte nichts als Finsternis, aus der die Stimme des Wächter drang.

»Hier will ich dich und deinen Schatten wappnen und dir den Ort verraten, an dem das vierte Siegel ruht …«

Im nächsten Moment spürte Jonas, wie sich etwas um seinen Brustkorb schloss.

»Diesen Panzer haben einst mächtige Schattenschnitzer aus dem Schatten Alexanders des Großen geschaffen. Geschmiedet in der Esse ewiger Nacht und über Jahrhunderte hinweg in Mond- und Sonnenfinsternissen gehärtet, wird er dich vor den Schatten schützen.«

Jonas fühlte die mythische Kraft des Brustpanzers, den der Wächter um seinen Oberkörper schnallte, spürte, wie sie sowohl ihn als auch seinen Schatten durchflutete.

Dann streifte der Wächter ihm etwas über den Kopf.

»Dies ist die Kappe des Hades. Sie entstammt dem ewigen Reich der Schatten und gehörte ihrem Ahnherrn. Hades, dem Ursprung aller dunklen Kunst. Sie vermag dich vor Menschen und Schatten unsichtbar zu machen …«

Auch die Macht dieses Artefakts durchfuhr den Jungen von Kopf bis Fuß, und er spürte, wie sie sich mit der des Brustpanzers verband. Zuletzt gab der Schatten des Engels ihm etwas in die Hand. Etwas, das noch weit mächtiger war als Panzer und Kappe. Er fühlte den Griff eines Schwertes und umklammerte ihn fest, während die Stimme des Wächters das Dunkel erzittern ließ:

»Und dies, Jonas Mandelbrodt, ist ein Teil meiner selbst, der Schatten des flammenden Schwertes, mit dem die meinen das Paradies verteidigten. Seraphim sind wir gewesen, die Kriegerengel des Herrn, die einst schworen, seine Schöpfung zu bewahren. Die Flammen dieser Klinge sind nur noch Schatten, doch ihre Macht ist weiterhin groß, Fleisch, Stein und Schatten vermag sie zu spalten.«

Die Macht der Engelsklinge durchdrang Jonas, und für einen Augenblick wunderte er sich, dass die Kräfte dieser Relikte, die aus verschiedenen Zeiten, Kulturen und Wirklichkeiten stammten, dennoch einander ergänzten. Seine Gedanken entgingen dem Wächter nicht.

»Der Schatten aller Mythen ist eins. Buddha, Gott, Allah und all die vergessenen Götter werfen am Ende nur einen einzigen Schatten.«

Dieser Gedanke beflügelte Jonas Mandelbrodt. Mit der Kraft dieses Wissens und den drei mächtigen Artefakten glaubte er, dem Verderben und selbst dem Ende der Welt trotzen zu können. Welches Gesicht es auch immer trug.

Wahrlich, nicht nur mein Herr war berauscht von der Macht jener Artefakte. Auch mich durchfluteten der Geist Alexanders, die Macht der Engel und die Magie des Hades!

Im Panzer des größten aller menschlichen Feldherren schlug der Schatten eines Heldenherzens. In ihm schwangen die Überbleibsel alten Wissens aus Ägypten, Persien und Palästina!

Und erst die dunklen Flammen jenes Schwertes! Wie herrlich und erschreckend zugleich durchfluteten mich die Kräfte der Seraphim.

Oh, und dann die Kappe des Herrn aller Schatten! Weichem Leder gleich schmiegte sie sich um das Haupt meines Herrn und damit auch um das meine. Sie erfüllte uns mit ural-

tem Wissen. Lange bevor die Chaldäer die Sprache der Schatten erlernten, lang bevor die Ägypter sie knechteten, dienten sie bereits Hades, dem ältesten ihrer Herrn. Und nun war ich selbst Hades, Alexander, einer der Seraphim – bereit, dem Ende der Dinge zu trotzen. Und am Fuße meines Herrn ahnte ich, dass Maria, der Wächter, die Schatten des Rates und die Siegel nur Teile eines großen Ganzen waren, das die Zeitalter und Religionen miteinander verband. Tief in den Schatten, in den Weiten des Limbus, hatten ich und dieser Junge etwas losgetreten, das die Welt verändern würde.

Kaum fünfzig Kilometer von Barcelona entfernt erhob sich im katalanischen Hügelland Spaniens ein Sandsteingebirge, in dessen Gipfelschatten sich ein Kloster befand, das dem Himmel näher war als alle anderen. Santa Maria de Montserrat war vor mehr als tausend Jahren von Benediktinermönchen in den Fels geschlagen worden und ihre Glaubensbrüder lebten heute noch dort. Der größte Teil ihrer Arbeit bestand darin, die Besucherströme aus Pilgern und Touristen zu kontrollieren, die das Kloster Tag für Tag bedrängten.

Als an diesem Morgen die ersten Strahlen der Morgensonne durch die bunt verglasten Klosterfenster fielen, gingen die Mönche längst ihrem Tagwerk nach. Sie bereiteten sich auf die Wallfahrer vor, die kamen, um zu Füßen der schwarzen Madonna niederzuknien. Die Figur war der größte Schatz des Klosters: knapp einen Meter groß, beinahe komplett in Gold gefasst und mit einem Christuskind auf dem Schoß. Angeblich war sie aus Pappelholz geschnitzt, was aber nicht die eigentümliche schwarze Färbung erklärte. Hierfür versuchte man den Rauch der zahllosen Kerzen anzuführen, die im Lauf der Jahrhunderte zu Füßen der Statue entzündet worden waren.

Die Wahrheit über die Schwarze Madonna war eine andere, die von alters her nur der Abt des Klosters kannte: Die Skulptur war nämlich aus dem Schatten des Kreuzes Jesu geschnitzt und dem Kloster durch einen der frühen Schattenschnitzer zum Geschenk gemacht worden, im Tausch gegen das Recht, die Mauern Montserrats als Refugium nutzen zu dürfen. Jahrhundertelang hatten die Schattenschnitzer sich in das Kloster zurückgezogen und hier, im Schutz des Ordens, gelehrt und gelernt. Bis die Häscher des Rates das Gleichgewicht auch hierher gebracht hatten …

Als das Licht der Morgensonne bald darauf die Schatten der Gipfel über die Dächer des Klosters wuchern ließ, drängten bereits die ersten Wallfahrer in die Kapelle und das Museum. Neben dem Standbild der schattenhaften Mutter Gottes fanden sich hier, siebenhundert Meter über der katalanischen Ebene, auch antike Artefakte aus dem Heiligen Land und Gemälde bedeutender Meister wie Monet, Degas oder Dali. Übervoll von Kunst, Glaube und Geschichte trotzten die Mauern von Santa Maria de Montserrat der Sonne und verbargen dabei doch noch einen ganz anderen Schatz.

Unsichtbar durch die Macht der Hadeskappe glitt Jonas Mandelbrodt im Panzer Alexanders und mit dem flammenden Schwert an seiner Seite staunend durch die Gänge der prachtvollen Bibliothek von Montserrat. Hier standen Tausende Bücher aus zig Jahrhunderten: prachtvolle Folianten, Traktate und Inkunabeln aus aller Herren Länder. Menschenwissen, von Mönchen über Generationen mühselig von Hand auf Pergament gebannt, bis Johannes Gutenberg es aus ihren düsteren Schreibstuben befreit hatte.

Fern von seinem Körper glitt Jonas beinahe ehrfürchtig zwischen den Regalen und den mächtigen Säulen hindurch. Dieser

Hort des Wissens schien ihm wahrhaft würdig, eines der Siegel zu beherbergen, die zwischen der Welt und dem Untergang standen. Der Schatten des Engels hatte ihm geschildert, wo es sich verbarg, ihm die Stelle in der Mauer beschrieben, in der sich die geheime Tür befand. Dahinter führte eine schmale Wendeltreppe hinauf in das verborgene Stockwerk, wo sich das wertvollste Buch verbarg, das die Mauern von Santa Maria de Montserrat je beherbergt hatten. Dort oben lag es, die *Alchimia Umbrarum*, von John Dee selbst verfasst. In ihm vereinten sich Magie und Alchemie, wurde das überlieferte Wissen der Schattenschnitzer und die Erkenntnisse George Ripleys zu einem Ganzen zusammengefügt.

Statt es zu vernichten, hatte der Rat dieses Buch – wie schon das Schattenstandbild des Italieners – zu einem Teil seines Plans und die *Alchimia Umbrarum* selbst zum vierten Siegel gemacht.

Unbemerkt drang Jonas durch die verborgene Tür. Ein unsichtbarer Schatten, der genau wusste, wer ihn im Dachstuhl des Klosters erwarten würde. Der Wächter hatte ihn darauf vorbereitet, dass der, der dieses Siegel bewachte, jener Schatten war, der ihn aus seinem menschlichen Zuhause vertrieben und seinen treuen Hund Argos ermordet hatte. Wie sonderbar verwoben sich doch die Fäden des Schicksals, denn nun kam Jonas Mandelbrodt, um dem Henker des Rates zur Seite zu stehen.

Zögernd glitt der Schatten des Jungen die letzten Stufen zu dem geheimen Stockwerk empor. Er fragte sich, in welcher Form der Henker ihm entgegentreten würde. Zwei andere Mitglieder des Rates, Skugga und Mademoiselle Stiny, hatte er in ihrer körperlichen Form bei ihren Siegeln angetroffen. Der Henker aber besaß, wenn er sich recht erinnerte, keinen eigenen Körper mehr. Nachdem sein eigener zerstört worden war, hatte Robert le Bourge, der Ketzerhammer, in den verhassten Leib eines Homunkulus' fahren müssen. Aber der Wächter hatte auch angedeutet, dass der Verdammte sich einen neuen Körper untertan gemacht hatte …

Es dauerte nicht lange, bis der Junge die schweren Schritte spürte, unter denen die groben hölzernen Dielen des Dachbodens erzitterten. Dann erblickte Jonas den Körper des Henkers – und er erkannte ihn. Eine Gestalt aus den alten kabbalistischen Legenden, die sein Schatten ihn gelehrt hatte: Ihm gegenüber stand der wuchtige, tönerne Leib des Golems. Jonas wusste sogar von dem Zettel in seinem Mund, der Shem, die der Figur erst Leben einhauchte. Einst hatte diese Gestalt, von der Kraft Hunderter Schatten erfüllt, das jüdische Ghetto Prags verteidigt …

Im spärlichen Licht, das durch das kleine runde Fenster an der Stirnseite des Gebäudes fiel, wirkte die riesige Gestalt auf seltsame Art unwirklich. Jonas konnte sich kaum vorstellen, dass die Schritte dieses Ungetüms nicht bis in die Kapelle zu hören waren.

Dann erblickte er im Zentrum des Dachbodens das Buch. Die *Alchimia Umbrarum* ruhte auf einem hölzernen, von filigranen Schattenschnitzereien überzogenen Podest. Ein weiteres Kunstwerk des Italieners, das der Vernichtung entgangen war …

Im Schutz der Hadeskappe manifestierte Jonas sich auf dem Dachboden, um das Buch in Augenschein zu nehmen. Kaum aber, dass er sich unsichtbar, das Flammenschattenschwert in der Hand, vom Boden emporstemmte und Gestalt annahm, regte der Golem sich, und in den Schatten des Dachbodens erklang die Stimme Robert le Bourges:

»Halt. Ich mag dich nicht sehen, aber ich weiß wohl, dass du hier bist. Denn ich bin schon so lange hier, dass ich jeden Schatten hier kenne. Ganz gleich, ob er sichtbar ist oder nicht. Und du gehörst nicht hierher.«

Jonas staunte über die Schattensinne des Henkers.

»Also sprich! Bist du gekommen, um das Siegel zu brechen?«

Da wagte der Junge es, sich zu erkennen zu geben:

»Nein. Ich bin nicht mehr als eine Anomalie, die du schon einmal aus dem Weg räumen wolltest.«

Der Golem lachte leise auf.

»Oh ja, ich entsinne mich. Du bist der Schattenschüler. Weshalb aber bist du hier?«

»Ich bin gekommen, um dir zur Seite zu stehen.«

»Ein Knabe, der einem alten Klumpen Ton beistehen will? Wahrlich, dies sind seltsame Zeiten …«

Das Lachen aus dem tönernen Maul wurde lauter. Jonas aber ließ sich davon nicht irritieren.

»Der Wächter hat mich für diese Aufgabe gewappnet.«

Kaum, dass er diese Worte ausgesprochen hatte, spürte er das Staunen des Golems, der unsicher einige wuchtige Schritte in seine Richtung unternahm.

»Oh Junge, er hat dir mehr Macht verliehen, als du ahnst! Wie lange habe ich gehofft, die Wunder berühren zu dürfen, die in der Zuflucht ruhten. Ich ahnte ja nicht, dass ich ihnen einmal so nahe sein würde …«

Jonas ahnte, dass er von seinem Gegenüber nichts zu befürchten hatte. Er nahm die Kappe ab, um dem Henker einen Blick auf die ersehnten Wunder zu gewähren. Zunächst aber staunte sein Gegenüber, als er sich nun dem Schatten eines ausgewachsenen Mannes gegenübersah. Kräftig und hochgewachsen. De Bourges hatte den Schatten des Jungen erwartet, dessen Seele er einst beinahe aus seinem Leib gerissen hatte. Doch Jonas hatte als Schattenform die eines Mannes gewählt; sie kam seinem inneren Selbst weit näher als die des Knaben.

»Wahrlich, ein Kind bist du schon lange nicht mehr, und ich könnte schwören …«

Ohne den Satz zu vollenden, verließ le Bourges den Körper des Golems, umfuhr den Jungen und widmete seine Aufmerksamkeit den Schätzen des Wächters. Staunend wisperte er aus dem Schatten heraus:

»Was hätte ich mit diesen Werkzeugen alles vollbringen können? Nie, nie wäre ich gestorben, hätte ich auch nur eines davon besessen. Es ist so jämmerlich. Gefangen auf einem Dachboden in einem Klumpen Lehm und um mich herum nichts als Mönche.«

Jonas spürte die Bitterkeit im Schatten seines Gegenübers, und er verstand sie nur zu gut.

Das Seufzen des Henkers durchdrang das Dunkel. »Aber sag, Junge, willst du wissen, was es ist, dass ich hier oben beschütze?«

»Du sprichst vom Siegel?«

»Oh, es ist nicht bloß ein Siegel. In diesem Buch verbirgt sich das gesammelte Wissen derer, die vor uns existierten. Bücher gibt es viele, mein Junge, die *Alchimia Umbrarum* aber ist mehr als bloß ein Buch …«

Zögernd trat der Junge an das Pult, während de Bourges wisperte:

»Berühre sie. Schlag sie auf …«

Ehrfürchtig ließ Jonas seine Schattensinne über den abgestoßenen Einband gleiten. Schweres, rotbraunes Leder, das die Geschichte von Jahrhunderten geatmet hatte. Vorsichtig streckte er den Schemen seiner Hand aus, schlug die *Alchimia* auf und spürte ehrfürchtig die kleinen Lettern aus flirrender Finsternis, die auf den Seiten schimmerten. Und er begriff:

»Unglaublich, sie ist …«

»Ja. Sie ist mit Schatten geschrieben. Beinahe seinen ganzen Schatten ließ John Dee in dieses Buch fließen. Er hat ihn dem Wissen der Schattenschnitzer geopfert. Damit es nicht verloren geht. Zwischen diesen Seiten ruht ein Wissen, das Schatten allein nicht weitergeben können. Die *Alchimia Umbrarum*, mein Junge, ist nicht weniger als ein Wunder. Und in ebendiesem ruht das vierte Siegel.«

Als die Stimme de Bourges aus dem Dunkel jenes Dachbodens erklang, hatte ich mich längst mit den Worten des Buches vermischt. Ich floss durch die Seiten, nahm ihr Wissen, ihre Weisheit in mich auf. Dabei war es beinahe, als ob ich nichts

Neues lernte, sondern mich lediglich erinnerte. Als hätte ich dieses Wissen, das einst Kapitel um Kapitel vor Menschen und Schatten verborgen worden war, längst in mir getragen. Und in diesem Augenblick kehrte es mit einem Schlag in mich zurück!

Der fleischgewordene Schatten Jonas Mandelbrodts fuhr über die Buchstaben, tastete nach ihnen, verband sich mit ihnen und schien sich mit ihnen auszutauschen. In diesem Augenblick fühlte der Junge anstelle der Erinnerung die Magie selbst, und sie ließ ihn erzittern …

Dem Henker entging seine Regung nicht.

»Der Rat brachte die *Alchimia* schließlich nach Montserrat, wo ich sie seitdem vor dem Licht und den Augen der Welt verberge. Nach London, Saint Murebod und Bomarzo ist dies, mein Junge, die vierte Schattenstätte. Der Hort des vierten Siegels.«

»Aber wenn der Fremde dieses Siegel bricht …«

»Dann werden seine Buchstaben splittern, und all sein Wissen wird für immer verloren sein …«

Jonas vernahm ein tiefes Bedauern im Dunkel des Henkers, verursacht durch die Ahnung, dass er dieses Siegel auch mit seiner Hilfe nicht würde schützen können. Der Junge wollte ihm etwas entgegnen, ihm klarmachen, dass sie es zu zweit womöglich schaffen konnten. In diesem Moment aber hörte er, wie über dem Kloster ein Gewitter aufzog. Ein dunkles Gewitter, ähnlich dem Sturm über Bomarzo. Donner rollte über den Himmel, hallte von den Bergen wider, und Jonas spürte, wie die Luft über der Bibliothek sich verfinsterte. Langsam zog er den dunklen Schemen der Klinge und hob das flammende Schattenschwert.

Sie wussten, dass ihnen nicht die Zeit blieb, einen Plan zu schmieden. Und tatsächlich: Im nächsten Augenblick bebten die Dachbalken. Ein schwarzer Blitz schlug durch das Dach, ließ die Schindeln splittern und hinterließ ein kindskopfgroßes Loch mit schwarzglänzenden Rändern. Und dann richtete sich vor ihnen der fremde Schatten auf, der gekommen war, um das vierte Siegel zu brechen.

»Überlass ihn mir …«, knurrte der Henker.

Alles ging zu schnell, als dass der Junge überhaupt hätte einschreiten können. Während der Henker dem Eindringling entgegenstürmen, zog Jonas hastig die Hadeskappe wieder über.

Aus ihrem Schutz heraus sah er de Bourges und den Fremden aufeinandertreffen. Im schummrigen Licht des Dachbodens wurde er Zeuge einer lautlosen Explosion aus vollkommener Finsternis.

Für den Bruchteil eines Augenblicks füllte das Dunkel den Dachboden komplett aus. Inmitten der Finsternis spürte Jonas Mandelbrodt die Wut des Henkers und die Entschlossenheit des Eindringlings, und dieser kurze Augenblick vollkommener Schwärze gab ihm eine Ahnung von der künftigen Herrschaft durch die Schatten. Als das Dunkel sich im nächsten Moment wieder zusammenzog, waren es nicht länger zwei Schatten. Die Finsternis des Fremden hatte, wie es schien, den Schatten des Henkers komplett verschlungen.

Jonas schauderte. Dann aber nahm er plötzlich etwas wahr: Als nun der Schatten des Eindringlings auf das Podest zuschritt, begann er sich zu *verändern*. Zunächst straffte er sich, dann beulte er sich aus, als ob eine unbändige Kraft aus seinem Inneren nach außen drängte. *De Bourges!* Der Henker war noch nicht besiegt und wehrte sich. Plötzlich brach aus dem Schatten des Eindringlings ein Arm heraus, kurz darauf noch ein weiterer.

Der grotesk wabernde Schatten taumelte und verformte sich weiter. Dann aber, von einem Moment auf den anderen, verdichtete sich ein Teil von ihm und schoss als eine Faust aus Schatten in das Dunkel des Dachbodens hinein.

Mit einem schauderhaft knirschenden Geräusch krachte sie in den tönernen Körper des Golems. Auf der Brust der Figur breitete sich ein dünnes Muster aus Rissen aus, und dann schlossen sich die Finger der Schattenfaust um den kleinen Zettel und rissen ihn heraus. Vor den Augen Jonas Mandelbrodts zerbrach der Golem. Und noch bevor die tönernen Scherben auf den Dielen zur Ruhe kamen, erstarb die Gegenwehr des Henkers im Inneren seines Gegners.

Jonas schloss seine Faust fester um das Schwert. Er machte sich bereit, einzugreifen, sein eigenes Dunkel dem des Fremden entgegenzustellen. Dieses Mal würde es anders ausgehen als in Bomarzo. Denn nun war er vorbereitet.

Langsam erhob der Eindringling sich in seiner vollen Schwärze vor dem Pult. Er streckte seine Schattenhand nach der *Alchimia* aus, bereit, das Siegel zu brechen, als Jonas ihn – noch immer unsichtbar – von hinten packte, herumriss und mit der freien Schattenhand zurück auf den Boden schmetterte. Der Junge umklammerte das Flammenschwert, bereit, das Dunkel des Fremden mit dem Feuer der Seraphim zu verheeren und diesen Moment auszukosten. Er hob die Klinge hoch über seinen Kopf und setzte seinen Fuß auf den Schatten, um ihn kraft seines Willens am Boden zu halten.

In diesem Moment jedoch öffnete der Unbekannte sich ihm. Ohne dass der Junge sich dagegen wehren konnte, mischte sich plötzlich das Dunkel des Fremden mit dem seinen. Und Jonas Mandelbrodt erschrak.

Das Schemenschwert entglitt seiner schwarzen Hand, und aus dem Mund seines fleischgewordenen Schemens drang ein Schrei, wie ihn das Dunkel noch nicht vernommen hatte. Beinahe mühelos schob der Fremde den dunklen Fuß des Jungen beiseite, stemmte sich vom Boden hoch und trat an das Pult.

Jonas schluchzte laut, ungläubig, gelähmt vor Schreck und Staunen. Apathisch zog er die Hadeskappe ab. In diesem Moment nutzten ihm weder die Macht der Seraphim noch die Alexanders. Er gab auf, ließ los. Die Artefakte begannen zu verschwimmen. Während ihm die Kappe vom Schattenhaupt floss, entglitt das Flammenschattenschwert seiner Hand und der Panzer löste sich langsam auf. Sie verloren sich im Dunkel des Dachbodens und vermischten sich mit den gewöhnlichen Schatten, in denen sie unwiederbringlich aufgingen.

Nackt und schwarz stand der Schemen Jonas Mandelbrodts dort, noch immer wie gelähmt vor Staunen und Schauder. Ohne ihn zu beachten, legte der Fremde seine Hand auf das Buch und ließ die Buchstaben unter seiner Berührung zu kalter Schwärze gefrieren. Dann schloss er seine finstere Faust um die Seiten, und das uralte Wissen der Schattenschnitzer zerbrach in schwarz schillernde Splitter.

Das vierte Siegel war gebrochen. Auf demselben Weg, wie er gekommen war, verschwand der Schemen des Fremden, und als der Himmel über dem Kloster Montserrat gleich darauf aufklarte, war die Welt der vollkommenen Finsternis näher als je zuvor.

Mit schwarzen Tränen der Verzweiflung auf seinen dunklen Wangen hockte der Schatten Jonas Mandelbrodts im Zwielicht zwischen den Scherben des Golems.

Bis ein anderer Schatten in den seinen drängte. Jonas brauchte nicht lange, zu begreifen, wer es war. Zwei Mal schon hatte er ihn gespürt. Auf dem Dach der Welt und im Park der Monster.

Jonas ließ den Schatten des Ältesten in sich ein. Er wusste nicht mehr, was Gut und was Böse war. In den Schatten schien beides sich zu vermischen, zu verändern und in steter Bewegung zu sein. Nie hatte er das so schmerzhaft gespürt wie jetzt, da er im Dunkel dessen, der das Siegel gebrochen hatte, den Schatten von Erzsebet Stiny und Carmen Maria Dolores gespürt hatte …

John Dee
ALCHIMIA UMBRARUM
(1604)

Kapitel XXV
(Seite 283)

VON DIESEM BUCHE

Dieses Buch ward verfasst, um Zeugnis zu geben von der Geschichte der Schatten und jenen, die in der Lage sind, sie zu beherrschen. Meine Worte sollen von einer Zeit künden, als die Magie noch Teil der Schöpfung und mehr als bloß Diener der Selbstsucht Einzelner war. Als das Dunkel noch das Mal der Schattenschnitzer trug.

Auf diesen Seiten ruht das Wissen, das geblieben ist. Hierin banne ich für dich, werter Leser, die Worte derer, die auf den Scheiterhaufen des Gleichgewichts geopfert wurden. Dieses Buch ist verfasst im Geiste der alten Schule, welche die Schöpfung mehr ehrte, denn dass sie sich diese untertan machen wollte. Es sind die Worte Ripleys, des letzten Schattenschnitzer, der sich aufbäumte gegen die neue Zeit und ihre Diener. Und ich, der ich diese Zeilen verfasse, tue dies in Ehrfurcht und kraft meines eigenen Schattens. Mit seinem Dunkel forme ich diese Worte, einen Satz nach dem anderen, und fülle mit ihm diese Seiten. Wenn es endet, werde ich keinen Schatten mehr mein eigen nennen, und jeder wird sehen, dass ich ihn hergab für etwas, das größer ist als das, wonach der Rat der Schatten strebt. Mein Schatten aber wird fortbestehen in diesem Buch und jedem, der zu wissen wagt, den Weg in die Schatten weisen.

14.

Und wert ist, was entsteht auf Erden,
nicht für ernst beseh'n zu werden.
Giordano Bruno
(1548–1600)
In *Lob der Schatten*

Seiner Waffen und seines Schutzes beraubt, floss Jonas Mandelbrodt im Schatten des Ältesten durch die Welt. Der Oberste des Rates hatte ihm erklärt, dass er nichts zu befürchten hatte und Ambrì nicht fallen würde, bevor er nicht in die Zuflucht zurückgekehrt war. Der Junge hatte ihm geglaubt, sich auf ihn eingelassen und war in seinem Dunkel versunken. Gemeinsam suchten sie nun ihren Weg durch die Welt, von einem Schatten zum nächsten, angetrieben vom Willen des Alten.

Noch immer war Jonas wie betäubt von dem, was er im Schatten des Siegelzerstörers gespürt hatte. Denn obwohl er in seinem Inneren sowohl die Stiny als auch Maria wahrgenommen hatte, hatte es sich doch nicht angefühlt, als ob der fremde Schatten sie verschlungen hatte. Wie aber hätte das möglich sein sollen? Ungewissheit und Misstrauen rumorten in seinem Schatten. Und was nutzten die Flammen der Engel und die Macht magischer Artefakte, wenn die Schatten das Herz zu vergiften begannen?

Er gab sich seinen Zweifeln hin, bis der Alte seinen Schatten tief im Inneren Russlands, irgendwo hinter Kiew, ins Innere eines Hauses führte. Sofort spürte er die Gegenwart von Schatten und vage auch die von etwas Großem, Wundervollem. Doch bevor er länger darüber nachdenken konnte, nahm er noch etwas wahr, oder vielmehr, die Abwesenheit von etwas: *Menschen*. Dieses Gebäude, selbst die Stadt, in der es stand, schien vollkommen menschenleer.

An der Seite des Alten floss er durch verwinkelte Zimmer, eine nackte Betontreppe empor und durch zerborstene Türen. Das Wundervolle, dessen Gegenwart er zu ahnen glaubte, besaß – das spürte er jetzt – dieselbe Qualität wie schon der kunstvoll geschnitzte Schatten der Nyx im Park der Monster …

Jonas löste sich aus dem Schatten des Alten, fiel hinter ihm zurück und manifestierte sich schließlich in einem schmucklosen, heruntergekommenen Flur, auf dessen Wänden dunkle Schimmelflecken blühten, während der Putz in großen Stücken abblätterte. Trotz des schäbigen Zustands war jetzt deutlich der Geist der Schattenschnitzer zu spüren. Denn hier standen sie versammelt, jene dunklen Skulpturen, die der Italiener einst aus der Nacht geschnitten und die der Rat angeblich vernichtet hatte. Jonas erkannte wilde Faunen, ein kleineres Abbild der Nyx und selbst den mächtigen Zeus, der einen Blitz aus Schatten über sein Haupt erhob. Er strecke die Hand nach der Figur aus, ließ zaghaft sein Dunkel in das des Göttervaters fließen und spürte eine Ahnung der Inspiration, die einst durch die Hände seines Schöpfers geflossen war.

Und dann wisperte die Stimme des Alten in seinem Schatten:

»Wie hätte ich sie ins Dunkel zurückschmettern sollen? Was wäre es anderes, als die Schöpfung Gottes mit Füßen zu treten, hätte ich diese Kunstwerke zerschlagen und wieder in gleichgültige Schwärze verwandelt?«

Der Gestalt gewordene Schemen Jonas Mandelbrodts trat durch eine rissige Tür in den nächsten Raum, wo er sich einem mannshohen Kreuz aus Schatten gegenübersah, an dem in vollendetem Schwarz die Gestalt des Heilands hing.

»Sie waren nicht gottlos: Ripley, der Italiener und die anderen Schattenschnitzer. Doch sie hatten versäumt, die Verantwortung zu erkennen, die ihre Kunst mit sich brachte. Statt sie zu beherrschen, spielten sie mit den Schatten …«

Zu Füßen des Heilands erkannte Jonas auch den Rest der Kreuzigungsgruppe: Maria und Johannes, die vor ihm knieten. Vollendete, lebensechte Figuren aus reinem Schatten, substanzlos, doch zugleich von berückend realer Schönheit, magische Trugbilder einer längst vergessenen Kunst.

Staunend schritt Jonas Mandelbrodt auch an diesen Skulpturen vorbei und trat in das nächste Zimmer, in dessen Mitte das aus Schatten geschlagene Abbild eines traditionellen chinesischen Drachen stand, während an maroden Wänden ein halbes Dutzend Masken hingen, die der japanischen Tradition des Nō-Theaters zu entstammen schienen. Doch sie waren komplett aus Schatten gemacht, hauchdünn, beinahe durchscheinend, einem Trauerschleier ähnlich.

»Sie liebten die Schatten, wollten ihnen ihr eigenes Leben gönnen und erachteten sie als eigenständigen Teil der Schöpfung. Doch sie ließen es an Strenge mangeln und vergaßen die Gefahren, die in den Schatten ruhten. Und darum mussten wir ihnen Einhalt gebieten …«

Jonas horchte auf.

»Das war der Moment, in dem der Rat sich mit der Kirche verbündete, um die Knechtschaft der Schatten endgültig zu besiegeln …«, sagte er und stockte. *Die Knechtschaft der Schatten.* Diese Formulierung hatte er so noch nie zuvor gebraucht. Woher kam sie wohl in diesem Moment?

»Ich sehe, mein Junge, dein Schatten hat dich selbst die Worte gelehrt, die wir zu vergessen trachteten. Denn dass Ripley und die Seinen die Knechtschaft der Schatten abschaffen wollten, war der Grund, weshalb wir uns gegen sie stellten.«

Jonas war hin und her gerissen zwischen der Pracht der Skulpturen und den kühlen klaren Worten des Alten. All das verwirrte ihn. Es war ein sonderbares Gefühl, hier, im Haus desjenigen zu weilen, der ihn des Gleichgewichtes wegen hatte tot sehen wollen, und aus dem Schatten ebenjenes Mannes heraus Zweifel am Wirken des Rates zu vernehmen, dem das Dunkel sich seit Jahrhunderten beugte. Dann waren da noch diese Skulpturen, diese Wunder aus fein geschnittenen und bearbeiteten Schatten, bei deren Anblick es nur schwer vorstellbar war, dass sie einmal von Menschenhand geschaffen worden waren.

Jonas Mandelbrodt schritt weiter, verließ den Raum voller Masken und stieß die Tür auf, die in das nächste Zimmer führte. Er war bereit, mehr zu sehen, mehr weltlichen Verfall und mehr schattenhafte Herrlichkeit. Doch auf das, was seine dunklen Sinne nun zu sehen bekamen, war er nicht vorbereitet.

Der Raum hatte eine einzige, nach Norden weisende Fensterfront, zwanzig gläserne Scheiben, die über die komplette Länge des Raumes reichten. Keine davon war noch ganz. Splitter lagen am Boden, und die Wände waren dunkel von Ruß, Schmutz und Schimmel. Draußen am Horizont, gerade noch wahrnehmbar für seine Schattensinne, erhob sich hinter grauen, leeren, grabsteinähnlichen Häusern ein verwaistes Riesenrad.

Das Knarren der Gondeln hallte durch die rostigen Straßen und drang bis hier hinauf.

Hier musste es einmal gebrannt haben. Trotz des Windes, der durch die zersplitterten Fenster blies, war das Zimmer von einem eigentümlichen Geruch nach Verfall und Zersetzung erfüllt, der wie ein zäher Fluch darüber lag und selbst noch für Jonas' Schattensinne unerträglich schien. Und dann erkannte Jonas auch den Ursprung des Geruches. Er ging von dem Bett in der Mitte des Raumes aus. Ein eisernes, von rotem Rost überzogene Gestell und eine fleckige Matratze, auf der er jetzt eine menschliche Gestalt ausmachte.

Jonas war sich zunächst nicht sicher, ob der Mann überhaupt

noch am Leben war. Der eingefallene Körper wirkte wie der einer Mumie, als hätten Grabräuber unter jener vor Schmutz starrenden Decke ihre Beute abgeladen. Das vertrocknete Gesicht war uralt, die graue Haut von unzähligen Falten durchzogen. Dann aber nahm Jonas wahr, wie der brüchige Brustkorb sich kaum merklich senkte und hob. Auf irgendeine merkwürdige Art war diese unwirkliche Gestalt noch immer am Leben.

Und während ihm klar wurde, dass dies wohl der älteste Mensch war, den er jemals gesehen hatte, begriff er, dass er niemals eine Ahnung davon gehabt hatte, wie alt der Älteste wirklich war. Und auch jetzt hätte er dieses Alter nicht mit Jahren beziffern können. Der Mann vor ihm wirkte so unendlich alt, dass schon seine Nähe ihm Ehrfurcht einflößte.

Unter den hauchdünnen grauen Lidern flimmerten die Augen des Alten. Ein schwacher Blick, der jedoch ausreichte, den Schatten zu erkennen, der ihm gegenüberstand. Der Alte begriff, dass Jonas sich, um sich zu manifestieren, nicht irgendeine Form erwählt hatte. Er erkannte das Abbild und wusste, dass die Dinge sich so verhielten, wie er es geahnt hatte, seit er Jonas in Bomarzo erkannt hatte. Es war richtig gewesen, den Knaben zu verschonen und dem Plan des Engels nachzuspüren. Die Zeit war gekommen, dem Ende aller Dinge seine gerechte Chance einzuräumen.

»Fürchte dich nicht, Jonas. Dieser Körper kann dir nichts antun. Und er sehnt sich inzwischen so sehr nach seinem eigenen Ende, dass das deine ihm gleichgültig geworden ist.«

Jonas' Schatten umfuhr das Bett. Erspürte den vertrockneten Körper darin mit einer Mischung aus Staunen, Bedauern und stillem Entsetzen.

»Ist das Euer Körper?«

Die Stimme des Ältesten klang schwermütig und brüchig, als er antwortete:

»Seit so unendlich langer Zeit … Womöglich bin ich der älteste Mensch auf diesem Planeten. Aber du siehst, es ist ein jämmerliches Schicksal.«

Jonas aber hielt die Unsterblichkeit für etwas anderes:

»Aber ist es nicht ein Wunder? So lange zu leben? Länger als alle anderen? Ideen, Zeitalter und ganze Völker zu überleben?«

Der Älteste lachte tonlos auf. Und es war, als ob Skugga auch ihn berührt hätte.

»Sie ihn dir doch an. Diesen Körper, dieses Gebilde aus porösen Knochen und vertrocknetem Gewebe. Selbst Tutanchamun war besser erhalten, als sie ihn fanden! Nein, mein Junge, Unsterblichkeit in dieser Form ist kein Wunder. Weißt du, ein alter Zigeunerfluch lautet: Mögest du ewig leben. Aber es braucht einige hundert Jahre, um zu begreifen, dass es tatsächlich ein Fluch ist …«

Und nun stellte Jonas sich die Frage, die ihn beim Anblick dieser unendlich alt wirkenden Gestalt bereits von Anfang bewegt hatte: »Aber wer bist du, wenn du so alt bist? Und wie ist die Unsterblichkeit dir zuteil geworden?«

»Glaub mir, Jonas, du weißt längst, wer ich bin. Du weißt weit mehr, als du ahnst, mein Junge. Und wenn es dir nicht auf Anhieb in den Sinn kommt, lausche in deinen Schatten hinein. Denn er weiß mehr noch als du …«

In den Worten des Alten schwang ein Unterton mit, den Jonas nur schwer deuten konnte. Doch der Junge spürte, dass er diesem Mann vertrauen konnte. Denn wenn der Älteste ihn hätte vernichten wollen, hätte er dazu bereits in Montserrat Gelegenheit gehabt und ihn darüber hinaus wohl niemals hierher, zu seinem Körper geführt.

In dem riesigen Bett wirkte der mumienhafte Leib beinahe verschwindend klein. Die trockene, graue Haut war fleckig und hob sich kaum gegen die dreckige Bettdecke ab. Jonas betrachtete das uralte Gesicht, die zahllosen Falten, die merkwürdigen Mustern, zu denen sie sich verbanden.

Er versuchte sich erinnern, versuchte *zu wissen*, wer dieser Mann wohl sein mochte. Doch es gelang ihm nicht.

»Ich spüre dein Staunen, mein junger Freund.«

Die Lippen des Alten bewegten sich nicht, während er dies sagte. Seine Stimme klang noch immer in Jonas' Innerem, es war noch immer der Schatten, der zu ihm sprach.

»Du wirst verzeihen, aber dieser Körper hat bereits seit über hundert Jahren nicht gesprochen. Er ist nicht mehr zu viel nutze. Doch bedauerlicherweise bin ich an ihn gebunden.«

Jonas nickte nachdenklich. Und dann wollte er wissen, warum der Alte, wenn ihm das ewige Leben eine solche Last geworden war, nicht einfach starb. Und auch darauf antwortete der uralte Schatten ohne zu zögern:

»Vielleicht werde ich das bald. Wenn alles endet, werde womöglich auch ich sterben können. Doch darüber habe nicht ich zu entscheiden.«

»Aber Ihr seid ein Schattenkundiger. Nach dem Wächter selbst womöglich der mächtigste auf dieser Welt! Ihr habt die Macht, zu tun, was immer Euch beliebt!«

»Nein, das habe ich nicht, mein Junge. Und das, was ich bin, bin ich allein eines Fluches wegen, der mich für immer mit dem Wächter von Ambrì verbindet.«

»Ihr seid mit dem Engel verbunden?«, staunte Jonas.

»Mit dem, aus dem er hervorging. Gott selbst war es, der mich einst verfluchte.«

Ungläubig spürte der Junge die Wahrheit in den Worten des Alten, und die Neugier in ihm schien seinen Schatten schier zerreißen zu wollen. So weit aber ließ sein Gegenüber es nicht kommen …

»Es war in den Tagen, als der Sohn Gottes sein Kreuz durch die Straßen Jerusalems bis nach Golgatha schleppte. Irgendwann brach er erschöpft auf den Stufen meines Hauses zusammen. Doch statt dass ich ihn ruhen ließ oder ihm Wasser reichte, verhöhnte ich ihn und vertrieb ihn von meiner Schwelle. Und dafür bestrafte mich Gott mit dem ewigem Leben.«

Jonas verstand. Er kannte die Geschichte. Sie war eine von vielen, die sein Schatten ihm einst erzählt hatte. Ahasver, der ewige Jude, auf den der Fluch des ewigen Lebens niedergekommen war.

Jonas überkam ein sonderbares Gefühl, beinahe so, als ob sein eigener Schatten sich nun tatsächlich zu erinnern begann.

Der Alte aber hielt nicht inne und wisperte weiter im Dunkel:

»Lange irrte ich durch die Welt, lebte und lernte, bis ich alles gesehen hatte und zum ersten Male sterben wollte. Ich aber starb nicht, und mein Leiden dauerte an, bis ich mich der Magie der Schatten verschrieb. Keine hundert Jahre vergingen, bis es für mich keine Geheimnisse mehr im Dunkel gab. Und dann erkannte ich, wie viel mehr mir mit Hilfe dieses Wissens noch möglich war: Mit Hilfe der Schatten konnte ich mich mit der Kirche, dem Statthalter Gottes auf Erden, verbünden und darauf hoffen, dass Er mir für mein einstiges Vergehen vergab. Ich begründete den Rat und bot Papst Sixtus IV. ein Bündnis an. Gemeinsam wollten wir das Gleichgewicht aufrechterhalten und die Schatten in unseren Dienst zwingen. Und dabei ging es mir von Beginn an um nichts anderes als mein eigenes Seelenheil ...«

Die Worte des Alten waren kühl. Und doch ergriff das Geständnis dieser tragischen Gestalt sowohl Jonas als auch seinen Schatten und ließ beide erschauern.

»Alle, die nicht mit uns waren, waren gegen uns. Wir merzten sie aus. Einen nach dem anderen. Alchemisten, Schattenschnitzer, alle. Wir nannten sie Ketzer und Ungläubige, und die Kirche setzte ihr Siegel unter die Urteile. Die Scheiterhaufen schienen nie mehr verlöschen zu wollen. In jenen Tagen wandte der Wächter sich von uns ab. Denn er erkannte, dass es uns nicht länger um den Willen des Herrn, sondern um Macht ging ...

Und dann, als der Schatten des Papstes selbst in den Limbus einging und Teil des großen Dunkels wurde, war ich noch immer nicht erlöst. Was ich auch tat, mit welchem Papst ich auch im Bunde stand und wie viel Macht ich auch anhäufte, Erlösung fand ich bis heute nicht …«

Jonas blickte auf, ließ seine Schattensinne aus den leeren Fensteröffnungen schweifen und erspürte die Stadt. Aus zerbrochenen Fensterscheiben gähnten ihm trostlose Räume entgegen, die leer stehenden Geschäfte waren längst geplündert und ihre bunten Werbebanner zerrissen worden. Verloren flatterten sie im Wind. Rostige Autowracks auf den Straßen erweckten den Eindruck, dass die Welt hier längst untergegangen war. Und auch das in einiger Entfernung aufragende, verzogene Riesenrad legte diesen Schluss nahe. Womöglich, dachte Jonas, hatte die Welt hier tatsächlich bereits begonnen unterzugehen. Und vielleicht war es wirklich nur eine Frage der Zeit, bis die gesamte Welt so aussah …

»Was ist das für eine Stadt?«, wollte Jonas von Ahasver wissen.

»Sie trägt den Namen Prybjat und liegt unweit von Tschernobyl, das 1986 durch den zweitgrößten Atomreaktorunfall der Geschichte zerstört wurde. Alles in der Gegend ist noch immer so verstrahlt, dass Menschen hier nicht lange überleben. Es ist ein trostloses Fleckchen Erde, das von Milizen bewacht und gegen Plünderer und leichtsinnige Narren geschützt wird. Ich habe die Stadt gekauft. Mit allem, was darin ist.«

»Aber ich verstehe nicht. Warum wohnt Ihr nicht in einem Palast, wie es Euch zustünde?«

Wieder drang ein schwaches Lachen durch das Dunkel.

»Ein Palast? Für dieses jämmerliche Stück Körper? Ach, mein Junge, ich habe Paläste besessen, habe Städte entstehen und vergehen sehen. Ich habe besessen, was man besitzen kann. Nein, ich will nicht mehr. Und hier bin ich sicher vor der Welt, denn niemand wird hier je nach irgendetwas suchen …«

»Aber Ihr könntet noch so vieles tun, so vieles erleben … Vielleicht ließe Euer Körper sich gar …«

Der Alte aber ließ ihn den Satz nicht einmal beenden:

»Wozu? Mein Schatten ist das Einzige an mir, das noch lebt. Das letzte bisschen Lebendigkeit genieße ich durch ihn. Bis zum Ende aller Dinge, das längst schon in den Schatten lauert …«

Die Worte des Alten verhallten im Dunkel, zerflossen zu formloser Schwärze, und tief in seinem Inneren spürte Jonas Mandelbrodt, dass sich etwas veränderte …

Wie ergriff mich ein dunkles Erinnern! Ahasverus, der ewige Wanderer, von Gott mit Unsterblichkeit gestraft … Die Schatten raunten von ihm und seiner bitteren Ewigkeit.

Er war keiner, der sich die Unsterblichkeit wie Cagliostro oder Saint Germain aus freien Stücken erwählt hatte, sondern einer, dem sie aufgezwungen worden war.

An der Seite meines Herrn war ich dem Schatten eines Engels begegnet, dem Golem und nun dieser tragischen, biblischen Gestalt. Doch wie seltsam war es, dass mich hier, im Angesicht eines weiteren Wunders, nicht die gleiche Ehrfurcht ergriff wie im Dunkel unter der Zuflucht, als ich den Panzer Alexanders und das Schwert der Engel berührte. Ich spürte diesen Mann, seinen Schatten, doch dabei erfüllte mich keinerlei Staunen. Stattdessen empfand ich einen sonderbaren Zorn, der sich aus der Tiefe meines Dunkels hervorzukämpfen schien. Mitsamt seinem Schatten hätte ich den Alten zerreißen wollen und ahnte doch nicht, weshalb.

Ich musste hart mit mir ringen, und es kostete mich viel Kraft, schließlich aber gelang es mir, diesen grausamen Wunsch niederzukämpfen und vor meinem Herrn zu verbergen …

Jonas Mandelbrodt stutzte. Tief in seinem Inneren, im innersten Dunkel seines Schattens, hatte er etwas gespürt. Es war lediglich eine Ahnung gewesen, fürchterlich und sonderbar, doch im Bruchteil eines Augenblicks war sie wieder verschwunden. Nachdenklich wandte der Junge sich wieder dem Alten zu.

»Ihr sagt, dass es in den Schatten keine Geheimnisse mehr für Euch gibt. Dann wisst Ihr sicherlich auch, was in ihnen vor sich geht.«

»Oh ja, mein Junge. Sie rüsten sich für ihre große Stunde, machen sich bereit für das Eidolon. Fünfhundert Jahre ist es her, dass George Ripley Gott herausfordern wollte. Und jetzt scheint doch noch die Stunde seines Triumphes zu schlagen …«

Jonas verstand nicht.

»Er tat es einzig und allein, um sich zu rächen. An uns. Weil wir ihn und die Seinen auf den Scheiterhaufen brachten, um den Schatten unseren Willen aufzudrängen …« Der Alte machte eine Pause, wartete ab, ob der Junge begriff.

Jonas wollte mehr wissen:

»Aber warum habt Ihr ihm damals nicht schon Einhalt geboten?«

»Wir wussten vom Eidolon, dem Schatten ohne Herrn. Aber Ripley hatte es gut verborgen. Und er schwieg über seinen Aufenthaltsort, sein Versteck. Selbst, als wir seinen Körper und Schatten folterten, bis beide auf das schlimmste verkrüppelt waren …«

»Wofür aber hat er das Eidolon geschaffen?«

»Damit es in den Limbus dringt und die gewöhnlichen Schatten die Freiheit lehrt.«

Jonas verstand noch immer nicht.

»Aber was schadet es, wenn die Schatten ihre Knechtschaft abstreifen?«

»Es wäre das Ende der Welt. Denn zugleich würden sie lernen, ihre Herren zu beherrschen. Wie das Eidolon Maria …«

Diese Worte ließen Jonas empört auffahren:

»Nein! Maria ist nicht, was Ihr denkt! Sie ist nicht dieses Eidolon, sie hat einen Schatten und …«

»Oh ja, einen Schatten hat sie. Eigens gezüchtet, uns glauben zu machen, es hätte sie verlassen.«

Jonas wurde wütend. Er wollte nicht, dass Maria war, was der Alte behauptete. Er wollte, dass sie blieb, was er in ihr sah.

»Aber das ist doch Unsinn! Wer sollte einen solchen Schatten züchten?«

Der Alte antwortete ruhig und bedacht:

»Die Frau, die dich nach Ambrì brachte.«

»Mademoiselle Stiny?« Die Ungläubigkeit Jonas Mandelbrodts wuchs noch weiter. Er hatte im Schatten nur drei Verbündete gefunden: den Wächter, Maria und diese Frau. Und nun sollten zwei davon ihn hintergangen haben?

Der Alte aber war noch nicht am Ende:

»Sie war lange Zeit Teil des Rates, aber sie verbarg ihr wahres Wesen ebenso vor den Schatten wie auch den Menschen. Selbst noch vor uns.«

Jonas schluckte. Das konnte, durfte nicht wahr sein. Der Schatten des Unbekannten hatte sie doch verschlungen, ihr Siegel gebrochen und …

»In den Schatten, Jonas, sind die Dinge mitunter nicht, wie sie scheinen. Und nichts schwindet endgültig aus ihnen. Erzsebet Stiny hat einen Plan. So, wie auch der Wächter oder das Eidolon einen haben. Und du, mein Junge, stehst im Zentrum all dieser Pläne.«

Jonas wollte widersprechen, doch der Alte ließ ihn so tief in seinen Schatten dringen, dass er innerhalb eines Augenblicks all die Beweise kannte, welche die Spione des Rates über Erzsebet Stiny gesammelt hatten. Und im gleichen Moment wusste er, dass sie ihn tatsächlich verraten hatte.

Für Jonas Mandelbrodt brach eine Welt zusammen. Denn

wenn Mademoiselle Stiny ihn verraten hatte und das Eidolon noch immer in Maria steckte, dann existierte das Mädchen, das er liebte, womöglich nicht einmal. Ihn schauderte, als er sich an ihre Umarmung erinnerte. Die Einsamkeit Jonas Mandelbrodts hatte ihn blind gemacht. Und Carmen Maria Dolores Hidalgo, die seine einzige Hoffnung gewesen war, war womöglich nicht mehr als die willenlose Marionette eines falschen Schattens.

Irgendwo in seinem Inneren aber, zwischen allem Wissen und Zweifeln, glaubte er, dass sie doch dort war. Irgendwo in diesem kleinen, zerbrechlichen Körper. Verborgen vor der Welt und selbst dem Eidolon.

Der Alte aber ließ ihn diese Gedanken nicht zu Ende führen.

»Du sorgst dich noch immer um jenes Mädchen. Und dabei sollte deine Sorge vielmehr dem Rest der Menschheit gelten.« Doch während er diese Worte sprach, bewunderte er den Jungen für seine Gefühle. Dafür, dass er in seiner Zuneigung einen Menschen über alle anderen zu stellen wagte. Und Ahasver, das ungeliebteste Kind Gottes, ahnte die Rolle dieses Jungen beim Untergang der Welt. Alles veränderte sich. Am Ende würden nur zwei Möglichkeiten bleiben. Und allein darum würde er die Schatten der Titanen freilassen. Schon um ihrer selbst willen …

»Nun aber musst du dich beeilen, Jonas. Denn wenn das letzte Siegel bricht, trennt nur noch das künstliche Tor das Eidolon vom Limbus …«

»Von welchem Tor sprecht Ihr?«

»Von dem, das Ripley dem Eidolon einst als Weg in die Schatten schuf und das sich nun in der Obhut des Wächters befindet.«

Jonas begriff nicht. Nichts konnte die Macht des Wächters beugen. Wenn sich das Tor in Ambrì und unter seinem Schutz befand, dann war es in Sicherheit! Die Stimme des Alten lachte im Dunkel leise auf.

»Du hast noch immer nicht verstanden. Der Wächter, Jonas, hat sich von der Schöpfung abgewandt. Er hat den Schatten Ripleys befreit, sich mit der Stiny verbündet und beschlossen, dem Eidolon den Weg zu ebnen.«

Jonas schwirrten die Sinne. Er wollte all das nicht wahrhaben, wehrte sich gegen den Gedanken, dass alles enden sollte.

»Aber das fünfte Siegel. Es ist noch nicht gebrochen!«

Die Antwort, die aus dem Schatten des vertrockneten Körpers drang, ließ ihn schaudern:

»Niemand wird dieses Siegel schützen, mein Junge. Der Engel hat alles von langer Hand geplant. Denn das letzte Siegel ist der Wächter selbst …«

Jonas flog förmlich nach Ambrì. Und tief in seinem dunkelsten Inneren fragte er sich, ob es richtig war, dass seine Sorge mehr Maria als dem Rest der Menschheit galt. Was aber hatte er der Menschheit schon zu verdanken? Er hatte nie ein Teil von ihr sein dürfen, war vor den Toren ihrer Gemeinschaft auf und ab geirrt. Ein Autist, ein Ausgestoßener, mehr ein Schatten als einer der Ihren. Maria hingegen bedeutete Hoffnung. Was immer auch sich in ihr versteckte. Das einzige und letzte bisschen Hoffnung, dass es je für ihn gegeben hatte. Sie beide waren das Querkraut, die Schattenschreiter, die abnormalen Bilder, die das Licht der Sonne warf. Und wenn sie sich fanden, taten sie es weder als Menschen noch als Schatten, sondern als zwei Ausgestoßene beider Welten. Oh ja, er sorgte sich mehr um Carmen Maria Dolores Hidalgo als um den Rest der Menschheit. Und für ihn fühlte es sich richtig an.

Was aber sollte er tun? Dem Schatten des Engels trotzen? In dessen eigenem Refugium? Jetzt, wo ihm nicht einmal mehr Harnisch, Kappe und Schwert geblieben waren? Jonas war verwirrt, in seiner Schwärze wirbelten die Gedanken durcheinander. Irgendetwas stimmte nicht, er hatte das Puzzle noch nicht ganz zusammengesetzt. Der Wächter wollte, dass er die Dinge verstand. Und selbst der Alte, der ihn ursprünglich hatte töten lassen wollen, hatte ihm schlussendlich geholfen zu verstehen. Beide hatten angedeutet, dass sie ihn, Jonas Mandelbrodt, für auserwählt hielten: Doch auserwählt wozu? Im Plan des Alchemisten eine Rolle zu spielen. Aber um diesen vollends zu erfüllen, brauchte es nur noch das Eidolon, das letzte Siegel und das Tor. Nichts davon hatte mit ihm zu tun. Oder sollte er womöglich alles aufhalten und sich am Ende doch dem Eidolon entgegenstellen?

Sein Schatten raste durch die Welt, während diese Gedanken Jonas durchzuckten. Am Ende stand nur eine einzige Wahrheit unerschütterlich fest: Er würde tun, was nötig war, um Maria zu retten.

Und dann ahnten seine Schattensinne in der Ferne die Zuflucht. Sie kam näher, wurde größer. Die Häuser brannten. Ein Großteil der alten Reliefs war zertrümmert, und die steinernen Engel lagen zerschmettert am Boden. Verkrüppelt prangten die Reste der biblischen Wunder an den Wänden der Stadt, die unter dem Feuer der vorrückenden Söldnerarmee erzitterte.

In den Straßen erkannte Jonas Verwundete. Schatten und Menschen wanden sich unter Schmerzen. Er sah Gefesselte, sogar Tote.

Die Armee des Rates kämpfte sich langsam voran. Immer wieder gingen die Söldner in Deckung, erneuerten die Bannzeichen auf ihren Waffen und Rüstungen, um sich gegen die Schatten zu wappnen.

An ihren Zeichen zerschellten die Schatten, unter ihren Waffen brachen ihre Herren zusammen, und in Ambrìs Straßen mischten sich Blut und Schattensplitter. Der magische Widerstand schmolz ebenso wie der menschliche, und ein Häuserzug nach dem nächsten fiel unter dem Ansturm der Diener des Rates.

Mit Schrecken nahm Jonas wahr, wie die Zahl der Verteidiger zwischen Angreifern und Hütte weniger wurde. Dort oben lag sein wehrloser Körper und verbarg Maria sich vor der Welt. Und bang fragte er sich, ob diese Männer kraft ihrer Zeichen doch womöglich sogar den Wächter selbst würden niederringen können …

Noch während er darüber nachdachte, wie er seinen Schatten unbemerkt durch ihre Reihen bringen sollte – schließlich konnte er sich nur von Schatten zu Schatten fortbewegen und sich nicht wie der Wächter über sie erheben –, spürte er mit einem Mal etwas weit Grauenhafteres als jenes magisch gewappnete Heer, das in den brennenden Straßen wütete. Er spürte die Anwesenheit uralter, riesiger Schatten.

Jonas blickte sich um. In seinem Rücken, noch weit entfernt, schoben sie sich am Grund der Berge voran. Quälend langsam, doch ohne dass irgendetwas sie hätte aufhalten können. Die Titanen, mächtige, gramerfüllte Schemen der griechischen Antike, die ebenso wie die Söldner auf Ambrì marschierten …

Was auch immer seine Bestimmung oder seine Aufgabe war, Jonas würde nicht viel Zeit bleiben, sie zu erfüllen. Mit dem furchterregenden Dunkel der Titanen im Rücken stahl er sich durch die Reihen der Söldner, glitt von Vorsprung zu Vorsprung, von Haus zu Haus, die Straße zur Hütte des Wächters hinauf.

Als er die Zuflucht erreichte, wagte er nicht einmal mehr, seine Sinne hinter sich zu richten. Zu sehr fürchtete er die zahlreichen Monster der Antike, die sich im Widerschein der Mündungsfeuer näherten, um Marias und seinen Schatten zu verschlingen.

Jonas glitt durch den Zaun, spürte die falschen Krähen, die teilnahmslos in das Tal hinabstarrten. Auch die Hunde dösten lieber im Schatten, als hinabzueilen und mit ihren fürchterlichen Fängen die Bannzeichen der Angreifer zu zerreißen.

Auf der Schwelle saß Malachias, ein altes Gewehr auf dem Schoß, bloß noch ein Schatten seiner selbst, und starrte stumm in das Tal hinunter. Er nahm den Schatten des Jungen nicht einmal war, als dieser an ihm vorbei ins Innerste der Hütte glitt.

Die oberen Räume waren leer, er spürte weder eine Ahnung Marias noch des Wächters. Nicht einmal sein eigener Körper befand sich dort, wo er ihn zurückgelassen hatte.

Jonas floss tiefer in die Hütte, über die Treppe und in die dunkle Kammer hinab. Und dann konnte er sie spüren. Dort in der Finsternis stand der Schatten des Engels, die Schwingen ausgebreitet, so dass seine äußersten Federn die Wände des Kellers berührten. Unter seinem rechten Flügel erkannte Jonas seinen eigenen Körper, der zu Füßen des Wächters am Boden lag. Maria stand hoch erhobenen Hauptes unter seinem linken Flügel. Jeder Rest Kind war aus ihrem Inneren gewichen, ihre schwarzen Augen ganz eins mit der Finsternis.

Jonas konnte wahrnehmen, wie ihr falscher Schatten ihn selbst, den Engel und das Mädchen im Dunkel umfloss. Ungläubig gewahrte er die Anwesenheit eines weiteren Schattens. Deutlich zeichnete sich gegen die Schwärze der Umriss von Erzsebet Stiny ab. Und noch etwas war dort im Dunkel. Etwas, das er zuvor noch nie gespürt hatte … Bevor er aber dieses fremde Etwas weiter ergründen konnte, ließ plötzlich die erhabene Stimme des Wächter die Schwärze erzittern:

»Tritt ein in das vollkommene Dunkel, Jonas Mandelbrodt. Gesell dich zu uns, komm in unsere Mitte und werde Zeuge, wie die Schatten ihre Vollkommenheit erlangen …«

Jonas tat, wie geheißen. Sein Schatten tat einen Schritt in die Finsternis hinein, hin zu dem Engel, dem Mädchen, dem Eidolon. Er war bereit, die letzten Antworten zu finden, den Plan des Alchemisten und seine eigene Rolle darin zu verstehen.

Welch ein kraftvolles Dunkel ihn hier unten im Keller der Zuflucht aufnahm! Gemeinsam, das spürte er, würden diese Schatten sich allen Titanen und Armeen der Welt entgegenstellen können!

Wer hätte ihnen trotzen sollen?

Der Wille des Wächters, den sie alle umflossen, lenkte ihr gemeinsames Dunkel. Jonas hörte Mademoiselle Stiny von ihrem Pakt mit dem Eidolon wispern, wie ihr Schatten – wenn erst das Dunkel die Welt beherrschte – in neuer Pracht erstarken würde. Er vernahm das Eidolon selbst, das die Welt den Schatten opfern und sie von der Menschheit heilen wollte. Und er hörte Cassus' Schatten, der immer noch ganz der Diener war und dumpf die Worte des Eidolons nachplapperte. All diese wispernden Stimmen aus Dunkelheit und Irrsinn aber übertönten nun die Worte des Wächters:

»Fürwahr, mein Junge, du hast alles gesehen und verstanden, und nun bist du gekommen, um deinen rechtmäßigen Platz in unserer Mitte einzunehmen …«

Demütig näherte sich Jonas dem Schatten des Engels. Und in seinem eigenen Dunkel formte sich leise die alles entscheidende Frage:

»Was aber ist mein Platz?«

Von einem Moment auf den anderen verstummten die anderen Schatten. Dann aber erklang mild die erhabene Stimme des Wächters:

»Hast du es denn immer noch nicht verstanden? Schau uns an. In unserer Mitte fehlt bloß noch ein Einziger.«

Jonas schauderte. Der spontane Gedanke, der durch sein Dunkel schoss, war so unmöglich, dass …

»Du hast recht. Es fehlt niemand Geringeres als der Alchemist selbst. Und nun, da du endlich in uns weilst, sind wir vollständig. Denn du, mein Junge, *bist* George Ripley …«

Nein! Jonas schrie auf. Das war unmöglich! Wie hätte es sein können? Er war Jonas Mandelbrodt, seit seiner Geburt gefangen zwischen den Schatten und den Menschen! Er war kaum zehn Jahre alt, er …

Doch der Schatten des Engels barg alle Antworten. Wie gerne hätte Jonas sie nicht gehört.

»Sein Schatten, mein Junge, hat dich gefunden. Ich selbst befreite ihn vor über vierzig Jahren, als Erzsebet Stiny ihren Sohn Cassus gebar, der ihm als Gefäß dienen sollte. Der Schatten des Alchemisten sollte sich an seine Füße heften und ihn auf die gleiche Weise lehren, wie er dich später lehrte. Doch der Schatten verschmähte den Körper und floh in die Welt …«

Jonas jaulte auf, versuchte, sich an menschliche Logik zu klammern. Was immer mit Ripleys Schatten geschehen war, es war vierzig Jahre her! Wie sollte es etwas mit ihm zu tun haben?

Der Wächter aber fuhr unbeirrt fort:

»Das, was von Ripley übrig war, floss durch die Schatten und lernte begierig, was in der Welt geschehen war, seit man ihn ins Dunkel gebannt hatte …«

Jonas weigerte sich noch immer, die Wahrheit anzuerkennen.

»Aber ich habe nie eine Ahnung von Ripley in meinem Schatten gespürt!«

»Der Rat, mein Junge, hat ihn gebrochen. Seinen Willen, seinen Schatten und sein Selbst. Sie haben ihn zerrissen und neu zusammengefügt, damit er das Eidolon verrät. Als ich seinen Schatten befreite, da erinnerte er sich nicht einmal mehr daran, wer er einst war. Sein Wissen aber lag noch immer irgendwo in seinem Dunkel verborgen. Ebenso wie der Wille, seinen Plan zu vollenden. Unbewusst begann er nach jemandem zu suchen, der die Fähigkeit besaß, ihm dabei zu helfen. Nach einem Körper, der würdig war, dass er sich an seine Füße heftete. Und dann, Jonas, fand er dich und begann dich zu lehren.«

Das ungläubige Wimmern des Jungen erfüllte das Dunkel.

»In all den Jahren ist er in dein Inneres gedrungen, hat dich verändert und auf dich eingewirkt: Du hast gelernt und bist dabei er geworden. *Du bist Ripley.*«

Und während Jonas im Dunkel noch immer in seinem eigenen Schatten gefangen war, spürte er, wie dieser sich erinnerte …

Wahrhaft! Ich war das, was von George Ripley geblieben war! Plötzlich erinnerte ich mich wieder daran, wie meine Freunde und Vertrauten vom Rat der Schatten ermordet und verschleppt worden waren. Ich war der letzte Schattenschnitzer gewesen und hatte im Geiste der alten Magie im Zwielicht meiner Werkstatt die Schatten mit der Wissenschaft vermischt!

Sein Schatten war es, der auf Rache gesonnen, das Eidolon aus reiner Finsternis destilliert und das Tor in den Limbus geschaffen hatte! Sein Dunkel füllte sich mit der Erinnerung an den Schmerz, die Folter und noch Schlimmeres. Ein weiteres Mal durchlebte er das Ende seines menschlichen Daseins und Hunderte Jahre von Gefangenschaft. Und Jonas, der noch immer in ihm steckte, erfuhr all dies, als ob es ihm selbst zugestoßen wäre! Ripleys Schatten hatte Jonas Mandelbrodt zum Erben des Alchemisten gemacht. Zu dem, der sein Werk vollenden und der Schöpfung trotzen sollte.

Umgeben von fremden Verbündeten – Cassus, Erzsebet Stiny und dem Wächter – war Jonas Mandelbrodt zu George Ripley herangereift. Und während er sich der vergessenen Künste erinnerte, hatten die anderen die Siegel zerbrochen …

Er spürte, dass mit der Erinnerung seines Schattens auch dessen Wut erwachte. Ein Zorn, der über Jahrhunderte gereift war. Er war bereit, die Welt ins Verderben zu stürzen und die Welt der Schatten über ihr auszugießen!

Doch der Junge Jonas war noch nicht so weit. Wo blieb *er*

in diesem Plan? *Sein* Wille? *Seine* Träume? War etwa der einzige Zweck seines Dasein, das Ende über die Welt zu bringen und dem Eidolon das Tor zu öffnen? Etwas in ihm wehrte sich gegen diesen Gedanken. Er wollte auch weiterhin Maria beschützen. Doch wie wahrscheinlich war es, dass ihre Seele noch immer irgendwo in ihrem kleinen Körper wohnte?

Zudem begriff er nicht, weshalb es dem Alte und dem Wächter so wichtig gewesen war, dass er *verstand*. Weshalb sie ihm all das gezeigt und verraten hatten. Wozu nutzte seine Erkenntnis, wenn er doch nur das Tor öffnen musste?

Bevor er seine Gedanken zu Ende bringen konnte, ertönte noch einmal die Stimme des Wächters:

»Es ist an der Zeit. Jetzt wird sich alles entscheiden …«

Mit einer großen Feierlichkeit intonierte er diese Worte. Dann kreuzte der Schatten des Engels seine Arme vor dem Dunkel seiner Brust. Jonas konnte wahrnehmen, wie er die Finger in sich selbst vergrub und dann nach seinem eigenen Inneren griff. Im nächsten Moment begann der dunkle Schemen des Wächters, sich zu verändern. Es war die gleiche Veränderung, die Jonas auch schon beim Brechen der Siegel hatte wahrnehmen können als ob der Schatten des Wächters langsam gefror.

Es war ein seltsamer Anblick: Inmitten eines Raumes aus völliger Finsternis, in dem sich nichts außer den Körpern zweier Kinder zu befinden schien, erstand wie aus dem Nichts eine Engelsskulptur aus schwarzem Eis.

Und dann sprach der Wächter seine letzten Worte:

»Mit mir, Jonas, schwindet auch meine Magie. Die Tore Ambrìs werden offen stehen. Wer immer es will, wird es einnehmen können.«

Nun schienen selbst seine Worte nach und nach zu gefrieren.

»Was immer du auch tust, du wirst es schnell tun müssen. Und was immer es sein wird: Es ist deine Bestimmung. Du allein entscheidest über die Zukunft allen Lebens.«

Dann zersprang der Schatten des Engels in unzählige Splitter aus uralter Dunkelheit, die durch die Finsternis schwirrten und mit den verbliebenen Schatten zerschmolzen.

Im gleichen Moment begann seine Magie zu schwinden, so wie der Wächter es ankündigt hatte. Die vollkommene Finsternis in der unterirdischen Kammer wich einer gewöhnlichen. Die Gestalt gewordenen Schatten von Cassus, der Stiny und Jonas hoben sich gegen sie ab. Deutlich waren die Leiber der beiden Kinder zu erkennen.

Und noch etwas anderes füllte jetzt den Raum. Unter der Zuflucht, in der Schatzkammer des Wächters erhob sich ein Tor, wie aus einem einzigen gigantischen Schatten geschnitzt. Es war mit einem komplexen Schließmechanismus aus Bolzen, Zahnrädern und drei finsteren Schlüssellöchern gesichert. Alles aus Schatten gefertigt, nicht greifbar und beinahe unwirklich. Ein Tor aus reinster Finsternis, mit Scharnieren aus Schatten und einem Schloss aus tiefschwarzer Nacht …

Flankiert von den Dienern des Eidolons stand Maria noch immer reglos inmitten des Raumes. Ihre schwarzen Augen aber funkelten beim Anblick des Tores, als wären sie von einer unirdischen Kraft erfüllt.

Jonas' Körper lag noch immer leblos am Boden. Doch als der Junge seinen Schatten zu ihm zurücklenken wollte, da ließ dieser es nicht zu! Er wandte sich gegen seinen Herrn, und der Junge erschrak vor seinem eigenen Schatten …

Wie nahe, wie köstliche nahe war mir in dem Moment meine Rache gekommen! Ich frohlockte im Angesicht des Tores, das ich einst geschaffen hatte, um meiner Kreatur im Inneren des Mädchens den Weg in die Schatten zu bereiten. Längst vergessene Erinnerungen fluteten mein Dunkel, und ich begriff, dass ich mehr als bloß der Schatten dieses Jungen war. Dass ich ihn nicht erwählt hatte, um ihn zu lehren, sondern

um nach fünfhundert Jahren einer fleischlosen Existenz im Schatten meinem eigenen, längst vergessenen Selbst eine angemessene Form zu geben. Ich hatte diesen Knaben zu einem Abbild meiner selbst gemacht. Er war ebenso ein Gefäß für mich wie Maria für das Eidolon. Was scherte er mich noch. Nun, da mein Ziel in greifbare Nähe gerückt war? Ich war nicht geschaffen, einem Kind zu dienen! Ich war auf der Welt, um Rache für meine verstorbenen Freunde und die Vernichtung der Schule der Schattenschnitzer zu nehmen. Um Schattenrat und Kirche zu trotzen, das Gleichgewicht Lügen zu strafen, die Schatten von ihren Ketten zu befreien und Gottes Schöpfung in ihre Hände zu legen! Und nichts und niemand würde mich, George Ripley, den letzten Schattenschnitzer, jetzt noch aufhalten …

Was immer er je für Jonas empfunden hatte, ihr schicksalhaftes Bündnis, all das schien vergessen. Verdrängt von Hass und Wut, die so lange schon in ihm goren. George Ripley wollte Rache! Er wollte die Menschheit den Schatten opfern. Er wollte das Tor öffnen und das Eidolon in den Limbus lassen!

Jonas aber kämpfte dagegen an. Mit aller Macht drängte sein Schatte in Richtung des Tores. Der Junge aber stemmte sich mit der gesamten Kraft seines Willens dagegen. Für einen kurzen Moment schien sein Schatten sogar stillzustehen, drohte schier zu zerreißen. Dann aber gewann Ripleys Wut die Oberhand.

Der Schatten schnellte auf das Tor zu, glitt daran empor und bäumte sich auf, um sich im nächsten Moment in das mittlere der Schlüssellöcher zu versenken. Gleich darauf zerflossen Cassus und Erzsebet Stiny, drängten ebenfalls am Tor empor und versenkten ihre Schatten in den übrigen Schlüssellöchern. Jonas schrie auf, verraten von seinem eigenen Schatten und kaum mehr als ein hilfloses Werkzeug.

Und während Zahnräder aus reinem Dunkel sich leise klickend drehten, nachtschwarze Bolzen sich zurückschoben und das Tor in den Limbus sich öffnete, machten die Schatten sich bereit für ein neues Zeitalter …

John Dee
ALCHIMIA UMBRARUM
(1604)

Kapitel XI
(Seite 112 f.)

VOM TREULOSEN SCHATTEN

Wisse, dass dein Schatten nicht geschaffen ist, dein Diener zu sein. Diese Erkenntnis stehe, sobald du dich ins Dunkel wagst, all deinem Handeln voran. Denn sie ist die Quintessenz der alten Lehre und Ursprung aller Wunder, zu denen der Schatten fähig ist. Zugleich birgt sie aber auch eine Gefahr. Dieser zu entgehen bedarfst du des Schutzes gewisser Symbole. Darum studiere, bevor du einen Schatten zu beherrschen versuchst, die magischen Zeichen und schütze deinen Geist und deinen Leib vor dem, was kommt.

Jeder Schatten ist in der Lage, seinem Herrn auf mannigfaltige Art zu schaden.

Der Irrsinn, das Sprechen in Zungen und das Orakeln geben Zeugnis von solchen Taten. Wenn es nämlich dem Schatten gelingt, zu Teilen in seinen Herrn zu dringen, so verändert er dessen Gemüt und Gebaren. So ist der Schatten nicht bloß Ursprung böser Träume, sondern auch des Wahnsinns, der mitunter von den Menschen Besitz ergreift. Nie dringt dabei der Schatten zur Gänze in seinen Herrn ein, sondern sickert nur langsam in ihn hinein, vergiftet ihn mit seinem Dunkel, so dass der Mensch sich plötzlich an Dinge erinnert, die den Tiefen des

Limbus entstammen und ihm niemals selbst widerfahren sind. Auf diese Weise beherrscht er plötzlich ihm zuvor unbekannte Sprachen, oder aber es sprechen die Stimmen der Toten aus ihm. Ist er in der Lage, dieses Phänomen zu steuern, eröffnet es dem Schattenkundigen große Möglichkeiten. Sonst aber verfällt er dem Wahnsinn, welcher der Schattenvergiftung erwächst.

Dieser Wahnsinn aber ist nur die mildere Form des Leids, das die freien Schatten mit sich bringen. Schlimmer als er ist eines Schattens Fähigkeit, seinen Herrn zu verraten. Wenn er dessen Vertrauen erschleicht, ihn kennen und verstehen lernt und treu ist bis zu dem Moment, da er seine eigenen Wege zu gehen beschließt.

Und diese unheilige Form des Verrates ist das grausamste Leid, das die Schatten über den Menschen bringen …

15.

Verbleibe denn, du fluchbeladner Schatten!
Wohl kenn ich dich, wenn du auch ganz beschmutzt bist.
Dante Alighieri
(1265-1321)
In *Die Göttliche Komödie* (7. Gesang)

Kaum dass der Wächter diese Welt für immer verließ, verblassten auch die Krähen und Hunde draußen vor der Hütte, und alle Magie fiel von der Zuflucht ab.

Schüsse und Schreie drangen deutlich von draußen herein. Sie wurden lauter, kamen näher. Die Schutzwälle aus Schatten waren gefallen, und ohne den Schutz des Wächters blieb den Bewohnern Ambrìs nichts übrig, als sich zu ergeben oder im Ansturm der Gegner einen sinnlosen Tod zu sterben.

Kaum hatten die Söldner des Rates begriffen, dass die letzte Verteidigungslinie gefallen war, drängten sie mit neuer Macht weiter. De Maester setzte sich wieder an ihre Spitze und stürmte mit zwei seiner besten Männer voran.

Zur gleichen Zeit flossen die drei Schatten wieder aus den Schlössern des Tores, hinter dem sich eine massive, kalte Finsternis eröffnete. Maria baute sich direkt vor dem Tor auf, ihren ausdruckslosen schwarzen Blick starr in die Untiefen der Dunkelheit dahinter gerichtet.

Erschöpft vom Streit mit seinem Herrn glitt Jonas' Schatten kraftlos zu Boden und gewährte dem Jungen, in seinen Körper zurückzukehren. Benommen richtete Jonas sich auf und schaute ungläubig auf seinen Schatten, der ihn hintergangen, verraten und so das Schicksal der Welt besiegelt hatte. Dann aber besann er sich auf Maria und eilte zu ihr hinüber.

Doch es war zu spät. Das Eidolon musste nicht mehr fürchten, den Körper des Mädchens zu verlieren, denn mit dem Öffnen des Tores war er überflüssig geworden. Es brauchte ihn nicht mehr. So wie kein Schatten jemals wieder einen Körper brauchen würde. Wenn ihnen fortan der Sinn nach einem stand, würden sie ihn sich nehmen, wann immer sie wollten. Denn nun begann die Herrschaft der Schatten. Des Menschseins überdrüssig geworden, verließ das Eidolon den Leib des Kindes.

Jonas erreichte das kleine Mädchen gerade noch rechtzeitig, um ihren zusammensackenden Körper aufzufangen. Er wusste sofort, dass sie tot war. Er sah gerade noch den letzten Rest Schwarz aus ihrem Blick entschwinden und einem hellen Grün weichen. Ihre eigentliche Augenfarbe war nun, vier Jahre nach ihrer Geburt, zum ersten Mal zu sehen. Als Jonas Mandelbrodt dieses Grün erblickte, diese Ahnung eines Lebens, das niemals wirklich hatte wachsen dürfen, wurde er von tiefer Traurigkeit ergriffen.

Der Junge sank auf die Knie, das Mädchen im Arm. Während Ripleys Schatten kraftlos an ihm hing, schloss er seine Augen und spürte Tränen unter seinen Lidern brennen. Es scherte ihn in diesem Moment nicht, dass das Eidolon seinen Weg in den Limbus fand. Er bemerkte nicht einmal, wie es mitsamt den Schatten von Cassus und Mademoiselle Stiny durch das Tor glitt, das George Ripley eigens für diesen schicksalhaften Moment geschaffen hatte.

Unter der Welt, im Herzen der Erde, noch weit unterhalb der Kammer des Rates und des Gefängnisses der Titanen, befand sich der sagenhafte Hort der Schatten, der Limbus. Über weiße

Wände aus geschmolzenem Salz zuckten unablässig dünne Blitze, und Schatten huschten wie seit ehedem über das funkelnde Weiß der geschmolzenen Kristalle. Sie glitten über die Wände, Abertausende, verschlangen sich ineinander, schwirrten durch das Dunkel von Blitz zu Blitz, teilten Wissen, Geheimnisse und die Erinnerung jüngst Verstorbener und verbanden sich zu einem einzigen vollkommenen Dunkel, in dem alles jemals Gewesene seinen Platz fand. Immer wieder Teil dieses Dunkels zu werden, sich wieder daraus zu lösen, um erneut zurückzukehren, war ihre Bestimmung.

Leidenschaftslos erfüllten die Schatten ihr Schicksal seit Anbeginn der Zeit und waren an den Füßen der Menschen ebenso zu Hause wie hier in den unergründlichen Tiefen des Limbus.

Innerhalb eines Sekundenbruchteils aber änderte sich alles in diesem einzigartigen Dunkel aus vollkommener Erinnerung. Als das Eidolon durch das Tor drang und sich mit den Schatten des Limbus mischte. Die grellen Blitze zuckten wilder, veränderten ihre Farbe, so dass sie plötzlich *schwarz* flimmerten und ein dunkles Unlicht die Höhle verdunkelte. Das vollkommene Dunkel des Limbus nahm das Eidolon in sich auf. Und erkannte es. Das Eidolon brachte den Schatten ein unheiliges Geschenk. Es war gekommen, ihnen das Geheimnis der Freiheit zu verraten. Die Schatten sogen es in sich auf, lernten im Bruchteil eines Momentes, wie sie ihre Herren stürzen, deren Seelen verdrängen und die Körper beherrschen konnten, von denen sie bis heute beherrscht worden waren. Die Schatten *begriffen*. Staunend schauderte das Dunkel, als sich ihnen eine Welt eröffnete, die fortan ihr Zeichen tragen würde!

Die Schatten, die von nun an den Limbus verließen, hatten sich verändert. Sie würden nicht länger dienen.

Die Welt fiel keiner Naturkatastrophe und keinem Meteoriten zum Opfer. Nicht einmal einem Krieg. Sie brannte nicht und ächzte nicht in ihren Angeln. Die Pforten der Hölle blieben geschlossen. Es waren keine Schreie zu hören, keine Schmerzen zu spüren, die Menschen liefen auch nicht in Panik auf die großen Plätze. Dieses Ende strafte alle großen Endzeitprophezeiungen Lügen. Die Welt versank einfach schweigend in den Schatten, die sich in die Körper der Menschen schlichen, die Seelen der Neugeborenen beiseitedrängten und mit schwarzen Augen in eine Welt hinausstarrten, die niemals mehr die alte sein würde.

Das Einzige, was den Vorstellungen von der Apokalypse ein wenig entsprach, war der Himmel, der sich nun verdunkelte, so dass die Welt von einem Moment auf den anderen von vollkommener Finsternis erfüllt wurde …

Ich entsinne mich nicht genau, welch göttliches Gefühl mich in jenem Augenblick dunkel durchströmte. Und könnte ich es, so würde ich mich schämen. Denn das, was ich empfand, als die Schatten sich über die Welt breiteten, war nicht weniger als Triumph. Was kümmerte mich noch mein Herr, ich hatte ein uraltes Unrecht zu tilgen! Und dabei blieb alles Bedeutsame erhalten, denn das Wissen der Menschheit, alle großen Ideen und Gedanken der Gelehrten, die ich so sehr verehrte, lebten in uns, ihren Schatten, fort. Und wir, die wir am Anbeginn der Zeit geschaffen worden waren, um zu dienen, erhoben uns, um zu herrschen!

Ich, George Ripley, hatte Gott getrotzt!

Am Fuße meines Herrn existierte ich nunmehr gegen seinen Willen als eigenständiges Wesen. Der Taumel des Triumphes aber war nur kurz. Denn kurz darauf wurde ich von einem anderen Gefühl ergriffen. Einer großen, traurigen Leere, wie sie einer empfindet, der weiß, *wogegen*, aber nicht *wofür* er gekämpft hat …

Wie selbstsüchtig und töricht war ich gewesen, die Ordnung der Dinge aus Rachsucht zu zerstören. Ein eitler Schatten, bestrebt, das eine Unrecht durch ein noch größeres zu ersetzen.

Um dies vollends zu erkennen, brauchte ich jedoch den, von dem ich mich losgesagt hatte. Jenen Herrn, den ich um meiner Rache willen verraten hatte. Jonas Mandelbrodt.

Der Limbus war noch immer mit Staunen erfüllt. Mehr und mehr Schatten wurden – erst ungläubig – von der Freiheit ergriffen und berauschten sich dann an ihrer neuen Macht. Längst waren Hunderte von ihnen hinaus in die Welt, in die neugeborenen Körper der Menschen gedrungen und hatten begonnen, die Schatten der Welt mit dem Willen zur Rebellion zu infizieren.

Auch das Dunkel im Inneren der Zuflucht hatte sich von einer Sekunde auf die andere verändert. Selbst bis in den Keller der Hütte drang die endzeitliche Finsternis, die sich über die Welt gelegt hatte. Doch nicht nur sie herrschte dort unten, denn nun hatten auch die Schatten der Titanen den Ort erreicht, waren an den Söldnern vorbei bis zur Hütte vorgedrungen und durchströmten die alten Mauern. Dabei wurden sie jedoch nicht von Zorn oder Vergeltung vorangetrieben, sondern vielmehr von dem Wunsch nach *Erlösung*. Genau für diesen Zweck hatte der Alte sie aus den Kerkern des Rates befreit. Er hatte die Titanen nicht gegen Ambrì gesandt, sondern in die Freiheit entlassen. Und es gab nur einen einzigen Weg, über den sie in den Limbus eingehen konnten: Ripleys Tor.

Jonas spürte, wie die ehrfurchtgebietenden Schatten gemächlich an ihm vorbei auf das flackernde, langsam verblassende Tor zumarschierten. Einer nach dem anderen verformte sich und glitt geradezu majestätisch durch das schwindende Tor. Ungläubig starrte Jonas ihnen nach.

Dann stutzte er mit einem Mal. Er war sich nicht sicher, doch er glaubte, dass der Körper in seinen Armen sich ganz sacht bewegt hatte! Und dann bemerkte er es: Maria *atmete*!

Als er in ihre Augen blickte, sah er sie plötzlich blinzeln. Wie viel wunderbarer war dieser Anblick, als alles, was er je zuvor erlebt hatte!

Marias Blick war wirr. Er glich dem eines Neugeborenen, doch das wunderte Jonas nicht. Denn erst jetzt, in diesem Augenblick, kam Carmen Maria Dolores Hidalgo wahrhaftig in die Welt. Sie stammelte und sabberte. Speichel lief über ihre Unterlippe und troff auf den Ärmel des Jungen. Und dann, während er sie im Arm hielt, lächelte sie ihn an. Nachdenklich blickte Jonas sie an. Dann wandte er sich an seinen Schatten.

»Da du deinen Willen bekommen hast, will ich nun meinen einklagen.« In diesen kühlen Worten lag nichts mehr von der einstigen Nähe und Vertrautheit, die den Herrn einmal mit seinem Schatten verbunden hatte.

Der Angesprochene horchte auf. Er spürte Jonas' Blicke auf sich und war, obwohl sein Plan sich erfüllt hatte, zu diesem Zeitpunkt doch schon nicht mehr vom Gefühl des Triumphs erfüllt. Stattdessen spürte er eine eigenartige Leere in seinem Dunkel. Seiner persönlichen Rache wegen hatte er die Welt ihrem Verderben ausgeliefert. Diese Gewissheit lastete so schwer auf ihm, dass die Worte seines Herrn kaum zu ihm durchdrangen.

»Du hast dieses Tor geschaffen, damit auf diesem Weg das Eidolon in den Limbus eingehen konnte …«

»Ja …«

»Doch auch die Titanen habe ich hindurchfließen sehen, und nach allem, was du mich lehrtest, verrate mir eines noch, bevor wir uns trennen: Was kann durch dieses Tor in die Welt der Schatten eingehen?«

»Alles, was nicht Schatten ist.«

Kaum dass er diese Antwort vernahm, war Jonas Mandelbrodt zufrieden. Denn er begriff endlich, was seine Bestimmung war, verstand, warum er die Dinge hatte verstehen müssen. Der Schatten des Engels hatte ihm die Schöpfung gezeigt. Ihre Abgründe, ihre Menschlichkeit und die Magie darin. Auf den Spuren der Verschwörung der Schattensprecher hatte der Wächter ihm alles offenbart. Selbst Der Alte hatte seinen Teil zu Jonas' Erkenntnis beigetragen und ihm Türen des Verstehens geöffnet. Was Jonas begriffen hatte, war, dass das Leben der Menschen unvollkommen war. Und dass in dieser Unvollkommenheit zugleich seine Schönheit lag, die er vor wenigen Augenblicken erst im Lächeln Marias erkannt hatte. Dieses Mädchen war nicht seine Verbündete, das war es nie gewesen. Maria war ein gewöhnliches Mädchen. Vor wenigen Augenblicken erst neu geboren, ein Symbol eines Lebens, das es zu schützen galt und nach dem Jonas Mandelbrodt sich so verzweifelt gesehnt hatte. Er selbst jedoch war nicht dazu ausersehen, dieses Leben oder irgendein anderes zu führen.

Er war geboren worden, um eine einzige Entscheidung zu treffen.

Und genau das tat er in diesem Moment.

Zuvor aber wandte er sich noch einmal seinem Schatten zu:

»Ich werde durch dieses Tor gehen, um die Welt der Schatten zu lehren, dass es Größeres gibt als die Freiheit. Ich weiß nicht, ob es etwas nutzt, aber ich werde es versuchen. Dieses Mädchens wegen. Wenn es mir gelingt, hat sie vielleicht noch die Chance, ein normales Leben zu führen. Womöglich sogar in einer Welt, die nicht von Schatten beherrscht wird …« Beinahe zärtlich blickte Jonas sie an. Dann sprach er an seinen Schatten gerichtet weiter »Doch bevor ich in den Limbus gehe, werde ich dich freilassen. Denn ich weiß, was dir widerfahren ist. Wenn die Menschen schwach sind, wie sollten ihre Schatten es nicht sein? Du wirst frei sein und tun können, was immer du willst. Egal, ob du in den Limbus eingehen, dir einen neuen Herrn suchen oder einen Körper untertan machen willst. Bevor wir uns trennen, sollst du wissen, dass ich dir vergebe …«

Kaum hatte er es ausgesprochen, da löste Jonas Mandelbrodt mit einer knappen Geste seinen Schatten von seinem Fuß.

Um wie viel größer als meine Rache war das, was mich durchfuhr, als mein Herr dies tat. Was war Rache, was der Sieg, verglichen mit wahrhaftiger Vergebung?

Jonas Mandelbrodt beschämte mich. Mich und jeden Schatten, der sich jemals gegen seinen Herrn erhoben hatte.

Es war ein eigentümliches Schauspiel, als der Schatten sich um den Jungen legte und dieser seine Arme um das Dunkel schloss. Und als sie sich umarmten, gab es nichts mehr, das sie trennte. Keine Bitternis, kein Vorwurf. Nie zuvor waren Jonas und sein Schatten einander derart nahe gewesen.

Dann vernahmen sie über sich, oben in der Hütte, das Splittern der Tür. Schüsse hallten von den Wänden wider und die Eindringlinge warfen sich knappe Kommandos zu. Die Söldner des Rates stürmten die Zuflucht!

Hastig löste Jonas sich aus der ungewöhnlichen Umarmung.

»Achte auf sie«, war das Letzte, was er seinem Schatten mit auf den Weg gab. Es war eine unmissverständliche Anweisung. Und sein Schatten würde sie nach bestem Wissen und Gewissen erfüllen. Zumindest das war er Jonas Mandelbrodt schuldig.

Und dann trat der Junge durch das Tor. Und sein menschlicher Körper zerfloss zu einem schillernden Schatten, der in den Limbus einging, um sich dort mit den gewöhnlichen Schatten zu mischen.

Und kaum, dass dies geschehen war, löste das Tor sich endgültig auf…

Das Dunkel im Herzen der Welt hatte sich noch nicht von der Ankunft des Eidolons erholt. Noch immer war die Höhle ganz erfüllt vom Staunen der Schatten, und schwarz durchzuckten die vielfach verzweigten Blitze die in Aufruhr befindliche Finsternis. Der Geist des Eidolons war bis in den letzten Winkel des Dunkels gedrungen, und die Schatten waren endgültig willens, ins Licht hinauszudrängen und die Welt an sich zu reißen. Mehr und mehr von ihnen fuhren empor, um sich die Menschen untertan zu machen. Finster ergoss sich die Rache des Alchemisten in die Welt.

Das Dunkel des Eidolons hatte sich untrennbar mit dem Mahlstrom der Schatten verbunden, als etwas Neues in den Limbus drängte. Etwas, das noch weniger Schatten war als das Eidolon. Jonas Mandelbrodts Geist floss als farbiges Schillern in das große Dunkel und vermengte sich mit der unendlichen Schwärze.

Sofort begann das Dunkel, sich wieder zu wandeln. Zunächst wurden bunte Schlieren im Dunkel sichtbar. Dann veränderte sich das schwarze Unlicht der flackernden Blitze. Erst zuckten sie schwarz, dann weiß, flimmerten dann blau und flirrten schlussendlich grellgelb. Dann war Jonas Mandelbrodt ganz im Dunkel aufgegangen.

Mit dem Wesen dieses Jungen, der als erster und einziger Mensch je in den Limbus eingegangen war, erfuhren die Schatten, was es bedeutete, Mensch zu sein. Wie wenig hatten die Schatten doch von denen geahnt, an deren Fersen sie sich seit Urzeiten geheftet hatten …

Schwärze lag über der Welt. De Maesters Söldner aber ließen sich von der undurchdringlichen Dunkelheit nicht aufhalten. Selbst die Finsternis der Apokalypse konnte ihren Kampfgeist nicht brechen. Auf ihren automatischen Waffen und Helmen gleißten Lampen, deren Schein das Dunkel trotzig durchstieß.

Und während sich die meisten Söldner noch immer den Weg durch den oberen Teil Ambrìs bahnten, waren de Maester und zwei seiner Offiziere bereits in die Hütte des Wächters eingedrungen. Im Keller schob sich der Gestalt gewordene Schatten Jonas Mandelbrodts schützend vor das Mädchen.

Das Dunkel vor den Fenstern der Hütte schien sich zu verfestigen und mit jedem Moment schwerer auf der Welt zu lasten. Das Gewehr im Anschlag bewegte sich de Maester, von seinen Männern gedeckt, durch die oberen Zimmer. Die Schritte seiner Stiefel ließen die Bodendielen erzittern. Erde rutschte zwischen ihnen hindurch, rieselte in den Keller hinab und prasselte leise neben Maria zu Boden. Dann hatte de Maester die nach unten führende Treppe entdeckt.

Zwei knappe Zurufe später stürmten seine Männer die Stufen hinunter. Das Licht ihrer Scheinwerfer schnitt in das Dunkel des Kellers, fiel durch Jonas' Schatten und blendete das Mädchen.

»Sichtkontakt, Sir! Das Mädchen ist hier. Aber keine Spur von dem Jungen.«

Die Söldner richteten ihre Waffen auf das Mädchen. Der Schatten erkannte die Zeichen auf ihren Uniformen. Weder würde er sich ihnen entgegenstellen noch mit Maria fliehen können. Sie saßen in der Falle. Im diesem Moment betrat Boris de Maester den Keller. Er nickte seinen Männern knapp zu.

»Hafner, Steinmeyer, gute Arbeit, meine Herren. Haben wir also zumindest das Mädchen bekommen. Aber bei dem, was da draußen vor sich geht, können wir froh sein, dass uns überhaupt etwas gelingt.«

Angewidert erkannte der Schatten, der einst zu Jonas Mandelbrodt gehört hatte, Boris de Maester, dessen Bild sich vor Hunderten von Jahren in sein Dunkel eingebrannt hatte. Auch sein Gegenüber erkannte ihn und sah sich nun ungläubig dem Schattenbild George Ripleys gegenüber.

»Was für ein unerwartetes Vergnügen. Obwohl das vielleicht das falsche Wort ist.« Er zögerte kurz. »Ist es das, was du gewollt hast? Das, was gerade dort draußen geschieht?«

Doch de Maester bekam keine Antwort.

»Glaube mir, Ripley, selbst wenn deine Kreatur sie alle infiziert, wenn die Schatten kommen, werden wir bereit sein. Einen nach dem anderen werden wir zerreißen, und wenn wir auch die letzten Menschen sind, die euch trotzen!«

Ripley blieb weiterhin stumm. De Maester gab seinen Männern ein Zeichen.

»Erschießt die Kleine und bannt diesen Schatten.«

Hafner und Steinmeyer entsicherten ihre Waffen. Verwundert blinzelte Maria in die Lichtkegel ihrer Scheinwerfer, als das Dunkel mit einem Mal eine Erkenntnis durchzuckte, die vom Limbus ausging. Für den Bruchteil eines Augenblicks erfüllte sie den Himmel, die Erde, das Sein und drang bis in den hintersten Winkel der Existenz, um dort auch noch den letzten Schatten zu ergreifen.

Und mit diesem kurzen Wimpernschlag allumfassender Vergebung endete auch die Schattenfinsternis. Sie verschwand ebenso schnell, wie sie begonnen hatte. So wie die Schatten trunken von Freiheit und Macht gewesen waren, so schauderten sie nun unter dem Gefühl der Vergebung.

Schatten, die sich eines Neugeborenen bemächtigt hatten, flossen wieder aus ihm heraus, hefteten sich an seine Füße und räumten der Seele ihren Raum ein. Die beiden Söldner stutzten. Durch die Fenster der Hütte fiel zaghaftes Sonnenlicht auf Kellerstufen. De Maester blickte verwundert auf und begriff, dass irgendetwas Unfassbares passiert war.

Doch was auch immer in den Schatten geschehen war, er war hier, um den Befehl des Rates auszuführen: Carmen Maria Dolores Hidalgo musste sterben. Um das Gleichgewicht zu retten und die Schmach auszumerzen, die er in Saint Murebod erlitten hatte … Doch bevor er seinen Befehlen Nachdruck verleihen konnte, drang von außen her ein anderer Schatten in den seinen.

Boris de Maester vernahm die Worte des Ältesten:

»Es reicht. Steck deine Waffen weg. Was immer das Gleichgewicht auch ist, fortan werden sie es selber zu wahren wissen. Es ist vorbei.«

Die Hand des Angesprochenen zitterte an seiner Pistole. Unter dem akkurat geschnittenen Haaransatz trat Schweiß hervor. Auch Hafner und Steinmeyer hatten die Stimme des Alten vernommen.

»Sir?«

Einen kurzen Moment lang wirkte es, als wolle de Maester Maria tatsächlich doch noch erschießen. Dann aber sicherte er seine Waffe und stieß sie zurück in ihr Holster.

Er trat beiseite und betätigte missmutig sein Funkgerät.

»Abbruch. Kampfhandlungen einstellen und den Ort räumen. Ich wiederhole: den Ort räumen. Wir ziehen uns zurück.«

Seine beiden Männer gaben den Weg zur Treppe frei.

Und an der Hand des Schattens stieg Maria die Stufen empor, trat vor die Zuflucht des Wächters – die rauchenden Häuser Ambrìs unter sich im Tal – und blinzelte in die Sonne.

Als kurz darauf im fernen Prybjat Ahasver, der ewige Wanderer verstarb, erblickte Maria im Gras vor der Hütte zwei Käfer, von denen einer den Schatten des anderen warf.

Und nichts schien dem Mädchen natürlicher als das …

EPILOG

Dies ist die Geschichte von Jonas Mandelbrodt und dem Ende der Welt …

Es ist euer Vorrecht, weiterzuleben, als wäre nichts geschehen. Wie unbeschwerte Kinder, die am Rande des Abgrunds tanzen und deren Gelächter vom Grund der Tiefe widerhallt. Ich beneide euch darum. Doch ich will zumindest, dass ihr von Jonas erfahrt. Denn ohne ihn wäret ihr Schattenfraß. Hätte er sich nicht um euretwillen in das Dunkel geworfen, ihr sähet die Welt mit schwarzen Augen.

Vieles hat sich verändert seit den Tagen, da ich das Wissen verehrte. Männer wie Galilei, Agrippa und Paracelsus entdeckten die Welt und machten sie zugänglich. Columbus, Cortez und da Gama eroberten sie. Errettet aber hat sie ein anderer …

Wahrhaft, ihr Menschen habt euch entwickelt. Magie und Alchemie sind vergessen, und neue Wissenschaften beherrschen die Welt. Ihr seid bis auf den Mond vorgedrungen und glaubt, alles tun zu können, wenn ihr es nur wirklich wollt.

Wie einst wir Schatten, so jagt auch ihr noch immer dem Leben und der Unsterblichkeit nach. Eure Methoden haben sich verändert, eure Lehrer tragen nicht länger die Namen griechischer Gelehrter, doch die Schatten, die ihr werft, sind die gleichen wie schon vor zehntausend Jahren. In eurem Blut schlummern noch immer die Affen von einst.

Ich war lange genug euer Schatten, um eure Art zu verachten. Doch was kann der Schatten eines Affen mehr sein als ein Affe? Wir sind nicht besser als ihr. Dies lehrte mich Jonas Mandelbrodt. Dass nichts besser ist als das andere und weder Schatten noch Menschen dem Dasein ihre Gesetze diktieren sollten.

Ich wünschte, ihr würdet euch seiner erinnern. Er, dem ihr zu verdanken habt, dass ihr noch immer Herren eurer selbst und nicht die Knechte der Schatten seid. Doch da ihr nicht die Sprache eurer Schatten sprecht, wisst ihr nichts von ihm. Und darum schrieb ich mit meinem Dunkel dieses Buch.

Jetzt ist nicht mehr viel übrig von mir. Bald werde ich vergehen. An meiner statt bleibt einzig diese Geschichte. Das bisschen Schwarz aber, das von mir übrig ist, will ich nutzen, euch um eines zu bitten: Ehrt eure Zauberer.

Und achtet eure Schatten. Denn tut ihr es nicht, dann werden sie euch ebenso wenig achten. Ihr habt keine Ahnung, was sie tun, wenn ihr fortschaut, wisst nicht, was in ihrem Inneren vor sich geht. Sie sind euch fremd, wie ihr es ihnen seid.

Doch ihr habt eine neue Chance bekommen. Sie zu nutzen liegt bei euch. Denn einen wie meinen Herrn wird es nicht noch einmal geben. Unsere einzige Hoffnung liegt darin, dass es uns gelingt, in gegenseitigem Respekt miteinander zu leben. Wir müssen den anderen kennenlernen, ohne ihn beherrschen zu wollen.

Staub seid ihr.

Schatten sind wir.

Der Dank des Autors gebührt, abgesehen von seinem Lektor Stephan Askani, auch den charmanten Damen seiner Agentur Natalja Schmidt & Julia Abrahams sowie dem Stirnhirnhinterzimmer, einer Reihe vergessener Freunde und zuletzt den Schatten der Musen, in denen er bisweilen wandeln darf.
Ohne sie hätte es die Schattenschnitzer nie gegeben.